Sous la directio

LA FONTAINE

TOME 1
FABLES

Annotées et commentées

avec une notice sur la fable avant La Fontaine, une biographie chronologique du fabuliste, une étude générale de son œuvre, une analyse méthodique des fables.

Livres I à VI

par

Pierre MICHEL
Agrégé des Lettres

Maurice MARTIN
Agrégé des Lettres

Bordas

JEAN DE LA FONTAINE
par François de Troy (1645-1730)

CL. BULLOZ

I.S.B.N. 2-04-016039-6; I.S.S.N. 0249-7220

PREMIER RECUEIL

LA FABLE AVANT LA FONTAINE

1 Origine des fables : mythes, cérémonies d'initiation

Darmesteter et Hatzfeld définissent ainsi la fable (du lat. *fabula*, récit) ou apologue (du grec *apologos*, allégorie) : « Court récit en prose ou en vers, dont les personnages sont le plus souvent des animaux ou des êtres inanimés, et qui sert de preuve à une leçon de morale pratique. »

De tels récits, il y en a dans toutes les littératures, même les moins évoluées, et il serait vain d'en demander l'origine aux historiens, car elle remonte à la nuit des civilisations primitives : « Au commencement était la fable » (Paul Valéry, *Instants*, Pléiade, p. 394).

On sait l'importance des cérémonies d'initiation dans les sociétés indigènes que les mœurs occidentales n'ont pas tout à fait submergées. Si beaucoup de « tests » initiatiques portent sur le caractère de l'adolescent, un certain nombre concernent son intelligence. Rappelant le Sphinx sur la route de Thèbes, des guerriers cachés sous des masques redoutables qui les font prendre pour les génies de la tribu posent au novice des devinettes propres à déceler non seulement les futurs Ajax, mais les futurs Ulysses. L'histoire du Corbeau et du Renard devait permettre au futur chef de découvrir qu'il faut se méfier des flatteurs ; celle du Loup et de l'Agneau (ou du Léopard et de la Chèvre) que le droit n'est rien sans la force... Dans ce que l'on a longtemps pris pour de naïfs contes de bonne femme, il faut peut-être voir les plus vénérables vestiges de la sagesse humaine.

2 La fable araméenne : l'« Histoire d'Ahiqar »

La tradition fait gloire à Ésope d'avoir fondé la fable en tant que genre littéraire. Mais André Dupont-Sommer (*Les Araméens*, 1949) nous apprend que l'*Histoire d'Ahiqar*, telle que la présentent les fragments araméens découverts à Éléphantine, précéda la fable ésopique et, sans doute, l'engendra.

L'*Histoire d'Ahiqar* « ne nous était connue antérieurement que par des versions de date relativement récente (syriaque, arabe, arménienne, grecque, slave, roumaine), plus ou moins amplifiées et transformées. Le texte araméen d'Éléphantine restitue très probablement la forme primitive, dans la langue originale. L'œuvre est née apparemment en milieu assyro-babylonien, vers le VIe siècle av. J.-C., mais elle connut un immense succès dans tout le monde oriental ».

Lisons quelques-unes de ces petites fables, traduites par André Dupont-Sommer :

Fable du Léopard et de la Chèvre. *Le léopard rencontra la chèvre, et celle-ci avait froid. Le léopard dit à la chèvre : « Viens que je te recouvre de ma peau. » La chèvre répondit au léopard : « Pourquoi, moi, Messire ? Ne me prends pas ma peau. Car d'habitude, tu ne salues pas la gazelle, si ce n'est pour sucer son sang. »*

Fable du Buisson et du Grenadier. *Le buisson écrivit au grenadier : « A quoi bon tes nombreuses épines pour celui qui touche à tes fruits ? » Le grenadier répondit au buisson : « Mais toi, tu n'es tout entier qu'épines pour celui qui te touche. »*

Fable de l'Homme et de l'Ane sauvage. *Un homme dit à l'âne sauvage : « Tu me serviras de monture, et c'est moi qui te nourrirai. » L'âne sauvage répondit : « Garde pour toi ta nourriture et ta selle ! Moi, je ne veux pas voir tes cavaliers ! »*

Serait-il hasardeux de dire que *le Loup et l'Agneau* (I, 10), *la Besace* (I, 7), *le Loup et le Chien* (I, 5) dérivent de ces trois apologues ? Maintes fables d'Ésope sortent de la grande œuvre araméenne ; le fabuliste grec Babrius, qui versifia les fables ésopiques au IIe siècle, en témoigne : « **La fable,** a-t-il écrit, **est une antique invention des Syriens** qui vivaient autrefois sous Ninus [roi légendaire d'Assyrie] et sous Bel [Dieu assyro-babylonien, maître de la terre] ; mais le premier, dit-on, qui en ait raconté aux Grecs fut Ésope le Sage. » Il n'est pas jusqu'à la biographie d'Ésope, rédigée à la fin du Moyen Age par le moine Maxime Planude d'après des documents aujourd'hui perdus, qui ne témoigne de la filiation puisque, selon Dupont-Sommer, cette biographie ne serait qu'une adaptation de l'*Histoire d'Ahiqar*. « Ésope fut substitué à Ahiqar ; son ingrat neveu [Nadim] prit le nom d'Enno, et le roi d'Assyrie [d'abord Sennachérib (705-681), puis son fils Asarhaddon], celui de Lykéros [maître légendaire d'Ésope]. Mais, sous ce démarquage superficiel, subsiste l'essentiel du vieux roman araméen. »

3 La fable grecque : Ésope

Resterait à savoir comment Ésope tira parti des *Paroles d'Ahiqar*.

Le premier recueil ésopique dont nous ayons connaissance fut composé, vers 325 av. J.-C., par **Démétrios de Phalère** (philosophe grec qui gouverna Athènes entre 317 et 307). Au deuxième siècle de notre ère, le poète grec **Babrius** mit ces fables en vers iambiques. Sept siècles plus tard, un certain **Ignatius Magister** en tira des quatrains à l'usage des écoliers, une espèce de catéchisme moral. Enfin, **Maxime Planude,** théologien byzantin (1260?-1330?) qui fut ambassadeur de Byzance auprès de la République de Venise, composa un recueil en prose de toutes les fables ésopiques, et ce recueil devait servir de base à tous les travaux ultérieurs.

4 La fable latine : Phèdre

Auprès de la fable orientale ou grecque, la fable latine a peu d'importance en soi. Les contemporains de Phèdre (30 av. J.-C.-44 ap. J.-C.) connurent à peine cet affranchi d'Auguste. Il a pourtant laissé cinq livres de fables brèves (*Phèdre était si succinct qu'aucuns l'en ont blâmé,* a écrit La Fontaine) où il reprend la plupart des thèmes ésopiques, et parfois semble inventer des sujets dont le fabuliste français se souviendra (*les Deux Mulets*, I, 4 ; *la Besace*, I, 7; *les Frelons et les Mouches à miel*, I, 21; *la Lice et sa Compagne*, II, 7; *le Lion et l'Ane chassant*, II, 19; *l'Aigle, la Laie et la Chatte*, III, 6, etc.). Même lorsqu'il traite des sujets ésopiques, Phèdre donne au court récit une forme dramatique et un accent satirique plus marqués. Publiées en 1596 par Pithou, les *Fables* de Phèdre constituent un relais important entre Ésope et La Fontaine. Après elles, d'autres fables latines nous sont parvenues, parmi lesquelles on peut citer le recueil de quarante fables d'**Aphtonius** (fin du IIIe ou du Ve siècle) et les traductions des fables ésopiques en vers latins d'**Avianus** (IIe ou IVe siècle ?). Après la chute de l'Empire romain, des moines réunirent des apologues sous forme de recueils moraux : recueil de *Sainte-Cyrille*, de *Romulus :* « La science du cloître habille Ésope d'une robe monacale, comme les trouvères transformeront un jour les héros d'Homère en barons féodaux » (Aubertin).

N'oublions pas enfin que des personnages illustres ou de grands écrivains latins avaient pratiqué la fable : **Menenius Agrippa** (Ve siècle av. J.-C.) contant *les Membres et l'Estomac* (voir III, 2) pour montrer la nécessité de la solidarité sociale ; l'empereur **Tibère** composant, dit-on, la fable du *Renard et du Hérisson* (voir XII, 13) ; **Horace** semant de véritables apologues dans ses *Épîtres* et ses *Satires*, en particulier le *Rat de ville et le Rat des champs* (voir I, 9).

Ainsi, la fable latine, adaptée d'Ésope ou originale, s'est perpétuée sans coupure, jusqu'aux *Ysopets* et aux *fabliaux* du Moyen Age.

5 La fable orientale : le « Pancha-Tantra »

L'Orient est le pays d'élection de la fable. L'imagination fertile des conteurs, les religions où la métempsycose montre les âmes passant du corps humain à celui des animaux, engendrent tout naturellement une féerie où bêtes et gens se rencontrent et dialoguent. De Chine, des Indes, de Perse, ces fables transportées par les Arabes et les Turcs pénètrent dans l'Occident. Selon Louis Renou (*Les Littératures de l'Inde*, 1951), « la plupart des fables conservées se ramènent à un important recueil, *le Panchatantra ou les Cinq Livres*, dont le noyau primitif peut dater du début de notre ère ; nous en possédons une série de versions, les unes de l'Inde méridionale, les autres du Cachemire et du Népal. L'une d'elles, bien que parmi les moins anciennes, a été particulièrement populaire sous le nom de *Hitopadeça* ou *l'Instruction profitable* ». Les personnages de ces fables appartiennent à la faune indienne, depuis les grands fauves jusqu'aux insectes. Le héros principal est le chacal, rusé compère qui joue le rôle de notre renard.
Du sanscrit, ces fables furent traduites en arabe au VIIIe siècle sous le titre de *Calila et Dimna*, ou *Fables de Bidpai* ou Pilpay. Calila et Dimna sont deux chacals qui racontent leurs aventures ; leurs récits s'emboîtent l'un dans l'autre, mettant en scène les acteurs les plus divers, pour en revenir après maints détours au narrateur initial. Les traducteurs arabes donnèrent pour auteur à ces recueils un brahmane fictif, **Bidpai,** qui intervient dans le récit. Le sage **Locman,** à qui sont attribuées d'autres fables, semble être tout aussi imaginaire.

Parmi les recueils orientaux, citons encore celui de **Sindbad** (un siècle av. J.-C.), *le Livre des sept conseillers*, qui du persan à l'arabe, au syriaque, au grec, et finalement au latin médiéval, deviendra le *Roman des sept sages*, d'où sont sortis maints fabliaux.

La fable orientale, à l'opposé de la fable grecque et de ses imitations latines, loin de viser à la brièveté, se plaît aux récits sinueux, aux multiples détails, dans une nonchalance pittoresque qui séduira La Fontaine, et l'incitera à « égayer » l'apologue.

6 La fable médiévale

L'âme naïve du Moyen Age, qui apprend sa religion dans les vitraux des cathédrales et dans les chapiteaux où figurent tant d'animaux symboliques, accueille avec ferveur les fables, d'où qu'elles viennent. L'apologue ésopique, la fable de Phèdre revivent dans les compilations latines, notamment celle de **Planude.**

Mais les fables connaissent un succès encore plus vif en langue vulgaire ; les *Ysopets*, recueils ésopiques, mettent les anciens apologues à la portée du public en donnant aux personnages les mœurs du temps : le bœuf assiste à la messe, le loup jeûne en carême, etc. Un grand écrivain comme **Marie de France** (fin du XIIe siècle) compose le plus connu, dans lequel figurent notamment *le Loup et l'Agneau* (voir I, 10), *le Goupil et le Corbeau* (voir I, 2), *le Lion malade* (voir III, 14), *la Mort et le Bûcheron* (voir I, 16). Des *Bestiaires* et des *Bibles* satiriques mettent en scène des animaux, cependant que les *fabliaux*, petits contes en vers de huit syllabes, raillent les travers humains, la sottise du vilain, la ruse de la femme ou la gourmandise des moines. L'épopée satirique du *Roman de Renart* peut être considérée comme une représentation complète de la société féodale, le lion symbolisant le roi, Ysengrin les féodaux brutaux, Renart la fourberie sans scrupules...

Si les divers genres littéraires font place aux fables, la tradition orale est peut-être encore plus généreuse : les contes ésopiques divertissent les veillées et illustrent même les conseils moraux des prédicateurs : ne trouve-t-on pas *la Laitière et le Pot au lait* dans un sermon de **Jacques de Vitry** (XIIIe siècle) ? Tout en conservant son pouvoir moralisateur, la fable médiévale acquiert une franche gaieté.

7 La fable de la Renaissance

Dans le domaine du conte et de la fable, aucune coupure spectaculaire entre la Renaissance et le Moyen Age, comme celle de la Pléiade avec la poésie marotique. Les genres anciens survivent dans les provinces ; aux fabliaux succèdent peu à peu les contes en prose inspirés du *Décameron* de **Boccace.** Pas plus que les fabliaux, ces contes ne sont de vraies *fables :* mais, riches en situations et en personnages comiques, ils fourniront à La Fontaine un répertoire savoureux. Le chef de file des conteurs, **Rabelais,** avec ses héros gigantesques (Pantagruel, Gargantua) et sa verve inépuisable, enchante La Fontaine : celui-ci peut lire la paraphrase éloquente du *Bûcheron qui a perdu sa cognée* dans le nouveau *prologue* du livre IV. L'*Heptaméron* (1558) de **Marguerite de Navarre,** le *Cymbalum mundi* et les *Nouvelles récréations et joyeux devis* (1558) de **Bonaventure des Périers,** les *Propos rustiques et facétieux* (1547) de **Noël du Fail** corrigent la sécheresse des apologues antiques et vivifient l'enseignement moral par des observations prises sur le vif. Mais la tradition ésopique n'est pas effacée pour autant. Érasme (*De Pueris statim ac liberaliter instituendis*, 1529) montre le double caractère récréatif et éducatif de l'apologue : « Que orra plus voluntiers l'enfant que les apologues et fables d'Ésope, lesquelles baillent, combien que par ris et joyeusetez, les souverains préceptes de la philosophie » (traduction de Saliat,

1537). Ronsard utilise des apologues contre les Protestants dans sa *Réponse à je ne sais quels ministreaux...* (1563). Montaigne dans ses *Essais* (II, 10, *Des Livres*) insiste sur le caractère sérieux des *Fables*, qu'on a trop tendance à considérer comme de simples exercices scolaires ou des contes enfantins : « La plupart des fables d'Ésope ont plusieurs sens et intelligences. Ceux qui les mythologisent en choisissent quelque visage qui cadre bien à la fable ; mais pour la plupart, ce n'est que le premier visage et superficiel ; il y en a d'autres plus vifs, plus essentiels et internes, auxquels ils n'ont su pénétrer : voilà comme j'en fais. » Veut-il railler les médecins ? Il prend Ésope comme garant (II, 37).

D'autre part, les adaptations en vers français se multiplient. **Clément Marot,** emprisonné pour avoir mangé du lard en carême, invite son ami Lyon Jamet à le délivrer en lui contant — avec quelle grâce spirituelle — l'apologue du *Lion et du Rat* (1525), déjà traité par Ésope, Babrius et Marie de France :

> Cestui Lion, plus fort qu'un vieil verrat,
> Vit une fois que le Rat ne savait
> Sortir d'un lieu, pour autant qu'il avait
> Mangé le lard et la chair toute crue... (voir la suite, p. 109).

Du récit sec et terne, Marot a fait non seulement une épître pleine d'enjouement, mais une véritable comédie avec des péripéties, un dialogue amusant et des inventions verbales, que pouvait lui envier La Fontaine. A la fin du siècle, **Mathurin Régnier** insère dans sa *Satire III (la Vie de Cour)* la fable, *la Lionne, le Loup et le Mulet.*

Plus importantes par le nombre, sinon par le talent, sont d'autres traductions en vers français, qui s'échelonnent au cours du siècle, et attestent la vogue des apologues ésopiques : **Gilles Corrozet** rime une centaine de fables, *Fables du très ancien Ésope phrygien* (1542) ; **Guillaume Haudent,** *Trois cent soixante-six apologues d'Ésope* (1547) ; **Guillaume Guérould** intercale vingt-sept apologues dans le *Premier Livre des Emblèmes* (1550) ; **Baïf,** qui a toutes les curiosités, introduit une vingtaine de fables dans ses *Mimes, enseignements et proverbes* (1576) ; **Philibert Hégemon,** vingt-deux dans sa *Colombière ou Maison rustique* (1583). Or La Fontaine, contrairement à la plupart de ses contemporains, goûtait fort la langue du XVIe siècle...

8 La fable au XVIIe siècle

Il est surprenant que Boileau n'ait pas mentionné la fable dans *l'Art poétique*, alors que ses contemporains, même avant le premier recueil de La Fontaine (1668), lui accordaient tant de crédit. La raison principale de cette omission est peut-être l'importance même des apologues dans la vie scolaire. Sur ce point, G. Couton a apporté un ensemble d'informations et d'hypothèses très significatives (*Poétique de La Fontaine*, 1957). Dès le collège,

Phèdre et Ésope servaient non seulement à la formation morale des élèves, mais à l'étude du latin et du grec, étant donné la facilité de la langue. Plus tard, les maîtres enseignaient à amplifier et à commenter en latin le texte des fabulistes antiques. Enfin, à côté des fables proprement dites, existaient depuis Alciat des recueils d'*emblèmes*, exercices de morale et de style comprenant un titre bref, un proverbe illustré par un court récit et suivi par un commentaire abondant. Dès le collège, les enfants étaient donc imprégnés de la sagesse ésopique, et entraînés à lui donner une forme littéraire. Rien d'étonnant si le succès des premières fables de La Fontaine a été éclatant : avec leurs souvenirs d'écoliers, ses lecteurs étaient à même d'apprécier tout ce que l'apologue lui devait d'enrichissement artistique.

9 Les sources de La Fontaine

On ne saurait les déterminer avec certitude, sauf pour quelques fables particulières. Parmi les recueils ésopiques traduits en français, relevons :

— Celui de **Jean Meslier** (1629), qui donne un choix de fables avec le texte grec, une traduction latine, une traduction française et une annotation abondante. Les rapprochements entre le texte de Meslier et celui de La Fontaine dans la fable *le Lion et le Moucheron* semblent indiquer que La Fontaine connaissait ces morceaux choisis, réédités en 1641 et 1650.

— *Les Fables d'Ésope phrygien, traduites et moralisées* (1631, 1649, 1659, 1683) par **Baudoin.**

— Les *Fables héroïques* d'**Audin** (1610, 1648, 1660).

— Le recueil illustré de **Nevelet,** sans cesse réédité (1610, 1660), comportant le texte grec, une traduction latine, la *Vie d'Ésope* de Planude, les fables latines de Phèdre, etc.

En ce qui concerne la fable orientale, « **le Livre des lumières,** *ou la Conduite des Rois, composée par le sage Pilpay Indien, traduite en français par David Sahid, d'Ispahan, ville capitale de Perse* » (1644), donne une version abrégée de *Calila et Dimna.* Peut-être La Fontaine a-t-il lu aussi le *Specimen sapientiae Indorum veterum* (1666), adaptation de l'ouvrage arabe par le **P. Poussines.**

Enfin, son imagination a pu être éveillée par des éditions illustrées d'apologues et de contes, en particulier les *Figures tirées des fables d'Ésope* (1659), et le recueil de **Verdizotti,** *Cento Favole bellissimi dei piu illustri antichi e moderni Graeci e Latini* (1570, 1599, 1661). Entre le graveur et le poète, les échanges ont dû être réciproques.

Ainsi, une longue et abondante tradition orale et écrite a précédé les *Fables* de La Fontaine, mais elle n'explique aucunement le miracle du chef-d'œuvre.

L'ÉPOQUE DE LA FONTAINE

Règne de Louis XIII (1610-1643)

1622	Baptême de Molière (15 janvier).	**Jeunesse**
	Richelieu nommé cardinal.	
1623	Naissance de Pascal (19 juin).	
	Histoire comique de Francion par Charles Sorel.	
1624	*Lettres* de Louis Guez de Balzac.	
	Louis XIII fait construire le premier château de Versailles, « petit château de cartes », selon Saint-Simon.	
1625	*Les Bergeries* de Racan.	
1626	Naissance de la future marquise de Sévigné (5 février).	
	Édit de Nantes ordonnant la destruction des châteaux fortifiés.	**Études**
1627	Naissance de Bossuet.	
	Fondation de la Compagnie du Saint-Sacrement.	
1628	Mort de Malherbe.	
	Harvey explique la circulation sanguine.	
1629	*Æsopi fabulae* (fables d'Ésope) par Meslier : texte grec, traduction latine et traduction française avec annotations.	
1631	Théophraste Renaudot fonde *la Gazette*.	
1632	*La Leçon d'anatomie* par Rembrandt.	
1634	*Sophonisbe*, tragédie de Mairet.	
	Fondation des Filles de la Charité par Vincent de Paul.	
1635	Fondation de l'Académie française.	**Oratorien**
1636	Naissance de Boileau.	
1637	*Le Cid*, tragédie de Corneille (janvier).	
	Discours de la méthode par Descartes.	
	Débuts de la société des Solitaires de Port-Royal.	
1640	*Horace*, tragédie de Corneille.	
	Augustinus par Jansenius.	
1641	*La Guirlande de Julie*.	
1642	Naissance de Newton.	
	Mort de Richelieu (4 décembre).	
	Polyeucte, tragédie de Corneille (décembre).	
1643	Mort de Louis XIII (13 mai).	**Vocation poétique**

LA VIE DE LA FONTAINE (1621-1695)

1621 (8 juillet). Baptême de « Jehan » de La Fontaine dans l'église Saint-Crépin à Château-Thierry. Le père, CHARLES DE LA FONTAINE, qui s'attribue le titre d'*écuyer* sans en avoir le droit, est conseiller du roi et maître des Eaux et Forêts du duché de Chaûry. La mère, FRANÇOISE PIDOUX, née en 1582 d'une famille de médecins poitevins, s'était remariée après avoir perdu son premier mari, négociant à Coulommiers. La famille habite une jolie maison Renaissance, rue des Cordeliers (rénovée en 1876, elle abrite aujourd'hui la Société historique de la ville).

1623 Naissance d'un frère, Claude.

1635 Jean, sans doute alors orphelin de mère, entre en Seconde dans un collège parisien, après avoir commencé ses études au collège de sa ville natale. Il a pour condisciple Antoine Furetière, futur auteur du *Dictionnaire* et du *Roman bourgeois*. « Il ne semble pas avoir gardé de ses maîtres un agréable souvenir » (Michaut, *La Fontaine*, 1913). Faut-il s'en rapporter à une épigramme *Contre un pédant de collège* que, depuis 1813, on attribue au fabuliste (Clarac, II, p. 1081)?

Il est trois points dans l'homme de collège,
Présomption, injures, mauvais sens.
De se louer il a le privilège :
Il ne connaît arguments plus puissants.
Si on le fâche, il vomit des injures :
Il ne connaît plus brillantes figures [...]
Qu'il aille voir la Cour tant qu'il voudra,
Jamais la Cour ne le décrassera.

1641 (27 avril). Orienté vers la carrière ecclésiastique, La Fontaine entre **à l'Oratoire,** rue Saint-Honoré. Durant l'été, il séjourne chez les Oratoriens de Juilly « pour se nourrir de silence et de recueillement » (Hamel). En octobre, il est admis au séminaire des Oratoriens de Saint-Magloire, rue d'Enfer, avec son jeune frère Claude, « pour y étudier la théologie » (*Registres de l'Oratoire*).

1642 (octobre). Après dix-huit mois de stage, il abandonne l'Oratoire ; on ne sait s'il en fut exclu ou s'il manqua de vocation. « A quoi passiez-vous donc la journée? » lui demanda plus tard Le Verrier, commentateur de Boileau. « — Desmares [professeur de théologie] s'amusait à lire son Saint-Augustin, répondit La Fontaine, et moi, mon *Astrée.* »

1643 Enthousiasmé par les *Odes* de Malherbe — souvent, il « passe ses nuits à apprendre ses vers par cœur et, le jour, il va les déclamer dans les bois » (A. Adam, II, p. 103) —, le séminariste manqué trouve sa voie dans la poésie, et son père « eut une joie incroyable, lorsqu'il vit les premiers vers de Jean » (Charles Perrault).

Régence d'Anne d'Autriche (18 mai 1643-1661)	
1643 Victoire de Rocroi (19 mai). Condamnation de l'*Augustinus*.	**Étudiant en droit**
1644 Torricelli invente le baromètre.	
1645 Naissance de La Bruyère.	
1646 Conversion de Pascal au Jansénisme. Traduction d'Ésope par Pierre Millot. Édition scolaire des *Fables* de Phèdre par Lemaistre de Sacy : gros succès, la seconde édition paraîtra en 1668.	**Mariage**
1647 Expériences de Pascal sur le vide.	
1648 Traité de Westphalie. Fondation de l'Académie de peinture et de sculpture. *Les Pèlerins d'Emmaüs* par Rembrandt.	**Maître des eaux et forêts**
1648-1653 Fronde.	
1650 Mort de Descartes.	**Auteur imprimé**
1651 *Nicomède*, tragédie de Corneille. *Le Roman comique* par Scarron. Colbert nommé intendant des finances (mars).	
1653 Condamnation des *Cinq propositions* par le pape (31 mai). Fouquet surintendant des finances. Cromwell protecteur d'Angleterre.	
1654 Nuit de Pascal (23 novembre).	
1655 Conversion du prince de Conty. Pascal se retire à Port-Royal-des-Champs. Racine entre aux Petites-Écoles de Port-Royal-des-Champs. *Le Voyage dans la lune* par Cyrano de Bergerac.	**Poète courtisan**
1656-1657 *Lettres provinciales* de Pascal.	
1656-1659 Construction du château de Vaux par Le Vau.	
1658 Mort de Cromwell. Molière s'installe à Paris (12 juillet).	

1645-1647 Études de **droit** à Paris, avec François de Maucroix, son ami d'enfance (né en 1619), et Antoine Furetière, son ancien condisciple. Le jeune étudiant, qui se pique de poésie, fréquente une académie littéraire qui se réunit chez Pellisson. Dans une épître composée à cette époque, Maucroix (qui, par désespoir d'amour, deviendra chanoine à Reims en 1647) présente son ami Jean comme un « bon garçon » aimant la paresse (voir p. 25).

1647 (10 novembre). Signature d'un **contrat de mariage** (le mariage aura lieu le lendemain) avec MARIE HÉRICART, fille du lieutenant civil et criminel au bailliage de La Ferté-Milon, parent de Jean Racine. Agée de quatorze ans et demi, Marie reçoit « 30 000 livres en avancement d'hoirie » (héritage). Outre les biens légués par sa mère (fermes, métairies), Jean reçoit, de son père, quelques immeubles.

1652 (20 mars). Il achète une charge de **maître particulier des eaux et forêts** « du duché de Château-Thierry et prévôté de Châtillon-sur-Marne ».

1653 (30 octobre). Baptême, à Château-Thierry, d'un fils : Charles de La Fontaine, sous le parrainage du chanoine Maucroix.

1654 La Fontaine publie, sans la signer, une comédie intitulée *l'Eunuque*. C'est le premier de ses ouvrages qui paraisse en librairie. Sa femme l'a-t-elle encouragé ? Elle fréquente, elle aussi, mais à Château-Thierry, une académie de beaux esprits.

1657-1658 Par l'oncle de sa femme, Jannart, « substitut qui fait la charge de procureur général au lieu de **M. Fouquet** », le poète est reçu chez le Surintendant où il lit quelques épîtres.

En mars-avril, Charles de La Fontaine (le chef de famille) meurt, laissant à son fils aîné une succession chargée d'un lourd passif (36 644 livres — soit 72 000 journées d'ouvrier —, en face d'un actif de 50 000 livres, mais difficile à réaliser); si bien que, d'un commun accord, le poète et sa femme demandent la séparation de biens. Il recueille les deux charges paternelles : une maîtrise des eaux et forêts (la seconde, pour lui) et une capitainerie des chasses.

1658 Tallemant des Réaux parle ainsi du poète, dans ses *Historiettes* (éd. Adam, I, 1960, p. 391) : « Un garçon de belles-lettres et qui fait des vers, nommé La Fontaine, est encore un grand rêveur. Son père, qui est maître des eaux et forêts de Château-Thierry en Champagne, étant à Paris pour un procès, lui dit : *Tiens, va vite faire telle chose, cela presse.* La Fontaine sort, et n'est pas plus tôt hors du logis qu'il oublie ce que son père lui avait dit. Il rencontre de ses camarades qui, lui ayant demandé s'il n'avait point d'affaires : *Non*, leur dit-il, et alla à la Comédie avec eux. Une autre fois, en venant à Paris, il attacha à l'arçon de la selle un gros sac de papiers importants. Le sac était mal attaché et tombe : l'Ordinaire[1] passe, ramasse le sac, et ayant trouvé La Fontaine, il lui

1. Courrier partant à des heures régulières.

Nicolas Fouquet, par R. Nanteuil (1662)

Navette entre Château-Thierry et Paris

Distrait.

Désabusé.

Moqueur

Protégé de Fouquet

1659 Traité des Pyrénées.
Œdipe, tragédie de Corneille.
Fouquet devient l'unique intendant des finances.
Les Précieuses ridicules, comédie de Molière (18 novembre).
Nouvelle édition des *Fables d'Ésope Phrygien, traduites et moralisées* par Boissat.

1660 Nouvelle édition du recueil de Nevelet (paru en 1610), qui groupe les fables d'Ésope, d'Aphtonius et de Babrius.

demande s'il n'avait rien perdu. Ce garçon regarde de tous côtés : *Non*, ce dit-il, *je n'ai rien perdu. — Voilà un sac que j'ai trouvé*, lui dit l'autre. — *Ah! c'est mon sac!* s'écria La Fontaine ; *il y va de tout mon bien.* Il le porta entre ses bras jusqu'au gîte [...] Depuis, son père l'a marié, et lui l'a fait par complaisance. Sa femme dit qu'il rêve tellement qu'il est quelquefois trois semaines sans croire être marié. C'est une coquette qui s'est assez mal gouvernée depuis quelque temps : il ne s'en tourmente point. » On connaît la philosophie désabusée qu'exprimera plus tard le mari indifférent :

J'ai vu beaucoup d'hymens, aucuns d'eux ne me tentent.
Fables, VII, 2.

Marie était-elle faite pour Jean? Elle aimait jouer tantôt à la précieuse, tantôt à la coquette. De ces travers, il se moquera (1659) dans le prologue des *Rieurs du Beau-Richard :*

Qui ne rirait des précieux?
Qui ne rirait de ces coquettes
En qui tout est mystérieux,
Et qui font tant les Guillemettes [les Sainte-Nitouche]

Elles parlent d'un certain ton,
Elles ont un certain langage
Dont aurait ri l'aîné Caton,
Lui qui passait pour homme sage.

Lorsque les Philaminte auront remplacé les Cathos, le poète fera directement ce reproche à sa femme dans une lettre du 25 août 1663 (*Relation d'un voyage en Limousin*, éd. Clarac, p. 523) : « Ce n'est pas une bonne qualité pour une femme d'être savante ; et c'en est une très mauvaise d'affecter de paraître telle. »

1659 Nicolas Fouquet commande à La Fontaine un ouvrage à la gloire du château de Vaux : ce sera *le Songe de Vaux*. Jean s'engage à « donner pension poétique » au Surintendant :

A la Saint-Jean, je promets madrigaux [...]
Vienne l'an neuf, ballade est destinée :
Qui rit ce jour, il rit toute l'année [...]
Pâques, jour saint, veut autre poésie [...]
Quelque sonnet plein de dévotion...

La Fontaine vit tantôt à Paris (avec sa femme, chez l'oncle Jannart), tantôt à Château-Thierry pour y remplir ses charges. C'est dans cette ville qu'il fait représenter, par des amis, le ballet intitulé *les Rieurs du Beau-Richard*.

1660 La Fontaine entre en relation avec Jean Racine (un peu son parent par les femmes), âgé de vingt et un ans.

Règne personnel de Louis XIV (9 mars 1661-1715)		
1660	Premières *Satires* de Boileau. Mariage de Louis XIV et de Marie-Thérèse (9 juin). Mort de Gaston d'Orléans (février). Louis XIV fait brûler les *Provinciales*.	
1661	Mariage d'Henriette d'Angleterre avec Monsieur (mars). Mort de Mazarin (9 mars). Fêtes de Vaux en l'honneur du roi (17 août). Arrestation de Fouquet à Nantes (5 septembre). Il sera conduit à Vincennes le 31 décembre. Colbert entre au nouveau Conseil des finances (15 septembre). Le Vau commence à construire le château de Versailles.	**Fêtes de Vaux**
1662	Molière épouse Armande Béjart (20 février). Le procès de Fouquet est décidé officiellement (février). Mort de Pascal (19 août). Louvois secrétaire d'État. *Mémoires* de La Rochefoucauld.	**Arrestation de Fouquet** **Premiers ennuis**
1663	Premières pensions attribuées aux gens de Lettres, sur les indications de Chapelain. Querelle de *l'École des femmes*.	**Voyage en Limousin**

CL. B. N.

Le duc de Bouillon

1661 (17 août). En l'honneur du roi, Fouquet organise les fêtes de Vaux dans son somptueux château tout neuf (*A Vaux*, rapporte Tallemant — I, p. 303—, *il y a six cents personnes nourries : jugez du reste*). La Fontaine y assiste et applaudit *les Fâcheux* de Molière en ces termes (lettre à Maucroix du 22 août 1661) :

> *Cet écrivain par sa manière*
> *Charme à présent toute la Cour.*
> *De la façon que son nom court,*
> *Il doit être par delà Rome* [où séjourne Maucroix] :
> *J'en suis ravi, car c'est mon homme.*
>
> ...
>
> *Nous avons changé de méthode :*
> *Jodelet n'est plus à la mode,*
> *Et maintenant il ne faut pas*
> *Quitter la nature d'un pas.*

Dix-neuf jours après ces fêtes, le 5 septembre, Fouquet est arrêté : l'envie, la jalousie ont fait leur œuvre.

1662 Publication anonyme de l'*Élégie aux nymphes de Vaux* où le poète exprime son attachement à Fouquet :

> *Remplissez l'air de cris en vos grottes profondes :*
> *Pleurez, Nymphes de Vaux, faites croître vos ondes* [...]
>
> ...
>
> *Il est assez puni par son sort rigoureux :*
> *Et c'est être innocent que d'être malheureux.*

La Fontaine a des ennuis : il est condamné à une assez forte amende pour usurpation de noblesse (le titre d'écuyer dans un acte notarié) ; au nom du duc de Bouillon — dont le château, aujourd'hui détruit, dominait alors la ville —, le premier président Lamoignon incite les maîtres particuliers des eaux et forêts de Château-Thierry à sévir avec plus de rigueur contre les braconniers.

1663 (janvier). La Fontaine envoie à Fouquet une *Ode au roi*, qu'il croit capable de fléchir le monarque :

> *Permets qu'Apollon t'importune*
> *Non pour les biens et la fortune,*
> *Mais pour les jours d'un malheureux* [...]
>
> ...
>
> *Accorde-nous les faibles restes*
> *De ces jours tristes et funestes...*

1663 (23 août). L'oncle Jannart, protégé de Fouquet et, comme La Fontaine, resté fidèle à son protecteur, part pour l'exil à Limoges. Le poète l'accompagne-t-il de son plein gré ? On en discute. La relation du *Voyage en Limousin* (16 lettres en prose mêlée de vers) ne sera imprimée qu'après la mort de La Fontaine.

1664	Le roi apprend à faire des vers. Molière anime « les plaisirs de l'Ile enchantée » (8-13 mai). Dispersion des religieuses de Port-Royal de Paris (août). Condamnation de Fouquet au bannissement (20 décembre) ; neuf juges avaient voté pour la mort. Le roi aggrave la sentence : emprisonnement perpétuel. Colbert achète la charge de surintendant des bâtiments.	**Gentilhomme servant**
1665	Colbert devient contrôleur général des finances (décembre). *Maximes* de La Rochefoucauld.	**Conteur libertin**
1666	Mort d'Anne d'Autriche (22 janvier). Mort du prince de Conty (10 février). *Le Misanthrope*, comédie de Molière (4 juin). *Satires* I à VI de Boileau.	
1667	Mlle Du Parc quitte Molière pour l'Hôtel de Bourgogne où elle crée le rôle d'Andromaque (22 novembre). Établissement de la manufacture royale des Gobelins.	**Fabuliste**
1668	*Les Plaideurs*, comédie de Racine.	
1669	On joue *Tartuffe*, comédie de Molière (5 février). Colbert secrétaire d'État de la Maison du roi (février) ; secrétaire d'État à la marine (mars). *Britannicus*, tragédie de Racine (décembre).	
1670	Première publication des *Pensées* de Pascal. Mort d'Henriette d'Angleterre (29 juin). *Bérénice*, tragédie de Racine (novembre). Publication des *Œuvres* de Saint-Glas, qui contiennent plusieurs *Fables d'Ésope mises en vers*. Furetière publie ses *Fables morales et nouvelles*, au nombre de 50.	
1671	Début de la *Correspondance* de Mme de Sévigné.	**Chez Mme de La Sablière**
1672	Fondation de l'Académie nationale pour la représentation des opéras. Le directeur est Lully. *Bajazet*, tragédie de Racine (janvier). Louis XIV s'installe à Versailles.	

Revenu à Château-Thierry pour la fin de l'année, il fait sa cour à la toute jeune (mariée à treize ans en 1662) châtelaine du lieu : Marie-Anne Mancini, duchesse de Bouillon.

1664 (8 juillet). Il entre au service (palais du Luxembourg) de la pieuse duchesse douairière d'Orléans et reçoit un brevet de **gentilhomme servant** (il y en avait 9 ; pension annuelle de 200 livres, nourri mais non logé). Sa femme se retire complètement à Château-Thierry. Il publie des *Nouvelles en vers tirées de Boccace et de l'Arioste.*

1665 Premier recueil de *Contes et Nouvelles en vers*, définis comme des récits « à faire plaisir ». La Fontaine fréquente régulièrement Molière, Boileau, Racine, Chapelle, Furetière. Mais l'histoire de la « Société des quatre amis » (La Fontaine, Molière, Racine, Boileau) n'est qu'une légende ; et le nom de « Poliphile » (écrit *Polyphile* dans les éditions modernes de *Psyché*), que La Fontaine aurait porté dans cette société, signifie peut-être simplement : amant de *Polia.*

1666 Un second recueil de *Contes et Nouvelles en vers* reçoit du public un aussi bon accueil que le premier : « Vous avez damé le pion à Boccace », écrit Chapelain au poète (alors protégé par Mme de Montespan et sa sœur, Mme de Thianges).

1668 (31 mars). Achevé d'imprimer, chez Barbin, des **Fables choisies mises en vers par M. de La Fontaine:** 126 pièces (dont 124 fables) réparties en six livres et dédiées au Dauphin, âgé de huit ans. Le recueil obtient un succès éclatant.

1669 Publication des *Amours de Psyché et de Cupidon*, « roman » en prose mêlée de vers, et d'*Adonis*, poème jadis offert à Fouquet.

1671 (17 janvier). Première représentation aux Tuileries de *Psyché*, pièce due à la collaboration de La Fontaine avec Molière, Corneille, Quinault et Lully.

Publication d'un troisième recueil de *Contes et Nouvelles en vers* et d'un petit recueil de huit fables nouvelles.

(21 septembre). Ne pouvant racheter au duc de Bouillon ses charges (elles n'étaient attribuées que pour cinq ans) de maître des eaux et forêts, La Fontaine les abandonne.

1672 (3 février). Mort de la duchesse douairière d'Orléans ; le poète perd sa charge de gentilhomme servant.

1673 **Mme de La Sablière** (née Marguerite Hessein), qui vit séparée de son mari (depuis 1668) et de ses enfants, recueille La Fontaine dans son hôtel de la rue Neuve-des-Petits-Champs. « Elle pourvoyait généralement à tous ses besoins » (abbé d'Olivet, *Hist. de l'Acad. fr.*, 1729). Agée de trente-trois ans, élève du physicien Roberval et de l'orientaliste Bernier, c'était une « femme savante » (la comédie de Molière avait été présentée en 1672), satirisée par Boileau. La Fontaine habitera là vingt ans durant, jusqu'à la mort de son hôtesse (6 janvier 1693) qu'il célébrera souvent sous le nom d'*Iris.*

1673	Première réception publique à l'Académie française (13 janvier). *Mithridate*, tragédie de Racine (janvier). Mort de Molière (21 février).	**Hommage à Molière**
1674	*L'Art poétique* de Boileau.	
1675	Turenne tué à Salzbach (27 juillet).	
1676	Arrestation de la Brinvilliers.	
1677	*Phèdre*, tragédie de Racine (janvier). Boileau et Racine nommés historiographes du roi. Bossuet enseigne au Dauphin *la Politique tirée des propres paroles de l'Écriture sainte* (ouvrage publié en 1709).	**Abandon des derniers biens**
1678	Traité de Nimègue (août).	
1680	Interrogatoire (29 janvier) de la duchesse de Bouillon, compromise dans l'Affaire des poisons. La Voisin est brûlée en place de Grève (22 février). Mort de La Rochefoucauld (16 mars). Mort de Fouquet à Pignerol (23 juillet). Établissement des Frères des écoles chrétiennes par J.-B. de la Salle.	**Académicien**
1681	Achèvement du canal du Languedoc (mai). *Discours sur l'histoire universelle* par Bossuet.	
1682	Louis XIV se fixe à Versailles (6 mai).	
1683	Mort de Colbert (6 septembre).	
1684	Mariage secret du roi avec Mme de Maintenon.	

En l'honneur de son ami Molière qui vient de mourir (21 février 1673), La Fontaine compose une épitaphe :

Sous ce tombeau gisent Plaute et Térence,
Et cependant le seul Molière y gît.
Leurs trois talents ne formaient qu'un esprit
Dont le bel art réjouissait la France.

1674 Publication de *l'Art poétique*. Boileau n'y cite pas la fable parmi les genres poétiques qu'il y étudie.
De *Nouveaux Contes*, inspirés par la duchesse de Bouillon et imprimés clandestinement, seront interdits en 1675 par le lieutenant de police La Reynie.

1675 Pour s'acquitter de ses dettes, La Fontaine vend sa maison natale et le banc auquel il avait droit dans l'église Saint-Crépin.

1677 (29 juillet). Il obtient un privilège pour une nouvelle édition des *Fables* en 4 tomes : les deux premiers (parution en 1678) contiennent les livres I à VI parus en 1668 ; le troisième (1678 également), les livres VII et VIII ; le quatrième (1679), les livres IX, X et XI de nos éditions modernes.

1680 Devenue veuve et abandonnée par son amant La Fare, Mme de La Sablière — « en fait, personne ne saurait nommer, dans la vie de cette charmante femme, qu'une seule liaison, et le libertinage y est très évidemment étranger », écrit A. Adam, IV, p. 17 — veut consacrer à la dévotion ses dernières années. Elle s'installe rue Saint-Honoré et loge La Fontaine dans une maison voisine de la sienne.

1682 Publication du *Poème du quinquina*, dédié à la duchesse de Bouillon (pourtant en disgrâce, à la suite de l'Affaire des poisons).

1683 (15 novembre). La Fontaine est élu à l'Académie française, en remplacement de Colbert, par 16 voix sur 23 ; mais le roi suspend les effets de cette élection.

1684 (17 avril). Élection de Boileau, « tout d'une voix », à l'Académie française ; le roi lève alors la suspension frappant La Fontaine. « Il a promis d'être sage », aurait dit Louis XIV, selon l'abbé d'Olivet. Le 2 mai, le fabuliste prononce son discours de réception et lit son *Épître à Mme de La Sablière*, « où il fait une description de sa vie et de ses mœurs, en un mot une confession générale fort naïve » (lettre de Charles Perrault à Daniel Huet). Le directeur en exercice, l'abbé de la Chambre, lui répond par un « sermon » où il célèbre « un génie aisé, facile, plein de délicatesse et de naïveté; quelque chose d'original et qui, sous sa simplicité apparente et sous un air négligé, renferme un grand trésor et de grandes beautés ». Lors de la réception de Boileau (1er juillet), La Fontaine lit une fable : *le Renard, le Loup et le Cheval* (XII, 17).

1685	L'Académie française (y compris La Fontaine, vieil ami de l'écrivain, mais non compris Boileau) vote (22 janvier) l'exclusion de Furetière pour avoir obtenu le privilège de la publication de son dictionnaire (il paraîtra en 1690, celui de l'Académie ne paraîtra qu'en 1694). Révocation de l'Édit de Nantes.	
1686	Mort de Condé (11 décembre).	
1687	Charles Perrault lit à l'Académie son poème sur *le Siècle de Louis le Grand* (27 janvier). Ainsi commence la querelle des Anciens et des Modernes. « Après avoir grondé longtemps tout bas, M. Despréaux s'éleva dans l'Académie et dit que c'était une honte qu'on fît une telle lecture qui blâmait les plus grands hommes de l'antiquité. » Mort de Lully (22 mars).	**Confession générale**
1688	Mort de Furetière (14 mai). Première édition des *Caractères* de La Bruyère.	
1689	Achèvement du palais de Versailles. *Esther*, tragédie de Racine (26 janvier).	
1690	*Dictionnaire* de Furetière.	**Chez M. d'Hervart**
1691	*Athalie*, tragédie de Racine (janvier). Sixième édition des *Caractères* où figure, parmi les textes nouveaux, un portrait de La Fontaine : son extérieur *lourd* et *stupide* y est opposé à son génie (voir p. 26).	**Mort**
1692	Victoire de Steinkerque. Mort de Tallemant des Réaux. *Dictionnaire historique et critique* de Pierre Bayle.	
1693	Mort de Mme de La Sablière (6 janvier). Réception de La Bruyère à l'Académie. Il fait l'éloge de La Fontaine (15 juin).	
1694	*Dictionnaire* de l'Académie française. *Maximes sur la comédie* par Bossuet.	

1687 Épîtres à l'évêque de Soissons : La Fontaine prend parti pour les Anciens.

1690 (décembre). *Le Mercure galant* publie *les Compagnons d'Ulysse*, fable dédiée au duc de Bourgogne, âgé de huit ans, élève de Fénelon.

1691 (28 novembre). La représentation d'*Astrée*, opéra de La Fontaine, mis en musique par Colasse, gendre de Lully, est un échec.

1692 (décembre). L'abbé Poujet, jeune vicaire de Saint-Roch (en 1709, « docteur en Sorbonne, prêtre de l'Oratoire, professeur de théologie au séminaire de Saint-Magloire », il publiera une relation de ces faits), incite La Fontaine à une **confession générale**. Durant une quinzaine, le prêtre vient prêcher le poète deux fois par jour; si bien que la garde du poète, « voyant avec quel zèle on l'exhortait à la pénitence, dit un jour à l'abbé : *Eh! ne le tourmentez pas tant, il est plus bête que méchant.* A quelque temps de là elle ajouta : *Dieu n'aura jamais le courage de le damner* » (abbé d'Olivet).

1693 Au printemps, le poète s'installe chez M. d'Hervart, fils d'un banquier qu'il avait connu dans l'entourage de Fouquet. Le 1er septembre paraît le livre XII et dernier des *Fables*.

Le jeudi 12 novembre, La Fontaine procède à sa confession générale. Il renie un livre de « contes infâmes », demande pardon à Dieu, à l'Église, à l'Académie, et renonce au profit qui résultera d'une édition des contes préparée en Hollande : « Je suis résolu à passer le reste de mes jours dans les exercices de la pénitence [...] et à n'employer le talent de poésie qu'à la composition d'ouvrages de piété. »

1695 (9 février). La Fontaine qui jusqu'alors se portait bien — « Je continue toujours à me bien porter et ai un appétit et une vigueur enragée [...]. J'espère que nous attraperons tous les deux quatre-vingts ans », écrivait-il à Maucroix —, tombe malade dans la rue du Chantre, en revenant de l'Académie.

Il meurt (13 avril) chez les Hervart, dans leur somptueux hôtel de la rue Plâtrière, « avec une constance admirable et toute chrétienne » (Ch. Perrault), le corps couvert d'un cilice (selon l'abbé d'Olivet). Maucroix écrit, dans son *Journal :* « Le 13 avril 1695 mourut à Paris mon très cher et très fidèle ami M. de La Fontaine [...]. C'était l'âme la plus sincère et la plus candide que j'aie jamais connue, jamais de déguisement ; je ne sais s'il a menti de sa vie [...]. Ses fables, au sentiment des plus habiles, ne mourront jamais et lui feront honneur dans toute la postérité. »

Inhumé au cimetière des Saints-Innocents, son corps fut transporté, en 1817, au cimetière du Père-Lachaise.

1696 (15 mars). Achevé d'imprimer des *Œuvres posthumes*, réunies par Mme Ulrich, amie du poète. Beaucoup d'autres seront publiées par la suite car, selon Pierre Clarac, La Fontaine mourut en « laissant inédite la moitié de son œuvre. »

1709 (9 novembre). Inhumation de la veuve du fabuliste.

LA FONTAINE : L'HOMME

1 Le « Bonhomme » légendaire

Le distrait — Vers la cinquantaine, rencontrant son fils dans un salon, il ne le reconnaît pas; à soixante-sept ans, il est si troublé par une voisine de table, Mlle de Beaulieu, qu'il en perd son chemin et reste absent de Paris pendant trois jours. Dans le monde, il semble dormir : un frère de Boileau, docteur en théologie, faisant devant lui l'éloge de saint Augustin, « il se réveilla comme d'un profond sommeil et demanda d'un grand sérieux au docteur, s'il croyait que saint Augustin eût eu plus d'esprit que Rabelais. Le docteur, l'ayant regardé depuis la tête jusqu'aux pieds, lui dit pour toute réponse : *Prenez garde, Monsieur de La Fontaine, vous avez mis un de vos bas à l'envers* ».

Un visionnaire? — Louis Racine, qui le vit souvent chez son père, constate cette distraction et propose une explication ingénieuse : « Au fond, c'est un visionnaire; il n'est jamais où on le voit, toujours abstrait quand on lui parle, et au lieu de répondre à ce qu'on lui demande, il fait à tout moment des apropositi ridicules. » Cette « abstraction » innée, mais vraisemblablement cultivée, le met à l'abri des fâcheux (ainsi Ronsard s'enfermait dans sa surdité) et autorise toutes ses audaces. Elle lui procure une évasion aisée des contraintes sociales. Giraudoux, qui la qualifie d' « extase laïque », lui donne comme fruits « le bien-être, la tiédeur, l'oubli des maux, et une insensibilité complète à la présence d'amis ou d'importuns ».

L'indépendance égoïste d'un artiste — Cet homme, qui se met par contrat au service de Fouquet, supporte la cour morose du Luxembourg, et passe du salon de Mme de La Sablière à celui de la duchesse de Bouillon ou à la Société du Temple, est aussi celui qui s'éloigne de sa famille, rompt avec sa femme et néglige son fils : « En quelques années, sans que personne s'en soit aperçu, le père est seul, la femme seule, le fils confié à des amis, le frère écarté pour toujours, la maison abandonnée, les propriétés vendues, la charge évanouie » (Giraudoux). Ce mari inconstant ne s'attache pas à de grandes passions. Il s'enflamme, mais pour peu de temps et pour des personnes fort libres, comme Mme Colletet ou Mme Ulrich, avant de rechercher les faveurs intéressées des « jeannetons ». Lui-même avoue son goût du changement (*Élégie deuxième*) :

> *On m'a pourvu d'un cœur peu content de lui-même,*
> *Inquiet, et fécond en nouvelles amours :*
> *Il aime à s'engager, mais non pas pour toujours.*

Cependant, ce « Papillon du Parnasse », qui butine tous les cœurs, sait aussi exprimer avec une émouvante sincérité le regret de l'amour qui s'éloigne (*les Deux Pigeons*, IX, 2) :

Ah! si mon cœur osait encor se renflammer!
Ne sentirai-je plus de charme qui m'arrête?
Ai-je passé le temps d'aimer?

2 Mais d'heureuses qualités

« Un bon garçon » — Alors que tant de ses contemporains cherchent à se pousser dans tous les domaines, La Fontaine ne vise ni la fortune ni la gloire littéraire, et il ignore les cabales. Vienne le succès, il l'accepte sans en tirer vanité. Ses compagnons de *la Table ronde* le considèrent comme un camarade loyal, sans aucune méchanceté :

La Fontaine est un bon garçon [...]
Belle paresse est tout son vice.

Il conservera toute sa vie cette gentillesse et son amour du sommeil. Quant à sa paresse, elle était plus apparente que réelle.

Il aime la vie et le rire — « On peut se lasser du jeu, de la bonne chère, des dames, mais de rire point », fait-il dire à l'un des personnages de *Psyché :* la remarque pourrait fort bien être une confidence expliquant son admiration pour les écrivains du XVIe siècle, en particulier pour Rabelais qu'il sait par cœur, et sa fréquentation assidue de la Comédie Italienne : « Je laisse à la porte ma raison et mon argent, et je ris après tout mon saoûl. »

Un épicurien mélancolique? La Fontaine fréquente les salons, mais il échappe aussi aux plaisirs de la société pour redevenir lui-même et se donner le plaisir de la solitude (*Psyché*) :

J'aime le jeu, l'amour, les livres, la musique,
La ville et la campagne, enfin tout : il n'est rien
Qui ne me soit souverain bien,
Jusqu'au sombre plaisir d'un cœur mélancolique.

Le *Songe d'un habitant du Mogol* (XI, 4) donne à cet amour de la retraite des accents plus lyriques :

Solitude, où je trouve une douceur secrète,
Lieux que j'aimai toujours, ne pourrai-je jamais,
Loin du monde et du bruit, goûter l'ombre et le frais?

La Fontaine serait-il donc un romantique prématuré, prêt à se livrer, comme René, aux ouragans de l'automne? D'autres aveux, paisibles et souriants, excluent cette outrance. La nature se présente d'abord comme un beau parc entourant un palais ; une des formes du bonheur, c'est *(Le Songe de Vaux) :*

> *Errer dans un jardin, s'égarer dans un bois,*
> *Se coucher sur des fleurs, respirer leur haleine,*
> *Écouter en rêvant le bruit d'une fontaine,*
> *Ou celui d'un ruisseau roulant sur des cailloux.*

Cependant Hugo n'a pas tort de discerner, au-delà de ce monde restreint et artificiel, un sentiment cosmique, qui va de l'existentialisme inné de l'épicurien au vertige pascalien de l'infini (*Tas de pierres*) : « La Fontaine vit de la vie contemplative et visionnaire jusqu'à s'oublier lui-même et se perdre dans le grand Tout. »

Un ami « véritable » — Inconstant en amour, La Fontaine semble avoir été fidèle en amitié. Il se brouille, certes, avec Furetière, mais les torts ne furent-ils pas réciproques ? Il reste lié avec Racine, en dépit de la différence d'âge, de caractère et de carrière. Surtout, il entretient avec Maucroix un commerce que seule brise la mort. C'est à Maucroix qu'aux portes de l'éternité, il envoie un dernier billet (10 février 1695), comme s'il voulait faire de lui son intercesseur devant le Juge suprême. S'il soupire : « Qu'un ami véritable est une douce chose » ! (*Les Deux Amis*, VIII, 11), c'est sans doute qu'il a connu la douceur de l'amitié.

Lorsque Fouquet tombe en disgrâce, il ose témoigner sa sympathie émue. A Amboise, pendant le voyage en Limousin, il visite la chambre où son protecteur avait été incarcéré et il écrit à Mme de La Fontaine : « Sans la nuit, on n'eût jamais pu m'arracher de cet endroit. » Non, La Fontaine ne manquait pas de cœur.

Manquait-il même de clairvoyance ? Ce distrait, « cet idiot », comme dit rudement Louis Racine, « qui, de sa vie, n'a fait à propos une démarche pour lui, donnait les meilleurs conseils du monde ».

3 Conclusion : une énigme

Rêveur « infiniment docile à la plus douce pente de sa durée » (Paul Valéry), mais aussi écrivain accompli, imposant à la parole « de si précieux et rares ajustements » (*id.*) ; naïf, comme tous les poètes véritables, qui, sous les conventions, retrouvent d'instinct la Nature et l'homme éternel ; et cependant d'une intelligence assez aiguë pour s'intéresser non seulement aux débats littéraires (querelle des Anciens et des Modernes), mais aux systèmes philosophiques (Platon, Descartes, Gassendi, Spinoza) et aux grandes hypothèses scientifiques ; imitateur des Anciens, successeur des conteurs français et italiens de la Renaissance, mais admirateur de Malherbe, — il a tant d'originalité qu'il crée un genre nouveau : la fable poétique. Poète avant tout, il est le seul artiste de son temps chez qui l'on trouve « la parfaite union de la culture et de la nature » (Taine). Capable, tout en restant lui-même, de se métamorphoser en toutes sortes d'êtres, il fut et demeure un Protée insaisissable.

▲ Château-Thierry vu des remparts du château des ducs de Bouillon

maison natale de La Fontaine : cour en 1838

l'entrée, état actuel ▶

CLICHÉS JEANBOR

B N CL GIRAUDON

LA FONTAINE : SON ŒUVRE

Si La Fontaine est, pour nous, un fabuliste, il a cependant écrit un grand nombre d'œuvres diverses :

4 recueils de contes

1665 (10 janvier) : *Contes et Nouvelles en vers* (8 contes).
1666 (21 janvier) : *Deuxième partie des Contes et Nouvelles en vers* (13 nouveaux contes).
1671 (27 janvier) : *Troisième partie des Contes et Nouvelles en vers* (14 nouveaux contes).
1674 (sans privilège ni permission) : *Nouveaux Contes de Monsieur de La Fontaine.*

Aujourd'hui, nos recueils contiennent 64 contes, répartis en 5 parties : I (11 contes), II (16), III (13), IV (16), V (8).

4 recueils de fables

1668 (31 mars) : *Fables choisies mises en vers par M. de La Fontaine* (124 fables réparties en six livres).
1671 (12 mars) : *Fables nouvelles et autres poésies* (8 fables inédites, réparties aujourd'hui dans le recueil).
1678-1679 : *Fables choisies mises en vers*, en quatre tomes (les 6 premiers livres de 1668, et 5 livres nouveaux, portant les numéros VII, VIII, IX, X et XI de nos éditions modernes).
1692 (21 octobre) : nouvelle édition des *Fables*, corrigée par La Fontaine.

Aujourd'hui, nos recueils contiennent 236 pièces réparties en XII livres : I (22 pièces), II (20), III (18), IV (22), V (21), VI (21), VII (18), VIII (27), IX (19), X (15), XI (9), XII (24).

6 poèmes

Adonis, poème offert à Fouquet en 1658.
Clymène, « comédie » écrite en 1658.
Poème de la captivité de Saint-Malc, 1673.
Poème du quinquina, 1682.
Le Songe de Vaux, neuf fragments réunis en 1729, dont quatre avaient été publiés séparément entre 1665 et 1671.
Les Amours de Psyché et de Cupidon, « roman », prose et vers, en deux livres, 1669.

6 pièces de théâtre (avec Pierre Clarac — II, p. 828 —, nous ne comptons pas les pièces jouées sous le nom de Champmeslé et prêtées à La Fontaine) :

L'Eunuque, comédie en cinq actes et en vers imitée de Térence, publiée en 1654.

Les Rieurs du Beau-Richard, ballet écrit et joué entre 1659 et 1660.
Daphné, opéra en cinq actes et en vers, commandé puis refusé par Lully en 1674 ; publié en 1682.
Galatée, deux actes en vers publiés en 1682.
Astrée, « tragédie » en trois actes et en vers, présentée à l'Opéra le 28 novembre 1690 (six représentations).
Achille, tragédie inachevée (nous possédons deux actes), entreprise entre 1680 et 1685.

Des pièces diverses : chansons, sonnets, madrigaux, épitaphes, ballades, odes, épigrammes, élégies ; lettres en prose mêlée de vers (la plus importante série étant la *Relation d'un voyage en Limousin*, du 25 août au 29 septembre 1663) ; vers latins traduits en français.

BIBLIOGRAPHIE

Documents anciens

Nevelet, *Mythologia Æsopica...*, 1610.
Chamfort, *Éloge de La Fontaine*, 1774.

Éditions

Henri de Régnier, *Œuvres de La Fontaine*, 1883-1893, 12 vol.
René Groos, *Fables de La Fontaine*, 1933.
Fernand Gohin, *Fables*, 1934.
V.L. Saulnier, *Fables*, 1950.
Georges Couton, *Fables*, 1962.

Études

Hippolyte Taine, *La Fontaine et ses fables*, 1853.
Paul Valéry, *A propos d'« Adonis »*, 1924.
Fernand Gohin, *L'art de La Fontaine dans ses fables*, 1929.
René Jasinski, « Sur la philosophie de La Fontaine » (*Revue d'histoire de la philosophie*, 1933-34).
Jean Giraudoux, *les Cinq Tentations de La Fontaine*, 1938.
Georges Couton, *la Poétique de La Fontaine*, 1957.
Georges Couton, *la Politique de La Fontaine*, 1959.
Pierre Clarac, *La Fontaine*, 1959.
Pierre Clarac, *La Fontaine par lui-même*, 1961.
S. Blavier-Paquot, *La Fontaine, vues sur l'art du moraliste dans les Fables de 1668*, 1961.
Pierre Moreau, *Thèmes et variations dans le premier recueil des « Fables »*, 1964.
Pierre Michel, *Continuité de la sagesse française (Rabelais, Montaigne, La Fontaine)*, 1965.
René Jasinski, *La Fontaine et le premier recueil des « Fables »*, 1966.
Noël Richard, *La Fontaine et les « Fables » du deuxième recueil*, 1972.

CL. BOUDOT-LAMOTTE

LE CHATEAU DE
VAUX-LE-VICOMTE

Des merveilles de Vaux
ils m'offrirent l'image
(Le Songe de Vaux)

CL. PHOTOTHÈQUE FRANÇAISE

SITUATION DE LA FONTAINE EN 1668

1 **Dans le monde** — Après le mauvais départ de la cour de Vaux, l'arrestation de Fouquet et l'exil — volontaire ou non — en Limousin, La Fontaine a retrouvé une place enviable dans la société parisienne et organisé une existence selon ses goûts. Gentilhomme servant de la duchesse d'Orléans depuis 1664 et, de ce fait, pensionné, il fréquente l'Hôtel de Nevers, où naissent de nombreuses cabales littéraires, et le salon de Marianne Mancini, jeune duchesse de Bouillon. Seigneur de Château-Thierry, le duc de Bouillon, n'est-il pas le protecteur naturel du Champenois ? Mais La Fontaine, qui loge chez son oncle Jannart, doit préférer souvent la libre gaieté des cabarets, où il rencontre d'autres écrivains, à l'austère palais du Luxembourg.

A Château-Thierry, où il retourne chaque printemps faire les inspections de forêts incombant à sa charge, il se libère des obligations mondaines, goûte le charme de la nature et reprend contact avec les réalités de la vie rustique et provinciale.

2 **Dans les Lettres,** sans occuper une position de premier plan, il n'est pas un inconnu. Longtemps, la tradition l'a rangé près de Molière, de Racine et de Boileau, dans la « Société des quatre amis » évoquée au début des *Amours de Psyché*. Cette société appartient certainement à la fiction ; cependant, La Fontaine a assisté aux représentations données par Molière à Vaux ; il est en relations suivies avec Boileau ; quant à Racine, qui vient de remporter son premier triomphe avec *Andromaque* (1667), depuis sa sortie du collège il fréquente La Fontaine, et leurs relations dureront même lorsque le dramaturge sera devenu historiographe de Louis XIV. Les liens avec les amis de *la Table ronde* sont peut-être relâchés, mais nullement brisés : les aînés illustres (Conrart, l'initiateur de l'Académie française, l'avocat Patru, le « Quintilien du siècle »), les compagnons (Maucroix, Tallemant des Réaux) correspondent avec le fabuliste ; Chapelain, dont l'influence est encore si grande, l'estime.

Le bagage littéraire de La Fontaine, assez varié, peut lui valoir quelque considération : une adaptation de l'*Eunuque* de Térence (la Préface des *Fables* témoigne d'une admiration fidèle pour l'élégance de style du comique latin) ; les poèmes composés en l'honneur de Fouquet, avant et après la disgrâce de celui-ci : *Adonis*, poème mythologique, *le Songe de Vaux ;* un ballet comique, *les Rieurs du Beau-Richard ; le Voyage en Limousin*, récit en prose et en vers. Et puis, il y a les *Contes*...

Selon la tradition, c'est la duchesse de Bouillon qui aurait invité La Fontaine à composer des contes à la manière de Boccace.

En 1665, avaient paru chez Barbin les *Nouvelles en vers tirées de Boccace et de l'Arioste* (contenant *Joconde* et *le Cocu battu et content*), puis les *Nouvelles en vers tirées de Boccace*. Autour de *Joconde* naît un débat littéraire : de la manière fleurie de La Fontaine ou du récit dépouillé de Bouillon sur le même sujet, lequel est préférable? Le succès des *Contes* ayant encouragé La Fontaine à publier la *Deuxième partie des Contes et Nouvelles* (1666), Chapelain l'a exhorté à continuer : « ... Je n'ai trouvé en aucun écrivain de nouvelles tant de naïveté, tant de pureté, tant de gaieté, tant de bons choix de matières, ni tant de jugement à ménager les expressions ou antiques ou populaires qui sont les seules couleurs vives et naturelles de cette sorte de composition. Votre préface s'y sent bien de votre érudition et de l'usage que vous avez du monde... ». Bien que La Fontaine, dans cette préface, ait averti que ce sont ses « derniers ouvrages de cette nature », il ne cessera jamais complètement d'écrire des contes. La diversité de ses dons est telle qu'en 1667 il a publié trois nouveaux contes, tout en collaborant à la traduction de *la Cité de Dieu* de saint Augustin, par Giry.

Les *Contes* mettent en évidence l'art d'égayer le récit, l'aisance à manier la langue du XVIe siècle, la maîtrise dans le vers irrégulier, qui rase la prose ; les *Contes* font pressentir les *Fables*. Mais, avant les *Contes* de 1665, La Fontaine n'avait-il pas déjà composé de véritables fables? Selon Brossette, La Fontaine aurait envoyé à son ami Maucroix, en 1647, *Le Meunier, son Fils et l'Ane* (III, 1) : c'était pour Maucroix, le moment d'opter entre le barreau et l'Église, et pour La Fontaine de se marier. On peut suspecter ce témoignage (voir Pierre Clarac, *op. cit.*, p. 57) ; en tout cas, dès l'époque de Vaux, La Fontaine avait composé plusieurs fables qu'il lisait à ses amis, comme le prouve un manuscrit de Conrart où celui-ci en a transcrit dix, toutes inspirées de Phèdre, en particulier *le Renard et l'Écureuil*, appel à la pitié en faveur de Fouquet. La réédition (1660) du recueil de Nevelet, les *Lettres à Olinde* (1659) de Patru, dans lesquelles l'avocat a inséré trois fables en prose à la manière concise d'Ésope, peuvent avoir contribué à stimuler La Fontaine. Ainsi, ce qui n'était qu'un divertissement poétique passager allait devenir la principale activité littéraire de l'écrivain et l'expression la plus complète de sa personnalité. Si l'on en croit R. Jasinski (étude citée dans notre Bibliographie, p. 29), l'affaire Fouquet allait inciter le poète à faire de la fable une arme voilée contre Colbert et les ennemis de Fouquet.

A MONSEIGNEUR LE DAUPHIN

MONSEIGNEUR[1],

S'IL y a quelque chose d'ingénieux dans la république des lettres, on peut dire que c'est la manière dont Ésope a débité[2] sa morale. Il serait véritablement à souhaiter que d'autres mains que les miennes y eussent ajouté les ornements de la poésie[3], puisque le plus sage des anciens[4] a jugé qu'ils n'y étaient pas inutiles. J'ose, MONSEIGNEUR, *vous en présenter quelques essais. C'est un entretien convenable à vos premières années. Vous êtes en un âge[5] où l'amusement et les jeux sont permis aux princes; mais en même temps vous devez donner quelques-unes de vos pensées à des réflexions sérieuses. Tout cela se rencontre aux fables que nous devons à Ésope. L'apparence en est puérile, je le confesse; mais ces puérilités servent d'enveloppe à des vérités importantes[6]. Je ne doute point,* MONSEIGNEUR, *que vous ne regardiez favorablement des inventions si utiles et tout ensemble si agréables; car que peut-on souhaiter davantage[7] que ces deux points? Ce sont eux qui ont introduit les sciences parmi les hommes. Ésope a trouvé un art singulier[8] de les joindre l'un avec l'autre. La lecture de son ouvrage répand insensiblement dans une âme les semences de la vertu, et lui apprend à se connaître[9] sans qu'elle s'aperçoive de cette étude, et tandis qu'elle croit faire tout autre chose. C'est une adresse[10] dont s'est servi très heureusement celui[11] sur lequel Sa Majesté a jeté les yeux pour vous donner des instructions. Il fait en sorte que vous apprenez sans peine ou, pour mieux parler, avec plaisir, tout ce qu'il est nécessaire qu'un prince sache. Nous espérons beaucoup*

---

1. Louis (1661-1711), fils de Louis XIV et de Marie-Thérèse d'Autriche. — 2. Exposé. — 3. Platon (*Phédon*, 60 d — 61 a) rapporte que Socrate, dans sa prison, mit en vers des fables d'Ésope qu'il savait par cœur, estimant qu'un vrai poète doit traiter des mythes, c'est-à-dire des fictions à portée morale. Bien d'autres l'imitèrent (voir p. 5) avant La Fontaine. — 4. Socrate : voir la Préface, p. 35, l. 19-20. — 5. Un peu plus de sept ans.— 6. L'utilité des *Fables* est développée dans la Préface (l. 82 et suiv.), dans *le Bûcheron et Mercure* (V, 1), *le Pâtre et le Lion* (VI, 1). Voir aussi l'*Épilogue* du livre XI. — 7. De plus. — 8. *Un art* qui lui est propre, unique. — 9. Comme tous les auteurs classiques, et particulièrement les moralistes, La Fontaine met en œuvre le principe socratique : « Connais-toi toi-même », inscrit sur le fronton du temple d'Apollon à Delphes. — 10. Habileté. — 11. M. de Périgny, président aux enquêtes. Après la mort (1670) de ce premier précepteur du Dauphin, Bossuet lui succèdera, sans plus de succès : « Monseigneur n'avait pu profiter de l'excellente culture qu'il reçut du duc de Montausier, et de Bossuet et de Fléchier [...]. De son aveu, depuis qu'il avait été affranchi des maîtres, il n'avait de sa vie lu que l'article de Paris de *la Gazette de France*, pour y voir les morts et les mariages » (Saint-Simon). Il est donc peu probable que le Dauphin ait appris *sans peine* (l. 23), et encore moins *avec plaisir*, même les *Fables*.

de cette conduite. Mais, à dire la vérité, il y a des choses dont nous espérons infiniment davantage. Ce sont, MONSEIGNEUR, *les qualités que notre invincible Monarque vous a données avec la naissance; c'est l'exemple que tous les jours il vous donne. Quand vous le voyez former de si grands desseins; quand vous le considérez qui*
30 *regarde, sans s'étonner, l'agitation de l'Europe*[1]*, et les machines*[2] *qu'elle remue pour le détourner de son entreprise; quand il pénètre dès sa première démarche jusque dans le cœur d'une province*[3] *où l'on trouve à chaque pas des barrières insurmontables, et qu'il en subjugue une autre*[4] *en huit jours, pendant la saison la plus ennemie de la guerre, lorsque le repos et les plaisirs règnent dans les cours des autres princes; quand, non content de dompter les hommes, il veut triompher aussi des éléments; et quand, au retour de cette expédition où il a vaincu comme un Alexandre, vous le voyez gouverner ses peuples comme un Auguste*[5] *: avouez le vrai*[6]*,*
40 MONSEIGNEUR, *vous soupirez pour la gloire aussi bien que lui, malgré l'impuissance de vos années; vous attendez avec impatience le temps où vous pourrez vous déclarer son rival dans l'amour de cette divine maîtresse. Vous ne l'attendez pas,* MONSEIGNEUR, *vous le prévenez. Je n'en veux pour témoignage que ces nobles inquiétudes, cette vivacité, cette ardeur, ces marques d'esprit, de courage*[7]*, et de grandeur d'âme, que vous faites paraître à tous les moments. Certainement c'est une joie bien sensible à notre Monarque; mais c'est un spectacle bien agréable pour l'univers que de voir ainsi croître une jeune plante qui couvrira un jour de*
50 *son ombre tant de peuples et de nations. Je devrais m'étendre sur ce sujet; mais comme le dessein que j'ai de vous divertir est plus proportionné à mes forces que celui de vous louer, je me hâte de venir aux fables, et n'ajouterai aux vérités que je vous ai dites que celle-ci : c'est,* MONSEIGNEUR, *que je suis, avec un zèle respectueux,*

Votre très humble, très obéissant, et très fidèle serviteur,

DE LA FONTAINE[8].

1. Allusion à la Guerre de dévolution, entreprise par Louis XIV à la mort du roi d'Espagne, Philippe IV : Louis XIV réclamait les Pays-Bas comme héritage de sa femme Marie-Thérèse, fille de Philippe IV. L'Angleterre, la Suède et la Hollande se coalisèrent pour secourir l'Espagne et arrêter l'expansion française. — 2. Au figuré : les machinations. — 3. La Flandre, conquise très rapidement par le roi en personne; *démarche*, au sens propre : marche en avant. — 4. La Franche-Comté, conquise *en* quinze *jours* par Condé (1668). — 5. Les deux modèles de l'Antiquité : *Alexandre*, le génie de la guerre; *Auguste*, l'organisateur de la paix romaine. — 6. La vérité. — 7. Le Grand Dauphin, à défaut de vivacité intellectuelle, dont il fut toujours dépourvu, manifesta du *courage* sur le champ de bataille, mais Louis XIV ne le laissa jamais prendre part aux affaires publiques. — 8. Cette épître fut publiée en 1689 dans un recueil de Pierre Richelet, *Les plus belles lettres des meilleurs auteurs français.*

PRÉFACE (1668)

L'INDULGENCE que l'on a eue pour quelques-unes de mes fables[1] me donne lieu d'espérer la même grâce pour ce recueil. Ce n'est pas qu'un des maîtres de notre éloquence[2] n'ait désapprouvé le dessein de les mettre en vers. Il a cru que leur principal ornement est de n'en avoir aucun ; que d'ailleurs la contrainte de la poésie, jointe à la sévérité de notre langue, m'embarrasseraient en beaucoup d'endroits, et banniraient de la plupart de ces récits la brèveté[3], qu'on peut fort bien appeler l'âme du conte, puisque sans elle il faut nécessairement qu'il languisse. Cette opinion ne saurait partir que d'un homme
10 d'excellent goût ; je demanderais seulement qu'il en relâchât quelque peu, et qu'il crût que les grâces lacédémoniennes[4] ne sont pas tellement ennemies des Muses françaises, que l'on ne puisse souvent les faire marcher de compagnie.

Après tout, je n'ai entrepris la chose que sur l'exemple, je ne veux pas dire des anciens, qui ne tire point à conséquence pour moi[5], mais sur celui des modernes. C'est de tout temps, et chez tous les peuples qui font profession de poésie, que le Parnasse[6] a jugé ceci de son apanage[7]. A peine les fables qu'on attribue à Ésope virent le jour, que Socrate trouva à propos de les habiller des livrées des Muses.
20 Ce que Platon en rapporte est si agréable, que je ne puis m'empêcher d'en faire un des ornements de cette préface[8]. Il dit que, Socrate étant condamné au dernier supplice, l'on remit l'exécution de l'arrêt, à cause de certaines fêtes[9]. Cébès[10] l'alla voir le jour de sa mort. Socrate lui dit que les dieux l'avaient averti plusieurs fois, pendant son sommeil, qu'il devait s'appliquer à la musique avant qu'il mourût. Il n'avait pas entendu d'abord ce que ce songe signifiait ; car, comme la musique ne rend pas l'homme meilleur[11], à quoi bon s'y attacher? Il fallait qu'il y eût du mystère là-dessous, d'autant plus que les dieux ne se lassaient point de lui envoyer la même inspiration. Elle lui

---

1. Dans les salons où La Fontaine les avait lues ou fait circuler en manuscrit. — 2. Patru (1604-1681), avocat au Parlement de Paris, membre de l'Académie française, « regardé comme un autre Quintilien, comme un oracle infaillible en matière de goût et de critique » (*Histoire de l'Académie française* par Pellisson et d'Olivet, 1652). La Fontaine était entré en relation avec lui lors de ses études de droit à Paris (1645-1647). Patru avait lui-même traduit en prose française (*Lettres à Olinde*, 1659) trois fables d'Ésope : *le Chameau; l'Idole; le Vieillard et la Mort*. — 3. Brièveté. Boileau a rivalisé avec cette brièveté dans *le Bûcheron et la Mort* (1668) et *l'Huître et les Plaideurs*, fable insérée d'abord dans l'*Épître au Roi* (1670). — 4. Les Lacédémoniens étaient réputés pour la concision de leurs propos; de là le *laconisme* (Lacédémone, *alias* Sparte, était la capitale de la Laconie). La Fontaine a protesté contre les excès de *l'élégance laconique* (*le Pâtre et le Lion*, VI, 1). — 5. Ne pas croire que La Fontaine méprise les Anciens (voir l'*Épître à Huet*), mais il s'agit de mettre en vers français les fables; l'exemple des fables en vers latins n'a qu'une valeur générale et n'autorise pas nécessairement l'entreprise de La Fontaine. — 6. Montagne de Grèce consacrée aux Muses, et, par suite, synonyme de : poésie. — 7. Fief concédé par le roi; d'où : domaine, au sens propre ou, comme ici, au sens figuré. — 8. La Fontaine est un amateur de Platon. Il prend plaisir à résumer le début du *Phédon*. — 9. Les *fêtes* de Délos, en l'honneur d'Apollon. Athènes y envoyait une députation; en attendant le retour de celle-ci, les condamnés à mort bénéficiaient d'un sursis : c'est le cas de Socrate. — 10. Un des amis de Socrate. — 11. Cette remarque n'est pas dans le *Phédon*. Platon montre Socrate embarrassé par l'avertissement des dieux. *Musique*, en grec, signifie : les arts dépendant des muses et, par suite, la philosophie aussi bien que la poésie ou la musique proprement dite.

était encore venue une de ces fêtes. Si bien qu'en songeant aux choses que le Ciel pouvait exiger de lui, il s'était avisé que la musique et la poésie ont tant de rapport, que possible[1] était-ce de la dernière qu'il s'agissait. Il n'y a point de bonne posésie sans harmonie; mais il n'y en a point non plus sans fiction[2], et Socrate ne savait que dire la vérité. Enfin il avait trouvé un tempérament[3] : c'était de choisir des fables qui continssent quelque chose de véritable, telles que sont celles d'Ésope. Il employa donc à les mettre en vers les derniers moments de sa vie.

Socrate n'est pas le seul qui ait considéré comme sœurs la poésie et nos fables. Phèdre[4] a témoigné qu'il était de ce sentiment; et par l'excellence de son ouvrage nous pouvons juger de celui du prince des philosophes. Après Phèdre, Aviénus[5] a traité le même sujet. Enfin les modernes les ont suivis : nous en avons des exemples non seulement chez les étrangers, mais chez nous. Il est vrai que lorsque nos gens y ont travaillé, la langue était si différente de ce qu'elle est qu'on ne les doit considérer que comme étrangers[6]. Cela ne m'a point détourné de mon entreprise; au contraire, je me suis flatté de l'espérance que si je ne courais dans cette carrière avec succès, on me donnerait au moins la gloire de l'avoir ouverte[7].

Il arrivera possible[1] que mon travail fera naître à d'autres personnes l'envie de porter la chose plus loin. Tant s'en faut que cette matière soit épuisée, qu'il reste encore plus de fables à mettre en vers que je n'en ai mis. J'ai choisi véritablement les meilleures, c'est-à-dire celles qui m'ont semblé telles ; mais outre que je puis m'être trompé dans mon choix, il ne sera pas difficile de donner un autre tour à celles-là même que j'ai choisies ; et si ce tour est moins long, il sera sans doute plus approuvé. Quoi qu'il en arrive, on m'aura toujours obligation ; soit que ma témérité ait été heureuse et que je ne me sois point trop écarté du chemin qu'il fallait tenir, soit que j'aie seulement excité les autres à mieux faire[8].

Je pense avoir justifié suffisamment mon dessein : quant à l'exécution, le public en sera juge. **On ne trouvera pas ici l'élégance ni l'extrême brèveté qui rendent Phèdre recommandable**[9] : ce sont qualités au-dessus de ma portée. Comme il m'était impossible de l'imiter en cela, **j'ai cru qu'il fallait en récompense**[10] **égayer**[11]

1. Peut-être (emploi adverbial de l'adjectif). — 2. Sans invention ; La Fontaine cite textuellement Platon. — 3. Accommodement. — 4. *Phèdre*, affranchi d'Auguste, a composé 123 fables, réparties en cinq livres. Il revendique le mérite d'avoir mis en vers latins les apologues d'Ésope : « Ésope... en a inventé la matière ; moi, je l'ai polie en vers sénaires » (livre I, *Prologue*). — 5. La Fontaine, comme ses devanciers, confond *Avianus* et *Aviénus*. Ce dernier a mis en vers des traités d'astronomie, de géographie, etc. *Avianus* (IVe s.) a composé des fables en vers latins qui suivent celles de Phèdre dans le recueil de Nevelet. — 6. S'agit-il d'auteurs du Moyen Age ou du XVIe siècle ? En tout cas, c'est un passé lestement jeté par-dessus bord. — 7. Les fables de Marot et de Régnier sont des tentatives isolées. La Fontaine a donc le droit de se déclarer le premier fabuliste français, et il a vu juste en annonçant qu'il serait lui-même imité. — 8. Dès la publication du premier recueil, les imitateurs exploitent le succès de La Fontaine : *Fables et Histoires allégoriques* (1670) de Mme de Villedieu; *Fables morales et nouvelles* (1671 de Furetière L'imitation continuera au XVIIIe s., avec La Motte-Houdard (1719) et Florian (1792). — 9. Nous soulignons certaines formules dans la Préface. — 10. En compensation. — 11. La Fontaine explique lui-même ce qu'il entend par *égayer :* voir les l. 79-81.

l'ouvrage plus qu'il n'a fait. Non que je le blâme d'en être demeuré dans ces termes : la langue latine n'en demandait pas davantage ; et si l'on y veut prendre garde, on reconnaîtra dans cet auteur le vrai caractère et le vrai génie de Térence[1]. La simplicité est magni-
70 fique chez ces grands hommes ; moi qui n'ai pas les perfections du langage comme ils les ont eues, je ne la puis élever à un si haut point. Il a donc fallu se récompenser[2] d'ailleurs : c'est ce que j'ai fait avec d'autant plus de hardiesse que Quintilien dit qu'on ne saurait trop égayer les narrations[3]. Il ne s'agit pas ici d'en apporter une raison : c'est assez que Quintilien l'ait dit. J'ai pourtant considéré que, ces fables étant sues de tout le monde, je ne ferais rien si je ne les rendais nouvelles par quelques traits[4] qui en relevassent le goût. C'est ce qu'on demande aujourd'hui : **on veut de la nouveauté[5] et de la gaieté. Je n'appelle pas gaieté ce qui excite le rire mais un**
80 **certain charme, un air agréable qu'on peut donner à toutes sortes de sujets, même les plus sérieux.**

Mais ce n'est pas tant par la forme que j'ai donnée à cet ouvrage qu'on en doit mesurer le prix, que par son utilité et par sa matière. Car qu'y a-t-il de recommandable dans les productions de l'esprit, qui ne se rencontre dans l'apologue ? C'est quelque chose de si divin, que plusieurs personnages de l'antiquité ont attribué la plus grande partie de ces fables à Socrate, choisissant pour leur servir de père, celui des mortels qui avait le plus de communication avec les dieux[6]. Je ne sais comme[7] ils n'ont point fait descendre du ciel ces mêmes fables,
90 et comme ils ne leur ont point assigné un dieu qui en eût la direction, ainsi qu'à la poésie et à l'éloquence[8]. Ce que je dis n'est pas tout à fait sans fondement, puisque, s'il m'est permis de mêler ce que nous

---

1. *Térence* (185-159 av. J.-C.), l'auteur comique le plus célèbre de Rome avec Plaute, a écrit des pièces réputées pour la finesse des caractères et la simple élégance du style. Il fut particulièrement goûté au XVIIe s. : la première œuvre imprimée de La Fontaine est une adaptation de *l'Eunuque* (1652), et il invoque encore Térence comme modèle dans l'Avertissement des *Contes* (1665). — 2. Trouver une compensation ailleurs. — 3. *Quintilien* (Ier s. après J.-C.), illustre maître d'éloquence à Rome. Cette recommandation se trouve dans l'*Institution oratoire* (livre IV, chap. 2). La Fontaine connaît bien cette œuvre : il offrira une édition de Quintilien à Huet, l'érudit évêque de Soissons (cf. *Épître à Huet*, 1687). Dans la Préface de la *Deuxième partie des Contes* (1666), il rappelle le précepte de Quintilien, « qui est d'attacher le lecteur, de le réjouir, d'attirer malgré lui son attention, de lui plaire enfin; car..., le secret de plaire ne consiste pas toujours en l'ajustement, ni même en la régularité; il faut du piquant et de l'agréable, si l'on veut toucher ».—4. Dans l'*Avertissement* des troisième et quatrième parties, La Fontaine, distinguant le nouveau recueil du précédent, déclare que l'agrément des livres I à VI réside dans « les traits familiers... semés avec assez d'abondance ». — 5. Dans ses comédies comme dans ses fables, La Fontaine insiste sur la *nouveauté* qu'exige le public... et qui correspond aussi à son propre goût. Cf. Préface de *Psyché* (1669) : « J'avais donc besoin d'un caractère nouveau... » — 6. Platon et Xénophon rapportent que Socrate avait des extases et des inspirations divines, au cours desquelles son « démon » lui donnait des conseils. — 7. Comment. — 8. Dans l'Épître à *Madame de Montespan* (livre VII), La Fontaine insistera à nouveau sur le caractère divin de l'apologue :

> L'apologue est un don qui vient des immortels,
> Ou si c'est un présent des hommes,
> Quiconque nous l'a fait mérite des autels.

Dans la mythologie, Polymnie préside à la poésie; Calliope à l'éloquence; il n'y a pas de muse consacrée à l'apologue.

avons de plus sacré[1] parmi les erreurs du paganisme, nous voyons que la Vérité a parlé aux hommes par paraboles ; et la parabole est-elle autre chose que l'apologue, c'est-à-dire un exemple fabuleux, et qui s'insinue avec d'autant plus de facilité et d'effet, qu'il est plus commun et plus familier? Qui ne nous proposerait à imiter que les maîtres de la sagesse nous fournirait un sujet d'excuse[2] ; il n'y en a point quand des abeilles et des fourmis sont capables de cela même qu'on
100 nous demande.

C'est pour ces raisons que Platon, ayant banni Homère de sa république, y a donné à Ésope une place très honorable[3]. Il souhaite que les enfants sucent ces fables avec le lait, il recommande aux nourrices de les leur apprendre[4] ; car on ne saurait s'accoutumer de trop bonne heure à la sagesse et à la vertu. Plutôt que d'être réduits à corriger nos habitudes, il faut travailler à les rendre bonnes pendant qu'elles sont encore indifférentes au bien ou au mal. Or quelle méthode y peut contribuer plus utilement que ces fables? Dites à un enfant que Crassus[5], allant contre les Parthes, s'engagea dans leur pays sans
110 considérer comment il en sortirait ; que cela le fit périr, lui et son armée, quelque effort qu'il fît pour se retirer. Dites au même enfant que le Renard et le Bouc[6] descendirent au fond d'un puits pour y éteindre leur soif ; que le Renard en sortit s'étant servi des épaules et des cornes de son camarade comme d'une échelle ; au contraire, le Bouc y demeura pour n'avoir pas eu tant de prévoyance, et par conséquent il faut considérer en toute chose la fin. Je demande lequel de ces deux exemples fera le plus d'impression sur cet enfant. Ne s'arrêtera-t-il pas au dernier, comme plus conforme et moins disproportionné que l'autre à la petitesse de son esprit? Il ne faut pas
120 m'alléguer que les pensées de l'enfance sont d'elles-mêmes assez enfantines, sans y joindre encore de nouvelles badineries. Ces badineries ne sont telles qu'en apparence, car dans le fond elles portent un sens très solide[7]. Et comme, par la définition du point, de la ligne, de la surface, et par d'autres principes très familiers[8], nous parvenons à des connaissances qui mesurent enfin le ciel et la terre, de même aussi, par les raisonnements et conséquences que l'on peut tirer de ces fables, on se forme le jugement et les mœurs, on se rend capable des grandes choses.

---

1. L'Évangile. — 2. *Les maîtres de la sagesse*, par exemple les Stoïciens, offrent s modèles trop élevés pour qu'on puisse les imiter. — 3. Platon (*République*, livre III), sans citer Homère ni Ésope, oppose le poète habile (mais inutile), qu'il bannit de la cité idéale, à l'auteur de fables, moins original (mais utile). — 4. Rousseau est d'un avis contraire. Dans l'*Émile*, il écarte les fables de la Fontaine, « toutes naïves, toutes charmantes qu'elles sont » ; « les fables peuvent instruire les hommes, mais il faut dire la vérité nue aux enfants » (livre II). Les *Fables* ne lui paraissent utiles qu'à partir de 16 ans. — 5. *Crassus*, l'homme le plus riche de Rome, fut battu et tué dans une expédition militaire contre les Parthes (55 av. J.-C.). — 6. C'est la fable 5 du livre III. — 7. Les contemporains de La Fontaine apprécièrent vite la valeur pédagogique des *Fables*. A preuve, la petite Louison (*le Malade imaginaire*, acte II, sc. 8) promettant à Argan de lui dire *le Corbeau et le Renard* pour le désennuyer; Fénelon utilisa les *Fables* comme matière à thèmes latins; en 1715, paraîtra une édition scolaire annotée. — 8. Cette comparaison mathématique ne surprendrait pas dans les *Pensées* de Pascal. Elle n'étonne dans les *Fables* que si l'on oublie la vive curiosité intellectuelle de La Fontaine : Cf. *Un animal dans la Lune* (VII, 18) : « Quand l'eau courbe un bâton, ma raison le redresse... »

Elles ne sont pas seulement morales, elles donnent encore d'autres
130 connaissances. Les propriétés des animaux[1] et leurs divers caractères y sont exprimés ; par conséquent les nôtres aussi[2], puisque nous sommes l'abrégé de ce qu'il y a de bon et de mauvais dans les créatures irraisonnables. Quand Prométhée voulut former l'homme[3], il prit la qualité dominante de chaque bête : de ces pièces si différentes il composa notre espèce ; il fit cet ouvrage qu'on appelle *le Petit Monde*[4]. Ainsi ces fables sont un tableau où chacun de nous se trouve dépeint[5]. Ce qu'elles nous représentent confirme les personnes d'âge avancé dans les connaissances que l'usage leur a données, et apprend aux enfants ce qu'il faut qu'ils sachent. Comme ces derniers sont
140 nouveau-venus dans le monde, ils n'en connaissent pas encore les habitants, ils ne se connaissent pas eux-mêmes. On ne les doit laisser dans cette ignorance que le moins qu'on peut ; il leur faut apprendre ce que c'est qu'un lion, un renard, ainsi du reste ; et pourquoi l'on compare quelquefois un homme à ce renard ou à ce lion. C'est à quoi les fables travaillent ; les premières notions de ces choses proviennent d'elles.

J'ai déjà passé la longueur ordinaire des préfaces ; cependant je n'ai pas encore rendu raison de la conduite de mon ouvrage. **L'apologue est composé de deux parties, dont on peut appeler l'une**
150 **le corps, l'autre l'âme. Le corps est la fable ; l'âme, la moralité.** Aristote[6] n'admet dans la fable que les animaux ; il en exclut les hommes et les plantes. Cette règle est moins de nécessité que de bienséance[7], puisque ni Ésope, ni Phèdre, ni aucun des fabulistes[8], ne l'a gardée ; tout au contraire de la moralité, dont aucun ne se dispense. Que s'il m'est arrivé de le faire, ce n'a été que dans les endroits où elle n'a pu entrer avec grâce, et où il est aisé au lecteur de la suppléer. **On ne considère en France que ce qui plaît ; c'est la grande règle, et pour ainsi dire la seule**[9]. Je n'ai donc

1. Ne pas s'attendre à un cours de zoologie. Si la silhouette des animaux familiers (le chat, le lapin, le chien, etc...) est dessinée sur le vif, la plupart du temps La Fontaine reprend les caractères transmis par Ésope, sans se soucier de leur inexactitude : voir *l'Aigle et l'Escarbot* (II, 8). — 2. Le Moyen Age avait déjà employé les animaux pour symboliser les hommes : cf. *le Roman de Renart*. — 3. La légende de *Prométhée* était très populaire chez les Anciens. Platon l'a reprise dans le *Protagoras*. — 4. Traduction de *microcosme*, par opposition à *macrocosme* ou univers. Expression fréquente dans la philosophie scolaire. — 5. Un siècle plus tard, Diderot reprendra la même idée à propos de l'utilité du roman : « Tout ce que Montaigne, Charron, La Rochefoucauld... ont mis en maximes, Richardson l'a mis en action... J'avais parcouru dans l'intervalle de quelques heures un grand nombre de situations... je sentais que j'avais acquis de l'expérience... » (*Éloge de Richardson*, 1762). — 6. Allusion obscure; on ne trouve pas trace de cette règle chez Aristote, mais c'était un sujet de polémique littéraire chez les Anciens : Phèdre se défend d'avoir fait parler les plantes comme les animaux. — 7. Distinction importante : la *nécessité* d'un genre littéraire impose des règles immuables; la *bienséance* ou conformité au goût de l'époque varie avec le lieu et le temps. — 8. Selon La Motte-Houdard (*Fables nouvelles*, 1719), le mot aurait été inventé par La Fontaine. — 9. De nouveau, appel au goût du public contre une tradition sans fondement. Même attitude chez Molière (*Critique de l'École des femmes*, 1663, sc. 6 : « Je voudrais bien savoir si la grande règle de toutes les règles n'est pas de plaire »; et chez Racine (Préface de *Bérénice*, 1670) : « La principale règle est de plaire et de toucher. » Dans la Préface des *Contes* (1665), La Fontaine s'en remet aussi au goût du siècle : « Je m'accommoderai... au goût de mon siècle, instruit que je suis par ma propre expérience qu'il n'y a rien de plus nécessaire. »

pas cru que ce fût un crime de passer par-dessus les anciennes coutumes lorsque je ne pouvais les mettre en usage sans leur faire tort. Du temps d'Ésope, la fable était contée simplement, la moralité séparée, et toujours en suite. Phèdre est venu, qui ne s'est pas assujetti à cet ordre : il embellit la narration, et transporte quelquefois la moralité de la fin au commencement. Quand il serait nécessaire de lui trouver place, je ne manque à ce précepte que pour en observer un qui n'est pas moins important. C'est Horace qui nous le donne. Cet auteur ne veut pas qu'un écrivain s'opiniâtre contre l'incapacité de son esprit, ni contre celle de sa matière. Jamais, à ce qu'il prétend, un homme qui veut réussir n'en vient jusque-là ; il abandonne les choses dont il voit bien qu'il ne saurait rien faire de bon[1] :

Et quæ
Desperat tractata nitescere posse relinquit.

C'est ce que j'ai fait à l'égard de quelques moralités du succès desquelles je n'ai pas bien espéré.

Il ne reste plus qu'à parler de la vie d'Ésope. Je ne vois presque personne qui ne tienne pour fabuleuse celle que Planude[2] nous a laissée. On s'imagine que cet auteur a voulu donner à son héros un caractère et des aventures qui répondissent à ses fables. Cela m'a paru d'abord spécieux ; mais j'ai trouvé à la fin peu de certitude en cette critique[3]. Elle est en partie fondée sur ce qui se passe entre Xantus[4] et Ésope ; on y trouve trop de niaiseries ; et qui est le sage à qui de pareilles choses n'arrivent point? Toute la vie de Socrate n'a pas été sérieuse. Ce qui me confirme en mon sentiment, c'est que le caractère que Planude donne à Ésope est semblable à celui que Plutarque[5] lui a donné dans son *Banquet des sept sages*, c'est-à-dire d'un homme subtil, et qui ne laisse rien passer. On me dira que le *Banquet des sept sages* est aussi une invention. Il est aisé de douter de tout : quant à moi, je ne vois pas bien pourquoi Plutarque aurait voulu imposer à[6] la postérité dans ce traité-là, lui qui fait profession d'être véritable partout ailleurs, et de conserver à chacun son caractère. Quand cela serait, je ne saurais que mentir sur la foi d'autrui : me croira-t-on moins que si je m'arrête à la mienne? Car ce que je puis est de composer un tissu de mes conjectures, lequel j'intitulerai : *Vie d'Ésope*. Quelque vraisemblable que je le rende, on ne s'y assurera pas, et, fable pour fable, le lecteur préférera toujours celle de Planude à la mienne[7].

1. La Fontaine traduit Horace (*Art poétique*, v. 149-150), puis le cite. — 2. Moine byzantin du XIVe s., à qui on attribue une *Vie d'Ésope*, placée en tête de son recueil des *Fables d'Ésope*; cette *Vie* est reproduite dans les compilations de Nevelet, Corrozet et Boiscat. — 3. L'authenticité de cette *Vie* est bien contestable. Il semble que les aventures et voyages d'Ésope soient une transposition d'un roman araméen du VIe s. av. J.-C. : voir p. 4. — 4. Voir *la Vie d'Ésope*, dans le tome 2, p. 239, l. 109 et suiv. — 5. *Plutarque* (46-120 ap. J.-C.), auteur des *Œuvres morales* et des *Vies parallèles* qui, traduites par Amyot, furent le livre de chevet de Montaigne. Encore très lues au XVIIe s.,les « honnêtes gens » ne les utilisaient pas seulement, comme Chrysale, pour repasser leurs rabats. — 6. Tromper. — 7. On trouvera la *Vie d'Ésope* à la fin de notre tome II.

FABLES CHOISIES, MISES EN VERS

Par M. de la Fontaine.

A PARIS,
Chez DENYS THIERRY, ruë S. Iacques, à l'enseigne de la Ville de Paris.
M. DC. LXVIII.
AVEC PRIVILEGE DU ROY.

A MONSEIGNEUR LE DAUPHIN

1 JE chante les héros[1] dont Ésope est le père[2],
Troupe de qui l'histoire, encor que[3] mensongère,
Contient des vérités qui servent de leçons[4].
Tout parle en mon ouvrage, et même les poissons[5].
5 Ce qu'ils disent s'adresse à tous tant que nous sommes[6] ;
Je me sers d'animaux pour instruire les hommes.
ILLUSTRE REJETON D'UN PRINCE aimé des Cieux,
Sur qui le monde entier a maintenant les yeux,
Et qui, faisant fléchir les plus superbes têtes,
10 Comptera désormais ses jours par ses conquêtes[7],
Quelque autre te dira d'une plus forte voix
Les faits de tes aïeux et les vertus des rois[8].
Je vais t'entretenir de moindres aventures,
Te tracer en ces vers de légères peintures.
15 Et si de t'agréer je n'emporte le prix[9],
J'aurai du moins l'honneur de l'avoir entrepris.

---

1. Ce ton emphatique imite le début de l'*Énéide*, de Virgile : « *Arma virumque cano...* Je chante le héros et ses combats... » Mais les *héros* d'Ésope sont des animaux. — 2. Pour La Fontaine, comme pour ses contemporains, Ésope est vraiment le créateur de l'apologue. — 3. Quoique. — 4. La Fontaine ne manque pas de souligner la valeur morale de ces fictions : « La lecture de son ouvrage répand insensiblement dans une âme les semences de la vertu » (*A Monseigneur le Dauphin*, p. 33, l. 17). — 5. Est-ce un souvenir de Rabelais montrant *les poissons*, durant la sécheresse, « vaguant et criant horriblement par la plaine »? La Fontaine répétera souvent qu'il s'est servi des animaux comme acteurs. Cf. livre II, 1 : — « J'ai fait parler le loup et répondre l'agneau. — J'ai passé plus avant : les arbres et les plantes — Sont devenus chez moi créatures parlantes. » — 6. Voir la préface (p. 39, l. 136) : « Ces fables sont un tableau où chacun de nous se trouve dépeint. » — 7. En 1667, conquête de la Flandre par Turenne; en 1668, de la Franche-Comté par Condé. Louis XIV avait participé personnellement à ces campagnes victorieuses que la paix d'Aix-la-Chapelle consacrera. — 8. La Fontaine s'excuse, comme Boileau l'avait fait (*Discours au Roi*, 1665), de n'être pas doué pour l'épopée. — 9. Si je ne parviens pas à te plaire.

FABLES

LIVRE PREMIER

fable 1 *La Cigale et la Fourmi*

1 LA Cigale, ayant chanté
Tout l'été[1],
Se trouva fort dépourvue
Quand la bise[2] fut venue :
5 Pas un seul petit morceau
De mouche ou de vermisseau[3].
Elle alla crier famine
Chez la Fourmi sa voisine,
La priant de lui prêter
10 Quelque grain pour subsister
Jusqu'à la saison nouvelle[4].
« Je vous paierai, lui dit-elle,
Avant l'oût[5], foi d'animal[6],
Intérêt et principal[7]. »
15 La Fourmi n'est pas prêteuse ;
C'est là son moindre défaut.
« Que faisiez-vous au temps chaud ?
Dit-elle à cette emprunteuse.
— Nuit et jour à tout venant
20 Je chantais, ne vous déplaise[8].
— Vous chantiez ? j'en suis fort aise.
Eh bien ! dansez maintenant. »

---

1. La cigale, gros insecte des pays méditerranéens, ne chante pas, mais produit un bruit strident et monotone grâce à une sorte de tambour situé à l'abdomen. Dans la légende grecque (Ésope, Platon, Anacréon), la cigale est cependant le symbole du chanteur insouciant. — 2. Le vent du nord; métonymie pour : l'hiver (cf. v. 13, *l'oût :* la moisson). — 3. La cigale ne vit pas l'hiver (cf. J.-H. Fabre, *Mœurs des insectes*, chap. I); sa larve, après avoir passé quatre ans en terre, vit à l'air environ cinq semaines à la belle saison; elle se nourrit de la sève des platanes, dont elle perce l'écorce, ce dont profitent les fourmis. Elle ne mange ni *mouche*, ni *vermisseau*, ni *grain*. — 4. Le printemps. — 5. La Fontaine a conservé l'orthographe archaïque, conforme à la prononciation encore en usage de nos jours. *Oût* « signifie... la récolte, la moisson des blés » (*Dict.* de Furetière, 1690). — 6. Contraste amusant entre la formule du serment *foi de...* et *animal*, surtout quand il s'agit d'un insecte. — 7. Capital. — 8. Ellipse pour : qu'il ne vous en déplaise.

CL. GUILEY-LAGACHE

▲ La Cigale et la Fourmi dans le Nevelet, 1610

CL. GIRAUDON

◀ Le Corbeau et le Renard, par Grandville (1803-1847)

Source principale. ÉSOPE, la Cigale et les Fourmis (Nevelet, p. 197) : Pendant l'hiver, leur blé étant humide, les fourmis le faisaient sécher. La cigale, mourant de faim, leur demandait de la nourriture. Les fourmis lui répondirent : « Pourquoi en été n'amassais-tu pas de quoi manger ? — Je n'étais pas inactive, dit celle-ci, je chantais mélodieusement. » Les fourmis se mirent à rire. « Eh bien, si en été tu chantais, maintenant que c'est l'hiver, danse. » Cette fable montre qu'il ne faut pas être négligent en quoi que ce soit, si l'on veut éviter le chagrin et les dangers.

①* Dessinez deux scènes, l'une d'après Ésope, l'autre d'après La Fontaine[1].

②* Écoutez le disque Odéon (Georges Berr). Quel est le personnage sympathique?

③ Comparez Ésope et La Fontaine.
Ressemblances : dialogue, chute finale (opposition entre *chantais* et *danse* ou *dansais*).
Différences : le titre (il s'agit de deux personnes chez La Fontaine, et non d'une personne opposée à une collectivité) ; suppression de détails inutiles : « le blé étant humide... » (mais aussi d'une notation amusante : « les fourmis se mirent à rire ») ; précisions concrètes et pittoresques : *mouche*, *vermisseau*, *je vous paierai*, etc. Suppression de la moralité.

● **Le rythme** — Le vers de 7 syllabes donne une impression de rapidité : la saynète dure à peine quelques minutes. Notez l'effet musical obtenu par le vers de 3 syllabes (*Tout l'été*, v. 2).

● **Les idées**

④ Que pensez-vous du jugement suivant (J.-H. Fabre)? « Un récit de valeur fort contestable, où la morale est offensée tout autant que l'histoire naturelle, un conte de nourrice dont tout le mérite est d'être court. »

⑤ Partagez-vous ces réserves de Giraudoux (*op. cit.*, p. 237)? « Si la cigale et la fourmi, qui viennent auprès de La Fontaine en ambassadrices, sont encore un peu livresques, c'est qu'elles sont à peine sorties d'Ésope et de Phèdre. »

⑥ J.-J. Rousseau (*Émile*, livre II) accuse cette fable d'immoralité : « Vous croyez leur [aux enfants] donner la Cigale pour exemple ; et point du tout, c'est la Fourmi qu'ils choisiront. On n'aime point à s'humilier, ils prendront toujours le beau rôle ; c'est le choix de l'amour-propre, c'est un choix très naturel. Or, quelle horrible leçon pour l'enfance ! Le plus odieux de tous les monstres serait un enfant avare et dur, qui saurait ce qu'on lui demande et ce qu'il refuse. La Fourmi fait plus encore, elle lui apprend à railler dans ses refus. » Expliquez et commentez.

1. L'astérisque marque les questions réservées aux très jeunes élèves.

2 *Le Corbeau et le Renard*

1 MAITRE[1] Corbeau, sur un arbre perché,
Tenait en son bec un fromage.
Maître Renard[2], par l'odeur alléché,
Lui tint à peu près ce langage :
5 « Hé ! bonjour, Monsieur du Corbeau[3].
Que vous êtes joli ! que vous me semblez beau !
Sans mentir, si votre ramage[4]
Se rapporte à[5] votre plumage,
Vous êtes le phénix[6] des hôtes de ces bois. »
10 A ces mots le Corbeau ne se sent pas de joie[7] ;
Et pour montrer sa belle voix,
Il ouvre un large bec, laisse tomber sa proie.
Le Renard s'en saisit, et dit : « Mon bon Monsieur,
Apprenez que tout flatteur
15 Vit aux dépens de celui qui l'écoute.
Cette leçon vaut bien un fromage, sans doute[8]. »
Le Corbeau, honteux et confus,
Jura, mais un peu tard, qu'on ne l'y prendrait plus.

Sources. Cette fable, la plus connue de toutes, a pour sources **ÉSOPE** (Nevelet, p. 256) et **PHÈDRE** (1, 13, Nevelet, p. 396). On y fait allusion dans **la Farce de Maître Pathelin** (sc. 6), et bien entendu dans **le Roman de Renart.**

1. A l'origine, dans les corporations, titre obtenu après l'apprentissage et l'accomplissement d'un « chef-d'œuvre »; également titre universitaire : *maître ès arts;* puis, par extension, employé avec le prénom, terme de respectueuse familiarité. Le fabuliste en use ici par ironie, puisque le Corbeau n'est qu'un sot. — 2. Noter l'effet comique produit par la symétrie de la structure et des termes (v. 1 et 3). Le Renard, lui, mérite le titre de *maître* en ruses. — 3. Expression doublement cérémonieuse, *Monsieur* s'employant pour les gens de qualité, et *du Corbeau* ayant une valeur plus expressive que *Monsieur le Corbeau,* par son analogie avec les formules nobiliaires. Ce respect, plus marqué que par *maître,* est démenti par le familier *Mon bon Monsieur* (v. 13). — 4. Chant des petits oiseaux dans les *rameaux :* nouvelle ironie du Renard. — 5. S'accorde avec. — 6. Oiseau fabuleux qui renaissait de ses cendres, d'où : unique en son genre. — 7. Est transporté *de joie;* tour encore employé dans la langue parlée. — 8. *Sans* aucun *doute.*

①* Dites la fable à plusieurs voix (l'un étant le récitant — v. 1-4 — un autre le Corbeau, un autre le Renard), en faisant les gestes appropriés.

②* Dessinez les attitudes caractéristiques des deux animaux.

③* Imaginez une aventure analogue arrivée de nos jours chez les hommes.

● **« Le Corbeau et le Renard » commenté par J.-J. Rousseau**

Je ne connais, dans tout le recueil de La Fontaine, que cinq ou six fables, où brille éminemment la naïveté puérile; de ces cinq ou six, je prends pour exemple la première de toutes, parce que c'est celle dont la morale est le plus de tout âge, celle que les enfants saisissent le mieux, celle qu'ils apprennent avec le plus de plaisir...
Maître Corbeau, sur un arbre perché. Maître, que signifie ce mot en lui-même? Que signifie-t-il au-devant d'un nom propre? Quel sens a-t-il dans cette occasion? Qu'est-ce qu'un Corbeau? Qu'est-ce qu'*un arbre perché?* L'on dit, *perché sur un arbre*. Par conséquent, il faut parler des inversions de la Poésie; il faut dire ce que c'est que prose et que vers.
Tenait dans son bec un fromage. Quel fromage? Était-ce un fromage de Suisse, de Brie, ou de Hollande?...

Après un commentaire aussi brillant que paradoxal (Jean-Jacques goûte mieux que personne les expressions poétiques qu'il dénonce comme incompréhensibles à un enfant), la morale est à son tour attaquée :

Je demande si c'est à des enfants de six ans qu'il faut apprendre qu'il y a des hommes qui flattent et mentent pour leur profit...

La conclusion, c'est que la lecture des *Fables* ne doit se faire que vers quinze ans.

④ Partagez-vous l'opinion de Rousseau, ou celle, plus favorable, de Taine (*op. cit.*, p. 47)? « Nos enfants l'apprennent par cœur [La Fontaine], comme jadis ceux d'Athènes récitaient Homère ; ils n'entendent pas tout, ni jusqu'au fond, non plus que ceux d'Athènes, mais ils saisissent l'ensemble et surtout l'intérêt. »

● **« Le Corbeau et le Renard » « moralisé » par Lessing**, critique allemand (1729-1781) :

Un corbeau emportait dans ses serres un morceau de viande empoisonnée qu'un jardinier irrité avait jeté au chat de son voisin. Comme il s'apprêtait à le dévorer sur un vieux chêne, un renard se glissa jusqu'à l'arbre et lui cria : « Béni sois-tu, oiseau de Jupiter ! — Pour qui me prends-tu? demanda le corbeau. — Pour qui je te prends? N'es-tu pas l'aigle au vol foudroyant qui, chaque jour, descend de la droite de Jupiter sur ce chêne pour me nourrir, moi chétif? Pourquoi te déguiser?... »

Flatté, le corbeau laisse tomber sa proie :

Le renard saute dessus en riant et la dévore avec une joie méchante, mais bientôt sa joie se change en un sentiment de douleur : le poison commence à agir, et il crève. Puissiez-vous ne jamais obtenir autre chose, par vos mensonges, que du poison, flatteurs maudits !

⑤ Comparez les deux fables en montrant combien celle de La Fontaine est plus alerte, plus gaie, plus poétique.

⑥ Étudiez les effets obtenus par la combinaison des alexandrins et des octosyllabes.

⑦ Que pensez-vous de l'éloge du vers 12 par Rousseau (*Émile*, livre II)? « Ce vers est admirable ; l'harmonie seule en fait image. Je vois un grand vilain bec ouvert ; j'entends tomber le fromage à travers les branches... » Croyez-vous que « ces sortes de beautés soient perdues pour les enfants »?

3 *La Grenouille qui se veut faire aussi grosse que le Bœuf*

1 UNE Grenouille vit un Bœuf
Qui lui sembla de belle taille.
Elle, qui n'était pas grosse en tout comme un œuf,
Envieuse, s'étend[1], et s'enfle, et se travaille[2]
5 Pour égaler l'animal en grosseur,
Disant : « Regardez bien, ma sœur ;
Est-ce assez ? dites-moi ; n'y[3] suis-je point encore ?
— Nenni[4]. — M'y voici donc ? — Point du tout. — M'y [voilà ?
— Vous n'en approchez point. » La chétive[5] pécore[6]
10 S'enfla si bien qu'elle creva.

Le monde est plein de gens qui ne sont pas plus sages :
Tout bourgeois veut bâtir comme les grands seigneurs ;
Tout petit prince a des ambassadeurs ;
Tout marquis veut avoir des pages[7].

---

1. S'étire en tous sens pour prendre du volume. — 2. Fait des efforts ; littéralement : se torture. Le *travail* était au Moyen Age un instrument de torture ; c'est encore aujourd'hui une charpente destinée à maintenir les chevaux rétifs lorsqu'on les ferre. — 3. Noter la répétition (v. 7, 8) du pronom adverbial *y* représentant : *égaler l'animal en grosseur*. — 4. Négation archaïque *(non-il)*, qui apporte un air de familiarité. — 5. Étymologiquement : prisonnière *(captive)* ; d'où : vile, méprisable. — 6. De l'italien *pecora* (lat. *pecus*), au sens propre : bête (c'est le cas ici), et bête aussi au sens figuré. D'après le *Dict.* de Richelet (1680), le mot est « bas et burlesque » : en harmonie donc avec *nenni* (v. 8). — 7. Au XVIIe s., le service *des pages* (jeunes nobles de 7 à 14 ans attachés à une grande maison) est rare et réservé aux rois ou aux princes du sang. Nous avons donc là une preuve de la vanité des *marquis* (gouverneurs des provinces frontières ou *marches* dans la féodalité) dont le titre était fort dévalué en 1668, les satires de Molière en témoignent.

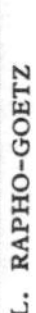
CL. RAPHO-GOETZ

Deux sources. PHÈDRE, I, 24 (Nevelet, p. 403) donne le récit; HORACE (Satires, II, 3, v. 307-320) fournit les éléments du dialogue.

- **Originalité** — La Fontaine combine les deux textes (le v. 12, *Tout bourgeois...* est adapté d'Horace : *Tu bâtis, c'est-à-dire tu imites les grands*), modifie certains détails (la grenouille de Phèdre interroge ses enfants, celle d'Horace sa mère), donne à sa fable un tour concret et familier, et d'un récit banal fait un poème.

- **L'art**

— Simplicité du plan (anecdote, v. 1-10 ; moralité, v. 11-14).
— Vivacité du récit (contraste entre les efforts de la Grenouille et la passivité du Bœuf (v. 4-5) ; interrogations haletantes (v. 6-8) ; rapidité de la « chute » : v. 10.
— Variété : dans les fables 1 et 2, c'est un des acteurs qui tire la leçon ; ici, la moralité est une réflexion de l'auteur.

① Montrez les effets obtenus par la combinaison des alexandrins, des décasyllabes (v. 5, 13...) et des octosyllabes ; par la diversité des coupes aussi.

②* Dessinez la scène à trois acteurs : le Bœuf à l'arrière-plan ; la Grenouille qui s'enfle en gros plan : sa *sœur*, plus petite, en face.

③ Acceptez-vous la critique suivante de J.-J. Rousseau (*Émile*, livre IV) sur la moralité de cette fable? « Que signifient ces quatre vers que La Fontaine ajoute? [...] A-t-il peur qu'on ne l'ait pas compris? A-t-il besoin, ce grand peintre, d'écrire les noms au-dessous des objets qu'il peint? »

④ André Gide, qui se passionna pour l'histoire naturelle, a écrit (*Journal*, 22 mai 1943) : « Aucune édition [...] ne fait allusion à la très étonnante faculté des grenouilles de gonfler comme un goître leur gosier, à la manière des pigeons lors de la saison des amours, et de projeter sur le côté de la bouche, ainsi que j'ai vu faire aux chameaux en rut, une sorte d'énorme ampoule, d'apostème, d'appareil vibrant et glapissant qui est bien une des choses les plus surprenantes qui se puisse imaginer [...] c'est cette singulière propriété qui explique et motive la fable de *la Grenouille voulant se faire aussi grosse que le Bœuf.* Nul doute que La Fontaine n'ait pu contempler un jour, comme je fis moi-même à La Roque, cet extraordinaire spectacle : sur une large feuille de nénuphar étalée à la surface d'une mare, deux grenouilles jouant et mimant exemplairement cette fable. L'une simple spectatrice ; l'autre se gonflant jusqu'à éclater.»

Selon vous, est-ce cette « singulière propriété » qui « explique et motive » la fable?

4 *Les deux Mulets*

1 DEUX Mulets cheminaient[1] : l'un d'avoine chargé,
L'autre portant l'argent de la gabelle[2].
Celui-ci, glorieux[3] d'une charge si belle,
N'eût voulu pour beaucoup[4] en être soulagé.
5 Il marchait d'un pas relevé[5],
Et faisait sonner sa sonnette,
Quand l'ennemi se présentant,
Comme il en voulait à l'argent,
Sur le Mulet du fisc[6] une troupe se jette,
10 Le saisit au frein[7] et l'arrête.
Le Mulet, en se défendant,
Se sent percer de coups ; il gémit, il soupire.
« Est-ce donc là, dit-il, ce qu'on m'avait promis ?
Ce Mulet qui me suit du danger se retire[8],
15 Et moi j'y tombe, et je péris.
— Ami, lui dit son camarade,
Il n'est pas toujours bon d'avoir un haut emploi.
Si tu n'avais servi qu'un meunier, comme moi,
Tu ne serais pas si malade. »

1. Faisaient leur *chemin* lentement et régulièrement; « mot un peu vieux, néanmoins il y a des endroits où il a bonne grâce » (*Dict.* de Richelet, 1680); cf. *le Coche et la Mouche* (VII, 9) : « Aussitôt que le char chemine. » — 2. L'impôt sur le sel. — 3. Fier; s'emploie encore dans la langue parlée, généralement dans un sens péjoratif. — 4. Tour elliptique : *pour beaucoup* d'argent. — 5. La jambe haute, comme un cheval de manège. — 6. Trésor public. — 7. Le mors, la bride. — 8. Se tire.

Source. PHÈDRE, II, 7 (Nevelet, p. 413).

- **L'art** — Diversité des **rythmes** : v. 1, alexandrin ; v. 2, décasyllabe ; v. 5-8, octosyllabes...
  Disposition des **mots** : l'inversion *d'avoine chargé* (v. 1) souligne l'attitude du mulet pliant sous les sacs et s'oppose à la *charge si belle*, mise en relief à la fin du vers ; l'allitération *sonner sa sonnette* (v. 6) transpose en français l'harmonie imitative du latin : « *jactat tintinnabulum*, il agite sa sonnette » (Phèdre).
- **La morale** — L'ironie de La Fontaine (le *fisc* ; *une charge si belle*) illustre le proverbe : « Pour vivre heureux, vivons caché. » La chute de Fouquet venait de prouver la vérité du proverbe.

5 *Le Loup et le Chien*

1 UN Loup n'avait que les os et la peau,
Tant les chiens faisaient bonne garde.
Ce Loup rencontre un Dogue[1] aussi puissant que beau,
Gras, poli[2], qui s'était fourvoyé[3] par mégarde.
5 L'attaquer, le mettre en quartiers,
Sire Loup l'eût fait volontiers ;
Mais il fallait livrer bataille,
Et le mâtin était de taille
A se défendre hardiment.
10 Le Loup donc l'aborde humblement,
Entre en propos[4], et lui fait compliment
Sur son embonpoint[5], qu'il admire.
« Il ne tiendra qu'à vous, beau sire[6],
D'être aussi gras que moi, lui repartit le Chien.
15 Quittez les bois, vous ferez bien :
Vos pareils y sont misérables,
Cancres[7], haires[8], et pauvres diables,
Dont la condition est de mourir de faim.
Car quoi ? rien d'assuré ; point de franche lippée[9] ;
20 Tout à la pointe de l'épée[10].
Suivez-moi : vous aurez un bien meilleur destin. »
Le loup reprit : « Que me faudra-t-il faire ?
— Presque rien, dit le Chien : donner la chasse aux gens
Portants[11] bâtons, et mendiants ;

ources. Fable inspirée d'**ÉSOPE (Le Loup et le Chien)** et surtout de **PHÈDRE** (III, Nevelet, p. 420), où le chien et le loup dialoguent déjà.

---

1. « Gros chien, mâtin qui sert à garder les maisons ou à combattre contre les taureaux » *ict.* de Furetière, 1690) ; *puissant :* corpulent. — 2. Au poil luisant : signe de bonne nté. — 3. Égaré. Littéralement : sorti de sa *voie.* — 4. *Entre en* conversation. — 5. Bon t de santé *(en bon point) ;* mine florissante ; cf. Corneille *l'Illusion comique*, III, 5, 779 : « L'*embonpoint* ravissant, la taille avantageuse. » — 6. Expression médiévale, ployée ironiquement ; cf. *le Chat et le Renard, comme beaux petits saints...* (IX, 14). — Littéralement, crabe ou écrevisse (lat. *cancer*), d'où : être ridicule ; le mot ne désigne encore un mauvais élève. « Se dit proverbialement d'un homme pauvre » (Fure- re). — 8. *Hère* ou *haire :* « homme sans bien ou sans crédit » (Furetière) ; à peu près nonyme de : pauvre diable. — 9. De *lippe*, mot familier pour *lèvre*, d'où : bon repas ne coûte rien ; cf. Régnier, *Satire X :* « L'autre était des suivants de madame *Lippée.* » dirait aujourd'hui : *point de franche* ripaille. — 10. Comme un soldat d'aventure, doit conquérir la fortune avec sa seule épée. — 11. Au XVIIe s., les participes présents ccordent avec le nom, comme les adjectifs ; en 1679, l'Académie française décidera ne plus faire l'accord.

25 Flatter ceux du logis, à son maître complaire ;
Moyennant quoi votre salaire
Sera force reliefs [12] de toutes les façons :
Os de poulets, os de pigeons ;
Sans parler de mainte caresse. »
30 Le Loup déjà se forge une félicité
Qui le fait pleurer de tendresse[13].
Chemin faisant, il vit le col du Chien pelé.
« Qu'est-ce là ? lui dit-il. — Rien. — Quoi ! rien ? — Peu de [chose.
— Mais encor ? — Le collier dont[14] je suis attaché
35 De ce que vous voyez est peut-être la cause.
— Attaché ? dit le Loup : vous ne courez donc pas
Où vous voulez ? — Pas toujours, mais qu'importe ?
— Il importe si bien que de tous vos repas
Je ne veux en aucune sorte,
40 Et ne voudrais pas même à ce prix un trésor. »
Cela dit, maître[15] Loup s'enfuit, et court encor.

12. Quantité de restes. Cf. *le Rat de ville et le Rat des champs*, I, 9, v. 4. — 13. D'attendrissement. — 14. Par lequel. — 15. Voir I, 2, n. 1.

①* Notez tous les traits familiers et concrets : *les os et la peau* (dans Phèdre : « maigre à faire peur ») ; *poli ; cancres ; lippée ; os de poulets, os de pigeons*, etc.

②* Relevez les expressions qui s'appliquent à des hommes : *à la pointe de l'épée ; trésor...*

③ Étudiez les combinaisons rythmiques en montrant comment elles apportent de la vivacité au dialogue. Soulignez les coupes du dernier vers.

④ Montrez le mélange de style familier et de style soutenu.

⑤ Cette fable est-elle la seule où La Fontaine ait exprimé son goût pour la liberté ? Ne semble-t-elle pas en contradiction avec la conduite du poète, « domestique » de Fouquet ?

⑥ Que pensez-vous de la critique suivante (J.-J. Rousseau, *Émile*, livre II) ? « ... au lieu d'une leçon de modération qu'on prétend lui donner, il [l'enfant] en prend une de licence. Je n'oublierai jamais d'avoir vu beaucoup pleurer une petite fille qu'on avait désolée avec cette fable, tout en lui prêchant toujours la docilité [...] La pauvre enfant s'ennuyait d'être à la chaîne : elle se sentait le cou pelé ; elle pleurait de n'être pas loup. »

6 *La Génisse, la Chèvre et la Brebis, en société avec le Lion*

1 La Génisse, la Chèvre et leur sœur la Brebis,
Avec un fier[1] Lion, seigneur du voisinage,
Firent société[2], dit-on, au temps jadis[3],
Et mirent en commun le gain et le dommage.
5 Dans les lacs[4] de la Chèvre un cerf se trouva pris.
Vers ses associés aussitôt elle envoie[5].
Eux venus, le Lion par ses ongles[6] compta,
Et dit : « Nous sommes quatre à partager la proie. »
Puis en autant de parts le cerf il dépeça[7],
10 Prit pour lui la première en qualité de Sire[8].
« Elle doit être à moi, dit-il ; et la raison,
C'est que je m'appelle Lion[9] :
A cela l'on n'a rien à dire.
La seconde, par droit, me doit échoir encor :
15 Ce droit, vous le savez, c'est le droit du plus fort.
Comme le plus vaillant, je prétends[10] la troisième.
Si quelqu'une de vous touche à la quatrième
Je l'étranglerai tout d'abord. »

urces probables. ÉSOPE, le Lion, l'Ane et le Renard (Nevelet, p. 120); **PHÈDRE,** Vache et la Chèvre, la Brebis et le Lion (I, 5, Nevelet, p. 392).

---

1. *Féroce* (lat. *ferus*). — 2. Dans le fabliau *la Compagnie Renart,* semblable société se t entre le lion, le loup et le renard. Le renard adjuge les proies : un taureau pour le n même, une vache pour *Madame la Lionesse,* et le veau pour le fils du lion. — 3. La ntaine souligne lui-même l'invraisemblance de cette association entre un fauve et des bivores : nous sommes au temps des fées. — 4. Nœud coulant pour prendre le gibier donné le diminutif *lacet*). On prononçait *lâ,* comme l'indique la rime :

... ce blé couvrait d'un *las*
Les menteurs et traîtres app*as*
(*Les Deux Pigeons*, IX, 2, v. 38-39).

5. Employé sans complément. — 6. *Ongle* était employé au sens de : griffe; « Les *les* des lions, des ours, des tigres et des chats sont longs... » (*Dict.* de Furetière, 1690). xpression est calquée sur le tour *compter sur ses doigts.* Le lion, comme *le fils de* (X, 15), n'est pas fort en arithmétique. — 7. L'inversion met en relief, en fin de vers, fait important : *il dépeça.* — 8. Dans la langue romane, cas sujet dont le cas régime it *Seigneur;* s'emploie pour s'adresser à un souverain. — 9. Noter la couple de rimes *on-Lion* (2 syllabes : diérèse) qui associe ironiquement la logique, la hiérarchie sociale *e droit du plus fort.* — 10. Transitif direct. Cf. Bossuet : « Ces deux peuples étaient guerre pour des terres que chacun d'eux prétendait » (*Hist. univ.*, III, 6).

7 La Besace

1 JUPITER dit un jour : « Que tout ce qui respire
S'en vienne comparaître aux pieds de ma grandeur[1].
Si dans son composé[2] quelqu'un trouve à redire,
Il peut le déclarer sans peur :
5 Je mettrai remède à la chose.
Venez, Singe : parlez le premier, et pour cause[3].
Voyez ces animaux, faites comparaison
De leurs beautés avec les vôtres.
Êtes-vous satisfait ? — Moi ? dit-il ; pourquoi non ?
10 N'ai-je pas quatre pieds aussi bien que les autres ?
Mon portrait jusqu'ici ne m'a rien reproché ;
Mais pour mon frère l'Ours, on ne l'a qu'ébauché.
Jamais, s'il me veut[4] croire, il ne se fera peindre. »
L'Ours venant là-dessus, on crut qu'il s'allait[4] plaindre.
15 Tant s'en faut : de sa forme il se loua très fort,
Glosa[5] sur l'Éléphant, dit qu'on pourrait encor
Ajouter à sa queue, ôter à ses oreilles ;
Que c'était une masse informe et sans beauté.
L'Éléphant étant écouté,
20 Tout sage qu'il était, dit des choses pareilles :
Il jugea qu'à son appétit[6]
Dame Baleine[7] était trop grosse.
Dame Fourmi trouva le Ciron[8] trop petit,

Sources probables. ÉSOPE, les Deux Besaces; PHÈDRE, IV, 10, et surtout AVIANU[S], la Guenon et Jupiter. Dans Nevelet, la vignette ornant la fable d'Avianus (p. 46[…]) montre Jupiter recevant une suite variée d'animaux, ce qui, selon G. Couton, a [pu] inspirer à La Fontaine le défilé des animaux.

1. *Votre grandeur :* titre de noblesse employé dans le style noble; cf. Corneille, *Nic[o]mède*, v. 742 : « Proposez cet hymen vous-même à sa grandeur »; cf. aussi la fable *Jupi[ter] et le passager* (IX, 13) : « C'est un parfum de bœuf que *ta grandeur* respire. » Tout comm[e] le lion de la fable précédente, Jupiter est rempli d'orgueil. — 2. Les organes qui [le] *composent*. — 3. C'est le plus laid. Cf. Avianus : « Alors une guenon au corps ramas[sé] traînant son nourrisson informe, fit éclater de rire Jupiter lui-même. » — 4. Au XVIIe le pronom réfléchi se place devant le premier verbe et non pas devant l'infinitif. Cf. « [Il] se faut entr'aider » (VIII, 17). — 5. *Gloser :* faire des commentaires; puis : critiquer. 6. A son goût. — 7. Terme de respect au Moyen Age, souvent employé ironiqueme[nt] par La Fontaine : « *Dame* belette... » (*Le Chat, la Belette et le Petit Lapin*, VII, 16). No[ter] la disproportion comique entre *Dame Baleine* et *Dame Fourmi*. — 8. Nom donné [au] XVIIe s. aux acariens (mites du fromage, de la farine), considérés comme les plus pet[its] animaux visibles à l'œil nu. Pascal *(Les deux infinis)*, après Gassendi et plusieurs aut[res]

Se croyant, pour elle, un colosse.
25 Jupin[9] les renvoya s'étant censurés tous,
Du reste, contents d'eux. Mais parmi les plus fous,
Notre espèce excella ; car tout[10] ce que nous sommes,
Lynx[11] envers nos pareils et taupes envers nous,
Nous nous pardonnons tout, et rien aux autres hommes.
30 On se voit d'un autre œil qu'on ne voit son prochain[12].
Le fabricateur souverain[13]
Nous créa besaciers[14] tous de même manière,
Tant ceux du temps passé que du temps d'aujourd'hui :
Il fit pour nos défauts la poche de derrière,
35 Et celle de devant pour les défauts d'autrui.

---

savants, prend le ciron comme exemple de petitesse et en montre l'infinie complexité, découverte grâce au microscope : « Qu'un ciron *lui offre* dans la petitesse de son corps des parties incomparablement plus petites, etc. » — 9. Terme burlesque pour *Jupiter;* cf. Rabelais, *le Tiers Livre*, chap. XII : « et ne me sera corrival [rival] ce beau Juppin. » Noter le contraste entre cette familiarité et la solennité du début. — 10. Tour elliptique approuvé par Vaugelas : tous, tant *que nous sommes.* — 11. Le *lynx* (loup-cervier) passe pour avoir la vue perçante, au contraire de la taupe. — 12. C'est une variante de la parabole de *la paille et* de *la poutre* (en saint Matthieu, chap. VII, versets 3-5). — 13. Le Créateur. Cf. II, 1, vers 30. — 14. Porteurs de *besace :* double sac dans lequel les mendiants mettaient les aumônes. Cf. Henri Estienne, *Apologie pour Hérodote :* « Ceux qui s'appellent religieux, tant des caïmans ou besaciers... » Le mot, vieilli, ne s'employait plus au XVIIe siècle.

Gravure d'Oudry (1686-1755)

CL. B. N.

8 *L'Hirondelle et les Petits Oiseaux*

1 UNE Hirondelle en ses voyages
Avait beaucoup appris. Quiconque a beaucoup vu
Peut avoir beaucoup retenu[1].
Celle-ci prévoyait jusqu'aux moindres orages,
5 Et devant[2] qu'ils fussent éclos,
Les annonçait aux matelots.
Il arriva qu'au temps que[3] la chanvre[4] se sème,
Elle vit un manant[5] en couvrir[6] maints sillons.
« Ceci ne me plaît pas, dit-elle aux Oisillons.
10 Je vous plains ; car pour moi, dans ce péril extrême,
Je saurai m'éloigner, ou vivre en quelque coin[7].
Voyez-vous cette main qui par[8] les airs chemine?
Un jour viendra, qui n'est pas loin,
Que[9] ce qu'elle répand sera votre ruine.
15 De là naîtront engins à[10] vous envelopper,
Et lacets pour vous attraper,
Enfin mainte et mainte machine[11]
Qui causera dans la saison
Votre mort ou votre prison.
20 Gare la cage ou le chaudron !
C'est pourquoi, leur dit l'Hirondelle,
Mangez ce grain, et croyez-moi. »

Source principale. Fable anonyme du recueil de NEVELET (p. 500). Les trois étapes (semailles, croissance en vert du lin, puis moisson) y figurent déjà. Toutefois les conseils de l'hirondelle aux oisillons sont beaucoup plus sommaires.

1. Même idée exprimée sous la forme négative dans *les Deux Pigeons* (IX, 2) :

... Quiconque ne voit guère
N'a guère à dire aussi...

— 2. Avant que; cf. Molière, *les Précieuses ridicules*, sc. 10 : « ... *devant que* les chandelles soient allumées. » Virgile (*Géorgiques*, I, v. 377) montre l'hirondelle avertissant les cultivateurs de l'approche de l'orage. — 3. Où. — 4. *Chanvre* était du féminin en ancien français. Au siècle dernier, beaucoup de cultivateurs avaient encore quelques champs de chanvre ou de lin pour faire leur toile. Le chanvre se sème fin mai. Rabelais avait célébré, avec une verve lyrique, les vertus du chanvre (ou *pantagruelion*) dans le *Tiers Livre* (chap. 51 et 52). — 5. Celui qui demeure (lat. *manere*); d'où : paysan. — 6. Sens technique habituel au XVIIe s. : ensemencer (voir le v. 38). — 7. Recoin; cf. Furetière : « L'hirondelle disparaît en automne, soit qu'elle aille aux pays chauds... soit qu'elle se cache dans des trous pour y passer l'hiver. » — 8. Variante de l'édition originale : *dans*. Exemple des corrections minutieuses apportées par le poète; *par* fait mieux voir l'allée et venue de la main du semeur; *chemine* (cf. *Les deux Mulets*, I, 4, v. 1). — 9. *Un jour...* où. — 10. Pour. — 11. Maint piège. Le *Pantagruelion*, écrit Rabelais, « ceinct les boys et taillis au plaisir des chasseurs » (*Tiers Livre*, chap. 51).

Les Oiseaux se moquèrent d'elle :
Ils trouvaient aux champs trop de quoi[12].
25 Quand la chènevière[13] fut verte,
L'Hirondelle leur dit : « Arrachez brin à brin[14]
Ce qu'a produit ce maudit grain,
Ou soyez sûrs de votre perte.
— Prophète de malheur, babillarde, dit-on,
30 Le bel emploi que tu nous donnes !
Il nous faudrait mille personnes
Pour éplucher tout ce canton[15]. »
La chanvre étant tout à fait crue[16],
L'Hirondelle ajouta : « Ceci ne va pas bien ;
35 Mauvaise graine est tôt venue[17].
Mais puisque jusqu'ici l'on ne m'a crue en rien,
Dès que vous verrez que la terre
Sera couverte[18], et qu'à leurs blés
Les gens n'étant plus occupés
40 Feront aux oisillons la guerre ;
Quand reginglettes[19] et réseaux[20]
Attraperont petits oiseaux,
Ne volez plus de place en place ;
Demeurez au logis ou changez de climat :
45 Imitez le canard, la grue et la bécasse[21].
Mais vous n'êtes pas en état
De passer, comme nous, les déserts et les ondes,
Ni d'aller chercher d'autres mondes ;
C'est pourquoi vous n'avez qu'un parti qui soit sûr :
50 C'est de vous renfermer aux[22] trous de quelque mur. »
Les Oisillons, las de l'entendre,

---

12. Style indirect, dont la rapidité contraste avec les longues exhortations de l'hirondelle. *Trop de quoi :* trop à faire; tour familier encore usité. — 13. Terrain où le chanvre a été semé; la graine du chanvre est le *chènevis*. — 14. C'est encore plus difficile que de manger les graines ! — 15. Cette région; cf. VI, 18, *le Chartier embourbé :* « un certain *canton* de la basse Bretagne. » Cette fois, c'est un ordre bref que donne l'hirondelle, alors que les oisillons se récrient longuement. Effet comique du renversement des rôles. — 16. Quand la croissance du chanvre est terminée. Ne pas confondre avec *crue* (croire) du v. 36. — 17. Proverbe familier employé généralement au figuré. — 18. Ensemencée cette fois de blé, comme l'indique la fin du vers. Libérés des semailles, les *gens feront la guerre* aux oisillons qui mangent le grain. — 19. Pièges constitués par une gaule flexible fichée en terre et maintenue courbe à l'aide d'une corde; déclenchée par l'oiseau, la gaule se redresse rapidement et serre un nœud coulant qui étrangle l'imprudent. Le mot appartient au parler champenois. — 20. Petits filets (diminutif de *rets*) en forme de nasse. — 21. Les oiseaux migrateurs : le canard sauvage, les grues dont le vol en V annonce l'approche de l'hiver, la bécasse qui descend de la montagne aux premières neiges et s'abrite dans les taillis des altitudes moyennes. — 22. Dans les.

Se mirent à jaser[23] aussi confusément
Que faisaient[24] les Troyens quand la pauvre Cassandre[25]
Ouvrait la bouche seulement.
55 Il en prit[26] aux uns comme aux autres :
Maint oisillon se vit esclave retenu[27].

Nous n'écoutons d'instincts[28] que ceux qui sont les nôtres,
Et ne croyons le mal que quand il est venu.

---

23. Bavarder sans cause ni raison; cf. Molière, *Tartuffe* (I, 1) : « Car Madame à *jaser* tient le dé tout le jour. » Il s'agit de la servante Dorine, qui a bon bec. — 24. Employé comme auxiliaire remplaçant le verbe précédent : c'est un simple rappel. — 25. Fille de Priam, douée du don de prophétie, mais jamais crue : elle annonça aux Troyens la chute de leur cité, et à Agamemnon son assassinat par Clytemnestre. — 26. Il en arriva; cf. l'expression courante : *bien* lui *en prit*, mal... — 27. Attention à l'inversion. — 28. Parmi les *instincts*.

Les très riches heures du duc de Berry : octobre

CL. GIRAUDON

Cette fable est remarquable par son ampleur (58 vers), sa structure dramatique et la vie de son style.

- **Clarté de la composition** »
v. 1-6. Présentation du personnage principal, nettement individualisé, l'Hirondelle.
v. 7-8. L'action commence : le manant sème *la chanvre.*
v. 9-24. Premier acte : mise en garde de l'Hirondelle, indifférence des Oisillons.
v. 25-32. Deuxième acte : exhortation pressante de l'Hirondelle, refus insultant des Oisillons.
v. 33-54. Troisième acte : conseils de retraite; les Oisillons refusent même d'entendre.
v. 55-56. Dénouement fatal.
v. 57-58. Moralité applicable aux hommes.
Les diverses péripéties s'insèrent dans le cours des saisons (printemps, été, automne), avec un mouvement comparable à celui du célèbre sonnet de du Bellay, *Comme le champ semé en verdure foisonne...* Le cadre est naïf, coloré et précis comme celui des *Très Riches Heures* du duc de Berry : travaux (semailles, moisson) et plaisirs rustiques (chasse aux oisillons) s'y succèdent comme dans la réalité.

- **Caractères des personnages** — L'HIRONDELLE est présentée comme une personne de poids : expérience, humanité, désintéressement et patience. Les OISILLONS, loin d'être individualisés, forment une foule incrédule, incapable d'efforts et insolente.

- **L'art** — Style tantôt familier (proverbes, v. 2-3, 35 ; insultes des Oisillons, v. 29-32) ; parfois technique (*couverte, reginglette, réseaux...*) ; tantôt ample et soutenu, frôlant l'épopée (v. 10-13, 46-48). Combinaison heureuse de l'alexandrin qui donne de l'ampleur, et de l'octosyllabe qui apporte de la vivacité dans les énumérations (v. 16-22) ou prolonge l'alexandrin (v. 48).

- **La moralité** est une constatation d'expérience, non une obligation.

①* Dites la fable à trois voix : un récitant, l'Hirondelle, le représentant des Oisillons.

②* Imaginez une anecdote où les conseils de prudence restent inutiles.

③ Étudiez les arguments et le ton des trois discours de l'Hirondelle. Notez l'élargissement du cadre et du débat.

④ Le sentiment de la nature : la campagne française, la mer, le désert.

⑤ La peinture des hommes sous le couvert des animaux.

9 *Le Rat de ville et le Rat des champs*

1 AUTREFOIS le Rat de ville
Invita le Rat des champs,
D'une façon fort civile[1],
A des reliefs d'ortolans[2].

5 Sur un tapis de Turquie[3]
Le couvert se trouva mis.
Je laisse à penser la vie[4]
Que firent ces deux amis.

Le régal fut fort honnête :
10 Rien ne manquait au festin ;
Mais quelqu'un troubla la fête
Pendant qu'ils étaient en train.

A la porte de la salle
Ils entendirent du bruit.
15 Le Rat de ville détale ;
Son camarade le suit.

Le bruit cesse, on se retire :
Rats en campagne[5] aussitôt ;
Et le citadin de dire :
20 « Achevons tout notre rôt[6].

Source principale. HORACE, Satires, (II, 6, v. 79-117). Horace vante le repos qu'il goûte dans sa campagne de Sabine, loin de Rome. Confirmant ses dires, son voisin Cervius raconte l'apologue du **Rat de ville et du Rat des champs.** Contrairement à la plupart des fables de La Fontaine, celle-ci est plus brève que son modèle : chez Horace, il y a deux festins symétriques; le rat des champs traite d'abord le rat de ville et se laisse tenter par les propos épicuriens du rat de ville : « Vis heureux dans la prospérité ». C'est le bruit des portes qui le met en fuite au cours du deuxième repas. Le mérite de cette fable 9 est sa rapidité, mise en valeur par le vers de sept syllabes.

1. Courtoise. — 2. Petit oiseau que l'on engraisse à l'abri de la lumière et dont la chair est très recherchée. — 3. Les tapis d'Orient ont toujours été fort appréciés. La *Savonnerie*, fondée par Louis XIII, en tissait des imitations. — 4. Bonne chère; cf. chercher sa *vie*. — 5. Ellipse pour : de se mettre *en campagne*. — 6. Rôti et, par extension : repas.

— C'est assez, dit le rustique[7] ;
Demain vous viendrez chez moi.
Ce n'est pas que je me pique[8]
De tous vos festins de roi ;

25 Mais rien ne vient m'interrompre :
Je mange tout à loisir.
Adieu donc. Fi du plaisir
Que la crainte peut corrompre[9] ! »

7. Adjectif substantivé : le paysan. — 8. Je me vante; cf. *Fables* II, 20, v. 69 : « ... ce peuple qui se *pique* — D'être le plus subtil. » — 9. Gâter.

Dessin de Grandville

CL. GIRAUDON

10 *Le Loup et l'Agneau*

1 LA raison du plus fort est toujours la meilleure[1] :
Nous l'[2]allons montrer tout à l'heure[3].

Un Agneau se désaltérait
Dans le courant d'une onde pure.
5 Un Loup survient à jeun, qui cherchait aventure[4],
Et que la faim en ces lieux attirait.
« Qui[5] te rend si hardi de[6] troubler mon breuvage ?
Dit cet animal plein de rage :
Tu seras châtié de ta témérité.
10 — Sire, répond l'Agneau, que Votre Majesté
Ne se mette pas en colère ;
Mais plutôt qu'Elle considère
Que je me vas[7] désaltérant
Dans le courant,
15 Plus de vingt pas au-dessous d'Elle ;
Et que par conséquent, en aucune façon,
Je ne puis troubler sa boisson.
— Tu la troubles, reprit cette bête cruelle ;
Et je sais que de moi tu médis l'an passé.
20 — Comment l'aurais-je fait, si[8] je n'étais pas né ?
Reprit l'Agneau ; je tette encor ma mère.
— Si ce n'est toi, c'est donc ton frère.
— Je n'en ai point. — C'est donc quelqu'un des tiens ;
Car vous ne m'épargnez guère,
25 Vous, vos bergers et vos chiens.
On me l'a dit : il faut que je me venge. »
Là-dessus, au fond des forêts
Le Loup l'emporte, et puis le mange,
Sans autre forme[9] de procès.

Sources. ÉSOPE (Nevelet, p. 342), PHÈDRE (I, 1, dans le recueil de Nevelet). Le dialogue des deux bêtes est déjà ébauché. La Fontaine fait allusion à cette fable dans deux autres (II, 1 ; V, 1).

1. Celle qui l'emporte en fait, et non selon la justice. — 2. Voir I, 7, v. 14. — 3. Sur-le-champ. — 4. Un heureux hasard. — 5. Sens neutre : qu'est-ce *qui*. — 6. Assez *hardi* pour. — 7. Je vais; forme employée couramment au XVIIe s. et conservée dans le parler paysan. L'emploi de l'auxiliaire *aller* et du participe présent est fréquent. — 8. Au sens causal : puisque. — 9. Les procès doivent respecter la *forme* juridique. Le loup s'en embarrasse fort peu !

● **L'art** — C'est une des fables les plus travaillées, comme en témoignent les variantes des divers manuscrits. Les deux premiers vers manquent dans le manuscrit de Sainte-Geneviève ; le dialogue *Tu la troubles... je me venge* est abrégé dans celui de Conrart. La version définitive est beaucoup plus vivante.

Notez : la timidité respectueuse de l'Agneau et l'arrogance du Loup ; l'absurdité croissante des arguments du Loup ; le rythme très varié.

① « *Le Loup et l'Agneau*, cette merveille. Pas un mot de trop ; pas un trait, pas un des propos du dialogue, qui ne soit révélateur. C'est un objet parfait » (Gide, *Journal*, 22 mai 1943). Justifiez cet éloge par une analyse de la pensée et de l'expression.

②* Montrez l'opposition de caractère entre le Loup et l'Agneau en relevant les mots qui la mettent en évidence.

③* La Fontaine est pour l'Agneau, contre le Loup. Dites pourquoi.

④* Les sentiments de La Fontaine à l'égard du Loup sont-ils les mêmes que dans la fable 5?

⑤* Comparez avec d'autres fables, dans lesquelles La Fontaine s'indigne contre la raison du plus fort, par exemple la fable 6 ou *les Animaux malades de la peste* (VII, 1).

⑥* Le Loup et l'Agneau symbolisent-ils seulement des individus, ou bien aussi des catégories sociales, et même des nations?

⑦ Expliquez et commentez la remarque de Chamfort *(Éloge de La Fontaine)* à propos du vers 1 : « C'est la prétention du loup qui veut avoir raison dans son injustice, et qui ne supprime tout prétexte et tout raisonnement que lorsqu'il est réduit à l'absurde par les réponses de l'agneau. »

⑧ En prenant cette fable pour exemple, montrez la différence entre la morale et la moralité.

⑨ « La fable, cette poésie de l'esclave, m'a toujours paru enivrée d'amère expérience, et nettoyée de toute illusion » (Alain, *Histoires de mes pensées*, Pléiade, p. 206).

⑩ Charles Maurras, rapportant ses souvenirs d'enfance *(La Musique intérieure)*, évoque cette fable et son pouvoir incantatoire sur une jeune âme : « Ma jeune marraine, attentive aux liaisons grammaticales, m'avait fait prononcer *le lou-pet-l'agneau :* une rêverie nonchalante évoqua peu à peu un loup qui se serait appelé *Pélagneau.* » Les *Fables* ne fournissent-elles pas d'autres exemples de « poésie pure »?

11 *L'Homme et son Image*

POUR M. L. D. D. L. R.

1 UN homme qui s'aimait sans avoir de rivaux[1]
Passait dans son esprit pour le plus beau du monde :
Il accusait toujours les miroirs d'être faux,
Vivant plus que content dans une erreur profonde.
5 Afin de le guérir, le sort officieux[2]
Présentait partout à ses yeux
Les conseillers[3] muets dont se servent nos dames :
Miroirs dans les logis, miroirs chez les marchands,
Miroirs aux poches des galands[4],
10 Miroirs aux ceintures des femmes[5].
Que fait notre Narcisse[6] ? Il se va confiner
Aux lieux les plus cachés qu'il peut s'imaginer,
N'osant plus des miroirs éprouver l'aventure[7].
Mais un canal[8], formé par une source pure,
15 Se trouve en ces lieux écartés ;
Il s'y voit, il se fâche ; et ses yeux irrités
Pensent apercevoir une chimère vaine.
Il fait tout ce qu'il peut pour éviter cette eau ;
Mais quoi ! le canal est si beau
20 Qu'il ne le quitte qu'avec peine.
On voit bien où je veux venir.
Je parle à tous ; et cette erreur extrême

Source. Cette fable, dédiée à **M. LE DUC DE LA ROCHEFOUCAULD** (cf. les initiales), n'est pas un apologue, mais une sorte d'**énigme**, comme on en faisait dans les salons. Les **Maximes** de **LA ROCHEFOUCAULD** (1613-1680) avaient paru en 1665 et 1666. La perspicacité désabusée du psychologue ainsi que le tour « vif, précis et délicat » (Voltaire) de ses maximes avaient enchanté La Fontaine. Il dédiera encore une fable (X, 14) à La Rochefoucauld.

1. Expression imitée d'Horace (*Art poétique*, v. 443). Ne pas avoir de rivaux, c'est le comble de l'*amour-propre*, passion principale et mobile de tous nos actes selon La Rochefoucauld : « Il rend les hommes idolâtres d'eux-mêmes » (*Maxime* 563). — 2. Latinisme : qui rend service. — 3. Périphrase précieuse : le miroir est « le *conseiller* des grâces » selon la Magdelon des *Précieuses ridicules* (Bordas, I. 202). — 4. Orthographe habituelle pour *galants*, chez La Fontaine : jeunes gens à la mode, empressés auprès des dames. — 5. Les dames n'avaient pas de sac à main, comme aujourd'hui; elles portaient des sacs attachés à la ceinture (cf. Corneille, *la Place royale*, II, 2). — 6. Dans la mythologie, *Narcisse* était un jeune homme épris de sa propre beauté qu'il contemplait dans le miroir des sources. Les nymphes, jalouses, le métamorphosèrent en fleur. La Fontaine tourne malicieusement le mythe : son personnage est laid et fuit les miroirs au lieu de les chercher. — 7. Le hasard. — 8. « Le lit d'une rivière, d'un ruisseau que la nature a fait pour écouler

Est un mal que chacun se plaît d'entretenir[9].
Notre âme, c'est cet homme amoureux de lui-même ;
25 Tant de miroirs, ce sont les sottises d'autrui,
Miroirs, de nos défauts les peintres légitimes ;
Et quant au canal, c'est celui
Que chacun sait, le livre des *Maximes*[10].

les eaux, pour arroser les terres » (*Dict.* de Furetière, 1690). — 9. A *entretenir*. — 10. La Rochefoucauld y dénonce ainsi la vanité des vertus : « Nos vertus ne sont le plus souvent que des vices déguisés » (*Maximes*, 171).

Écho et Narcisse, par Poussin (1594-1665) CL. GIRAUDON

● **Intérêt de la fable**

— Intervention personnelle du poète qui affirme son goût pour les *Maximes*.
— Actualité du poème : les *Maximes* viennent de paraître.
— Affinités entre la morale des *Fables* et celle des *Maximes*.
— Ton d'élégance mondaine : cette *dédicace* est un éloge et un badinage aristocratique, non une leçon pour enfants.
— Style : notez l'effet produit par la répétition de *miroirs* (v. 3, 8, 9, 10, 13, 25, 26).

12 *Le Dragon à plusieurs têtes et le Dragon à plusieurs queues*

1 UN envoyé du Grand Seigneur[1]
Préférait, dit l'Histoire, un jour chez l'Empereur[2],
Les forces de son maître à celles de l'Empire.
Un Allemand se mit à dire :
5 « Notre prince a des dépendants[3]
Qui, de leur chef[4], sont si puissants
Que chacun d'eux pourrait soudoyer[5] une armée. »
Le chiaoux[6], homme de sens,
Lui dit : « Je sais par renommée
10 Ce que chaque Électeur peut de monde fournir ;
Et cela me fait souvenir
D'une aventure étrange, et qui pourtant est vraie.
J'étais en un lieu sûr, lorsque je vis passer
Les cent têtes d'une hydre[7] au travers d'une haie.
15 Mon sang commence à se glacer,
Et je crois qu'à moins on s'effraie.
Je n'en eus toutefois que la peur sans le mal :
Jamais le corps de l'animal
Ne put venir vers moi, ni trouver d'ouverture.
20 Je rêvais à cette aventure,
Quand un autre Dragon, qui n'avait qu'un seul chef[8],
Et bien plus d'une queue, à[9] passer se présente.
Me voilà saisi derechef[10]
D'étonnement[11] et d'épouvante.
25 Ce chef passe, et le corps, et chaque queue aussi.
Rien ne les empêcha ; l'un fit chemin à l'autre.

Source. Dans la **Vie de Gengis-Khan**, l'historien persan **MIRKHOUD** conte un apologue semblable. Mais La Fontaine l'avait-il lu ? G. Couton fait remarquer qu'une fontaine du labyrinthe de Versailles représentait un dragon à plusieurs têtes et un dragon à plusieurs queues. Existait-elle avant les **Fables** ? **GALLAND** rapportera cette allégorie dans ses **Paroles remarquables des orientaux** (1694).

1. Le Sultan de Constantinople, appelé aussi le Grand Turc : cf. *le Bourgeois gentilhomme* (1670) de Molière. — 2. L'empereur du *Saint Empire de nationalité germanique*, confédération dont la puissance était plus apparente que réelle. — 3. Les Électeurs, qui élisaient l'Empereur, et dont la « dépendance » était toute théorique. — 4. Par eux-mêmes. — 5. Au sens propre : payer la *solde*. — 6. Officier du Sultan, ayant rang d'ambassadeur. — 7. Dragon à plusieurs têtes. Le nombre des Électeurs n'était pas de *cent*, il varia de 7 à 9 ! — 8. Une seule tête. — 9. Pour. — 10. De nouveau. — 11. Stupeur.

Je soutiens qu'il en est ainsi
De votre empereur et du nôtre. »

① S'élevant contre la légende du fabuliste paresseux, Paul Valéry a écrit (*Au sujet d'« Adonis »*, Pléiade, p. 475) : « L'art et la pureté si soutenus excluent à mon regard toute paresse et toute bonhomie. » Et, un peu plus loin (p. 476) : « La véritable condition d'un véritable poète est ce qu'il y a de plus distinct de l'état de rêve. Je n'y vois que recherches volontaires, assouplissement des pensées, consentement de l'âme à des gênes exquises, et le triomphe perpétuel du sacrifice. »

13 *Les Voleurs et l'Ane*

1 Pour un Ane enlevé deux Voleurs se battaient :
L'un voulait le garder, l'autre le voulait[1] vendre.
Tandis que coups de poing trottaient[2],
Et que nos champions[3] songeaient à se défendre,
5 Arrive un troisième larron
Qui saisit maître Aliboron[4].

L'Ane, c'est quelquefois une pauvre province[5].
Les Voleurs sont tel ou tel prince,
Comme le Transylvain[6], le Turc, et le Hongrois.
10 Au lieu de deux, j'en ai rencontré trois :
Il est assez de cette marchandise.
De[7] nul d'eux n'est souvent la province conquise :
Un quart[8] voleur survient, qui les accorde net
En se saisissant du Baudet[9].

Sources probables. ÉSOPE, le Lion, l'Ours et le Renard; HAUDENT, D'un Mulet et de deux Voleurs; CORROZET, De deux Compagnons et d'un Ane.

1. Voir I, 7, v. 14. — 2. Expression fréquente chez Rabelais, *Tiers Livre*, chap. 7 : « Car coups de poing trotteraient en face ! »; *Quart Livre*, chap. 14 : « Coups de poing commencèrent à trotter. » — 3. Diérèse : *champi-on* compte pour 3 syllabes. — 4. Mot médiéval désignant un érudit, puis par antiphrase un ignorant. Sur *maître,* voir I, 2, n. 1 — 5. Un pays, un État ; cf. du Bellay : « Mon pauvre village — Qui m'est une *province* » (Sonnet *Heureux qui comme Ulysse...*). — 6. Les Balkans étaient une zone de conflits continuels entre la Hongrie, dépendant de l'Empire, et les Turcs. La France contribua à contenir l'expansion turque en envoyant une armée de 6000 hommes, commandée par Coligny (victoire du Saint-Gothard, 1664). La Transylvanie (le *baudet* de la fable) sera finalement annexée par l'Autriche en 1699. — 7. Par. — 8. Quatrième : cf. Rabelais, *le Quart Livre*. — 9. Dans la couple de rimes *net-baudet*, on ne prononçait pas le *t* final.

14 *Simonide préservé par les Dieux*

1 On ne peut trop louer trois sortes de personnes :
Les Dieux, sa maîtresse, et son roi.
Malherbe le disait[1], j'y souscris, quant à moi :
Ce sont maximes toujours bonnes.
5 La louange chatouille et gagne les esprits[2] ;
Les faveurs d'une belle en sont souvent le prix.
Voyons comme les Dieux l'ont quelquefois[3] payée.
Simonide[4] avait entrepris
L'éloge d'un athlète, et, la chose essayée,
10 Il trouva son sujet plein de récits tout nus[5].
Les parents de l'athlète étaient gens inconnus ;
Son père, un bon bourgeois ; lui, sans autre mérite ;
Matière infertile et petite.
Le poète d'abord parla de son héros.
15 Après en avoir dit ce qu'il en pouvait dire,
Il se jette à côté, se met sur le propos[6]
De Castor et Pollux[7], ne manque pas d'écrire
Que leur exemple était aux lutteurs glorieux,
Élève[8] leurs combats, spécifiant les lieux
20 Où ces frères s'étaient signalés davantage :
Enfin l'éloge de ces dieux
Faisait les deux tiers de l'ouvrage.
L'Athlète avait promis d'en payer un talent[9] ;
Mais quand il le vit, le galand[10]
25 N'en donna que le tiers, et dit fort franchement

Source. PHÈDRE, IV, 26 (Nevelet, p. 442). Le préambule et l'épilogue appartiennent évidemment à La Fontaine, et évoquent l'atmosphère mondaine du siècle.

1. Les boutades de Malherbe (1555-1628) étaient restées célèbres. L'admiration de La Fontaine est attestée par la fable *le Meunier, son Fils et l'Ane* (III, 1) et par l'*Épître à Huet*. — 2. Cette remarque d'expérience ne manque pas d'ironie et corrige le ton solennel des vers 1 et 2... où d'ailleurs le *roi* passe après la *maîtresse*. — 3. En une circonstance. — 4. Poète grec (556-467 av. J.-C.) qui célébrait les athlètes victorieux et exalta les héros des Thermopyles. Quintilien (*Institution oratoire*, IX, II, 11-17) fait allusion à la chute de la maison et au salut miraculeux du poète. — 5. Sans motifs d'embellissement. Dans les éloges des vainqueurs aux jeux (cf. Pindare, *Olympiques*, *Pythiques*, etc.), il était d'usage de célébrer non seulement l'exploit sportif de l'athlète, mais ses aïeux, sa cité et les dieux qui avaient permis sa victoire. L'ode avait donc un accent patriotique et religieux. — 6. Le sujet. — 7. Les Dioscures, fils de Jupiter et de Léda, célèbres par leur force et leur adresse. Ronsard a chanté leur combat légendaire contre le géant Amycus *(Hymnes de Pollux et de Castor)*. — 8. Exalte. — 9. Le talent d'or attique représente 31 livres d'or. — 10. Voir I, 11, n. 4. Ici, avec un sens défa-

Que Castor et Pollux acquittassent le reste.
« Faites-vous contenter[11] par ce couple céleste.
Je vous veux traiter[12] cependant.
Venez souper chez moi, nous ferons bonne vie[13].
30 Les conviés sont gens choisis,
Mes parents, mes meilleurs amis.
Soyez donc de la compagnie. »
Simonide promit. Peut-être qu'il eut peur
De perdre, outre son dû, le gré[14] de sa louange.
35 Il vient, l'on festine[15], l'on mange.
Chacun étant en belle humeur,
Un domestique accourt, l'avertit qu'à la porte
Deux hommes demandaient à le voir promptement.
Il sort de table, et la cohorte[16]
40 N'en perd pas un seul coup de dent.
Ces deux hommes étaient les gémeaux[17] de l'éloge.
Tous deux lui rendent grâce ; et pour prix de ses vers,
Ils l'avertissent qu'il déloge,
Et que cette maison va tomber à l'envers.
45 La prédiction en fut vraie.
Un pilier manque, et le plafonds[18],
Ne trouvant plus rien qui l'étaie,
Tombe sur le festin, brise plats et flacons,
N'en fait pas moins aux échansons.
50 Ce ne fut pas le pis ; car pour rendre complète
La vengeance due au poète,
Une poutre cassa les jambes à l'Athlète,
Et renvoya les conviés
Pour la plupart estropiés.
55 La Renommée eut soin de publier[19] l'affaire :
Chacun cria miracle. On doubla le salaire
Que méritaient les vers d'un homme aimé des Dieux.
Il n'était fils de bonne mère[20]
Qui, les payant à qui mieux mieux,
60 Pour ses ancêtres n'en fît faire.
Je reviens à mon texte [21], et dis premièrement

vorable : le rusé. — 11. Payer. — 12. Inviter à table. — 13. Bonne chère. — 14. La reconnaissance due pour son éloge; cf. « *le gré* du cœur » (Bourdaloue). — 15. *L'on* fait un *festin*. On trouve le verbe chez Malherbe et chez Molière. — 16. Au sens propre : troupe armée; employé ici dans un sens burlesque. — 17. Signe du Zodiaque constitué par Castor et Pollux, les deux frères *jumeaux*. — 18. Orthographe usuelle au XVIIe s. *(platfonds)*. — 19. Répandre. — 20. De bonne famille. — 21. Citation qui sert de thème à un sermon, et, par extension : sujet (cf. VIII, 27, v. 49).

Qu'on ne saurait manquer de louer[22] largement
Les Dieux et leurs pareils[23] ; de plus, que Melpomène[24]
Souvent, sans déroger, trafique[25] de sa peine ;
65 Enfin qu'on doit tenir notre art en quelque prix.
Les grands se font honneur dès lors qu'ils nous font grâce[26].
Jadis l'Olympe et le Parnasse[27]
Étaient frères et bons amis.

22. *On ne saurait* commettre une faute en louant. — 23. Les rois qui détiennent l'autorité des dieux. — 24. Muse de la tragédie, et aussi de la poésie en général. — 25. *Trafiquer :* faire du commerce; d'où, tirer profit : « Et sans peur du larron trafique le marchand. » (Cf. Régnier, *Sat.* I). Au XVIIe s., le mot n'a pas encore un sens péjoratif. Il était interdit aux nobles de faire du commerce sans perdre leurs droits. — 26. Nous accordent une faveur. — 27. C'est-à-dire les dieux et les Muses.

CL. GIRAUDON

① Cette fable (I, 14) est-elle une flatterie à l'égard des grands, ou au contraire un rappel de la dignité des poètes?

② Comparez les vers 64-65 et les vers suivants de Boileau, (*Art poétique*, chant IV, v. 127-132) :

Je sais qu'un noble esprit peut, sans honte et sans crime,
Tirer de son travail un tribut légitime;
Mais je ne puis souffrir ces auteurs renommés,
Qui, dégoûtés de gloire, et d'argent affamés,
Mettent leur Apollon aux gages d'un libraire
Et font d'un art divin un métier mercenaire.

15 *La Mort et le Malheureux*

1 Un Malheureux appelait tous les jours
La Mort à son secours.
« O Mort, lui disait-il, que tu me sembles belle !
Viens vite, viens finir ma fortune[1] cruelle. »
5 La Mort crut, en venant, l'obliger en effet[2].
Elle frappe à sa porte, elle entre, elle se montre. »
« Que vois-je ? cria-t-il, ôtez-moi cet objet[3] ;
Qu'il est hideux ! que sa rencontre
Me cause d'horreur et d'effroi !
10 N'approche pas, ô Mort ; ô Mort, retire-toi.

Mécénas[4] fut un galand[5] homme ;
Il a dit quelque part : « Qu'on me rende impotent,
Cul-de-jatte, goutteux, manchot, pourvu qu'en somme
Je vive, c'est assez, je suis plus que content[6]. »
15 Ne viens jamais, ô Mort; on[7] t'en dit tout autant.

Ce sujet a été traité d'une autre façon par Ésope, comme la fable suivante le fera voir. Je composai celle-ci pour une raison qui me contraignait de rendre la chose ainsi générale. Mais quelqu'un[8] *me*

Sources. **ÉSOPE**, fable 20; et surtout **SÉNÈQUE**, **Lettres à Lucilius**, CI, et **MONTAIGNE**, **Essais**, livre II, chap. 37, **De la Ressemblance des enfants aux pères**. La Fontaine avait traduit les vers de Mécène, cités par Sénèque, dans la traduction des **Lettres à Lucilius** de son cousin Pintrel, traduction qui sera publiée en 1681. — Montaigne, au début du chap. 37, déclare qu'il s'est « accommodé » de la gravelle et constate que les hommes aiment mieux souffrir que mourir : « Tant les hommes sont accoquinés à leur être misérable, qu'il n'est si rude condition qu'ils n'acceptent pour s'y conserver! » L'exemplaire de Bordeaux donne en addition les vers de Mécène : « Oyez Maecenas : **Debilem facito manu**, etc. », ainsi que l'anecdote d'Antisthène le Stoïcien, qui refuse de se suicider.

1. Mon sort. — 2. Réellement. — 3. « Ce qui est opposé à notre vue » (*Dict.* de Furetière, 1690). — 4. L'ami d'Auguste, le protecteur de Virgile et d'Horace, épicurien comme celui-ci. Sénèque le cite, mais pour le réfuter. — 5. Voir I, 11, n. 4. La Fontaine approuve Mécène : *galand* est pris ici dans son sens élogieux. — 6. Dans le *Sénèque* de Pintrel, La Fontaine traduit ainsi les vers de Mécène :

Qu'on me rende manchot, cul-de-jatte, impotent,
Qu'on ne me laisse aucune dent,
Je me consolerai : c'est assez que de vivre.

— 7. Les variantes des mss Conrart et Sainte-Geneviève précisent le sens de *on :* « Va-t-en de grâce, *ô Mort :* je t'en dis *tout autant* » (Mss Sainte-Geneviève). — 8. Boileau, au dire de Brossette. G. Couton pense que ce critique est plutôt Patru (voir la Préface des *Fables*, p. 35, n. 2) qui avait traduit en prose la fable d'Ésope dans sa *Lettre à Olinde* (1659), et que Boileau qualifiait lui-même de « très violent hypercritique » (à Brossette, 2 août 1703).

fit connaître que j'eusse beaucoup mieux fait de suivre mon original[9], *et que je laissais passer un des plus beaux traits*[10] *qui fût dans Ésope. Cela m'obligea d'y avoir recours. Nous ne saurions aller plus avant que les anciens : ils ne nous ont laissé pour notre part que la gloire de les bien suivre*[11]. *Je joins toutefois ma fable à celle d'Ésope, non que la mienne le mérite, mais à cause du mot de Mécénas que j'y fais entrer, et qui est si beau et si à propos que je n'ai pas cru le devoir omettre.*

16 *La Mort et le Bûcheron*

1 UN pauvre Bûcheron, tout couvert de ramée[1],
Sous le faix[2] du fagot aussi bien que des ans
Gémissant et courbé, marchait à pas pesants,
Et tâchait de gagner sa chaumine[3] enfumée.
5 Enfin, n'en pouvant plus d'effort et de douleur,
Il met bas son fagot, il songe à son malheur.
Quel plaisir a-t-il eu depuis qu'il est au monde[4] ?
En est-il un plus pauvre en la machine ronde[5] ?
Point de pain quelquefois, et jamais de repos.
10 Sa femme, ses enfants, les soldats[6], les impôts,
Le créancier, et la corvée[7]
Lui font d'un malheureux la peinture achevée.
Il appelle la Mort. Elle vient sans tarder,
Lui demande ce qu'il faut faire.
15 « C'est, dit-il, afin de m'aider
A recharger ce bois ; tu ne tarderas[8] guère. »

---

9. Modèle. — 10. La réplique finale du Bûcheron à la Mort (voir les v. 15-16 de la fable suivante). La Fontaine s'est inspiré de deux fables du *Nevelet*. Celle de la page 104 se termine par : « Pour que tu places ce fardeau sur mon dos »; celle de la page 206, par : « Pour que tu soulèves mon fardeau. » — 11. Sans aucunement mépriser les Modernes, La Fontaine a toujours considéré les Anciens comme des maîtres :

Et, faute d'admirer les Grecs et les Romains,
On s'égare en voulant tenir d'autres chemins (*Épître à Huet*, 1687).

1. Branches coupées avec leurs feuilles (à rapprocher de : *rameaux*, *ramage*). — 2. Le fardeau, le poids. — 3. Cabane couverte de *chaume*. Mot archaïque (selon Furetière, 1690) et familier; Rabelais l'emploie pour décrire la pauvre demeure de la Sibylle de Pangoust : « ... ils entrèrent en la case chaumine, mal bastie, mal meublée, toute enfumée » (*Tiers Livre*, chap. 17). — 4. Noter l'emploi du style indirect elliptique (cf. I, 8, v. 24). — 5. La terre. — 6. *Les soldats* à loger, d'où une gêne et des frais. — 7. Journée de travail gratuite due soit au souverain, soit aux seigneurs. — 8. Tu ne seras guère retardée.

Le trépas vient tout guérir ;
Mais ne bougeons d'où nous sommes.
Plutôt souffrir que mourir,
20 C'est la devise des hommes.

①* Dessinez le pauvre bûcheron revenant à sa *chaumine* avec de gros fagots sur le dos.

②* Imaginez une promenade en forêt : de pauvres gens viennent y charger du bois pour se chauffer ; rapportez leurs plaintes.

③ Montrez que cette fable est à la fois une peinture de la misère au XVIIe siècle et un trait général du caractère humain.

④ Giraudoux déclare que la littérature du XVIIe s., à l'exception des *Fables*, est une littérature de « classe royale » : « Il y a des considérations sur la misère, pas une seule expression de la misère. » Cette fable ne prouve-t-elle pas que La Fontaine a su donner la parole aux malheureux?

⑤ Tout en témoignant de la sympathie pour le Bûcheron, La Fontaine ne fait-il pas preuve de malice dans l'énumération des maux qui l'accablent? Les tracas domestiques *(sa femme, ses enfants)*, les contraintes sociales *(les soldats, les impôts, la corvée)*, les dettes *(le créancier)* n'ont nullement la même durée ni la même importance. Comparez avec l'éloge de Socrate par Montaigne (*Essais*, III, 13) : « Il s'est vu vingt et sept ans, de pareil visage, porter [supporter] la faim, la pauvreté, l'indocilité de ses enfants, les griffes de sa femme. »

⑥ Comparez les deux rédactions de l'apologue *(la Mort et le Malheureux ; la Mort et le Bûcheron)* en montrant la supériorité de la seconde. Insistez notamment sur le pittoresque de la description, le choix des mots, les combinaisons rythmiques (le v. 11 prolonge l'énumération ; les v. 14-15 soulignent la précipitation du Bûcheron à changer d'avis), les coupes expressives (v. 3, 5, 10) et variées ; comment le cheminement du Bûcheron est-il rendu par la succession des lourds alexandrins du début?

⑦ D'après Louis Racine, Boileau considérait cette fable (I, 16) comme « languissante ». Comparez le texte de La Fontaine et celui de Boileau *(le Bûcheron et la Mort)* :

Le dos chargé de bois et le corps tout en eau,
Un pauvre bûcheron, dans l'extrême vieillesse,
Marchait en haletant de peine et de détresse;
Enfin, las de souffrir, jetant là son fardeau,
Plutôt que de s'en voir accablé de nouveau,
Il souhaite la Mort et cent fois il l'appelle.
La Mort vient à la fin : « Que veux-tu? lui crie-t-elle.
— Qui, moi? dit-il alors, prompt à se corriger,
Que tu m'aides à me charger. »

17 *L'Homme entre deux âges, et ses deux Maîtresses*

1 Un Homme de moyen âge[1],
Et tirant sur le grison,
Jugea qu'il était saison[2]
De songer au mariage.
5 Il avait du comptant[3],
Et partant[4]
De quoi choisir. Toutes voulaient lui plaire :
En quoi notre amoureux ne se pressait pas tant ;
Bien adresser[5] n'est pas petite affaire.
10 Deux Veuves sur son cœur eurent le plus de part[6] :
L'une encor verte, et l'autre un peu bien mûre,
Mais qui réparait par son art
Ce qu'avait détruit la nature[7].
Ces deux Veuves, en badinant[8],
15 En riant, en lui faisant fête,
L'allaient quelquefois testonnant[9],
C'est-à-dire ajustant sa tête.
La Vieille, à tous moments, de sa part[10] emportait
Un peu du poil[11] noir qui restait,
20 Afin que son amant[12] en fût plus à sa guise.
La Jeune saccageait les poils blancs à son tour.
Toutes deux firent tant que notre tête grise
Demeura sans cheveux, et se douta du tour.
« Je vous rends, leur dit-il, mille grâces, les Belles,
25 Qui m'avez si bien tondu ;
J'ai plus gagné que perdu :
Car d'hymen point de nouvelles[13].

Sources. ÉSOPE, le Grison et ses Maîtresses (Nevelet, p. 223); PHÈDRE, II, 2; et peut-être Calila et Dimna (voir p. 7). Attention au sens de maîtresse au XVIIe s. : personne aimée, « fille qu'on recherche en mariage » (Dict. de Furetière, 1690).

1. D'*âge moyen*. — 2. Qu'il était temps. — 3. De l'argent *comptant*. — 4. Par conséquent. Vaugelas remarque que cet adverbe ne s'emploie plus beaucoup dans le « beau style ». — 5. Employé absolument : bien viser; d'où : bien choisir. — 6. Place. — 7. Comparer avec Racine, *Athalie*, v. 496 : « Pour réparer des ans l'irréparable outrage. » — 8. Par jeu. — 9. *Aller*, employé comme auxiliaire avec un participe présent, indique la répétition de l'action; *testonner :* coiffer; cf. Mme de Sévigné : « Toutes ces femmes... se font *testonner* par la Martine. » Le mot, très courant au XVIe s., avait vieilli, d'où l'explication du v. 17. — 10. Pour *sa part*. — 11. Les cheveux. — 12. Amoureux; *en* : de ce fait. — 13. Locution proverbiale : de mariage, il n'est plus question.

Celle que je prendrais voudrait qu'à sa façon
Je vécusse, et non à la mienne.
30 Il n'est tête chauve qui tienne,
Je vous suis obligé, Belles, de la leçon. »

Ce seroit une belle chose que de voyager, s'il ne se falloit point leuer si matin.
Las que nous estions monsieur de Chasteauneuf et moy; luy pour auoir fait
tout le tour de Richelieu en grosses bottes, ce que ie crois vous auoir mandé,
n'ayant pas deu obmettre une circonstance si remarquable; moy pour m'estre
amusé a vous escrire au lieu de dormir; nostre promesse, et la crainte de
faire attendre le voiturier, nous obligerent de sortir du lit deuant que

Lettre autographe du 19 septembre 1663

● **Cette fable est un véritable conte**

— Chez Ésope, le récit est bref et dépouillé, la moralité banale : « Toujours la différence d'âge est nuisible » ; chez La Fontaine, l'anecdote est « égayée », amplifiée, et prend un tour personnel : le *grison* commente lui-même sa mésaventure.
— Chaque personnage est individualisé : le *grison* est un beau parti, l'une des veuves *encore verte*, l'autre d'une beauté apprêtée.
— L'auteur intervient par des remarques ironiques, où l'on retrouve la misogynie des conteurs du XVIe siècle (v. 7, 19). On songe aux incertitudes de Panurge devant le mariage (Rabelais, *Tiers-Livre*).
— Le vocabulaire est familier et archaïque, comme dans les *Contes* : « Le vieux langage, pour des choses de cette nature, a des grâces que celui de notre siècle n'a pas » (Avertissement des *Contes*, 1665). On relève des effets comiques : v. 11, *un peu bien mûre* (antithèse entre *un peu* et *bien*).
— La versification est encore plus variée que dans les fables voisines :
v. 1-4 : sept syllabes ; v. 5 : six ; v. 6 : trois ; v. 7 : dix ; v. 8 : alexandrin ; v. 12-17 : huit syllabes, etc. Cette diversité de mètre donne une allégresse extrême à notre petite comédie de mœurs, qui s'adresse aux adultes.

① En prenant cette fable comme exemple, montrez comment La Fontaine a « égayé » l'apologue.

18 *Le Renard et la Cicogne*

1 Compère[1] le Renard se mit un jour en frais,
Et retint à dîner commère la Cicogne[2].
Le régal fut petit et sans beaucoup d'apprêts :
Le galand, pour toute besogne[3],
5 Avait un brouet[4] clair ; il vivait chichement.
Ce brouet fut par lui servi sur une assiette :
La Cicogne au long bec[5] n'en put attraper miette[6] ;
Et le drôle eut lapé le tout en un moment.
Pour se venger de cette tromperie,
10 A quelque temps de là, la Cicogne le prie[7].
« Volontiers, lui dit-il ; car avec mes amis
Je ne fais point cérémonie. »
A l'heure dite, il courut au logis
De la Cicogne son hôtesse,
15 Loua très fort la politesse[8],
Trouva le dîner cuit à point ;
Bon appétit surtout ; renards n'en manquent point.
Il se réjouissait à l'odeur de la viande
Mise en menus morceaux, et qu'il croyait friande[9].
20 On servit, pour l'embarrasser,
En un vase à long col et d'étroite embouchure.
Le bec de la Cicogne y pouvait bien passer,
Mais le museau du sire[10] était d'autre mesure.
Il lui fallut à jeun retourner au logis,
25 Honteux comme un renard qu'une poule aurait pris,
Serrant la queue, et portant bas l'oreille.

Trompeurs, c'est pour vous que j'écris :
Attendez-vous à la pareille.

Sources. Fable ésopique recueillie par **PLUTARQUE, Symposiaques**, I, 1 ; **PHÈDRE**, I, 26, **le Renard et la Cigogne** (Nevelet, p. 405).

1. *Compère* et *commère :* le parrain et la marraine; puis familièrement : les amis, les voisins; cf. II, 8, v. 13 : « C'est mon voisin, c'est mon compère. » — 2. Orthographe des anciennes éditions (lat. *ciconia*). — 3. Pour tout régal. *Besogne* est aussi vague qu'aujourd'hui *chose, affaire*. — 4. Une soupe (cf. le *brouet noir* des Spartiates). D'ordinaire, le renard est plus amateur de volailles (cf. v. 18-19 et aussi XII, 18) que de potage. — 5. Comparer avec « *le héron au long bec emmanché d'un long cou* (VII, 4, v. 2). — 6. *Miette* ne compte que pour une syllabe; *miette*, comme *mie* renforce la négation. — 7. L'invite. — 8. L'ordonnance du festin. — 9. Tendre et délicate. — 10. Employé ironiquement (voir I, 6, v. 10). Pour une fois, le renard est un pauvre sire (voir les v. 25-26).

CL. GUILEY-LAGACHE

Gravure du Nevelet, 1610

● **Cette fois, une fable pour enfants**

①* Dessinez les trois scènes : le repas chez le Renard ; le repas chez la Cigogne ; le piteux départ du Renard.

②* Citez d'autres fables où le trompeur est trompé.

③* Relevez les expressions concrètes qui font voir les deux animaux, leur allure et leurs mouvements.

④* Notez l'empressement du Renard à venir manger aux frais de la Cigogne : les vers de 8 syllabes (v. 12, 14-16) soulignent la rapidité du drôle.

⑤* Expliquez les alexandrins 5 et 17 : les deux hémistiches appartiennent-ils au même registre ?

⑥* La flatterie (v. 11-16) est un caractère habituel du Renard. Citez d'autres fables où elle est employée.

⑦* Que pensez-vous du commentaire suivant de Taine ? « Le renard n'est pas donneur de son naturel. Quand il se met en frais pour traiter un convive, il fait comme Harpagon [...]. En revanche, que notre avare est empressé, obséquieux, agréable chez les autres ! »

19 *L'Enfant et le Maître d'école*

1 DANS ce récit je[1] prétends faire voir
D'un certain sot la remontrance vaine.
Un jeune Enfant dans l'eau se laissa choir,
En badinant[2] sur les bords de la Seine.
5 Le Ciel permit qu'un saule se trouva[3],
Dont le branchage, après Dieu, le sauva.
S'étant pris[4], dis-je, aux branches de ce saule,
Par cet endroit passe un Maître d'école;
L'Enfant lui crie : « Au secours ! je péris. »
10 Le Magister[5], se tournant à ses cris,
D'un ton fort grave à contre-temps s'avise
De le tancer[6] : « Ah ! le petit babouin[7] !
Voyez, dit-il, où l'a mis sa sottise !
Et puis, prenez de tels fripons le soin.
15 Que les parents sont malheureux qu'il faille
Toujours veiller à semblable canaille[8] !
Qu'ils ont de maux ! et que je plains leur sort ! »
Ayant tout dit, il mit l'Enfant à bord.
Je blâme ici plus de gens qu'on ne pense.
20 Tout babillard[9], tout censeur[10], tout pédant[11]
Se peut connaître[12] au discours que j'avance.
Chacun des trois fait un peuple fort grand :
Le Créateur en a béni l'engeance[13]

Source. On ne connaît pas le modèle exact. Modèle possible : **RABELAIS, Gargantua,** I, 42 : Frère Jean est suspendu à une branche de noyer par la visière de son casque. Ses compagnons, au lieu de le décrocher, disputent sur son cas. Et frère Jean d'enrager : « Quand je les verrai tombés en la rivière et près d'être noyés, au lieu de les aller quérir... je leur ferai un beau et long sermon... » De même Panurge, au lieu de repêcher Dindenault et les marchands tombés dans la mer, leur fait « un beau sermon ». La source commune est vraisemblablement un apologue antique.

1. On a déjà observé que, dans les *Fables*, le « moi » n'est pas « haïssable ». La Fontaine, comme Montaigne, déteste le pédantisme (cf. IX, 5 : « Je hais les pièces d'éloquence— Hors de leur place... » — 2. En jouant; cf. I, 17, v. 14. — 3. Aujourd'hui, on emploierait le subjonctif : se trouvât. — 4. Le sujet est *l'enfant* (v. 9); le tour serait incorrect aujourd'hui. Est-ce un souvenir de la métamorphose en saule du berger Lysis (Charles Sorel, *l'Anti-Roman ou le Berger extravagant*, 1627)? — 5. « Maître d'école de village, qui enseigne à lire aux jeunes paysans » (*Dict.* de Furetière, 1690). — 6. Le gronder. — 7. Variété de singe; d'où : vilain singe. — 8. Littéralement : troupe de chiens (cf. *chiennaille*); d'où : populace. « On appelle canaille de petits enfants qui font du bruit » (*Dict. de l'Acad.*, 1694). De toute façon, le sens est péjoratif. — 9. Bavard (cf. I, 8, v. 29). — 10. Tout critique. — 11. De l'italien *pedante*, maître d'école; érudit prétentieux, par exemple le Vadius des *Femmes savantes*. — 12. Voir I, 7, v. 14. — 13. L'a fait prospérer et multiplier.

En toute affaire ils ne font que songer
25 Aux moyens d'exercer leur langue.
Hé ! mon ami, tire-moi de danger,
Tu feras après ta harangue.

① Étudiez la versification :
— le rythme ;
— les coupes ternaires ;
— les nombreuses inversions (v. 2, 3, 14) ;
— les enjambements (v. 11-12 ; 15-16 ; 24-25).
La rime *saule-école* est mauvaise pour l'oreille (cf. de même *saules-paroles*, II, 1).

② Quels sont les sentiments de La Fontaine à l'égard des enfants et des pédants? Rapprochez de *l'Écolier, le Pédant et le Maître d'un jardin* (IX, 5).

20 *Le Coq et la Perle*

1 Un jour un Coq détourna[1]
Une Perle, qu'il donna
Au beau[2] premier lapidaire.
« Je la crois fine, dit-il ;
5 Mais le moindre grain de mil[3]
Serait bien mieux mon affaire. »

Un ignorant hérita
D'un manuscrit[4], qu'il porta
Chez son voisin le libraire.
10 « Je crois, dit-il, qu'il est bon ;
Mais le moindre ducaton[5]
Serait bien mieux mon affaire. »

Source. PHÈDRE, III, 12, pour le premier apologue, qui se termine chez Phèdre par la remarque : « Je parle pour ceux qui ne me comprennent pas ». Le deuxième apologue (v. 7-12) est imaginé par La Fontaine.

1. Mit de côté (à son profit). — 2. Valeur adverbiale; renforce *premier :* au tout premier. — 3. Plante graminée, dont la graine est très petite (cf. *millet*). — 4. Dans toutes ses fables, La Fontaine défend la culture et la science (cf. *l'Avantage de la science*, VIII, 19). — 5. Diminutif familier de *ducat*, monnaie d'or. Le *ducaton* est un demi-ducat, ou ducat d'argent.

21 *Les Frelons et les Mouches à miel*

1 A l'œuvre on connaît l'artisan[1].

Quelques rayons de miel sans maître se trouvèrent :
Des Frelons[2] les réclamèrent.
Des Abeilles s'opposant[3],
5 Devant certaine Guêpe on traduisit[4] la cause.
Il était malaisé de décider la chose ;
Les témoins déposaient qu'autour de ces rayons
Des animaux ailés, bourdonnants, un peu longs,
De couleur fort tannée[5], et tels que les abeilles,
10 Avaient longtemps paru[6]. Mais quoi ! dans les Frelons
Ces enseignes[7] étaient pareilles.
La Guêpe, ne sachant que dire à ces raisons,
Fit enquête nouvelle, et pour plus de lumière
Entendit une fourmilière.
15 Le point[8] n'en put être éclairci.
« De grâce, à quoi bon tout ceci ?
Dit une Abeille fort prudente.
Depuis tantôt[9] six mois que la cause est pendante[10],
Nous voici comme aux premiers jours.
20 Pendant cela le miel se gâte.
Il est temps désormais que le juge se hâte :

Source. PHÈDRE, **les Abeilles et les Bourdons jugés par la Guêpe** (III, 13, Nevelet, p. 424). Comme d'habitude, le texte de Phèdre est très court : 17 vers, moralité comprise. La Fontaine a amplifié l'anecdote en ajoutant le témoignage de la fourmilière, le discours de l'abeille et son commentaire personnel sur les procès. Dans Phèdre, c'est la guêpe qui met frelons et abeilles devant la tâche à accomplir.

1. Le proverbe résume toute la fable. C'est le procédé de l'*emblème*, qui place le proverbe soit en tête, soit en fin du développement. — 2. De véritables *frelons* ou des bourdons (c'est-à-dire les mâles des abeilles, qui ne butinent pas et ne participent pas à la construction des rayons de miel) ? — 3. *S'opposer :* « en termes du Palais se dit des obstacles qu'on forme à des actions, à des procédures » (*Dict.* de Furetière, 1690). Faisant opposition. — 4. Autre terme juridique : on soumit *la cause* au jugement de... Furetière donne un sens plus étroit, qui ne semble pas s'appliquer ici : « mener ou renvoyer en une autre juridiction que l'ordinaire. » — 5. Couleur du *tan*, écorce du chêne ; brun clair. — 6. S'étaient montrés. — 7. Signes, marques. — 8. La difficulté ; *en :* par ce témoignage. — 9. Bientôt. — 10. Terme juridique : en suspens ; *six mois*, c'est peu en comparaison des « quarante et six semaines » pendant lesquelles les meilleurs juristes de France, d'Angleterre et d'Italie ne surent « mordre ni entendre » le différend de M. de Baisecul et de M. de Humevesne (Rabelais, *Pantagruel*, chap. 10).

- **L'actualité** — En 1665, Louis XIV a créé un Conseil de justice, dont les travaux ont servi de base à l'*Ordonnance civile touchant la réformation de la justice* (1667) ; celle-ci sera complétée en 1670 par une ordonnance criminelle.

- **La satire de la justice** est traditionnelle dans la littérature française et porte surtout sur le formalisme juridique, la lenteur des procédures et la cupidité des juges. Ex. *la Farce de Maître Pathelin* (XVe s.) ; Marot, *Épître au Roi ;* Rabelais, *Pantagruel* (chap. 10, 11, 12, 13), *Tiers Livre* (chap. 39, 40, 41, 42, 43) ; Montaigne (*Essais*, I, 22 ; III, 13) ; Racine, *les Plaideurs* (1668) ; Beaumarchais, *le Mariage de Figaro* (1784), etc.

- **L'art** — Cette fable est une véritable **comédie** en trois actes : témoignages incertains ; enquête près de la fourmilière ; épreuve proposée par l'abeille.
  Les **acteurs** sont des animaux à pensées humaines, mais conservant leur aspect (v. 7-11).
  Le **vocabulaire** est précis, aussi bien dans la description (v. 9-27) que dans la satire (v. 5, 18, 23, 24, 30).
  La **combinaison** des alexandrins et des octosyllabes met en évidence les divers aspects de la comédie ; par exemple le témoignage incertain (v. 7-10), en alexandrins amples et lents, se clôt par un rapide octosyllabe (v. 11) qui en démontre l'inanité. L'énumération des termes juridiques comprend un alexandrin (v. 23) prolongé par un octosyllabe (v. 24). Inversement, la décision de mettre les adversaires à l'épreuve s'exprime dans un octosyllabe (v. 25) qui se développe en un alexandrin (v. 26), prolongé par un octosyllabe (v. 27).

- **La moralité** comprend 8 vers ; elle exprime non seulement l'avis du poète et de ses contemporains sur la justice, mais, d'une manière plus générale, la supériorité du bon sens sur le formalisme.

①* Comparez la fable 21 avec *le Chat, la Belette et le Petit Lapin* (VII, 16) et *l'Huître et les Plaideurs* (IX, 9). Observez qu'ici le juge (la guêpe) est honnête.

②* Rapprochez la satire du jargon juridique de celle des *Plaideurs* (acte I, sc. 7).

③ En prenant la fable 21 pour exemple, commentez l'affirmation suivante de La Fontaine (Préface des *Fables*, p. 37, l. 82-3) : « Ce n'est pas tant par la forme que j'ai donnée à cet ouvrage qu'on en doit mesurer le prix, que par son utilité et par sa matière. »

N'a-t-il point assez léché l'ours[11] ?
Sans tant de contredits[12], et d'interlocutoires[13],
Et de fatras, et de grimoires[14],
25 Travaillons, les Frelons et[15] nous :
On verra qui sait faire, avec un suc si doux,
Des cellules si bien bâties. »
Le refus des Frelons fit voir
Que cet art passait leur savoir ;
30 Et la Guêpe adjugea le miel à leurs parties[16].

Plût à Dieu qu'on réglât ainsi tous les procès !
Que des Turcs en cela l'on suivît la méthode[17] !
Le simple sens commun nous tiendrait lieu de code[18],
Il ne faudrait point tant de frais.
35 Au lieu qu'on nous mange, on nous gruge[19],
On nous mine par des longueurs ;
On fait tant, à la fin, que l'huître est pour le juge,
Les écailles pour les plaideurs[20].

NOAILLES-ATLAS PHOTO

CL. ROGER-VIOLLET

11. Souvenir de Rabelais (*Tiers Livre*, chap. 42). Le juge Bridoye explique à ses collègues pourquoi il temporise : « Un procès à sa naissance première me semble informe et imparfait. Comme un ours naissant n'a pieds ni mains, peau, poil ni tête : ce n'est qu'une pièce de chair rude et informe; l'ours, à force de le lécher, la met en perfection des membres... Ainsi vois-je... naître les procès à leurs commencements informes et sans membres. Ils n'ont qu'une pièce ou deux, c'est pour lors une laide bête... » — 12. Terme juridique : « Écritures par lesquelles on contredit les pièces produites par la partie adverse » (*Dict.* de Richelet, 1680). — 13. Terme juridique : « Sentence ou arrêt qui, ne jugeant pas une affaire au fond, ordonne qu'on prouvera quelque incident par titres ou par témoins » (Furetière). — 14. Formulaire de sorcellerie; d'où « écrit obscur et en galimatias où on n'entend rien » (Furetière). — 15. En même temps que. — 16. Leurs adversaires. — 17. La justice des *Turcs* passait pour être expéditive. La Fontaine a pu s'inspirer d'une anecdote rapportée par Thévenot, *Voyage fait au Levant* (1664). Les récits de Bernier, que La Fontaine rencontrera chez Mme de La Sablière, et les *Voyages* de Tavernier citent des exemples analogues. — 18. C'est l'avis de Pantagruel qui conte à Panurge la sentence de Seigny Joan, digne du jugement de Salomon (*Tiers Livre*, chap. 37). — 19. Au sens propre : casser en morceaux; au sens figuré, se dit de la chicane « qui consomme en peu de temps le bien d'un plaideur » (Furetière). — 20. Ce sera le sujet de *l'Huître et les Plaideurs* (IX, 9).

LE LOUP ET L'AGNEAU (I, 10)

Poêle de faïence

CL. BOUDOT-LAMOTTE

CL. R. VIOLLET

Boiserie Louis XV

Peinture de J.-B. Oudry

CL. BULLOZ

LE RENARD ET LA CICOGNE (I, 18)

De l'imagerie populaire russe (le mot russe qui désigne le renard est féminin)... ▶

CL. GUILEY-LAGACHE

... à la peinture de l'École franco-flamande ▼

CL. GIRAUDON

22 *Le Chêne et le Roseau*

1 Le Chêne un jour dit au Roseau :
« Vous avez bien sujet d'accuser la nature,
Un roitelet pour vous est un pesant fardeau ;
Le moindre vent qui d'aventure[1]
5 Fait rider la face de l'eau
Vous oblige à baisser la tête ;
Cependant que[2] mon front, au Caucase pareil,
Non content d'arrêter les rayons du soleil,
Brave l'effort de la tempête.
10 Tout vous est aquilon, tout me semble zéphyr[3].
Encor si vous naissiez à l'abri du feuillage
Dont je couvre le voisinage,
Vous n'auriez pas tant à souffrir :
Je vous défendrais de l'orage ;
15 Mais vous naissez le plus souvent
Sur les humides bords des royaumes du vent.
La nature envers vous me semble bien injuste.
— Votre compassion, lui répondit l'arbuste[4],
Part d'un bon naturel ; mais quittez ce souci :
20 Les vents me sont moins qu'à vous redoutables ;
Je plie, et ne romps pas. Vous avez jusqu'ici
Contre leurs coups épouvantables
Résisté sans courber le dos ;
Mais attendons la fin. » Comme il disait ces mots,
25 Du bout de l'horizon accourt avec furie
Le plus terrible des enfants
Que le Nord eût portés jusque-là dans ses flancs.
L'arbre tient bon ; le Roseau plie.

Sources. ÉSOPE, le Roseau et l'Olivier (Nevelet, p. 205) et AVIANUS, le Chêne et le Roseau (Nevelet, p. 466).

---

1. Par hasard. — 2. Tandis que. — 3. *Aquilon :* vent du Nord; *Zéphyr :* vent d'Ouest. Les deux mots sont d'usage poétique, selon Furetière ; le premier symbolise la tempête, le second une brise légère. — 4. Variante d'un manuscrit autographe, cité par *le Bibliophile belge*, tome I, 1841 :

La nature envers vous ne fut pas indulgente.
— *Votre compassion, lui répondit* la plante...

Le vent redouble ses efforts,
30 Et fait si bien qu'il déracine
Celui de qui[5] la tête au ciel était voisine[6],
Et dont les pieds touchaient à l'empire des morts[7].

5. Dont. — 6. *Était voisine* du ciel. — 7. La Fontaine aime cette image empruntée à Virgile (*Géorgiques*, II, v. 291-292 et *Énéide*, II, v. 445-446). Dans la quatrième lettre du *Voyage en Limousin*, rappelant Virgile, il admire les tours d'Amboise : « Elles touchent, ainsi que les chênes dont parle Virgile, *D'un bout au ciel, d'autre bout aux enfers.* »

CL. GIRAUDON

Dessin de Michallon (1796-1822)

La fable préférée de La Fontaine

- **L'évocation de la nature** — Elle est présente non seulement par le chêne et le roseau, familiers au maître des Eaux et Forêts, mais par le *roitelet* (v. 3), par les vents brutaux (l'*aquilon*) ou caressants (le *zéphyr*) qui animent le paysage et le bouleversent. Aux détails précis succèdent des horizons immenses (v. 7, 16, 32).
- **Les symboles** — La Fontaine n'a pas énoncé de moralité, tant la leçon est évidente. Il a appliqué, dans sa fable, le principe énoncé au début du livre II (fable 1, v. 11-12) :

J'ai passé plus avant : les arbres et les plantes
Sont devenus chez moi créatures parlantes.

Le destin du Chêne et du Roseau est celui des grands et des petits.

Aux yeux du roseau La Fontaine, Fouquet pouvait paraître un chêne déraciné. Le symbolisme politique est ici transparent.

● **L' « enchantement » poétique**

— Le **sujet** résulte de la combinaison des apologues d'Ésope et d'Avianus. Chez ÉSOPE, le roseau et l'olivier se disputent (en style indirect) au sujet de leur résistance, de leur force, de la tranquillité de leur vie ; l'ouragan les départage. Chez AVIANUS, le chêne déraciné s'étonne de voir debout le roseau : celui-ci explique, en style direct, les raisons de la différence de leur sort. La Fontaine a étoffé les données antiques et leur a conféré une plus grande unité.

— Clarté du **plan** : Discours du Chêne, v. 1-17.
Discours du Roseau, v. 18-24.
L'ouragan, v. 24-32.

— **Contraste** des personnages et des paysages. Le Chêne est hautain et fier de sa puissance, méprisant à l'égard du Roseau (v. 2-10), mais volontiers protecteur (v. 11-14) et courageux (v. 28). Le Roseau, modeste et confiant. Le ton du Chêne est emphatique comme celui d'un roi ou d'un dieu (cf. fable 7, v. 1-2) ; celui du Roseau, simple et aisé. Le dialogue se déroule dans un paysage que trouble l'aquilon (v. 28-30) ; le v. 32 (à l'imparfait) rappelle la grandeur passée du Chêne (v. 7-9, au présent).

① Expliquez et commentez l'opinion suivante de Taine. « Ésope dit en deux mots que le chêne n'ayant pas voulu courber la tête, fut brisé par l'ouragan. La Fontaine, pour mieux frapper les orgueilleux, lui donne un ton de protection insolente et le jette aux pieds de celui que sa bienveillance voulait humilier. »

— L'**art du vers.** Le caractère contrasté des personnages est souligné par l'adroit mélange des alexandrins et des octosyllabes, les premiers peignant la majesté du Chêne ou le calme des eaux (v. 16), les octosyllabes caractérisant l'insouciance du Roseau (v. 22-23) ou la violence du vent (v. 26, 28-30), comme la faiblesse du Roseau (v. 4-6). Les deux derniers vers ont l'ampleur d'une oraison funèbre de Bossuet. Les inversions (v. 3, 7, 22, 31), les césures expressives (v. 21), les enjambements, qui prolongent le vers précédent (v. 11-12 ; 21-22 ; 26-27) font ressortir le choix des mots et la valeur des idées.

② Montrez l' « enchantement poétique » qui se dégage des vers 16, 31 et 32.

③* Imaginez un petit film d'après cette fable. Dessinez les trois épisodes en indiquant les sous-titres.

④ Comparez la morale de cette fable à celle de la fable 4. Cet éloge de l'humilité n'est-il pas en opposition avec l'apologie cornélienne de l'héroïsme?

LIVRE DEUXIÈME

fable 1 *Contre ceux qui ont le goût difficile*

1 QUAND j'aurais, en naissant, reçu de Calliope[1]
Les dons qu'à ses amants cette Muse a promis,
Je les consacrerais aux mensonges[2] d'Ésope :
Le mensonge et les vers de tout temps sont amis.
5 Mais je ne me crois pas si[3] chéri du Parnasse[4]
Que de savoir orner[5] toutes ces fictions.
On peut donner du lustre à leurs inventions ;
On le peut, je l'essaie[6] : un plus savant le fasse[7].
Cependant jusqu'ici d'un langage nouveau
10 J'ai fait parler le Loup et répondre l'Agneau[8] ;
J'ai passé plus avant : les arbres et les plantes
Sont devenus chez moi créatures parlantes[9].

Source. Cette fable, malgré son allure de confidence, est inspirée de **PHÈDRE** (IV, 7, Nevelet, p. 432). Le poète latin, afin de calmer un critique, prend le ton épique pour célébrer l'expédition des Argonautes.

---

1. La Muse de la poésie épique : l'épopée, au XVIIe s., est le genre poétique le plus élevé. Dans l'exorde du *Poème du quinquina* (1682), La Fontaine reprendra presque les mêmes vers :

Je ne voulais chanter que les héros d'Ésope :
Pour eux seuls en mes vers j'invoquai Calliope...

— 2. Le mot n'a pas le sens péjoratif; mais celui de : fictions poétiques ; cf. IX, 1, *le Dépositaire infidèle*, v. 30-35; rapprochez aussi de III, 1, v. 5 : « La feinte est un pays plein de terres désertes. » — 3. *Si ... que de :* locution consécutive inusitée aujourd'hui. — 4. La montagne de Grèce où résidaient les Muses. — 5. Donner du lustre, c'est seulement *apprêter; orner*, c'est ajouter des ornements qui n'existaient pas dans le modèle. A rapprocher de la dédicace du *Recueil de poésies chrétiennes et diverses :*

Ésope me soutient par ses inventions;
J'orne de traits légers ses riches fictions.

— 6. Cf. Préface (p. 37, l. 75-77) : « J'ai pourtant considéré que, ces fables étant sues de tout le monde, je ne ferais rien si je ne les rendais nouvelles par quelques traits qui en relevassent le goût. » — 7. Qu'*un plus savant* (habile)... — 8. A rapprocher de l'*Épître au Dauphin*, p. 42, v. 1 à 6. — 9. Précisément dans la dernière fable du livre I, *le Chêne et le Roseau ;* au XVIIe s., le participe présent s'accorde, comme l'adjectif, avec le nom.

Qui ne prendrait ceci pour un enchantement[10] ?
« Vraiment, me diront nos critiques,
15 Vous parlez magnifiquement[11]
De cinq ou six contes d'enfant. »
Censeurs, en voulez-vous qui soient plus authentiques
Et d'un style plus haut ? En voici : *Les Troyens*[12],
Après dix ans de guerre autour de leurs murailles,
20 *Avaient lassé les Grecs qui, par mille moyens,*
Par mille assauts, par cent batailles,
N'avaient pu mettre à bout[13] *cette fière cité ;*
Quand un cheval de bois, par Minerve[14] *inventé,*
D'un[15] *rare et nouvel artifice,*
25 *Dans ses énormes flancs reçut le sage Ulysse*[16],
Le vaillant Diomède[17], *Ajax l'impétueux*[18],
Que ce colosse monstrueux
Avec leurs escadrons[19] *devait porter dans Troie,*
Livrant à leur fureur ses dieux mêmes en proie.
30 *Stratagème inouï, qui des fabricateurs*[20]
Paya la constance et la peine.
— C'est assez, me dira quelqu'un de nos auteurs :
La période est longue, il faut reprendre haleine ;
Et puis votre cheval de bois,
35 Vos héros avec leurs phalanges[21],
Ce sont des contes plus étranges
Qu'un renard qui cajole[22] un corbeau sur sa voix ;
De plus, il vous sied mal d'écrire en si haut style.
— Eh bien ! baissons d'un ton. *La jalouse Amarylle*[23]

---

10. « Charme, effet merveilleux procédant d'une puissance magique » (*Dict.* de Furetière, 1690). — 11. En termes magnifiques. Noter l'antithèse avec le dédaigneux : *contes d'enfant.* — 12. La chute de Troie est contée par Virgile, *Énéide,* livre II. — 13. On dit encore : venir *à bout* de... — 14. Nom latin de Pallas Athéné, déesse protectrice des Grecs. — 15. Avec un. Voir le v. 9 : « D'un langage nouveau. » — 16. Le roi d'Ithaque, qualifié d'*artificieux* par Homère; héros de l'*Odyssée.* — 17. Roi d'Argos; l'un des plus fougueux champions grecs : il blessa la déesse Aphrodite (Vénus). — 18. Roi de Salamine, guerrier également bouillant. La Fontaine avait déjà rapproché du *vaillant Diomède, Ajax l'impétueux,* dans *le Songe de Vaux.* — 19. Au sens large : troupes. Il ne s'agit pas de cavaliers. — 20. Employé ici dans le style noble (cf. livre I, 7, *le fabricateur souverain :* Dieu). — 21. Sens large (cf. n. 19). — 22. Flatte. Bien que La Fontaine déclare s'être exercé *toute sa vie* dans la *poésie héroïque* (*Avertissement d'Adonis,* 1669), il assure volontiers que le ton épique ne lui convient guère :

> Je n'ai pas entrepris de chanter dans ces vers
> Rome ni ses enfants vainqueurs de l'univers,
> Ces sujets sont trop hauts, et je manque de voix.

Cf. aussi l'*Épilogue* du livre VI, p. 255 — 23. Nom de bergère (cf. Virgile, première *Bucolique*) employé par la pastorale italienne et française, comme ceux d'*Alcippe* et de *Tircis.*

40 *Songeait à son Alcippe, et croyait de ses soins*[24]
N'avoir que ses moutons et son chien pour témoins.
Tircis, qui l'aperçut, se glisse entre des saules ;
Il entend la bergère adressant ces paroles[25]
Au doux Zéphire, et le priant
45 *De les porter à son amant.*
— Je vous arrête à cette rime[26],
Dira mon censeur à l'instant ;
Je ne la tiens pas légitime[27],
Ni d'une assez grande vertu[28] :
50 Remettez, pour le mieux, ces deux vers à la fonte[29].
— Maudit censeur ! te tairas-tu ?
Ne saurais-je achever mon conte ?
C'est un dessein très dangereux
Que d'entreprendre de te plaire. »

55 Les délicats[30] sont malheureux :
Rien ne saurait les satisfaire.

---

24. Sentiments amoureux. — 25. Le message confié au *doux Zéphire* (vent personnifié) est interrompu par le *censeur* (v. 51). — 26. La rime imparfaite est celle de *saules-paroles* ; la rime *priant-amant* est seulement négligée, les finales en *ant*, très sourdes, demandent l'identité de la consonne d'appui (cf. *croissant-éblouissant*). La rime *magnifiquement-enfant* (v. 15-16) est aussi négligée pour la même raison. — 27. *Tiens pas* pour *légitime*. — 28. Valeur. — 29. Le poète est comparé à un fondeur (l'image sera reprise par Chénier). Horace avait employé l'image du forgeron et de l'enclume (*Art poétique*, v. 441). — 30. Ceux qui ont le goût difficile. Est-ce une pointe à l'égard de Patru, de Boileau (cf. p. 71, n. 8) ou une remarque plus générale ?

● **La doctrine littéraire** (livre II, fable 1)

① Rapprochez les 14 premiers vers : de la Préface (p. 35, l. 18 et suiv.) ; de la dédicace au Dauphin (p. 42) et de la fable 1 du livre VI, *le Pâtre et le Lion*. Puis tirez, de ces quatre textes, une doctrine cohérente de la fable poétique.

② *Cinq ou six contes d'enfant* (v. 16). Le fabuliste a protesté (Préface, p. 38, l. 121-23) contre l'accusation de puérilité : « Ces badineries ne sont telles qu'en apparence, car dans le fond, elles portent un sens très solide. » En vous appuyant sur des exemples précis, montrez que La Fontaine, dès le premier recueil, avait dépassé les sujets enfantins.

③ En comparant la parodie de l'épopée à celle de la pastorale, montrez comment La Fontaine adapte le ton et le rythme à la nature du poème : l'emphase (*mille*, répété ; *cent* batailles...) ;

les épithètes homériques qualifiant les héros ; les redondances *(rare et nouvel artifice* repris par *stratagème inouï)* ; en contraste, le calme paysage pastoral (v. 39-41), dont les alexandrins se prolongent sans coupure ; la rapidité des octosyllabes dans le dialogue (v. 14-16 ; 34-36 ; 46-49...) s'opposant à l'ampleur des alexandrins (par ex. v. 1-13).

④ Que savez-vous de la parodie de l'épopée par Scarron *(l'Énéide travestie)* ?

⑤ Retracez brièvement l'histoire de la pastorale, des *Bucoliques* de Virgile jusqu'au XVIIe siècle.

⑥* Dessinez les deux épisodes évoqués par La Fontaine : les guerriers grecs sortant du cheval de Troie ; la bergère Amarylle rêvant en gardant ses moutons sur les bords d'un ruisseau bordé de saules.

2 *Conseil tenu par les Rats*

1 UN Chat, nommé Rodilardus[1],
Faisait de rats telle déconfiture[2]
Que l'on n'en voyait presque plus,
Tant il en avait mis dedans[3] la sépulture.
5 Le peu qu'il en restait, n'osant quitter son trou,
Ne trouvait à manger que le quart de son sou[4],
Et Rodilard passait, chez la gent misérable[5],
Non pour un chat, mais pour un diable[6].

Source. ABSTEMIUS, humaniste italien du XVIe s., **les Souris qui voulaient pendre une sonnette au cou du Chat** (Nevelet, p. 616). Mais, avant Abstemius, l'apologue était déjà proverbial : **EUSTACHE DESCHAMPS** (1346-1406) en avait fait le thème de sa ballade LVIII, avec pour refrain : « Qui pendra la sonnette au chat ? ».

1. Le surnom de *Ronge-lard* figure dans Rabelais (*Le Quart Livre*, chap. 67) : Panurge, pris de panique dans un combat naval, se cache dans la cale, où il est « égrantigné des griffes du célèbre chat Rodilardus », qu'il prend pour un *diableteau.* — 2. Au XVIIe s., le mot n'était pas encore du langage familier; il signifie « déroute générale d'une armée » (*Dict.* de Furetière, 1690); cf. Montaigne : « La gloire de la déconfiture du roi Léonidas... au pays des Thermopyles. » — 3. Ne s'emploie plus comme préposition. — 4. D'ordinaire orthographié *soûl* (on ne prononce pas le *l* final) ; comme adjectif, signifie : *repu ;* d'où : « dormir tout son soûl ». — 5. La nation digne de pitié. — 6. Sans doute un souvenir de Rabelais : voir la n. 1.

Or un jour qu'au haut et au loin[7]
10 Le galand[8] allait chercher femme,
Pendant tout le sabbat[9] qu'il fit avec sa dame,
Le demeurant[10] des Rats tint chapitre[11] en un coin
Sur la nécessité[12] présente.
Dès l'abord, leur doyen[13], personne fort prudente,
15 Opina[14] qu'il fallait, et plus tôt que plus tard,
Attacher un grelot au cou de Rodilard ;
Qu'ainsi, quand il irait en guerre,
De sa marche avertis, ils s'enfuiraient sous terre ;
Qu'il n'y[15] savait que ce moyen.
20 Chacun fut de l'avis de Monsieur le Doyen[16],
Chose[17] ne leur parut à tous plus salutaire.
La difficulté fut d'attacher le grelot.
L'un dit : « Je n'y vas[18] point, je ne suis pas si sot » ;
L'autre : « Je ne saurais. » Si bien que sans rien faire
25 On se quitta. J'ai maints chapitres vus[19],
Qui pour néant se sont ainsi tenus ;
Chapitres, non de rats, mais chapitres de moines,
Voire[20] chapitres de chanoines.

Ne faut-il que délibérer,
30 La cour[21] en conseillers foisonne ;
Est-il besoin d'exécuter,
L'on ne rencontre plus personne.

---

7. Cacophonie amusante, soulignée par l'hiatus : on imagine le chat cabriolant sur les toits. — 8. Voir I, 11, n. 4. Ici, au sens propre : l'amateur de femmes. — 9. « Grand bruit, crierie telle qu'on s'imagine qu'on en fait au sabbat » (Furetière). Il ne s'agit pas de la cérémonie israélite, mais des réunions de sorcières, réputées pour être tumultueuses. Le mot *sabbat* fait suite à *diable* (v. 8). On sait combien les amours des chats sont bruyantes. — 10. Le reste. — 11. Seconde transposition des animaux aux hommes : le chat étant représenté comme un garçon entreprenant, les rats comme de timides ecclésiastiques. Le *chapitre* est l'assemblée des chanoines assistant l'évêque; au XVIIe s., il peut s'agir aussi bien d'une assemblée de moines. — 12. La famine. — 13. Le *doyen* préside le chapitre; il a donc autorité sur les autres membres. Par définition, il est fort sage *(prudent)*. — 14. Exprima l'avis; cf. *opiner du bonnet :* acquiescer. — 15. *Y* a une valeur adverbiale : à ce sujet. — 16. Les membres du chapitre disent *amen* à la proposition du doyen. La Fontaine raille cette passivité. Il manque au chapitre un Frère Jean des Entommeures pour s'attaquer aux ennemis (cf. *Gargantua*, chap. 27). — 17. Renforce la négation *ne*. Aujourd'hui : rien ne... — 18. Forme aussi courante que *j'y vais* au XVIIe s. Par la suite, elle se conservera seulement dans le parler paysan. — 19. J'ai vu *maints chapitres*. Dans l'ancienne langue, le participe pouvait se séparer de l'auxiliaire et s'accorder. — 20. Même. — 21. *Cour* de justice, sans doute, ou parlement.

Source. ABSTEMIUS, **les Souris qui voulaient pendre une sonnette au cou du Chat** : Les souris [ou les rats : en latin, **mus** signifie les deux] se réunissaient délibérant : par quelle invention ingénieuse pourraient-elles éviter les pièges du chat ? Alors, celle qui surpassait les autres en âge et en expérience : « J'ai trouvé, dit-elle, le moyen de nous conserver saines et sauves, à l'abri de si grands dangers, si vous voulez bien m'obéir. Pendons-lui un grelot au cou, dont le tintement nous préviendra de l'arrivée du chat. » Toutes alors, d'une seule voix, louèrent ce conseil et dirent qu'il fallait le suivre. Quand une vieille souris, se levant et faisant le silence : « Moi aussi, j'approuve ton avis. Mais qui osera pendre le grelot au cou du chat ? » La fable montre que nombreux sont ceux qui approuvent ce qu'il faut faire, mais pour l'accomplir, il s'en trouve peu.

① Comparez la fable 2 avec la ballade d'Eustache Deschamps et le texte d'Abstemius.
Notez que le chat, non individualisé chez Abstemius, est présenté largement par La Fontaine (v. 1-11) ; le *chapitre* est dépeint comme une comédie (v. 20 : déférence à l'égard de *Monsieur le Doyen*) ; il y a une nuance amusante entre le premier et le second refus (v. 23-24).

② Étudiez l'importance donnée à la moralité : « Ce n'est pas tant par la forme que j'ai donnée à cet ouvrage qu'on en doit mesurer le prix, que par son utilité et par sa matière » (*Préface*, p. 37, l. 82-83). Pour donner plus d'autorité à la leçon, La Fontaine la présente comme une expérience personnelle (v. 25-26). Comparez avec la moralité de *l'Enfant et le Maître d'école* (I, 19).

③* Dessinez le *chapitre* en donnant aux personnages une tête de souris et des vêtements religieux.

④* Comparez *Rodilardus*, *Raminagrobis* (VII, 16) et *Rodilard* (III, 18).

⑤* Relevez dans la fable les traits qui font voir les animaux et ceux qui caractérisent les hommes.

⑥ Relevez les inversions et montrez l'effet produit.

⑦ Étudiez les effets de contraste produits par la combinaison des octosyllabes et des alexandrins : par exemple, l'expédition amoureuse du chat (v. 9-10), rapidement menée, s'opposant aux ébats prolongés du *galand* (v. 11) ; l'embarras des souris souligné par un alexandrin que prolonge un octosyllabe (v. 12-13) ; l'ironique v. 20 dont la césure souligne l'obéissance passive devant ce titre : *Monsieur le Doyen*, etc.

⑧* Opposez Rodilardus, « ce chat, le plus diable des chats » (*La Ligue des Rats*, fin du livre XII), à la Mickey-Mouse de Walt Disney, dans un " dessin animé " que vous imaginerez.

3 *Le Loup plaidant contre le Renard par-devant le Singe*

1 Un Loup disait que l'on l'avait volé.
Un Renard, son voisin, d'assez mauvaise vie,
Pour ce prétendu vol par lui fut appelé[1].
Devant le Singe il fut plaidé,
5 Non point par avocats, mais par chaque partie[2].
Thémis[3] n'avait point travaillé,
De mémoire de singe, à fait plus embrouillé.
Le magistrat suait en son lit de justice[4].
Après qu'on eut bien contesté,
10 Répliqué[5], crié, tempêté,
Le juge, instruit de leur malice[6],
Leur dit : « Je vous connais de longtemps, mes amis,
Et tous deux vous paierez l'amende :
Car toi, Loup, tu te plains, quoiqu'on ne t'ait rien pris ;
15 Et toi, Renard, as pris ce que l'on te demande. »
Le juge prétendait qu'à tort et à travers[7]
On ne saurait manquer, condamnant un pervers.

Quelques personnes de bon sens ont cru que l'impossibilité et la contradiction qui est dans le jugement de ce singe était[8] *une chose à censurer : mais je ne m'en suis servi qu'après Phèdre*[9] *; et c'est en cela que consiste le bon mot, selon mon avis.*

Source. PHÈDRE, I, 10 (Nevelet, p. 395). La fable de Phèdre commence par la moralité : « Quiconque est une fois réputé pour menteur, même s'il dit la vérité, n'est pas cru. C'est ce qu'atteste une brève fable d'Ésope. »

1. Sens juridique : cité devant le tribunal. — 2. Chaque plaideur. — 3. Déesse de la justice. Opposition burlesque entre l'évocation de la déesse et l'expression comique *De mémoire de singe*, formée sur : « *de mémoire* d'homme ». — 4. Au sens propre, séance du Parlement présidée par le roi en personne, assis sur son trône. Le contraste burlesque entre le mot bas *suait* et le solennel *lit de justice*, employé par extension, souligne les intentions parodiques. — 5. Termes juridiques; cf. *les Frelons et les Mouches à miel*, I, 21. — 6. Méchanceté. — 7. En *condamnant un pervers*, même sans discernement, on ne saurait commettre une faute; *manquer* est employé absolument. — 8. Accord classique avec le dernier sujet. — 9. La référence à *Phèdre* n'est pas probante. Mais il est amusant de voir La Fontaine engager le dialogue avec ses lecteurs et commenter lui-même son œuvre.

4 *Les deux Taureaux et une Grenouille*

1 DEUX Taureaux combattaient à qui posséderait
Une Génisse avec l'empire.
Une Grenouille en soupirait.
« Qu'avez-vous ? se mit à lui dire
5 Quelqu'un du peuple croassant[1].
— Et ne voyez-vous pas, dit-elle,
Que la fin de cette querelle
Sera l'exil de l'un ; que l'autre, le chassant,
Le fera renoncer aux campagnes fleuries ?
10 Il ne régnera plus sur l'herbe des prairies,
Viendra dans nos marais régner sur les roseaux[2],
Et nous foulant[3] aux pieds jusques au fond des eaux,
Tantôt l'une, et puis l'autre, il faudra qu'on pâtisse
Du combat qu'a causé Madame la Génisse[4]. »
15 Cette crainte était de bon sens.
L'un des Taureaux en leur demeure
S'alla cacher à leurs dépens :
Il en écrasait vingt par heure.

Hélas ! on voit que de tout temps
20 Les petits ont pâti des sottises des grands[5].

Source. PHÈDRE, I, 30 (Nevelet, p. 407).

---

1. La Fontaine ne distingue pas *coassant* (qui s'applique aux grenouilles) de *croassant* qui concerne le cri des corbeaux. – 2. Noter le sentiment mélancolique de la nature (v. 9-12), l'appréhension devant le triste sort qui attend les grenouilles (v. 11-14), soulignée par l'antithèse *Il ne régnera plus... Viendra régner.* — 3. En *nous foulant.* — 4. Emploi burlesque du cérémonieux *Madame* (alors réservé aux personnes de qualité). — 5. Phèdre, en tête de son récit, avait seulement dit : « Les petits souffrent quand les grands sont en désaccord. » La Fontaine ajoute ses regrets personnels *(Hélas !)* et considère les conflits entre grands comme des *sottises*.

---

①* Rapprochez la fable 3 de quelques autres fables, où La Fontaine critique la justice et les plaideurs.

② Comparez la moralité de la fable 4 avec celle de *Simonide préservé par les Dieux* (I, 14, v. 66), et montrez que La Fontaine, comme La Bruyère, ne ménage pas les grands.

5 *La Chauve-souris et les deux Belettes*

1 Une Chauve-souris donna tête baissée
Dans un nid[1] de Belette ; et sitôt qu'elle y fut,
L'autre, envers les souris de longtemps courroucée,
Pour la dévorer accourut.
5 « Quoi ! vous osez, dit-elle, à mes yeux vous produire[2],
Après que votre race a tâché de me nuire !
N'êtes-vous pas souris ? Parlez sans fiction[3].
Oui, vous l'êtes, ou bien je ne suis pas belette.
— Pardonnez-moi, dit la pauvrette,
10 Ce n'est pas ma profession[4].
Moi, souris ! Des méchants vous ont dit ces nouvelles.
Grâce à l'auteur de l'univers,
Je suis oiseau : voyez mes ailes.
Vive la gent[5] qui fend les airs ! »
15 Sa raison plut et sembla bonne.
Elle fait si bien qu'on lui donne
Liberté de se retirer.
Deux jours après, notre étourdie
Aveuglément se va fourrer
20 Chez une autre Belette, aux oiseaux ennemie.
La voilà derechef[6] en danger de sa vie.
La dame du logis, avec son long museau[7],
S'en allait la croquer en qualité d'oiseau,
Quand elle protesta[8] qu'on lui faisait outrage :
25 « Moi, pour telle passer ? Vous n'y regardez pas.
Qui[9] fait l'oiseau ? C'est le plumage.
Je suis souris : vivent les rats !
Jupiter[10] confonde les chats ! »
Par cette adroite repartie
30 Elle sauva deux fois sa vie.

Source. ÉSOPE, la Chauve-souris et la Belette (Nevelet, p. 177). Dans Ésope, l'ordre des mésaventures est inverse : la chauve-souris manque d'abord d'être dévorée comme volatile.

1. Une fois de plus, La Fontaine se soucie peu de la réalité zoologique. La chauve-souris d'Ésope tombe à terre et devient ainsi la proie de la belette. — 2. Vous présenter. — 3. Sans feinte. — 4. Ma nature. Cf. *le Faucon et le Chapon* (VIII, 21, v. 5) : « Un citoyen du Mans, chapon de son métier. » — 5. Cf. p. 159 n. 21. — 6. De nouveau. — 7. Voir la question 2. — 8. Soutint solennellement. — 9. Au sens neutre : qu'est-ce *qui*... — 10. Invocation burlesque, qui doit prouver la bonne foi de la chauve-souris.

Plusieurs se sont trouvés qui, d'écharpe changeants[11],
Aux dangers, ainsi qu'elle[12], ont souvent fait la figue[13].
Le sage dit, selon les gens :
« Vive le Roi ! Vive la Ligue[14] ! »

---

11. Changeant *d'écharpe :* au XVIIe s., le participe présent peut s'accorder; noter l'effet produit par l'inversion. *Écharpe :* « Grande pièce de taffetas large que portent les gens de guerre... On s'en sert souvent pour marquer et distinguer les partis » (*Dict.* de Furetière, 1690). — 12. La chauve-souris. — 13. Fait la nique. — 14. Deux des partis qui s'opposaient au XVIe s. : la *Ligue*, dirigée par les ducs de Guise et de Mayenne, entra en conflit avec Henri III, à qui elle reprochait d'être trop favorable aux protestants, et le chassa de Paris (1588). Les grands changeaient souvent de camp, et même de religion : cf. Montaigne, *Essais*, III, 1, *De l'utile et de l'honnête.* La Fontaine choisit des exemples moins brûlants que ceux de la Fronde.

CL. R. VIOLLET

● **L'art**

— Vivacité des dialogues (ils sont en style indirect chez Ésope).
— Adaptation du rythme au sens : par exemple, la précipitation de la Belette (v. 4), la hâte de la Chauve-souris à se disculper (v. 12-19 et 26-30) s'expriment en octosyllabes.

● **La moralité** — Comme la précédente, elle est développée par La Fontaine, et appliquée à la politique française. *Le sage* n'incarne pas ici la vertu, mais la prudence du faible pris entre les partis. Cette moralité se rapproche de celle des *Deux Mulets* (I, 4, v. 17).

① Comparez la prudence politique de La Fontaine à celle de Montaigne, qui « porterait au besoin une chandelle à saint Michel, l'autre à son serpent » (*Essais*, III, 1), mais ne changea jamais d'*écharpe*, et s'attacha au « plus sain » des partis.

② Le caricaturiste de la belette a fait de multiples esquisses :

La dame du logis, avec son long museau (II, 5, v. 22) ;
Damoiselle Belette, au corps long et flouet (III, 17, v. 1) ;
L'animal à longue échine (IV, 6, v. 6) ;
La dame au nez pointu (VII, 16, v. 16) ;
Dame Belette au long corsage (VIII, 22, v. 3).

De ces esquisses, laquelle vous paraît la plus réussie? Pourquoi?

---

6 *L'Oiseau blessé d'une flèche*

1 MORTELLEMENT atteint d'une flèche empennée[1],
Un Oiseau déplorait sa triste destinée,
Et disait, en souffrant un surcroît de douleur :
« Faut-il contribuer à son propre malheur ?
5 Cruels humains ! vous tirez de nos ailes
De quoi faire voler ces machines mortelles ;
Mais ne vous moquez point, engeance[2] sans pitié :
Souvent il vous arrive un sort comme le nôtre.
Des enfants de Japet[3] toujours une moitié
10 Fournira des armes à l'autre. »

Source. **ÉSOPE, l'Aigle frappé d'une flèche** (Nevelet, p. 196-197). Voici la moralité en fin de fable : « Il est pénible de souffrir un danger venant des siens. »

1. Garnie d'ailerons de plumes, qui assurent sa stabilité. — 2. Race ; « se prend souvent en mauvaise part » (*Dict.* de Furetière, 1690). — 3. *Japet*, père de Prométhée : les hommes (et non pas seulement la race japétique ou indo-européenne). La périphrase appartient au style noble, qui convient à cette méditation sur le sort des hommes. Peut-être souvenir d'Horace (*Carm.*, I, 3), *Audax Japeti genus.*

● **Transformation de l'apologue** (II, 6)

— Les réflexions de l'oiseau : chez Ésope, il se plaint seulement de périr par le moyen de ses propres plumes ; chez La Fontaine, l'anecdote est appliquée aux hommes.

— La moralité de La Fontaine est une constatation amère de l'impuissance des hommes à vivre en paix. C'est l'oiseau même qui tire leçon de son malheur, mais il exprime la pensée du poète.

— Le rythme : sauf le dernier vers, le bref poème est en alexandrins, mètre qui convient à la méditation.

① Montrez comment, dans la fable suivante (II, 7), le poète prête des sentiments humains à la Lice, tout en suggérant, par quelques traits, son aspect d'animal.

② Citez d'autres fables où le fabuliste condamne l'ingratitude. Pourquoi ce vice le choque-t-il particulièrement ? Remarquez le développement donné à la moralité (cf. fable II, 5).

7 *La Lice et sa Compagne*

1 UNE Lice étant sur son terme[1],
Et ne sachant où mettre un fardeau si pressant,
Fait si bien qu'à la fin sa Compagne consent
De[2] lui prêter sa hutte, où la Lice s'enferme.
5 Au bout de quelque temps sa Compagne revient.
La Lice lui demande encore une quinzaine.
Ses petits ne marchaient, disait-elle, qu'à peine.
Pour faire court[3], elle l'obtient.
Ce second terme échu, l'autre lui redemande
10 Sa maison, sa chambre, son lit[4].
La Lice cette fois montre les dents, et dit :
« Je suis prête à sortir avec toute ma bande[5],
Si vous pouvez nous mettre hors. »
Ses enfants étaient déjà forts.
15 Ce qu'on donne aux méchants, toujours on le regrette.
Pour tirer d'eux ce qu'on leur prête,
Il faut que l'on en vienne aux coups ;
Il faut plaider, il faut combattre.
Laissez-leur prendre un pied chez vous,
20 Ils en auront bientôt pris quatre.

Source. PHÈDRE, I, 19, la **Chienne et ses Petits** (Nevelet, p. 400). La **lice** est la femelle du chien de chasse.

1. Au terme de sa grossesse. — 2. Consent à. — 3. Pour abréger. 4. Noter la progression entre *maison* et *lit*, qui met en évidence l'impudence de la lice. — 5. A l'origine, terme militaire, ce qui souligne les intentions agressives de la lice.

La fable sculptée sur bois
Hôtel de Rohan

CL. GIRAUDON

8 *L'Aigle et l'Escarbot*

1 L'AIGLE donnait la chasse à maître[1] Jean Lapin,
Qui droit à son terrier s'enfuyait au plus vite.
Le trou de l'Escarbot[2] se rencontre en chemin.
Je laisse à penser si ce gîte
5 Était sûr ; mais où mieux[3] ? Jean Lapin s'y blottit.
L'Aigle fondant sur lui nonobstant[4] cet asile,
L'Escarbot intercède et dit :
« Princesse[5] des oiseaux, il vous est fort facile
D'enlever malgré moi ce pauvre malheureux ;
10 Mais ne me faites pas cet affront, je vous prie ;
Et puisque Jean Lapin vous demande la vie,
Donnez-la-lui, de grâce, ou l'ôtez[6] à tous deux :
C'est mon voisin, c'est mon compère[7]. »
L'oiseau de Jupiter[8], sans répondre un seul mot,
15 Choque de l'aile l'Escarbot,
L'étourdit, l'oblige à se taire,
Enlève Jean Lapin. L'Escarbot indigné
Vole au nid de l'oiseau, fracasse en son absence
Ses œufs, ses tendres œufs, sa plus douce espérance[9] :
20 Pas un seul ne fut épargné.
L'Aigle étant de retour, et voyant ce ménage[10],
Remplit le ciel de cris et, pour comble de rage,
Ne sait sur qui venger le tort qu'elle a souffert.
Elle gémit en vain : sa plainte au vent se perd.
25 Il fallut pour cet an vivre en mère affligée.
L'an suivant, elle mit son nid en lieu plus haut.

Source. **ÉSOPE, l'Aigle et le Scarabée** (Nevelet, p. 85).

1. Voir I, 2, n. 1. — 2. L'*escarbot* ou scarabée sacré porte aussi le nom de bousier, parce qu'il pétrit des boulettes de bouse de vache. Remy de Gourmont souligne la disproportion de taille entre le lapin et l'escarbot (*Promenades littéraires,* « la Vie des animaux dans les Fables de La Fontaine ») : « L'escarbot est un coléoptère dont la longueur est d'environ un centimètre. » — 3. Tour elliptique : *où* trouver *mieux*? Noter l'enjambement : *ce gîte était sûr,* et les deux césures du v. 5, qui traduisent la rapidité des événements : Jean Lapin n'a pas le temps de réfléchir. — 4. Malgré (le droit d'*asile*). — 5. *Aigle* est du féminin au XVIIe s. — 6. *Otez*-la. Le tour est usuel au XVIIe s. — 7. Voir I, 18, n. 1. — 8. La périphrase explique le comportement brutal de l'aigle, fière d'être l'oiseau du maître des dieux; cf. II, 16, *le Corbeau voulant imiter l'aigle,* v. 1. — 9. L'aigle, féroce pour Jean Lapin, brutale pour l'escarbot, est cependant une tendre mère. Noter la répétition de *œufs,* et la division du vers en trois membres inégaux (2 + 4 + 6). — 10. Ce désordre.

Cette fable est l'une des plus amples d'Ésope, et aussi de La Fontaine ; elle pose trois problèmes principaux :

- **L' « absurdité » de l'anecdote** — Comme Fabre à propos de *la Cigale et la Fourmi* (voir p. 43 n. 3), Remy de Gourmont s'indigne de l'ignorance de La Fontaine concernant l'escarbot : « Tout genre a ses limites, l'absurde [...]. C'est [...] dans un trou grand comme la moitié d'une noisette que [...] se blottit le lapin. La fable est à supprimer, du moins des recueils classiques, car on ne voit pas bien comment cet insecte inerme, parvenu au nid de l'aigle, peut « fracasser ses œufs », ni comment, une autre fois, il « fait faire aux œufs le saut ».

① Depuis que les dessins animés nous ont habitués à l' « absurde », pouvons-nous partager la sévérité du critique?
On observera :
— que, pour l'essentiel, La Fontaine s'est contenté de suivre Ésope ;
— que la gravure du Nevelet (voir p. 103) montre un escarbot de fantaisie, ressemblant à une langouste, et presque aussi gros que le lapin ;
— que le poète n'est pas dupe de cette invraisemblance (voir le commentaire malicieux des v. 4 et 5) et qu'il en a tiré d'amusants effets de contraste.

- **Un drame « baroque »**
La structure de la fable est comparable à celle d'un drame en cinq actes : acte I, l'Aigle s'empare de Jean Lapin ; actes II, III, IV, destruction des trois couvées de l'Aigle par l'Escarbot ; acte V, jugement de Jupiter. Différences notables avec Ésope : La Fontaine nous offre des dialogues en style direct et non un récit en style indirect ; il a imaginé les menaces de l'Aigle à Jupiter.
La **vérité humaine des caractères**. Si, contrairement à d'autres fables, le physique des animaux est traité avec fantaisie, le caractère des personnages est complexe et vraisemblable :
JEAN LAPIN a le rôle d'une victime dominée par la peur (v. 2, 5).
L'ESCARBOT est hospitalier, éloquent (v. 8-13), fidèle en amitié, obstiné dans sa vengeance, ingénieux (v. 27), sans crainte à l'égard des grands et des dieux, voire impertinent (v. 39).
L'AIGLE (féminin) se comporte comme une grande dame brutale (v. 14-16) et sans pitié, mais maternelle (v. 19) ; orgueilleuse d'être *l'oiseau de Jupiter*, mais humiliée et réduite à implorer l'aide ; ses menaces *d'aller vivre au désert* (v. 43) semblent une anticipation du chantage que la Montespan fera subir à Louis XIV pour aboutir à ses fins.

L'Escarbot prend son temps[11], fait faire aux œufs le saut :
La mort de Jean Lapin derechef[12] est vengée.
Ce second deuil fut tel que l'écho[13] de ces bois
30 N'en dormit de plus de six mois.
L'oiseau qui porte Ganymède[14]
Du monarque des dieux enfin implore l'aide,
Dépose en son giron[15] ses œufs, et croit qu'en paix
Ils seront dans ce lieu ; que pour ses intérêts,
35 Jupiter se verra contraint de les défendre :
Hardi qui les irait là prendre[16].
Aussi ne les y prit-on pas.
Leur ennemi changea de note,
Sur la robe du dieu fit tomber une crotte[17] :
40 Le dieu la secouant jeta les œufs à bas.
Quand l'Aigle sut l'inadvertance[18],
Elle menaça Jupiter
D'abandonner sa cour, d'aller vivre au désert,
De quitter toute dépendance[19],
45 Avec mainte autre extravagance.
Le pauvre Jupiter se tut :
Devant son tribunal l'Escarbot comparut,
Fit sa plainte, et conta l'affaire.
On fit entendre à l'Aigle enfin qu'elle avait tort.
50 Mais les deux ennemis ne voulant point d'accord,
Le monarque des dieux s'avisa, pour bien faire,
De transporter le temps où l'aigle fait l'amour
En une autre saison, quand la race escarbote[20]
Est en quartier d'hiver, et, comme la marmotte[21],
55 Se cache et ne voit point le jour.

11. Choisit son moment. — 12. De nouveau. — 13. L'*écho* personnifié, comme il est naturel dans un récit mythologique. — 14. Éphèbe troyen, enlevé par un aigle pour servir d'échanson à Jupiter. L'aigle estime ainsi avoir droit à la reconnaissance et à l'appui du dieu. — 15. Sur ses genoux. — 16. Style indirect : c'est le raisonnement de l'aigle. — 17. Peu importe qu'il s'agisse d'*une crotte* de l'escarbot ou d'une boulette de fiente (voir la n. 2) comme le précise Ésope. — 18. L'inattention. — 19. De briser tout lien de vassalité. Ce vers est omis dans l'édition de 1678. — 20. Adjectif inventé plaisamment par La Fontaine; cf. « *De la gent marcassine et de la gent aiglonne* » (III, 6, v. 36). — 21. La marmotte dort une partie de l'hiver. Le *quartier d'hiver*, expression militaire, désigne le lieu où les troupes sont cantonnées durant le trimestre d'hiver.

JUPITER est traité en monarque impuissant et ridicule, sans réflexion (v. 40), incapable de supporter les criailleries de l'Aigle (v. 46) et de prendre une décision (v. 49, *On fit entendre...*) personnelle.

CL. GUILEY-LAGACHE

Gravure du Nevelet, 1610

Ces quatre personnages forment, en rapide raccourci, une caricature de la société du XVIIe siècle.

Le style « baroque ». La Fontaine a pratiqué le mélange des genres et des styles en virtuose : le pathétique dans l'intercession de l'Escarbot (v. 8-12) se termine par la péroraison familière (v. 13) : *C'est mon voisin, c'est mon compère*, contrastant avec l'exorde solennel : *Princesse des oiseaux... ;* à l'action brutale et rapide (v. 15-18) succède le lyrisme de l'amour maternel (v. 19) et la vaine déploration (v. 24) ; *le monarque des dieux* (v. 51) est traité avec autant d'irrespect que les héros de l'*Énéide* par Scarron : le *giron* (v. 33) de Jupiter est souillé par *une crotte* (v. 39). Contraste encore entre la scène de ménage « bourgeoise » où Jupiter fait figure de mari timide (*le pauvre Jupiter*, v. 46) et la majesté du tribunal (les amples alexandrins s'opposent aux rapides octosyllabes, v. 42, 46). Les effets de contraste et de surprise sont soulignés par le choix des mots et la diversité des rythmes.

● **La moralité** — A la différence des fables précédentes, la moralité reste sous-entendue. On peut l'interpréter comme la première leçon de la fable suivante (v. 36-37) :

... qu'entre nos ennemis
Les plus à craindre sont souvent les plus petits.

② En vous appuyant sur cette fable, vous commenterez l'opinion suivante de Nisard : « Le recueil de La Fontaine est un théâtre où nous voyons représentés en raccourci tous les genres de drame, depuis les plus élevés, la comédie et la tragédie, jusqu'au plus simple, le vaudeville. »

③ Que pensez-vous de l'opinion suivante de La Fontaine (*Préface*, p. 39, l. 155-157)? Aucun fabuliste ne se dispense d'exprimer la moralité. « Que s'il m'est arrivé de le faire, ce n'a été que dans les endroits où elle n'a pu entrer avec grâce, et où il est aisé au lecteur de la suppléer. »

9 *Le Lion et le Moucheron*

1 « VA-T'EN, chétif insecte, excrément de la terre[1] ! »
C'est en ces mots que le Lion
Parlait un jour au Moucheron.
L'autre lui déclara la guerre.
5 « Penses-tu, lui dit-il, que ton titre de roi
Me fasse peur ni me soucie[2] ?
Un bœuf est plus puissant que toi :
Je le mène à ma fantaisie. »
A peine il achevait ces mots
10 Que lui-même il sonna la charge,
Fut le trompette et le héros.
Dans l'abord[3] il se met au large ;
Puis prend son temps[4], fond sur le cou
Du Lion, qu'il rend presque fou.
15 Le quadrupède écume, et son œil étincelle ;
Il rugit, on se cache, on tremble à l'environ[5] ;
Et cette alarme universelle
Est l'ouvrage d'un moucheron.
Un avorton de mouche en cent lieux le harcelle[6] ;
20 Tantôt pique l'échine, et tantôt le museau,
Tantôt entre au fond du naseau.
La rage alors se trouve à son faîte montée.
L'invisible ennemi triomphe, et rit de voir
Qu'il n'est griffe ni dent en la bête irritée
25 Qui de la mettre en sang ne fasse son devoir[7].
Le malheureux Lion se déchire lui-même,
Fait résonner sa queue à l'entour[8] de ses flancs,
Bat l'air, qui n'en peut mais[9] ; et sa fureur extrême
Le fatigue, l'abat : le voilà sur les dents [10].
30 L'insecte du combat se retire avec gloire :
Comme il sonna la charge, il sonne la victoire,
Va partout l'annoncer, et rencontre en chemin

1. Parodie de Malherbe *(Stance contre le maréchal d'Ancre)* : « Va-t'en à la malheure, excrément de la terre. » — 2. Et *me soucie* : et m'inquiète. — 3. D'abord, ou bien au sens militaire d'*attaque*? Ce second sens, attesté par Furetière, est préférable. — 4. Voir II, 8, n. 11. — 5. Aux environs. — 6. Harcèle. — 7. Inversion : qui ne fasse son devoir de la mettre en sang. — 8. Autour. — 9. Qui n'y peut rien. — 10. « Comme un cheval fatigué appuie ses *dents* sur le mors ; et, au sens figuré : las et fatigué » (*Dict.* de Furetière, 1690).

Source. ÉSOPE, le Lion et le Moucheron (Nevelet, p. 85) : Un moucheron s'approchant d'un lion, lui dit : « Je ne te crains pas, tu n'es pas plus fort que moi. D'ailleurs, en quoi consiste ta force ? Tu déchires avec les griffes et tu mords avec les dents ? Mais une femme qui se bat avec son mari en fait autant. Moi, je suis bien plus fort que toi. Si tu veux, engageons le combat. » Le moucheron ayant sonné de la trompette, se fixe sur le lion, mordant ses joues dépourvues de poils autour du nez. Le lion se déchire de ses propres griffes, jusqu'à être fou de rage. Le moucheron, après avoir vaincu le lion, sonné de la trompette et entonné le chant de victoire, s'envole. Mais, pris dans les rets d'une araignée, pendant que celle-ci le dévorait il se lamentait de ce que, après avoir combattu les plus grands ennemis, il succombait devant un vil animal. Cette fable est écrite contre ceux qui abattent les puissants et sont abattus par les petits.

① Comparez la fable de La Fontaine à l'apologue d'Ésope.

● **La description réaliste et l'amplification burlesque** — A l'opposé de la fable précédente, le Lion et le Moucheron sont dessinés sur le vif : harcèlement du moustique, rugissements du fauve qui bat l'air de sa queue... (v. 25-27). Les procédés burlesques sont également inversés : au lieu de ramener les puissants *(le pauvre Jupiter...)* au niveau des petits, La Fontaine élève les petits au niveau de l'épopée (v. 9-14 et 30-32).

② Montrez l'effet produit par le mélange des genres.

③ Étudiez les liens entre le sens et le rythme : l'attaque du Moucheron, en rapides octosyllabes ; la rage du Lion en alexandrins ; la pointe finale (2 octosyllabes, v. 33-34) contrastant avec la joie triomphante (3 alexandrins, v. 30-32). Relevez les plus beaux vers épiques. Étudiez la variété des coupes ; par exemple, dans le v. 16 ; l'effet de parallélisme augmenté par la répétition du verbe *sonner* (v. 31).

● **La moralité** est beaucoup plus étoffée que chez Ésope. La Fontaine donne son commentaire personnel de l'anecdote (voir aussi *Simonide préservé par les dieux*, I, 14) et suggère plusieurs interprétations, ce que ne font ni Ésope, ni Phèdre. Il engage le dialogue avec le lecteur : la moralité participe à l'élaboration poétique de la fable entière (cf. Simone Blavier-Paquot, *Vues sur l'art du moraliste*).

④ Que pensez-vous du commentaire suivant de J.-J. Rousseau (*Émile*, livre II)? « Quand le lion est en scène, l'enfant d'ordinaire ne manque pas de se faire lion. Mais quand le moucheron terrasse le lion, c'est une autre affaire. Alors, l'enfant n'est plus lion, il est moucheron. Il apprend à tuer un jour à coups d'aiguillon ceux qu'il n'oserait attaquer de pied ferme. »

L'embuscade d'une araignée ;
Il y rencontre aussi sa fin.

35 Quelle chose par là nous peut être enseignée ?
J'en vois deux, dont l'une est qu'entre nos ennemis
Les plus à craindre sont souvent les plus petits ;
L'autre, qu'aux grands périls tel a pu se soustraire,
Qui périt pour la moindre affaire[11].

11. Le moindre embarras.

10 *L'Ane chargé d'éponges et l'Ane chargé de sel*

1 Un ânier, son sceptre[1] à la main,
Menait, en empereur romain,
Deux coursiers à longues oreilles.
L'un, d'éponges chargé[2], marchait comme un courrier[3] ;
5 Et l'autre, se faisant prier,
Portait, comme on dit, les bouteilles[4] :
Sa charge était de sel[5]. Nos gaillards pèlerins[6],
Par monts, par vaux et par chemins,
Au gué d'une rivière à la fin arrivèrent[7],
10 Et fort empêchés[8] se trouvèrent.

Sources. ÉSOPE, l'Ane chargé de sel (Nevelet, p. 295); **FAERNE, les deux Anes** (**Centum Fabulae**, 1583). A ces deux sources, G. Couton ajoute **VERDIZOTTI**, dont les **Cento Favole** avaient été rééditées en 1661.

1. Emphase burlesque (*sceptre* pour : bâton; *ânier* comparé à un *empereur romain;* les deux *ânes* qualifiés de *coursiers,* c'est-à-dire de chevaux de bataille). — 2. L'inversion met en évidence la légèreté de la charge, et explique l'allure rapide du *courrier.* — 3. « Postillon qui fait métier de courir la poste » (*Dict.* de Furetière, 1690). — 4. La démarche embarrassée du second âne est traduite par deux locutions populaires, la seconde étant soulignée par *comme on dit :* on marche avec précaution quand on transporte des verres fragiles (cf. *marcher sur des œufs*). — 5. Effet de surprise : ce n'est pas la fragilité de la charge, mais son poids qui rend l'âne lent et rétif. — 6. L'épithète *gaillards* semble en contradiction avec la mauvaise volonté du second âne (*se faisant prier* : v. 5). Il s'agit, en fait, d'une autre image sans rapport avec les précédentes : deux *pèlerins* cheminant avec entrain. — 7. Noter les coupes du v. 8 (2 + 2 + 4), qui ponctuent les diverses étapes franchies avant de buter sur l'obstacle, mis en évidence par l'inversion (v. 9). *Vaux,* pluriel de *val,* usité seulement dans la locution *par monts et par vaux :* par tous pays. — 8. Embarrassés. Noter l'inversion qui reprend le mouvement précédent *(à la fin arrivèrent).* Il s'agit des ânes, et non pas de l'ânier, qui a l'habitude du gué (v. 11).

L'ânier, qui tous les jours traversait ce gué-là,
Sur l'Ane à l'éponge monta,
Chassant devant lui l'autre bête,
Qui voulant en faire à sa tête,
15 Dans un trou se précipita,
Revint sur l'eau, puis échappa[9] ;
Car au bout de quelques nagées[10],
Tout son sel se fondit si bien
Que le baudet ne sentit rien
20 Sur ses épaules soulagées.
Camarade épongier[11] prit exemple sur lui,
Comme un mouton qui va dessus[12] la foi d'autrui.
Voilà mon Ane à l'eau ; jusqu'au col il se plonge,
Lui, le conducteur et l'éponge.
25 Tous trois burent d'autant[13] : l'ânier et le grison[14]
Firent à l'éponge raison[15].
Celle-ci devint si pesante,
Et de tant d'eau s'emplit d'abord,
Que l'Ane succombant ne put gagner le bord.
30 L'ânier l'embrassait[16], dans l'attente
D'une prompte et certaine mort.
Quelqu'un vint au secours : qui ce fut, il n'importe[17] ;
C'est assez qu'on ait vu par là qu'il ne faut point
Agir chacun de même sorte.
35 J'en voulais venir à ce point[18].

9. S'échappa. — 10. Mot inventé plaisamment car, en parlant d'un quadrupède, on ne peut dire des *brasses* (radical *bras*). — 11. Autre invention amusante. Comme Marot (cf. *mes petits Maroteaux*, etc.), La Fontaine crée des mots familiers. — 12. Sur. Allusion aux moutons de Panurge; cf. Rabelais (*Quart Livre*, chap. 8) : « être du mouton le naturel, toujours suivre le premier. » — 13. « On dit boire d'autant pour dire boire beaucoup. Cette façon de parler est du style familier » (*Dict. de l'Acad.*, 1694) : burent à qui mieux mieux. — 14. Appellation courante de l'âne, « parce qu'il est ordinairement gris » (Furetière). — 15. Faire raison : boire à la santé d'un autre buveur. Aujourd'hui : porter un toast. Attention à l'inversion et à l'amusante personnification de l'éponge. — 16. L'ânier prenait le cou de l'âne dans ses *bras*. — 17. Remarque familière qui établit le contact avec le lecteur; cf. VI, 10, *le Lièvre et la Tortue*, v. 11 : « Savoir quoi, ce n'est pas l'affaire. » — 18. Nouvel exemple de l'intervention du poète, pour qui le moi n'est pas « haïssable ».

11 et 12 *Le Lion et le Rat* *La Colombe et la Fourmi*

1 *Il faut, autant qu'on peut, obliger tout le monde :*
On a souvent besoin d'un plus petit que soi.
De cette vérité deux fables feront foi[1],
Tant la chose en preuves abonde.

5 Entre les pattes d'un Lion[2]
Un Rat sortit de terre assez à l'étourdie[3].
Le roi des animaux[4], en cette occasion,
Montra ce qu'il était, et lui donna la vie.
Ce bienfait ne fut pas perdu.
10 Quelqu'un aurait-il jamais cru
Qu'un lion d'un rat eût affaire[5] ?
Cependant il avint[6] qu'au sortir des forêts
Ce Lion fut pris dans des rets[7],
Dont ses rugissements ne le purent défaire.
15 Sire[8] Rat accourut, et fit tant par ses dents
Qu'une maille rongée[9] emporta tout l'ouvrage.
Patience et longueur de temps
Font plus que force ni[10] que rage.

L'autre exemple est tiré d'animaux plus petits.

1 Le long d'un clair ruisseau buvait une Colombe,
Quand sur l'eau se penchant une Fourmis[1] y tombe ;

Sources. ÉSOPE, le Lion et le Rat (Nevelet, p. 265); **BABRIUS, ABSTEMIUS, HAUDENT** ont également traité cet apologue. La Fontaine, grand admirateur de **MAROT**, connaissait **l'Épître à Lyon Jamet**, dans laquelle Marot utilise l'apologue pour supplier son influent ami d'intercéder en sa faveur. — Pour la 2e fable : **ÉSOPE, la Fourmi et la Colombe** (Nevelet, p. 123).

1. Porteront témoignage. — 2. Diérèse : *Li-on.* — 3. Trait de caractère inventé par La Fontaine. — 4. Pourquoi cette périphrase? En quoi dit-elle plus que *le Lion*? — 5. Besoin. — 6. Il advint; forme archaïque, mais encore fréquente au XVIIe s. — 7. Filets à grosses mailles. Les Anciens se servaient de filets pour bloquer le gros gibier dans des vallons et l'attaquer ensuite à l'épieu (cf. les confidences de Pline chasseur). — 8. En parlant d'un rat, l'appellation *Sire* fait sourire, surtout par contraste avec *le roi des animaux* (v. 7). — 9. Le fait d'avoir rongé une maille (tour imité du *Sicilia amissa* latin : « la Sicile perdue » pour « la perte de la Sicile »). — 10 Cf. II, 9, v. 6 : *ni me soucie.*

1. Graphie archaïque (édition de 1668) conservant l'*s* du cas sujet masculin, bien que le mot soit employé au féminin. Souci de naïveté archaïque (cf. *avint*, II, 11, v. 12) ou, plus vrai-

Source (II, 11). CLÉMENT MAROT, **Épître à Lyon Jamet** (1525) :

[**Délivrance du rat**]

Je te veux dire une belle fable :
C'est à savoir du Lion et du Rat.
Cestui Lion, plus fort qu'un vieil verrat,
Vit une fois que le Rat ne savait
Sortir d'un lieu, pour autant qu'il avait
Mangé le lard et la chair toute crue;
Mais ce Lion (qui jamais ne fut grue),
Trouva moyen, et manière et matière,
D'ongles et dents, de rompre la ratière,
Dont Maître Rat échappe vitement,
Puis mit à terre un genou gentiment,
Et, en ôtant son bonnet de la tête,
A mercié mille fois la grand bête,
Jurant le dieu des souris et des rats
Qu'il lui rendrait [...]

[**Délivrance du Lion**]

Adonc le Rat, sans serpe ne couteau,
Y arriva joyeux et ébaudi [réjoui],
Et du Lion, pour vrai, ne s'est gaudi;
Mais dépita chats, chattes et chatons,
Et prisa fort rats, rates et ratons,
Dont il avait trouvé temps favorable
Pour secourir le Lion secourable:
Auquel a dit : « Tais-toi, Lion lié,
Par moi seras maintenant délié;
Tu le vaux bien, car le cœur joli as;
Bien y parut, quand tu me délias.
Secouru m'as fort lionneusement,
Or secouru seras rateusement...

①* Imaginez une anecdote humaine où le plus fort est sauvé par le plus faible.

② Comparez la brièveté du texte de La Fontaine à l'abondance fantaisiste de Marot. Que préférez-vous?

● **L'art** (II, 12, *la Colombe et la Fourmi*)

③ Montrez comment La Fontaine associe la poésie (v. 1), un burlesque tempéré (v. 3, 7) et un réalisme pittoresque (v. 9, 10, 17, 18).

④ En commentant cette fable, montrez le sentiment de la nature et la connaissance de la vie rustique chez La Fontaine.

⑤ Qu'est-ce qui fait la beauté du premier vers?

⑥* Dessinez le *croquant* visant la Colombe avec son arbalète.

● **La moralité des deux fables** — Alors que la seconde forme une scène rustique admirablement composée et n'ayant pas besoin de moralité explicative, la première est précédée de deux proverbes qui se complètent, et se termine par une autre « vérité » rappelant plutôt la leçon de la fable 9 *(le Lion et le Moucheron)*. Ce n'est d'ailleurs pas la charité qu'invoque le fabuliste, mais l'expérience de la vie (v. 2). Cf. *le Cheval et l'Ane* (VI, 16, v. 1-3) :

En ce monde il se faut l'un l'autre secourir.
Si ton voisin vient à mourir,
C'est sur toi que le fardeau tombe.

⑦ Nodier estime que la double moralité produit « un effet d'autant plus désagréable que la dernière de ces moralités n'est qu'une observation commune et de peu d'importance, ajoutée à l'une des vérités les plus essentielles de la morale ». Êtes-vous de cet avis ou bien, au contraire, considérez-vous ces deux leçons comme l'agréable fruit d'une même expérience de la vie?

Et dans cet océan l'on eût vu la Fourmis
S'efforcer, mais en vain, de regagner la rive.
5 La Colombe aussitôt usa de charité :
Un brin d'herbe dans l'eau par elle étant jeté,
Ce fut un promontoire où la Fourmis arrive.
Elle se sauve ; et là-dessus
Passe un certain croquant[2] qui marchait les pieds nus[3].
10 Ce croquant, par hasard, avait une arbalète.
Dès qu'il voit l'oiseau de Vénus[4],
Il le croit en son pot[5], et déjà lui fait fête[6].
Tandis qu'à le tuer mon villageois s'apprête,
La Fourmis le pique au talon.
15 Le vilain retourne la tête.
La Colombe l'entend, part, et tire de long[7].
Le soupé du croquant avec elle s'envole :
Point de pigeon pour une obole[8].

semblablement, de prosodie : l'hiatus est évité. — 2. Paysan (avec une nuance péjorative); « les paysans qui se révoltent sont de pauvres croquants » (*Dict.* de Furetière, 1690). — 3. Détail réaliste ajouté par La Fontaine, et qui montre bien la pauvreté du *croquant*, et son désir d'abattre la colombe (v. 12) pour la manger. — 4. La colombe était consacrée à Vénus; déjà chez les Anciens, elle était symbole de beauté et de paix. — 5. Ce paysan ne peut, comme le souhaitait Henri IV, mettre une poule dans son *pot ;* un simple pigeon ferait bien son affaire. Noter le contraste entre la périphrase *l'oiseau de Vénus*, qui évoque la déesse de l'amour environnée de colombes, et le rêve tout matériel de l'homme affamé. — 6. Comparer avec les espérances de Perrette (*La Laitière et le pot au lait*, VII, 10). — 7. S'enfuit. — 8. Monnaie grecque de peu de valeur; on dirait aujourd'hui : *Point de pigeon* pour un sou : pas le moindre pigeon. Noter la dégradation réaliste : plus question du poétique *oiseau de Vénus*, ni de blanche colombe, mais d'un simple pigeon comestible.

13 *L'Astrologue qui se laisse tomber dans un puits*

1 UN Astrologue un jour se laissa choir
Au fond d'un puits. On lui dit : « Pauvre bête,
Tandis qu'à peine à tes pieds tu peux voir,
Penses-tu lire au-dessus de ta tête[1] ? »

Source. BABRIUS (Nevelet, p. 366). Dans ÉSOPE (Nevelet, p. 122), l'Astrologue ne tombe pas dans un puits, mais s'attarde sur la place publique, alors que des voleurs cambriolent sa maison, malheur qu'il n'a pas su prévoir.

1. La remarque a un double sens : elle raille la prétention de celui qui veut aller au-delà de ses forces (v. 4), et de celui qui prédit un avenir insondable. Dans le premier cas, il s'agit d'un astronome et non d'un astrologue, La Fontaine qui respecte la science (cf. *Un animal dans la lune*, VII, 18; *Démocrite et les Abdéritains*, VIII, 26; l'*Avantage de la science*, VIII, 19) ne se moque pas, comme le profane, de sa distraction. Par contre, il attaque ceux qui assurent connaître l'avenir (cf. *l'Horoscope*, VIII, 16).

5 Cette aventure en soi, sans aller plus avant,
Peut servir de leçon à la plupart des hommes.
Parmi ce que de gens[2] sur la terre nous sommes,
Il en est peu qui fort souvent
Ne se plaisent d'entendre[3] dire
10 Qu'au livre du Destin les mortels peuvent lire[4].
Mais ce livre, qu'Homère et les siens ont chanté[5],
Qu'est-ce, que[6] le Hasard parmi l'antiquité,
Et parmi nous la Providence?
Or du hasard il n'est point de science[7] :
15 S'il en était, on aurait tort
De l'appeler hasard, ni[8] fortune, ni sort,
Toutes choses très incertaines.
Quant aux volontés souveraines
De Celui qui fait tout, et rien qu'avec dessein,
20 Qui les sait, que lui seul? Comment lire en son sein?
Aurait-il imprimé sur le front des étoiles
Ce que la nuit des temps enferme dans ses voiles[9]?
A quelle utilité[10]? Pour exercer l'esprit
De ceux qui de la sphère et du globe ont écrit[11]?
25 Pour nous faire éviter des maux inévitables[12]?
Nous rendre, dans les biens, de plaisir incapables[13]?
Et causant du dégoût pour ces biens prévenus[14],
Les convertir en maux devant[15] qu'ils soient venus?

2. Nous tous, tant que nous sommes. — 3. A *entendre dire*. — 4. A l'époque de La Fontaine, la croyance à l'astrologie était encore fort répandue. A la naissance de Louis XIV, on prit son horoscope. D'après Guy Patin, le cardinal de Mazarin fut très affecté par un horoscope prédisant sa mort prochaine, et Patin conclut : « La Cour est pleine de charlatans. » (Lettre du 10 sept. 1660). — 5. Le *Destin* est souvent représenté par une femme tenant un rouleau; mais on ne trouve pas dans Homère de référence précise à un *livre*, bien que dans les épopées homériques et les poètes antiques *(les siens)*, le Destin soit considéré comme tout puissant sur les dieux comme sur les hommes. — 6. *Qu'est-ce*, sinon *le Hasard* chez les Anciens et *la Providence* chez les Chrétiens? L'assimilation du Hasard et de la Providence pourrait être considérée comme une impiété, si elle n'était expliquée aux v. 18-20. — 7. Affirmation capitale, qui montre un La Fontaine aussi rationaliste que Descartes ou Pascal. Déjà Montaigne avait protesté contre la confusion entre la science et les vaines croyances (*Essais*, II, 12) : « On reçoit la médecine comme la géométrie; et les batelages, les enchantements, [...] le commerce des esprits des trépassés, les pronostications, [...], et jusques à cette ridicule poursuite de la pierre philosophale, tout se met sans contredit. » Les statuts (1662) de l'Académie des Sciences interdisaient l'astrologie à ses membres. — 8. On remplacerait aujourd'hui *ni* par : ou. — 9. Vers d'une beauté cosmique digne de Lucrèce. — 10. Pour *quelle utilité?* La Fontaine démontre ensuite l'absurdité de l'astrologie judiciaire qui prétendait lire l'avenir dans les astres. Les premières raisons qu'il donne sont d'ordre moral et non scientifique. — 11. Les physiciens qui ont traité *de la sphère* céleste *et du globe* terrestre. — 12. Noter l'antithèse *éviter-inévitable*. — 13. La connaissance des malheurs à venir ôterait le *plaisir* des biens présents : lieu commun développé par Cicéron dans les *Tusculanes*. — 14. D'autre part, la connaissance préalable des biens (*biens prévenus*, tour comparable à celui-ci : « une maille rongée », II, 11, v. 16) leur retirerait tout sel : le plaisir est dans la surprise. — 15. Avant.

C'est erreur, ou plutôt c'est crime de le croire[16].
30 Le firmament[17] se meut, les astres font leur cours[18],
Le soleil nous luit tous les jours,
Tous les jours sa clarté succède à l'ombre noire,
Sans que nous en puissions autre chose inférer
Que la nécessité[19] de luire et d'éclairer,
35 D'amener les saisons, de mûrir les semences,
De verser sur les corps certaines influences[20].
Du reste, en quoi répond[21] au sort toujours divers
Ce train toujours égal dont marche l'univers ?
Charlatans, faiseurs d'horoscope,
40 Quittez les cours des princes de l'Europe ;
Emmenez avec vous les souffleurs[22] tout d'un temps :
Vous ne méritez pas plus de foi que ces gens.

Je m'emporte un peu trop[23] : revenons à l'histoire
De ce spéculateur[24] qui fut contraint de boire.
45 Outre la vanité de son art mensonger,
C'est l'image de ceux qui bâillent[25] aux chimères,
Cependant qu'ils[26] sont en danger,
Soit pour eux, soit pour leurs affaires[27].

16. Que représente *le ?* vraisemblablement, il s'agit d'un pronom de rappel, reprenant non le dernier argument, mais l'ensemble de la question : la croyance à la fatalité astrale, *crime* envers Dieu, et aussi contre la loi qui, en 1682, condamnera au bannissement « toutes personnes se mêlant de deviner ». La Fontaine, en attaquant les prophéties, fut bon prophète. — 17. Selon le *Dictionnaire* de Furetière : « le premier et le plus haut des cieux sur lesquels les étoiles fixes sont attachées ». La Fontaine semble s'en tenir aux croyances courantes sur le mouvement du firmament et ignore Copernic. Dans la fable *Un animal dans la Lune* » (VII, 18), il montrera pourtant la connaissance de ce système. — 18. Suivent *leur cours :* par exemple, les planètes. Encore un vers lucrécien. — 19. Il s'agit ici du déterminisme scientifique, des lois qui règlent l'univers. — 20. Selon Furetière, « qualité qu'on dit s'écouler du corps des astres, ou l'effet de leur chaleur et de leur lumière, à qui les Astrologues attribuent tous les événements qui arrivent sur la terre. » Écartons l'interprétation astrologique, il reste une action physique ou chimique possible sur la vie terrestre. La Fontaine anticipe sur la science moderne. — 21. Correspond. A la constance des lois immuables de l'univers s'oppose le spectacle des vicissitudes humaines. Dans *l'Horoscope* (VIII, 16), La Fontaine développera ce contraste en prenant l'histoire de l'Europe comme exemple (v. 75-78). — 22. *Souffleur :* « Chercheur de pierre philosophale » (Furetière), qui *souffle* dans son fourneau. *Tout d'un temps :* en même temps. — 23. Le poète brise lui-même l'élan de son inspiration cosmique pour retomber à la mésaventure de l'astrologue. Même mouvement que dans la fable précédente : aux évocations poétiques (*front des étoiles, nuit des temps, ombre noire...*) succèdent les expressions réalistes et familières *(contraint de boire, bâillent aux chimères)*. — 24. Le mot vient de *spéculer :* « contempler avec attention. En ce sens, il ne se dit proprement que des astres et des phénomènes du ciel » (*Dict. de l'Acad.*, 1694). Noter la précision des termes : La Fontaine est aussi à l'aise dans le langage des savants et des astrologues que dans le parler paysan ou le jargon juridique. — 25. La Fontaine semble ainsi confondre *béer, bayer* et *bâiller ;* cf. : « Le nouveau roi bâille après la finance » (VI, 6, v. 24). — 26. Pendant qu'ils... — 27. C'est la morale de l'apologue ésopique, que La Fontaine applique non seulement aux astrologues, mais à tous les amateurs de chimères. Lui-même ne faisait-il pas partie de ces Jean de la Lune ?

● **Structure** — La brièveté de l'anecdote (4 vers) contraste avec l'ampleur de la méditation métaphysique (44 vers) ; c'est une composition opposée à celle de *l'Aigle et l'Escarbot* (II, 8), où le récit se suffit à lui-même. Dans *l'Horoscope* (VIII, 16), les deux anecdotes occupent 52 vers et le commentaire 36.

● **Les idées philosophiques**

— Satire **contre l'astrologie**. Dès le XVIe s., les Humanistes, Rabelais, Calvin, Montaigne (*Essais*, I, 11, « Des pronostications » ; II, 12), s'étaient élevés contre l'astrologie, que Catherine de Médicis avait implantée à la Cour. La Fontaine fait preuve d'un esprit positif.

— Satire **contre l'anthropomorphisme**, qui construit Dieu à l'image de l'homme (v. 20). Sur ce point, La Fontaine suit également Montaigne (*Apologie de Raymond Sebond*, II, 12).

— **Distinction fondamentale** des lois de l'Univers et des événements humains. Les vers 30-35 sont un écho du *De natura rerum* de Lucrèce.

● **La poésie scientifique** — C'est le premier exemple dans le premier recueil ; le second en offrira d'autres : *l'Horoscope* (VIII, 16), *un Animal dans la Lune* (VII, 18), *les Souris et le Chat-huant* (XI, 9). Au XVIIIe s., la poésie s'inspirera souvent de la science (cf. Lebrun-Pindare, Malfilâtre, Delille, Chénier).

① L'évolution de la fable, du premier au second recueil, a été signalée par La Fontaine lui-même (Avertissement, voir t. II, p. 15) et constatée par les critiques. La fable 13 ne prouve-t-elle pas que, dès 1668, les conceptions de La Fontaine débordaient largement l'apologue didactique ou le simple conte?

② Commentant la fable *un Animal dans la Lune* (VII, 18), Sainte-Beuve juge ainsi La Fontaine *(Causeries du Lundi)* : « Cet homme qu'on croirait crédule quand on raisonne avec lui, parce qu'il a l'air d'écouter vos raisons plutôt que de songer à vous donner les siennes, est un émule de Lucrèce, et de cette élite des grands poètes qui ont pensé. » Cette opinion ne s'applique-t-elle pas déjà à la fable 13? dans quelles limites?

③ Confrontez la fable 13 et celle de *l'Horoscope* (VIII, 16) du point de vue de la pensée et de l'art.

14 *Le Lièvre et les Grenouilles*

1 UN Lièvre en son gîte[1] songeait
(Car que faire en un gîte, à moins que l'on ne songe?) ;
Dans un profond ennui[2] ce Lièvre se plongeait :
Cet animal est triste, et la crainte le ronge.
5 « Les gens de naturel peureux
Sont, disait-il, bien malheureux.
Ils ne sauraient manger morceau qui leur profite ;
Jamais un plaisir pur ; toujours assauts divers.
Voilà comme je vis : cette crainte maudite
10 M'empêche de dormir, sinon les yeux ouverts[3].
Corrigez-vous, dira quelque sage cervelle.
Et[4] la peur se corrige-t-elle?
Je crois même qu'en bonne foi
Les hommes ont peur comme moi. »
15 Ainsi raisonnait notre Lièvre,
Et cependant[5] faisait le guet.
Il était douteux[6], inquiet[7] :
Un souffle, une ombre, un rien, tout lui donnait la fièvre[8].
Le mélancolique[9] animal,
20 En rêvant à cette manière,
Entend un léger bruit : ce lui fut un signal
Pour s'enfuir devers[10] sa tanière.
Il s'en alla passer sur le bord d'un étang.
Grenouilles aussitôt de sauter dans les ondes ;
25 Grenouilles de rentrer en leurs grottes profondes.
« Oh ! dit-il, j'en fais faire autant

---

1. Le lièvre n'a pas de terrier, comme le lapin, mais un *gîte*, endroit abrité où il se repose dans les herbes sèches. La Fontaine distingue, dans cette fable, ce refuge provisoire de la *tanière* (v. 22), domicile fixe. Le mot *tanière* s'emploie d'ordinaire pour de gros animaux. Noter l'inversion qui met en relief la songerie du lièvre. — 2. Au XVIIe s. : tourment. Le mot précise la nature de la songerie, et se trouve expliqué par les notations du v. 4 *(triste, crainte)*. — 3. Buffon accréditera cette opinion fausse : « Les lièvres dorment beaucoup et dorment *les yeux ouverts*. » Mais ce trait physique, qui concrétise le naturel craintif du lièvre, est aussi une locution familière s'appliquant aux hommes : *être toujours aux aguets* (cf. par opposition : *dormir à poings fermés*). On sait combien La Fontaine appréciait le sommeil. — 4. Au lieu de *eh*, marque l'impatience. — 5. Pendant ce temps. — 6. Craintif, hésitant. — 7. Au sens propre : sans repos, agité. — 8. Vers justement admiré pour sa valeur expressive (dégradation : *souffle, ombre, rien* ; multiplicité des coupes montrant les sursauts du lièvre). — 9. *Mélancolie*, au sens médical : humeur noire; « il y a des animaux mélancoliques de tempérament » (*Dict.* de Furetière, 1690). — 10. Vers.

Source. ÉSOPE, **les Lièvres et les Grenouilles** (Nevelet, p. 136). Les lièvres, s'étant un jour rassemblés, déploraient leur sort, disant que leur vie était exposée aux dangers et pleine de crainte : en effet, tous, et chiens et aigles, et beaucoup d'autres races, les exterminaient. Mieux valait donc mourir une bonne fois que d'avoir peur toute sa vie. Cette décision approuvée, ensemble ils s'élancent vers un étang pour s'y jeter et s'y noyer. Mais les grenouilles qui étaient assises autour de l'étang, ayant entendu le bruit de cette course, sautèrent aussitôt dans l'eau, effrayées. Alors un lièvre, plus intelligent que les autres semble-t-il, leur dit : « Arrêtez, compagnons, n'attentez pas à vos jours ; il y a, comme vous le voyez maintenant, d'autres bêtes plus craintives que nous. » La fable montre que le malheureux est consolé par les maux plus graves d'autrui.

● **Comment La Fontaine a « égayé » l'apologue d'Ésope**

— Il y a un personnage central individualisé, avec la complexité d'un caractère humain : ironie (v. 13-14) ; goûts épicuriens (v. 7-8) ; inquiétude (v. 16-18) ; bon sens (v. 26-33).

— On observe un contraste entre le monologue désabusé (v. 5-14), l'action (v. 15-25) et le commentaire plein de satisfaction.

— Le Lièvre ne songe aucunement à l'absurde suicide ; il adopte *la devise des hommes* qui figure dans *la Mort et le Bûcheron* (I, 16) : « Plutôt souffrir que mourir. »

— L'art des vers. « Il n'y a pas de mouvement que ne traduisent l'allure de la phrase, ses pauses, ses reprises, son ampleur soudaine, ses coupes imprévues :

Grenouilles aussitôt de sauter dans les ondes ;
Grenouilles de rentrer en leurs grottes profondes.

» Les deux alexandrins parallèles s'allongent, comme la trajectoire des sauts plongeants » (Pierre Clarac, *op. cit.*, p. 74). Voir aussi les vers 17 et 18.

①* Relevez les mots appartenant au vocabulaire noble et ceux du vocabulaire familier.

② Comparez le caractère du Lièvre à celui de Sosie (Molière, *Amphitryon*) et à celui de Matamore (Corneille, *l'Illusion comique*, v. 763-764) :

Le souverain poltron, à qui pour faire peur
Il ne faut qu'une feuille, une ombre, une vapeur.

● **La moralité** — Chez Ésope comme chez La Fontaine, c'est la constatation d'un trait de psychologie, mais non le même : La Fontaine, dans un siècle où la bravoure était si recherchée, souligne l'abondance des poltrons.

③ Dans quelle mesure la morale de La Fontaine est-elle celle de l'anti-héros, adversaire de toutes les illusions?

Qu'on m'en fait faire ! Ma présence
Effraie aussi les gens ! je mets l'alarme au camp[11] !
Et d'où me vient cette vaillance ?
30 Comment ! des animaux qui tremblent devant moi !
Je suis donc un foudre de guerre ?
Il n'est, je le vois bien, si poltron sur la terre
Qui ne puisse trouver un plus poltron que soi. »

11. Noter le changement de vocabulaire : le lièvre parle maintenant comme un *foudre de guerre* (v. 31).

15 *Le Coq et le Renard*

1 Sur la branche d'un arbre était en sentinelle
Un vieux Coq adroit et matois[1].
« Frère, dit un Renard, adoucissant sa voix,
Nous ne sommes plus en querelle :
5 Paix générale cette fois.
Je viens te l'annoncer ; descends, que je t'embrasse[2].
Ne me retarde point, de grâce ;
Je dois faire aujourd'hui vingt postes[3] sans manquer[4].
Les tiens et toi pouvez vaquer,
10 Sans nulle crainte, à vos affaires ;
Nous vous y servirons en frères.
Faites-en les feux[5] dès ce soir ;
Et cependant[6] viens recevoir
Le baiser d'amour fraternelle[7].
15 — Ami, reprit le Coq, je ne pouvais jamais
Apprendre une plus douce et meilleure nouvelle
Que celle
De cette paix ;

Source. GUILLAUME GUÉROULT, Premier Livre des Emblèmes, 1550. C'est le second **emblème** du recueil, inspiré des fables ésopiques, avec l'invention du prétexte : **la paix générale** ; l'emblème est en vers, sur le rythme préféré de l'odelette de la Pléiade.

1. Rusé ; de *mate* (rendez-vous de voleurs), mot emprunté à l'argot ancien. D'ordinaire, le qualificatif s'appliquerait plutôt au renard qu'au coq mais, dans *le Roman de Renart*, le coq arrive plusieurs fois à duper le renard. — 2. Au sens propre : prendre dans ses *bras*. — 3. Espace séparant deux relais de poste, chaque *poste* équivalant environ à deux lieues. C'est donc une distance considérable (160 km) qu'aurait à parcourir ce renard digne d'être gascon. — 4. *Sans* faute. — 5. *Feux* de joie, allumés pour la célébration des grands événements heureux. — 6. Voir II, 14, n. 5. — 7. Féminin, même au singulier, dans la poésie du XVIIe s. Il s'agit du *baiser* de paix, rite de l'Église catholique.

- **La comédie** : l'habileté des deux compères.

①* Relevez les mots qui soulignent l'hypocrisie du Renard, la feinte joie du Coq et ses menaces voilées.

②* Le Renard perd-il complètement la face?

- **La moralité** est comparable à celle du *Renard et la Cicogne* (I, 18) ; c'est le proverbe : « A voleur, voleur et demi ». Comme dans *la Farce de Maître Pathelin*, il ne faut pas rechercher, dans *le Coq et le Renard*, un précepte de morale, mais le rire d'un dénouement qui met en fâcheuse posture le trompeur (voir aussi X, 4).

- **L'art du style**

— Adaptation du vocabulaire et du ton aux sentiments.
— Rythme : contraste entre alexandrins et octosyllabes (v. 5 et 6, 7 et 8) ; succession d'octosyllabes (discours du Renard, v. 9-14) ; effet amusant des vers de 2 et 3 syllabes (v. 17, 18).

③ D'après le vers 1, que vous rapprocherez du vers 1 de *la Colombe et la Fourmi* (II, 12), montrez l'art avec lequel La Fontaine dessine une scène dans la nature.

④ Comparez cette fable avec la fable 18 du livre I.

⑤* Dessinez les deux scènes principales : le Renard prononçant son discours tentateur ; la fuite rapide du *galand* trompé.

- **La fantaisie de La Fontaine** — Pas plus que Walt Disney dans ses dessins animés, le fabuliste ne se soucie d'exactitude zoologique. Qu'on en juge par la fantaisie avec laquelle il désigne la demeure des animaux dont il parle :

le *nid* des alouettes (IV, 22, v. 4) ;
le *trou* de l'escarbot (II, 8, v. 3) ;
le *trou* de Damoiselle Belette (III, 17, v. 11) ;
un *nid* de belette (II, 5, v. 2) ;
le *terrier* de Jean Lapin (II, 8, v. 2) ;
le *palais* d'un jeune lapin (VII, 16, v. 1) ;
son *paternel logis* (*id.*, v. 11) ;
le *gîte* du lièvre (II, 13, v. 1) ;
la *tanière* du lièvre (*id.*, v. 22) ;
la *hutte* d'une lice (II, 7, v. 4) ;
l'*habitation* des rats (IV, 6, v. 5) ;
la *cage* du chat (VII, 15, v. 29) ;
la *case* du rat (VIII, 9, v. 5) ;
l'*antre* du lion (VI, 14, v. 2 ; VII, 14, v. 13) ;
le *Louvre* du lion (VII, 7, v. 14) ;
le *fort* du lion (V, 17, v. 11)...

⑥* Relevez les termes propres ; pour ceux qui ne le sont pas, remplacez-les par le terme exact.

Et ce m'ést une double joie
20 De la tenir de toi. Je vois deux lévriers,
Qui, je m'assure[8], sont courriers
Que pour ce sujet on envoie.
Ils vont vite, et seront dans un moment à nous.
Je descends, nous pourrons nous entre-baiser tous.
25 — Adieu, dit le Renart, ma traite est longue à faire :
Nous nous réjouirons du succès de l'affaire
Une autre fois. » Le galand[9] aussitôt
Tire ses grègues[10], gagne au haut[11],
Mal content de son stratagème ;
30 Et notre vieux Coq en soi-même
Se mit à rire de sa peur,
Car c'est double plaisir de tromper le trompeur.

---

8. Employé absolument : j'en suis sûr. — 9. Le rusé; voir I, 11, n. 4. — 10. S'enfuit (retrousse ses chausses pour courir plus vite); comparer avec les v. 25-26 de I, 18. — 11. S'éloigne (l'expression n'est pas prise au sens propre comme dans : « *au haut* et au loin » (II, 2, v. 9).

16 *Le Corbeau voulant imiter l'Aigle*

1 L'OISEAU de Jupiter[1] enlevant un mouton,
Un Corbeau, témoin de l'affaire,
Et plus faible de reins, mais non pas moins glouton,
En voulut sur l'heure autant faire.
5 Il tourne à l'entour du troupeau,
Marque[2] entre cent moutons le plus gras, le plus beau,
Un vrai mouton de sacrifice :
On l'avait réservé pour la bouche des dieux[3].
Gaillard[4] Corbeau disait, en le couvant des yeux :
10 « Je ne sais qui fut ta nourrice ;

Sources. ÉSOPE, l'Aigle et le Choucas (Nevelet, p. 254). Sans doute aussi APHTONIUS, et plus sûrement CORROZET qui a suggéré le v. 22 : « A ses enfants, le baille pour ébats. »

---

1. Voir II, 8, v. 14. — 2. Aujourd'hui : remarque, mais *marque* comporte une nuance : fait une marque, comme le berger qui distingue une bête parmi les autres. — 3. Cet éloge emphatique du mouton — éloge qui ne figure pas dans les apologues — est sans doute un souvenir du boniment lyrique de Dindenault chez Rabelais (*le Quart Livre*, chap. 6, 7). — 4. Plein d'allant; sens voisin de *galant*.

Mais ton corps me paraît en merveilleux état :
Tu me serviras de pâture. »
Sur l'animal bêlant, à ces mots, il s'abat.
La moutonnière[5] créature
15 Pesait plus qu'un fromage[6] ; outre que sa toison
Était d'une épaisseur extrême
Et mêlée à peu près de la même façon
Que la barbe de Polyphème[7].
Elle empêtra si bien les serres du Corbeau
20 Que le pauvre animal ne put faire retraite.
Le berger vient, le prend, l'encage bien et beau[8],
Le donne à ses enfants pour servir d'amusette.

Il faut se mesurer[9], la conséquence est nette.
Mal prend aux volereaux[10] de faire les voleurs.
25 L'exemple est un dangereux leurre[11] :
Tous les mangeurs de gens ne sont pas grands seigneurs ;
Où la guêpe a passé le moucheron demeure[12].

5. Expression amusante qui se trouve aussi chez Rabelais (*Ibid.*, chap. 8) : «Reste-t-il ici, dit Panurge, quelque âme moutonnière ? » — 6. Renvoi amusant à la fable 2 du livre I. — 7. Rabelais, dans l'épisode des moutons de Panurge (IV, 8), fait allusion à *Polyphème*, le Cyclope dont les moutons transportent les compagnons d'Ulysse accrochés à leur toison (*Odyssée*, IX). Le Cyclope est présenté par les poètes antiques comme hirsute et la barbe broussailleuse. Contraste « baroque » entre ce souvenir de l'épopée antique et le vulgaire corbeau. — 8. Bel et bien. — 9. *Mesurer* ses forces. — 10. Diminutif avec sens péjoratif : cf. Ronsard : « Les *prédicantereaux* de Genève. » — 11. En langage de vénerie : appât; d'où : tromperie. — 12. Allusion à la fable 9 du livre II (v. 33 : *l'embuscade d'une araignée*) et peut-être souvenir de Rabelais (livre V, chap. 12) : « Nos lois sont comme toiles d'araignées, les simples moucherons et papillons y sont pris, les gros taons malfaisants les rompent.

CL. GIRAUDON

17 *Le Paon se plaignant à Junon*

1 LE Paon se plaignait à Junon[1].
« Déesse, disait-il, ce n'est pas sans raison
Que je me plains, que je murmure[2] :
Le chant dont vous m'avez fait don
5 Déplaît à toute la nature ;
Au lieu qu'un[3] rossignol, chétive créature,
Forme des sons aussi doux qu'éclatants,
Est lui seul[4] l'honneur du printemps. »
Junon répondit en colère :
10 « Oiseau jaloux, et qui devrais te taire,
Est-ce à toi d'envier la voix du rossignol,
Toi que l'on voit porter à l'entour de ton col
Un arc-en-ciel nué[5] de cent sortes de soies ;
Qui te panades[6], qui déploies
15 Une si riche queue, et qui semble à nos yeux
La boutique d'un lapidaire[7] ?
Est-il quelque oiseau sous les cieux
Plus que toi capable de plaire ?
Tout animal n'a pas toutes propriétés.
20 Nous vous avons donné diverses qualités[8] :
Les uns ont la grandeur et la force en partage ;
Le faucon est léger, l'aigle plein de courage ;
Le corbeau sert pour le présage[9] ;
La corneille avertit des malheurs à venir ;
25 Tous sont contents de leur ramage[10].
Cesse donc de te plaindre, ou bien, pour te punir,
Je t'ôterai ton plumage. »

Source. PHÈDRE, le Paon à Junon, III, 18 (Nevelet, p. 427).

1. La déesse, épouse de Jupiter : le paon est son oiseau consacré. — 2. La plainte du paon est en opposition avec l'attitude des animaux dans *la Besace* (I, 7) : ils sont tous contents de leur sort. — 3. Alors qu'un. — 4. A *lui seul*. — 5. Nuancé. Terme technique dans le tissage : « disposer des couleurs selon leurs nuances » (*Dict.* de Furetière, 1690). — 6. *Se panader :* « Se carrer, montrer à la démarche qu'on est superbe... Ce mot vient apparemment de *paon*, vu que c'est le propre de cet oiseau de marcher superbement » (Furetière). — 7. Marchand de pierres précieuses; *qui semble* est à la 3e personne du singulier, parce que la proposition a *riche queue* pour antécédent. — 8. Souvenir de Phèdre, et aussi de Platon, *Protagoras* (mythe de Prométhée et d'Épiméthée) : le Titan a cherché un équilibre en répartissant les dons aux animaux. — 9. Chez les Anciens ; ces deux vers sont des souvenirs de Phèdre. — 10. Chant; cf. I, 2, n. 4. La réponse de Junon s'accorde avec la fable de *la Besace* (I, 7).

①* Relevez, dans la fable 17, les expressions pittoresques qui montrent la vanité du Paon.

② Pourquoi la fable se termine-t-elle par la menace, exprimée dans un sec heptasyllabe, et ne comporte-t-elle pas de moralité?

18 *La Chatte métamorphosée en Femme*

1 Un homme chérissait éperdument sa Chatte;
Il la trouvait mignonne, et belle, et délicate,
Qui miaulait[1] d'un ton fort doux :
Il était plus fou que les fous.
5 Cet homme donc, par prières, par larmes,
Par sortilèges et par charmes[2],
Fait tant qu'il obtient du Destin
Que sa Chatte, en un beau matin,
Devient femme; et le matin même,
10 Maître sot[3] en fait sa moitié.
Le voilà fou d'amour extrême,
De fou qu'il était d'amitié[4].
Jamais la dame la plus belle
Ne charma tant son favori
15 Que fait cette épouse nouvelle
Son hypocondre[5] de mari.
Il l'amadoue, elle le flatte :
Il n'y trouve plus rien de chatte;
Et poussant l'erreur jusqu'au bout,
20 La croit femme en tout et partout,
Lorsque quelques souris qui rongeaient de la natte[6]
Troublèrent le plaisir des nouveaux mariés.
Aussitôt la femme est sur pieds.
Elle manqua son aventure[7].

Source. ÉSOPE, la Chatte et Vénus (Nevelet, p. 229).

1. Elle *qui miaulait.* — 2. Enchantement. Dans Ésope, c'est Vénus qui est suppliée de transformer la chatte en femme, et qui, pour voir si le naturel est aussi changé, introduit une souris dans la chambre. — 3. *Maître* en sottise, comme le *Trissotin* (triple sot) de Molière *(les Femmes savantes)*. — 4. D'affection. — 5. Extravagant; « hypocondriaque; bizarre, fou, capricieux » (*Dict.* de Richelet, 1680). — 6. Tissu de paille tapissant les murs, ou étendu sur le plancher. — 7. Elle manqua son coup (n'attrapa point les souris).

25 Souris de revenir, femme d'être en posture[8].
Pour cette fois elle accourut à point,
Car ayant changé de figure[9],
Les souris ne la craignaient point.
Ce lui fut toujours une amorce[10],
30 Tant le naturel a de force[11].
Il se moque de tout, certain âge accompli.
Le vase est imbibé, l'étoffe a pris son pli.
En vain de son train ordinaire
On le veut désaccoutumer :
35 Quelque chose qu'on puisse faire,
On ne saurait le réformer.
Coups de fourche ni d'étrivières[12]
Ne lui font changer de manières ;
Et fussiez-vous embâtonnés[13],
40 Jamais vous n'en serez les maîtres.
Qu'on lui ferme la porte au nez,
Il reviendra par les fenêtres.

8. *En posture* de chatte aux aguets. — 9. De forme. Dans *le Mariage forcé* de Molière (sc. 4), Pancrace soutient « qu'il faut dire la *figure* d'un chapeau, et non la forme ». En fait, les deux termes commençaient à se concurrencer. — 10. Terme de pêche : un appât; les souris furent toujours, pour elle, un appât. — 11. Cf. *l'Ivrogne et sa femme* (III, 7) : « Chacun a son défaut, où toujours il revient »; et Destouches (*le Glorieux*, III, 5) : « Chassez le naturel, il revient au galop. » — 12. Courroies tenant l'étrier. — 13. Vieux mot signifiant : armés d'un *bâton*.

● **Fable 18** — La Fontaine déclare (VI, 1, v. 5) qu'il veut *instruire et plaire*, ajoutant (v. 6) : *Et conter pour conter me semble peu d'affaire*. Cependant, la fable 18 ne ressemble-t-elle pas, en dépit de sa longue moralité, à un conte de fée plutôt qu'à un apologue?

① Pourquoi le fabuliste a-t-il accumulé les images familières dans la moralité?

② Comparez cette fable à *l'Homme entre deux âges...* (I, 17) et analysez l'art du conteur.

● **Fable 19**

③* Dessinez l'Ane couvert de *ramée* (v. 9), en train de braire, pendant que le Lion attend les animaux apeurés.

④* Connaissez-vous d'autres fables où La Fontaine se moque des poltrons?

19 *Le Lion et l'Ane chassant*

1 Le roi des animaux se mit un jour en tête
De giboyer[1] : il célébrait sa fête.
Le gibier du lion, ce ne sont pas moineaux,
Mais beaux et bons sangliers[2], daims et cerfs bons et
5 Pour réussir dans cette affaire, [beaux[3].
Il se servit du ministère[4]
De l'Ane à la voix de Stentor[5].
L'Ane à messer[6] Lion fit office de cor.
Le Lion le posta, le couvrit de ramée,
10 Lui commanda de braire, assuré qu'à ce son
Les moins intimidés fuiraient de leur maison.
Leur troupe n'était pas encore accoutumée
A la tempête de sa voix ;
L'air en retentissait d'un bruit épouvantable :
15 La frayeur saisissait les hôtes de ces bois ;
Tous fuyaient, tous tombaient au piège inévitable
Où les attendait le Lion[7].
« N'ai-je pas bien servi dans cette occasion ?
Dit l'Ane, en se donnant tout l'honneur de la chasse.
20 — Oui, reprit le Lion, c'est bravement[8] crié :
Si je ne connaissais ta personne et ta race,
J'en serais moi-même effrayé. »
L'Ane, s'il eût osé, se fût mis en colère,
Encor qu'on le raillât avec juste raison ;
25 Car qui pourrait souffrir un âne fanfaron ?
Ce n'est pas là leur[9] caractère.

Sources. ÉSOPE, le Lion et l'Ane chassant; PHÈDRE, I, 11 (Nevelet, p. 395).

1. De chasser; « mot qui ne se dit qu'en riant et dans le burlesque », selon le *Dict.* de Richelet (1680). Ce lion est représenté comme un seigneur, amateur de chasse. — 2. Compte pour 2 syllabes seulement (cf. VIII, 24, v. 11 ; de même chez Molière, *Princesse d'Élide*, I, 2). — 3. Ces commentaires familiers sur le *gibier* du lion ne figurent ni chez Ésope, ni chez Phèdre : noter l'absence d'article dans l'énumération, et le double chiasme. — 4. Service. — 5. La voix du guerrier grec *Stentor* était aussi puissante que celle de 50 hommes à la fois (*Iliade*, V, v. 785). Encore une comparaison burlesque. — 6. Mot italien : Messire. L'emploi de ce terme étranger accentue le ton burlesque et satirique du récit (cf. du Bellay, *Regrets*, 86). — 7. Tout ce passage est une parodie du style épique (emphase : *épouvantable;* expression militaire : *troupe;* périphrase poétique : *les hôtes de ces bois*). — 8. Sens double : bien et vaillamment *crié.* — 9. Le *caractère* des ânes en général, d'où *leur* et non pas : son.

20 *Testament expliqué par Ésope*

1 Si ce qu'on dit d'Ésope est vrai,
C'était l'oracle de la Grèce :
Lui seul avait plus de sagesse
Que tout l'Aréopage[1]. En voici pour essai[2]
5 Une histoire des plus gentilles[3],
Et qui pourra plaire au lecteur.

Un certain homme avait trois filles,
Toutes trois de contraire humeur :
Une buveuse, une coquette,
10 La troisième avare parfaite.
Cet homme, par son testament,
Selon les lois municipales[4],
Leur laissa tout son bien par portions égales,
En donnant à leur mère tant,
15 Payable quand chacune d'elles
Ne posséderait plus sa contingente[5] part.
Le père mort, les trois femelles[6]
Courent au testament, sans attendre plus tard.
On le lit ; on tâche d'entendre[7]
20 La volonté du testateur,
Mais en vain : car comment comprendre
Qu'aussitôt que chacune[8] sœur
Ne possédera plus sa part héréditaire[9],
Il lui faudra payer sa mère ?
25 Ce n'est pas un fort bon moyen
Pour payer, que d'être sans bien.
Que voulait donc dire le père ?
L'affaire est consultée[10], et tous les avocats,
Après avoir tourné le cas

Source. PHÈDRE, IV, 5 (Nevelet, p. 430). La fable de Phèdre a pour titre **Poeta** « le Poète »; elle commence directement par l'histoire des trois filles; le préambule en l'honneur d'Ésope est une invention de La Fontaine (voir **la Vie d'Ésope,** au t. II).

1. Tribunal siégeant sur la colline d'*Arès* (d'où son nom) à Athènes; son premier jugement fut celui d'Oreste (meurtrier de sa mère Clytemnestre), qu'il acquitta. L'aréopage était le symbole de la justice. — 2. Exemple. — 3. Agréables. — 4. *Les lois* de la cité en France, le droit coutumier. — 5. Terme juridique : la part qui lui revient. — 6. Terme familier, employé dans le style burlesque. — 7. De comprendre. — 8. Chaque; archaïsme judiciaire. — 9. *Sa part* d'héritage. — 10. Mise en consultation. « Il est allé consulte

30 En cent et cent mille manières,
Y jettent leur bonnet[11], se confessent vaincus,
Et conseillent aux héritières
De partager le bien sans songer au surplus[12].
« Quant à la somme de la veuve,
35 Voici, leur dirent-ils, ce que le conseil treuve[13] :
Il faut que chaque sœur se charge par traité[14]
Du tiers, payable à volonté[15],
Si mieux n'aime la mère en créer une rente,
Dès le décès du mort courante[16] »
0 La chose ainsi réglée, on composa trois lots :
En l'un, les maisons de bouteille[17],
Les buffets dressés sous la treille,
La vaisselle d'argent, les cuvettes[18], les brocs[19],
Les magasins de malvoisie[20],
45 Les esclaves de bouche[21], et pour dire en deux
L'attirail de la goinfrerie ; [mots,
Dans un autre, celui de la coquetterie :
La maison de la ville et les meubles exquis[22],
Les eunuques[23] et les coiffeuses,
50 Et les brodeuses,
Les joyaux, les robes de prix ;
Dans le troisième lot, les fermes, le ménage,
Les troupeaux et le pâturage,
Valets et bêtes de labeur.
55 Ces lots faits, on jugea que le sort pourrait faire
Que peut-être pas une sœur

---

sa donation à des avocats » (*Dict.* de Furetière, 1690). — 11. Les avocats *jettent leur bonnet* (aujourd'hui les juges portent une toque) en signe d'impuissance. — 12. Sans s'occuper de la clause énigmatique. — 13. Vaugelas, tout en préférant *trouve* à *treuve*, autorise les deux formes; cf. Molière, *le Misanthrope* (I, 1, v. 225-226) :

Non, l'amour que je sens pour cette jeune veuve
Ne ferme point mes yeux aux défauts qu'on lui treuve.

— 14. Contrat. — 15. Immédiatement, sur simple demande de la mère. — 16. La rente court dès le décès : expression encore en usage aujourd'hui, mais le participe présent ne s'accorde plus. — 17. « Petite maison de campagne où l'on est visité souvent de ses amis, que l'on y traite » (*Dict. de l'Acad.*, 1694). La Fontaine énumère avec complaisance les divers éléments de cet *attirail de la goinfrerie* (v. 46), qu'il utilisera lui-même plus tard dans la Société du Temple. — 18. On se servait de *cuvettes* placées près des buffets « pour jeter les eaux sales et superflues » (Furetière). — 19. « On a chez les grands des brocs d'argent où on met du vin et de l'eau, quand on doit en servir en quantité » (Furetière). — 20. Vin cuit, venant de Grèce; ou muscat de Provence. — 21. A la Cour, les officiers de la *bouche* étaient chargés de ce qui concerne la table du roi. La Fontaine a transposé l'expression de son temps à l'usage antique. — 22. Choisis avec soin, précieux. — 23. Dans l'antiquité, les *eunuques* étaient les serviteurs des femmes dans le gynécée, comme plus tard chez les Turcs dans le harem.

N'aurait ce qui lui pourrait plaire.
Ainsi chacune prit son inclination[24],
Le tout à l'estimation[25].
60 Ce fut dans la ville d'Athènes
Que cette rencontre[26] arriva.
Petits et grands, tout approuva
Le partage et le choix. Ésope seul trouva
Qu'après bien du temps et des peines
65 Les gens avaient pris justement[27]
Le contre-pied du testament.
« Si le défunt vivait, disait-il, que l'Attique
Aurait de reproches de lui !
Comment ! ce peuple, qui se pique[28]
70 D'être le plus subtil des peuples d'aujourd'hui,
A si mal entendu la volonté suprême
D'un testateur ? » Ayant ainsi parlé,
Il fait le partage lui-même,
Et donne à chaque sœur un lot contre son gré ;
75 Rien qui pût être convenable,
Partant rien aux sœurs d'agréable :
A la coquette, l'attirail
Qui suit les personnes buveuses ;
La biberonne[29] eut le bétail ;
80 La ménagère eut les coiffeuses.
Tel fut l'avis du Phrygien,
Alléguant qu'il n'était moyen
Plus sûr pour obliger[30] ces filles
A se défaire de leur bien ;
85 Qu'elles se marieraient dans les bonnes familles
Quand on leur verrait de l'argent ;
Paieraient leur mère tout comptant ;
Ne posséderaient plus les effets[31] de leur père :
Ce que disait le testament.
90 Le peuple s'étonna comme[32] se pouvait faire
Qu'un homme seul eût plus de sens
Qu'une multitude de gens.

---

24. Au sens matériel : l'objet de son penchant. — 25. Selon l'évaluation faite des trois parts. — 26. Cet événement fortuit. — 27. Exactement. — 28. Qui se vante. — 29. Mot burlesque (cf. *biberonner :* boire) : personne qui aime à boire. — 30. Contraindre. — 31. Les biens. — 32. Se demanda comment.

LIVRE TROISIÈME

fable 1 *Le Meunier, son Fils, et l'Ane*

A. M. D. M.

1 *L'INVENTION des arts étant un droit d'aînesse,*
Nous devons l'apologue à l'ancienne Grèce[1] *;*
Mais ce champ ne se peut tellement moissonner
Que les derniers venus n'y trouvent à glaner[2]*.*
5 *La feinte*[3] *est un pays plein de terres désertes ;*
Tous les jours nos auteurs y font des découvertes.
Je t'en veux dire un trait assez bien inventé,
Autrefois à RACAN MALHERBE *l'a conté*[4]*.*
Ces deux rivaux d'Horace, héritiers de sa lyre,
10 *Disciples d'Apollon, nos maîtres, pour mieux dire*[5]*,*

Source. Les **Mémoires** (1672) de **RACAN** sur Malherbe ont pu être connus de La Fontaine avant leur publication qui a d'ailleurs pu être antérieure à cette édition; les anecdotes sur Malherbe couraient les salons. Pierre Clarac doute que la fable ait été composée en 1647 (voir **La Fontaine et Maucroix**, p. 131), mais la croit très antérieure à la publication du recueil (1668). Les initiales désignent vraisemblablement Maucroix : les éditeurs Walckenaer et Régnier signalent des manuscrits comportant la dédicace : **A mon amy M. de Maucroy.**

---

1. La Fontaine est persuadé (cf. *la Vie d'Ésope*, t. 2, p. 239, et la Préface, p. 35, l. 18) que la fable est d'origine grecque. — 2. Selon G. Couton, image imitée du satirique du Lorrens (1646) :

> Or ce champ ne se peut en sorte moissonner
> Que d'autres après nous *n'y trouvent à glaner.*

— 3. Fiction. La Fontaine compare la poésie d'imagination aux zones indiquées comme désertes sur les cartes du temps. — 4. L'anecdote figure dans une *Vie de Malherbe* écrite en 1653 et dans les *Divers Traités d'histoire, de morale et d'éloquence* (1672) de Pierre de Saint-Glas. Elle devait être bien connue des milieux littéraires. — 5. Les *maîtres* de La Fontaine et de Maucroix. Selon l'abbé d'Olivet *(Histoire de l'Académie française)*, la vocation poétique de La Fontaine fut éveillée par la lecture d'une ode de Malherbe, lecture faite par un officier de passage : « Il écouta cette ode avec des transports mécaniques de joie, d'admiration et d'étonnement. » L'admiration pour Malherbe englobe aussi le disciple de celui-ci, Racan (1589-1670), auteur de *Bergeries* élégiaques. L'*Épître à Huet* (1687) atteste la persistance de cette admiration :

> Malherbe avec Racan, parmi le chœur des anges
> Là-haut de l'Éternel célébrant les louanges,
> Ont emporté leur lyre...

CL. BULLOZ

Gravure d'Oudry

Se rencontrant un jour tout seuls et sans témoins
(Comme ils se confiaient leurs pensers[6] *et leurs soins*[7]*),*
RACAN *commence ainsi : « Dites-moi, je vous prie,*
Vous qui devez savoir les choses de la vie,
15 *Qui par tous ses degrés avez déjà passé,*
Et que rien ne doit fuir[8] *en cet âge avancé*[9]*,*
A quoi me résoudrai-je ? Il est temps que j'y pense.
Vous connaissez mon bien, mon talent[10]*, ma naissance :*
Dois-je dans la province établir mon séjour,
20 *Prendre emploi dans l'armée, ou bien charge à la cour ?*
Tout au monde est mêlé d'amertume et de charmes :
La guerre a ses douceurs, l'hymen a ses alarmes[11]*.*
Si je suivais mon goût, je saurais où buter[12] *;*
Mais j'ai les miens, la cour, le peuple à contenter. »
25 MALHERBE *là-dessus : « Contenter tout le monde !*
Écoutez ce récit avant que je réponde :

« J'ai lu dans quelque endroit[13] qu'un Meunier et son Fils,
L'un vieillard, l'autre enfant, non pas des plus petits,
Mais garçon de quinze ans, si j'ai bonne mémoire,
30 Allaient vendre leur Ane, un certain jour de foire.
Afin qu'il fût plus frais et de meilleur débit,
On lui lia les pieds, on vous[14] le suspendit ;
Puis cet homme et son Fils le portent comme un lustre[15].
Pauvres gens, idiots[16], couple ignorant et rustre !
35 Le premier qui les vit de rire s'éclata[17].
« Quelle farce[18], dit-il, vont jouer ces gens-là ?
» Le plus âne des trois n'est pas celui qu'on pense. »

Pourquoi *rivaux d'Horace*? C'est qu'Horace est le plus célèbre représentant de l'ode latine, comme Pindare de l'ode grecque. — 6. Employé seulement en poésie. La Bruyère (*les Caractères*, XIV, 73) regrette que l'usage ait préféré *pensées* à *pensers*, « un si beau mot et dont le vers se trouvait si bien. » — 7. Soucis. — 8. A qui *rien ne doit* échapper. — 9. L'entretien aurait eu lieu en 1609; Racan revenait de Calais, « où il fut porter les armes en sortant de page ». Il avait alors vingt ans, Malherbe cinquante-quatre. — 10. Mes aptitudes naturelles. — 11. Vers lyriques, bien dans la manière de Racan (noter l'antithèse double : *guerre-douceur; hymen-alarmes*). Racan, sérieux et sentimental, ne plaisante pas sur le mariage, comme Panurge. — 12. Viser un but. — 13. Sans doute dans les fabulistes italiens, Faërne ou Verdizotti. A moins que ce ne soit une façon de dire familière conférant de l'authenticité au récit. De même, au v. 29 : *si j'ai bonne mémoire.* — 14. L'emploi du pronom personnel explétif est fréquent et donne de la vivacité au récit; cf. *Il vous prend sa cognée* (VI, 13, v. 20). — 15. Cet épisode, le plus ridicule des trois, est tiré des fabulistes italiens. Il peut inspirer des dessins cocasses. — 16. La Fontaine emploie volontiers cette injure familière; cf. VIII, 22, v. 33: *Le rat dit : « Idiot ! »* — 17. Archaïsme. Dans l'ancienne langue, l'emploi du pronom réfléchi avec un verbe intransitif est très fréquent (cf. *se courir*). — 18. Petite pièce de théâtre; exemples *la farce du Cuvier; la farce de Pathelin.*

Le Meunier, à ces mots, connaît son ignorance;
Il met sur pieds sa bête, et la fait détaler.
40 L'Ane, qui goûtait fort l'autre façon d'aller,
Se plaint en son patois. Le Meunier n'en a cure[19];
Il fait monter son Fils, il suit, et d'aventure
Passent trois bons marchands. Cet objet[20] leur déplut.
Le plus vieux au garçon s'écria[21] tant qu'il put :
45 « Oh là ! oh ! descendez, que l'on ne vous le dise[22],
» Jeune homme qui menez laquais à barbe grise!
» C'était à vous de suivre, au vieillard de monter.
« — Messieurs, dit le Meunier, il vous[23] faut contenter. »
L'enfant met pied à terre, et puis le vieillard monte,
50 Quand trois filles passant, l'une dit : « C'est grand'honte
» Qu'il faille voir ainsi clocher[24] ce jeune fils,
» Tandis que ce nigaud, comme un évêque assis,
» Fait le veau[25] sur son Ane, et pense être bien sage.
« — Il n'est, dit le Meunier, plus de veaux à mon âge :
55 » Passez votre chemin, la fille, et m'en croyez[26]. »
Après maints quolibets coup sur coup renvoyés,
L'homme crut avoir tort, et mit son Fils en croupe.
Au bout de trente pas, une troisième troupe
Trouve encore à gloser[27]. L'un dit : « Ces gens sont fous !
60 » Le baudet n'en peut plus; il mourra sous leurs coups.
» Hé quoi ! charger ainsi cette pauvre bourrique !
» N'ont-ils point de pitié de leur vieux domestique?
» Sans doute qu'à la foire ils vont vendre sa peau.
« — Parbieu[28] ! dit le Meunier, est bien fou du cerveau
65 » Qui prétend contenter tout le monde et son père[29].
» Essayons toutefois si par quelque manière
» Nous en viendrons à bout. » Ils descendent tous deux.
L'Ane se prélassant[30] marche seul devant eux.

---

19. Ne s'en soucie pas. — 20. Tout ce qui frappe la vue. — 21. Cria. — 22. Avant qu'on ne vous le dise. — 23. Le pronom est placé avant l'auxiliaire ; voir I, 7, v. 14. — 24. Marcher en boitant ; cf. sauter à *cloche*-pied. — 25. Faire *le veau*, c'est s'étaler de tout son long. Le rapprochement avec *sur son âne* produit un effet comique. — 26. Tout le passage ressemble à une chanson populaire, avec le traditionnel *Quand trois filles passant*, et l'échange de quolibets. — 27. A critiquer. — 28. Prononciation paysanne de *parbleu*, le juron préféré des « petits marquis » de Molière. — 29. Locution proverbiale, qui répond au souci de Racan (v. 24). Selon Taine, c'est un exemple de « littérature de village ». De même la redondance *bien fou du cerveau*. — 30. Marchant lentement comme un *prélat;* cf. *les Rieurs de Beau-Richard :*

Celui-ci marche à pas comptés,
On le prendrait pour un chanoine.

Un quidam[31] les rencontre, et dit : « Est-ce la mode
70 » Que baudet aille à l'aise, et Meunier[32] s'incommode ?
» Qui de l'Ane ou du maître est fait pour se lasser?
» Je conseille à ces gens de le faire enchâsser[33].
» Ils usent leurs souliers, et conservent leur Ane :
» Nicolas au rebours, car, quand il va voir Jeanne,
75 » Il monte sur sa bête ; et la chanson le dit[34] :
» Beau trio de baudets ! » Le Meunier repartit :

---

31. « Un peu vieux et il ne se dit que dans le burlesque » (*Dict.* de Richelet, 1680) : un certain homme. — 32. Noter l'absence de l'article, ce qui donne un tour proverbial. — 33. Le conserver précieusement, comme les reliques d'un saint dans une *châsse.* — 34. Chanson populaire, dont les deux héros sont Jeanne et Nicolas :

Adieu, cruelle Jeanne;
Si vous ne m'aimez pas
Je monte sur mon âne,
Pour galoper au trépas.

— Courez, ne bronchez pas
Nicolas;
Surtout n'en revenez pas.

- **La Fontaine et Maucroix** — Leur amitié datait sinon du collège de Château-Thierry, du moins de l'Académie des Jeudis (1646), et elle dura jusqu'à la mort du fabuliste.
Les deux amis se ressemblaient par leur hésitation à s'engager dans une carrière : La Fontaine, séminariste, puis avocat, se maria en 1647 ; Maucroix, également avocat, amoureux de Mlle de Joyeuse, choisit finalement l'Église et acheta un canonicat à Reims (1647). Selon Brossette, la fable serait l'écho des entretiens de La Fontaine et de Maucroix, au moment de leur choix, et prendrait une valeur autobiographique.

- **La Fontaine et Malherbe**

① Comment expliquez-vous que La Fontaine puisse appeler (v. 10) Malherbe son *maître*, alors que l'art des *Fables* est si différent de celui de Malherbe?

- **L'épître** — Notez l'uniformité du rythme (alexandrins), l'aisance des vers, et le ton aimable de la conversation. Comparez avec l'*Épître à Madame de Montespan* (livre VII) et le *Discours à Madame de la Sablière* (fin du livre IX).

②* Dessinez les différents épisodes du récit.

③ Distinguez, dans le récit, la peinture de la vie rustique et la charge comique.

④ « La Fontaine a souvent réussi dans son petit genre, autant que Corneille dans le sien. » Pourquoi Voltaire a-t-il pris comme exemple *le Meunier, son Fils et l'Ane* pour faire cet éloge?

» Je suis âne, il est vrai, j'en conviens, je l'avoue ;
» Mais que dorénavant on me blâme, on me loue,
» Qu'on dise quelque chose ou qu'on ne dise rien,
80 » J'en veux faire à ma tête. » Il le fit, et fit bien.

Quant à vous, suivez Mars[35], ou l'Amour, ou le Prince ;
Allez, venez, courez ; demeurez en province ;
Prenez femme, abbaye[36], emploi, gouvernement[37] :
Les gens en parleront, n'en doutez nullement[38]. »

35. Dieu de la guerre. — 36. Allusion à l'entrée de Maucroix dans l'Église ? — 37. Charge de *gouverneur* de province. — 38. Cette réponse de Malherbe à Racan constitue la *moralité* du récit et s'applique à tous les gens incertains.

2 *Les Membres et l'Estomac*

1 Je devais[1] par la royauté
Avoir commencé mon ouvrage :
A la voir d'un certain côté,
Messer Gaster[2] en est l'image ;
5 S'il a quelque besoin, tout le corps s'en ressent.

De travailler pour lui les Membres se lassant,
Chacun d'eux résolut de vivre en gentilhomme,
Sans rien faire[3], alléguant l'exemple de Gaster.
« Il faudrait, disaient-ils, sans nous qu'il vécût d'air.
10 Nous suons, nous peinons comme bêtes de somme ;
Et pour qui ? Pour lui seul ; nous n'en[4] profitons pas :
Notre soin n'aboutit qu'à fournir ses repas.
Chômons, c'est un métier[5] qu'il veut nous faire apprendre. »
Ainsi dit, ainsi fait. Les Mains cessent de prendre,

Sources. L'un des apologues antiques les plus connus : à Rome, **MENENIUS AGRIPPA** (voir la n. 9) conta cette fable à la plèbe retirée sur l'Aventin et la décida à faire la paix avec les patriciens (cf. Tite-Live, **Histoires**, II, 32); **ÉSOPE, l'Estomac et les Pieds** (Nevelet, p. 254).

1. J'aurais dû. L'imparfait de *devoir, falloir* avait le sens du conditionnel. — 2. *L'estomac* (note de La Fontaine). Souvenir de Rabelais : « Comment Pantagruel descendit au manoir de *Messer Gaster*, premier maistre ès arts du monde » (*Quart Livre*, chap. 57). — 3. Sous peine de déroger, les nobles n'avaient pas le droit d'exercer un métier (sauf celui de gentilhomme verrier). Rapprocher de la fable 15 du livre X. — 4. *En* représente *suons, peinons* (v. 10). — 5. Noter l'antithèse comique entre *chômons* et *métier*.

15 Les Bras d'agir, les Jambes de marcher :
Tous dirent à Gaster qu'il en[6] allât chercher.
Ce leur fut une erreur dont ils se repentirent.
Bientôt les pauvres gens tombèrent en langueur ;
Il ne se forma plus de nouveau sang au cœur ;
20 Chaque membre en souffrit, les forces se perdirent.
Par ce moyen, les mutins virent
Que celui qu'ils croyaient oisif et paresseux
A l'intérêt commun contribuait plus qu'eux.
Ceci peut s'appliquer à la grandeur royale[7].
25 Elle reçoit et donne, et la chose est égale.
Tout travaille pour elle, et réciproquement
Tout tire d'elle l'aliment.
Elle fait subsister l'artisan de ses peines,
Enrichit le marchand, gage le magistrat,
30 Maintient[8] le laboureur, donne paie au soldat,
Distribue en cent lieux ses grâces souveraines,
Entretient seule tout l'État.
Ménénius[9] le sut bien dire.
La commune[10] s'allait séparer du sénat.
35 Les mécontents disaient qu'il avait tout l'empire[11],
Le pouvoir, les trésors, l'honneur, la dignité ;
Au lieu que[12] tout le mal était de leur côté :
Les tributs, les impôts[13], les fatigues de guerre.
Le peuple hors des murs était déjà posté,
40 La plupart s'en allaient chercher une autre terre,
Quand Ménénius leur fit voir
Qu'ils étaient aux Membres semblables,
Et par cet apologue, insigne entre les fables,
Les ramena dans leur devoir.

---

6. De la nourriture. — 7. Dans Tite-Live, il s'agit du Sénat; chez Ésope, de l'armée. — 8. *Maintenir :* « Donner secours et protection » (*Dict.* de Furetière, 1690). — 9. Menenius Agrippa, consul en 194 av. J.-C. — 10. La plèbe. — 11. Le commandement. Noter les redondances voulues : *empire, pouvoir ; honneur, dignité.* — 12. Tandis que. — 13. D'après Furetière, le *tribut* est l'impôt personnel; l'*impôt*, l'impôt indirect.

① Pourquoi La Fontaine a-t-il commenté lui-même la fable 2? L'application à l'organisation sociale de son temps ne révèle-t-elle pas ses conceptions politiques?

② Comparez les vers 10-12 aux vers 9-11 de la fable I, 16.

3 *Le Loup devenu Berger*

1 Un Loup, qui commençait d'avoir petite part
Aux brebis de son voisinage,
Crut qu'il fallait s'aider de la peau du renard[1]
Et faire un nouveau personnage.
5 Il s'habille en berger, endosse un hoqueton[2],
Fait sa houlette[3] d'un bâton,
Sans oublier la cornemuse[4].
Pour pousser jusqu'au bout la ruse,
Il aurait volontiers écrit sur son chapeau :
10 « C'est moi qui suis Guillot, berger de ce troupeau. »
Sa personne étant ainsi faite,
Et ses pieds de devant posés sur sa houlette,
Guillot le sycophante[5] approche doucement.
Guillot, le vrai Guillot, étendu sur l'herbette,
15 Dormait alors profondément.
Son chien dormait aussi, comme aussi sa musette.
La plupart des brebis dormaient pareillement.
L'hypocrite les laissa faire,
Et, pour pouvoir mener vers son fort[6] les brebis,
20 Il voulut ajouter la parole aux habits,
Chose qu'il croyait nécessaire.
Mais cela gâta son affaire :
Il ne put du pasteur contrefaire la voix.
Le ton dont il parla fit retentir les bois,
25 Et découvrit tout le mystère.
Chacun se réveille à ce son,
Les brebis, le chien, le garçon.
Le pauvre Loup, dans cet esclandre[7],
Empêché par son hoqueton,
30 Ne put ni fuir ni se défendre.

Source. VERDIZOTTI, Il Lupo e le Pecore.

1. Image proverbiale, déjà employée dans l'antiquité et signifiant : ruser. De même, chez Montaigne, « se cacher sous la peau d'un veau » signifie : faire le poltron. — 2. Casaque de toile, sans manches, portée par les paysans. — 3. La *houlette* est le bâton du berger, terminé par une petite pelle destinée à lancer des mottes de terre aux moutons désobéissants. — 4. La *cornemuse* ou *musette* (v. 16) : instrument à vent encore utilisé en Bretagne et en Écosse. — 5. *Trompeur* (note de La Fontaine). Au sens propre, le *sycophante*, à Athènes, était celui qui dénonçait un trafic illicite de figues (σῦκον), puis par extension : un dénonciateur, un faux accusateur. — 6. Repaire du loup, au plus épais de la forêt. — 7. « Vieux mot qui signifiait autrefois un accident fâcheux » (Furetière).

Toujours par quelque endroit fourbes se laissent prendre.
Quiconque est loup agisse en loup :
C'est le plus certain de beaucoup.

Tapisserie

CL. ROGER-VIOLLET

Collect. privée

- **L'art d'égayer la fable : structure** — Le récit se divise en trois épisodes contrastés :
  — Le déguisement du Loup et son accoutrement grotesque (v. 5-13) ;
  — le troupeau endormi (v. 14-17), invention de La Fontaine ;
  — la ruse découverte.

- **Mélange des styles** — Le premier épisode est réaliste et comique. Le second est une parodie de la pastorale avec ses diminutifs habituels (*musette*, v. 16 ; *herbette*, v. 14), sa rusticité affectée (le nom du berger *Guillot*, comme celui de *Robin*, figure dans les pastorales du Moyen Age), l'emploi du mot noble (*pasteur*, v. 23), la poésie de la nature et les personnifications (la musette qui « dort »). Le troisième est rapide, brutal et direct : le troupeau réel entre en action ; plus de *pasteur*, mais le *garçon*.

- **Variété des rythmes** — Notez l'heureuse combinaison des alexandrins et des octosyllabes (en particulier, v. 11-17, qui constituent une strophe lyrique) ; la rapidité du dénouement est soulignée par une succession d'octosyllabes.

- **La poésie**

  ① Étudiez la poésie de la nuit et du sommeil (v. 14-17) avec l'effet des répétitions : *dormait, dormait aussi, dormaient pareillement.*

  ②* Dessinez le Loup, *ses pieds de devant posés sur sa houlette* (v. 12).

  ③* Analysez le caractère du Loup, sa ruse et sa naïveté.

  ④* Pourquoi La Fontaine a-t-il l'air de prendre en pitié *le pauvre Loup* (v. 28)?

4 *Les Grenouilles qui demandent un Roi*

1 Les Grenouilles se lassant
De l'état démocratique,
Par leurs clameurs firent tant
Que Jupin[1] les soumit au pouvoir monarchique.
5 Il leur tomba du ciel un Roi tout pacifique ;
Ce Roi fit toutefois un tel bruit en tombant
Que la gent[2] marécageuse,
Gent fort sotte et fort peureuse[3],
S'alla cacher sous les eaux,
10 Dans les joncs, dans les roseaux,
Dans les trous du marécage[4],
Sans oser de longtemps regarder au visage
Celui qu'elles croyaient être un géant nouveau.
Or c'était un soliveau[5],
15 De qui la gravité[6] fit peur à la première
Qui, de le voir s'aventurant[7],
Osa bien quitter sa tanière[8].
Elle approcha, mais en tremblant ;
Une autre la suivit, une autre en fit autant :
20 Il en vint une fourmilière ;
Et leur troupe à la fin se rendit familière
Jusqu'à sauter sur l'épaule du Roi.
Le bon sire le souffre[9], et se tient toujours coi[10].
Jupin en a bientôt la cervelle rompue.
25 « Donnez-nous, dit ce peuple, un roi qui se remue. »
Le monarque des dieux leur envoie une grue,
Qui les croque, qui les tue,
Qui les gobe à son plaisir ;
Et Grenouilles de se plaindre,

Sources. ÉSOPE, les Grenouilles demandant un Roi (Nevelet, p. 227); **PHÈDRE**, I, 2.

1. Terme de la langue burlesque pour : Jupiter (cf. I, 7, v. 25). — 2. Nation, race (cf. II, 2, v. 7 : *la gent misérable*). — 3. Rapprocher de II, 14, *le Lièvre et les Grenouilles* (v. 24-25). — 4. Noter le réalisme de la description, alors que, dans la fable II, 14, La Fontaine a employé des termes et des images poétiques *(ondes, grottes profondes)*. — 5. Diminutif de *solive*, pièce de charpente posée sur les poutres. — 6. Montesquieu dira : « La gravité est le bouclier des sots. » — 7. *S'aventurant* à le voir. L'emploi de *à* et *de* est indifférent au XVIIe s. — 8. Son refuge (cf. II, 14, v. 22). Voir le tableau de la p. 117. — 9. Supporte. — 10. Ne dit mot, et reste immobile; par opposition (v. 25) : *qui se remue.*

● **L'art** — L'originalité est surtout dans la *manière* poétique : La Fontaine suit fidèlement Ésope (en remplaçant le *serpent* par une *grue*), mais métamorphose l'apologue à l'aide du vocabulaire, du rythme, des coupes.

— Variété des **rythmes** : les vers de sept syllabes (1-3 ; 7-11 ; 27-29) et de huit syllabes (31-33 ; 36-37) contrastent avec les alexandrins (4-6 ; 12-13 ; 15, etc.).

— **Harmonie** imitative : la grue en action est décrite par trois verbes (v. 27-28) employés avec le même tour (*qui* répété).

— **Réalisme** : le comportement des grenouilles (v. 16-22) est observé avec exactitude.

① Que pensez-vous de la remarque de Taine? « Les grenouilles ont presque toujours un sot rôle ; mais on trouve qu'elles le méritent quand on a vu leurs gros yeux ronds stupides, leur corps niaisement ramassé sur leurs jambes, ou ces jambes tout d'un coup écartées et pendantes lorsqu'elles sautent éperdues dans leurs marais. »

● **La moralité** est différente de celle de la fable 2 *(les Membres et l'Estomac)*, qui justifiait le principe monarchique. Ici, c'est résignation et non acceptation.

Dans toutes ses fables, La Fontaine exprime sa haine des despotes (cf. I, 6), mais aussi de l'anarchie. Il considère que le conservatisme est, en matière de régime politique, le parti le moins mauvais, suivant en cela Montaigne (*Essais*, III, 9) : « Nous nous déplaisons volontiers de la condition présente ; mais je tiens pourtant que d'aller désirant le commandement de peu, en un État populaire ; ou en la monarchie, une autre espèce de gouvernement, c'est vice et folie.

» Aime l'État tel que tu le vois être :
» S'il est royal, aime la royauté;
» S'il est de peu, ou bien communauté,
» Aime l'aussi; car Dieu t'y a fait naître.

» Ainsi en parlait le bon Monsieur de Pibrac [...]. Le changement donne seul forme à l'injustice et à la tyrannie. » C'est au XVIIe siècle l'opinion de Corneille, de Guez de Balzac, de Bossuet — « On doit s'attacher à la forme de gouvernement qu'on trouve dans son pays » — et de La Bruyère : « Ce qu'il y a de plus raisonnable et de plus sûr, c'est d'estimer celle où l'on est né la meilleure de toutes et de s'y soumettre » (*Les Caractères*, X, 1).

② Montrez, à l'aide d'exemples précis, que ce conservatisme n'exclut aucunement, chez La Fontaine, les critiques contre le despotisme, les grands, la « loi du plus fort », ni la pitié pour les faibles.

[30] Et Jupin de leur dire : « Eh quoi ! votre désir
A ses lois croit-il nous astreindre ?
Vous avez dû[11] premièrement
Garder votre gouvernement ;
Mais ne l'ayant pas fait, il vous devait[12] suffire
[35] Que votre premier roi fût débonnaire et doux :
De celui-ci contentez-vous,
De peur d'en rencontrer un pire. »

11. Vous auriez dû : le passé composé peut avoir la valeur d'un conditionnel passé ; cf. Racine, *Britannicus* (I, 2, v. 154) : « Vous, dont j'ai pu laisser vieillir l'ambition... » — 12. Voir I, 7, v. 14.

5 *Le Renard et le Bouc*

[1] CAPITAINE[1] Renard allait de compagnie
Avec son ami Bouc des plus haut encornés.
Celui-ci ne voyait pas plus loin que son nez[2] ;
L'autre était passé maître[3] en fait de tromperie.
[5] La soif les obligea de descendre en un puits ;
Là chacun d'eux se désaltère.
Après qu'abondamment tous deux en[4] eurent pris,
Le Renard dit au Bouc : « Que ferons-nous, compère[5] ?
Ce n'est pas tout de boire, il faut sortir d'ici.
[10] Lève tes pieds en haut, et tes cornes aussi ;
Mets-les contre le mur : le long de ton échine
Je grimperai premièrement ;
Puis sur tes cornes m'élevant,
A l'aide de cette machine[6],
[15] De ce lieu-ci je sortirai ;
Après quoi je t'en tirerai.

Sources. **ÉSOPE** (Nevelet, p. 88); **PHÈDRE**, IV, 9; **HAUDENT.** Dans sa Préface (voir p. 39, l. 109 et suiv.), La Fontaine rapproche la mésaventure du bouc de celle de Crassus, en guerre contre les Parthes. Il juge la leçon de l'apologue plus efficace que celle de l'histoire.

1. L'appellation comique convient bien : c'est le Renard qui commande. — 2. Noter l'effet comique produit par le rapprochement de *haut encornés* et *pas plus loin que son nez*. — 3. Voir I, 2, n. 1. — 4. *En :* de l'eau (suggérée par *désaltère*). — 5. Voir I, 18, n. 1. — 6. Cette échelle improvisée peut être considérée comme un « instrument propre à faire mouvoir » (*Dict. de l'Acad.*, 1694).

— Par ma barbe[7], dit l'autre, il[8] est bon ; et je loue
Les gens bien sensés comme toi.
Je n'aurais jamais, quant à moi,
20 Trouvé ce secret, je l'avoue[9]. »
Le Renard sort du puits, laisse son compagnon,
Et vous lui fait un beau sermon
Pour l'exhorter à patience[10].
« Si le Ciel t'eût, dit-il, donné par excellence[11]
25 Autant de jugement que de barbe au menton,
Tu n'aurais pas, à la légère,
Descendu dans ce puits. Or adieu, j'en suis hors[12].
Tâche de t'en tirer, et fais tous tes efforts ;
Car, pour moi, j'ai certaine affaire
30 Qui ne me permet pas d'arrêter[13] en chemin. »

En toute chose il faut considérer la fin.

7. Invention burlesque de La Fontaine; Ésope dit seulement que le bouc prête son aide volontiers. La Fontaine parodie les formules de serment employées dans les romans du Moyen Age. — 8. Sens neutre : cela. — 9. Cette naïve admiration est encore une invention de La Fontaine. L'aveu du bouc est du plus haut comique. — 10. De même Panurge (*Quart Livre*, 8) « prêchait éloquentement » Dindenault et les marchands tombés dans la mer à la suite de leurs moutons, « leur remontrant... les misères de ce monde, le bien et l'heur de l'autre vie. » *Vous* est explétif. — 11. Par une supériorité spéciale. — 12. Noter la cacophonie amusante : « Or *adieu ; j'en suis* hors. » — 13. Le verbe serait, aujourd'hui, pronominal : de m'arrêter. Le renard feint toujours d'être très occupé (cf. II, 15, v. 25).

Dessin de Grandville

6 *L'Aigle, la Laie, et la Chatte*

1 L'AIGLE avait ses petits au haut d'un arbre creux,
La Laie[1] au pied, la Chatte entre les deux ;
Et sans s'incommoder, moyennant ce partage,
Mères et nourrissons faisaient leur tripotage[2].
5 La Chatte détruisit par sa fourbe[3] l'accord ;
Elle grimpa chez l'Aigle, et lui dit : « Notre mort
(Au moins de nos enfants, car c'est tout un aux mères[4])
Ne tardera possible guères[5].
Voyez-vous à nos pieds fouir[6] incessamment[7]
10 Cette maudite Laie, et creuser une mine[8] ?
C'est pour déraciner le chêne assurément,
Et de nos nourrissons attirer la ruine[9] :
L'arbre tombant, ils seront dévorés ;
Qu'ils s'en tiennent pour assurés.
15 S'il m'en restait un seul, j'adoucirais ma plainte. »
Au partir[10] de ce lieu, qu'elle remplit de crainte,
La perfide descend tout droit
A l'endroit
Où la Laie était en gésine[11].
20 « Ma bonne amie et ma voisine[12],
Lui dit-elle tout bas, je vous donne un avis :
L'aigle, si vous sortez, fondra sur vos petits.
Obligez-moi[13] de n'en rien dire :
Son courroux tomberait sur moi. »
25 Dans cette autre famille ayant semé l'effroi,
La Chatte en son trou se retire.

Source. PHÈDRE, II, 4, l'Aigle, la Chatte et le Sanglier (Nevelet, p. 411).

1. Femelle du sanglier. — 2. Mot considéré comme « bas » par le *Dict. de l'Acad.* Selon le *Dict.* de Furetière (1690) : « Ménage qu'on fait en brouillant plusieurs choses ensemble. » Cette notation familière ne figure pas chez Phèdre. — 3. Fourberie; cf. Corneille, *Polyeucte* (V, 1, v. 1) : « Albin, as-tu bien vu *la fourbe* de Sévère ? » — 4. Comparer avec la douleur de l'aigle (II, 8, v. 19-24, 25). Mais ici c'est un argument hypocrite. *Au moins :* du moins. — 5. *Possible :* peut-être; terme « un peu suranné » (*Dict.* de Richelet, 1680); *guères : s* adverbial. — 6. Creuser. C'est le terme propre pour un animal (sanglier, taupe, etc.) qui creuse. — 7. Sans cesse, continuellement. — 8. Comme, dans les sièges, on creuse une *mine* pour faire écrouler le rempart. — 9. Au sens propre : provoquer la chute. — 10. Infinitif substantivé, tour fréquent au XVIIe s. — 11. Du verbe *gésir*, être couché (lat. : *jacere*); « vieux mot, qui signifie l'état d'une femme en couche. Il est hors d'usage » (Furetière). Noter l'impudence de la chatte : la laie n'est pas en état de *déraciner le chêne* (v. 11). — 12. La feinte amitié redouble le possessif d'affection : « ma *bonne amie*, ma *voisine*. » — 13. Faites-

L'Aigle n'ose sortir, ni pourvoir aux besoins
De ses petits ; la Laie encore moins :
Sottes[14] de ne pas voir que le plus grand des soins[15],
30 Ce doit être celui d'éviter la famine.
A demeurer chez soi l'une et l'autre s'obstine,
Pour secourir les siens dedans[16] l'occasion :
L'oiseau royal, en cas de mine[17] ;
La Laie, en cas d'irruption.
35 La faim détruisit tout ; il ne resta personne,
De la gent marcassine et de la gent aiglonne[18],
Qui n'allât de vie à trépas :
Grand renfort[19] pour Messieurs les Chats.

Que ne sait point ourdir[20] une langue traîtresse
40 Par sa pernicieuse adresse ?
Des malheurs qui sont sortis
De la boîte de Pandore[21],
Celui qu'à meilleur droit tout l'univers abhorre,
C'est la fourbe, à mon avis.

moi l'obligeance. — 14. C'est le moins qu'on puisse dire. La Fontaine ne s'apitoie pas sur les sots (cf. I, 2; III, 5, etc.). — 15. Soucis. — 16. Dans *l'occasion :* si l'occasion se présente. — 17. Voir le v. 10. Dans la fable 8 du livre II, l'aigle est appelée : *Princesse des oiseaux... oiseau de Jupiter*, mais ne brille pas non plus par l'intelligence. — 18. Exagération épique : toute la race n'est pas éteinte; cf. *la gent marécageuse* (III, 4, v. 7). — 19. Supplément au menu habituel des chats. Noter le *Messieurs*, d'une politesse ironique. — 20. Terme de la langue du tisserand : disposer les fils sur le métier; d'où : machiner. — 21. La *boîte de Pandore* contenait tous les maux; lorsque Pandore l'ouvrit, ceux-ci se répandirent parmi les hommes. Il ne resta dans la boîte que l'espérance. Cette allusion mythologique, qui élève la moralité de l'apologue, ne figure pas dans Phèdre, qui dit simplement : « Combien de mal produit souvent l'homme dont la langue est double, c'est ce qu'une sotte crédulité peut montrer. »

- **La comédie animale** — Alors que, dans la fable 4, le poète décrit les grenouilles d'après nature, ici il se soucie peu de vraisemblance : le partage de l'*arbre creux* en trois zones d'influence est fantaisiste.

- **Les sentiments humains** — La Laie et l'Aigle sont caractérisés par l'amour maternel, rendu aveugle par la sottise ; la Chatte, au contraire, est éloquente, rusée, perfide et prévoyante ; son intelligence est tournée vers le mal.

- **La moralité** est plus importante que chez Phèdre. Non seulement *tout l'univers*, mais La Fontaine en personne (*à mon avis*, v. 44) abhorre la fourbe. Cette moralité évite toute erreur dans l'interprétation de la fable précédente.

7 L'Ivrogne et sa Femme

1 CHACUN a son défaut, où[1] toujours il revient :
Honte ni peur n'y remédie.
Sur ce propos, d'un conte il me souvient[2] :
Je ne dis rien que je n'appuie
5 De quelque exemple. Un suppôt de Bacchus[3]
Altérait sa santé, son esprit, et sa bourse.
Telles gens n'ont pas fait la moitié de leur course[4]
Qu'ils sont au bout de leurs écus.
Un jour que celui-ci, plein du jus de la treille,
10 Avait laissé ses sens au fond d'une bouteille,
Sa femme l'enferma dans un certain tombeau.
Là les vapeurs du vin nouveau
Cuvèrent à loisir. A son réveil il treuve[5]
L'attirail de la mort à l'entour de son corps :
15 Un luminaire[6], un drap des morts.
« Oh ! dit-il, qu'est ceci ? Ma femme est-elle veuve ? »
Là-dessus, son épouse, en habit d'Alecton[7],
Masquée, et de sa voix contrefaisant le ton,
Vient au prétendu mort, approche de sa bière,
20 Lui présente un chaudeau[8] propre pour Lucifer.
L'époux alors ne doute en aucune manière
Qu'il ne soit citoyen d'enfer.
« Quelle personne es-tu ? dit-il à ce fantôme[9].
— La cellerière[10] du royaume
25 De Satan, reprit-elle ; et je porte à manger
A ceux qu'enclôt la tombe noire. »
Le mari repart, sans songer :
« Tu ne leur portes point à boire ? »

1. Vers lequel : *où* s'emploie à la place d'une préposition et d'un pronom relatif. A propos de cette moralité, voir (II, 18) le commentaire de La Fontaine sur le naturel. — 2. La Fontaine caractérise lui-même son récit : ce n'est pas un apologue, mais un *conte* facétieux. Cependant, il a raison d'ajouter que c'est un « souvenir » et non une invention, puisqu'il figure dans Ésope. — 3. Selon le *Dict.* de Richelet (1680) : « *Suppôt* n'est ordinairement en usage que dans le burlesque, le comique, le satirique... Suppôts de l'Université, suppôt d'Hippocrate. » *Suppôt* désigne le membre d'un corps constitué : le *suppôt de Bacchus* rend un culte au dieu du vin. On dit encore : suppôt de Satan. — 4. La *course* (le cours) de leur vie. — 5. Au XVIIe s., on dit *treuve* ou *trouve* indifféremment (voir II, 20, v. 35). *Cuvèrent* est le terme propre pour le vin, qui est en *cuve*. — 6. Support pour les cierges allumés devant le cercueil. — 7. Une des Furies. — 8. « Bouillon qu'on porte aux mariés le lendemain de leurs noces » (Furetière), et par extension : bouillon *chaud*. — 9. *Fantôme* reprend et précise *en habit d'Alecton*. — 10. La religieuse chargée de la nourriture dans un couvent.

Gravure de Callot

CL. B. N.

Source. ÉSOPE, la Femme (Nevelet, p. 150). Une femme avait un mari ivrogne. Voulant le délivrer de cette maladie, elle imagina la ruse suivante. Quand elle le vit alourdi par l'ivresse et privé de sens comme un mort, elle l'emporta sur ses épaules au cimetière, l'y déposa et s'en alla. Quand elle pensa qu'il avait repris sa raison, elle revint et heurta à la porte du cimetière. Et le mari de dire : « Qui frappe à la porte ? » La femme répondit : « C'est moi, celui qui apporte à manger aux morts. » Et lui : « Ce n'est pas à manger, mais à boire, mon cher, qu'il faut apporter. Tu m'es désagréable en me parlant de nourriture et non de boisson. » Et la femme s'étant frappé la poitrine : « Malheureuse que je suis! ma ruse n'a servi à rien; en effet, toi, mon mari, non seulement tu n'as pas été guéri, mais tu es même devenu pire, puisque ton vice est devenu une habitude. » Cette fable montre qu'il ne faut pas s'attarder aux mauvaises actions, car même s'il ne le veut pas, l'habitude s'empare de l'homme.

① Comparez les deux textes, en faisant ressortir les modifications de structure (additions et suppressions de La Fontaine), la mise en scène des éléments comiques, et l'art du style (par exemple, la propriété des termes concernant le vin).

② Comment La Fontaine a-t-il fait, de cette histoire macabre, un conte plaisant? Comparez avec la fable 11 du livre VII, *le Curé et le Mort*, qui n'a rien de triste, non plus.

③* Relevez les expressions familières et les termes nobles, dont le rapprochement produit un effet cocasse.

● **La moralité** est seulement indiquée au début, alors que, chez Ésope, elle est placée à la fin du récit et plus développée. La Fontaine a voulu laisser le lecteur sur l'impression du trait final.

④ Comparez cette remarque sur la force de l'habitude au chapitre 22 du livre I des *Essais* — « De la coutume » — où Montaigne, après avoir donné des exemples curieux de l'habitude, va jusqu'à dire : « Les lois de la conscience, que nous disons naître de nature, naissent de la coutume. »

8 *La Goutte et l'Araignée*

1 QUAND l'Enfer eut produit la Goutte et l'Araignée,
« Mes filles, leur dit-il, vous pouvez vous vanter
D'être pour l'humaine lignée
Également à redouter[1].
5 Or avisons aux lieux qu'il vous faut habiter.
Voyez-vous ces cases[2] étrètes[3],
Et ces palais si grands, si beaux, si bien dorés[4] ?
Je me suis proposé d'en faire vos retraites.
Tenez donc, voici deux bûchettes ;
10 Accommodez-vous[5], ou tirez.
— Il n'est rien, dit l'Aragne[6], aux[7] cases qui me plaise. »
L'autre, tout au rebours, voyant les palais pleins
De ces gens nommés médecins,
Ne crut pas y pouvoir demeurer à son aise.
15 Elle prend l'autre lot, y plante le piquet[8],
S'étend à son plaisir sur l'orteil d'un pauvre homme,
Disant : « Je ne crois pas qu'en ce poste je chomme[9],
Ni que d'en déloger et faire mon paquet
Jamais Hippocrate[10] me somme. »
20 L'Aragne cependant se campe en un lambris[11],
Comme si de ces lieux elle eût fait bail à vie,
Travaille à demeurer[12] : voilà sa toile ourdie,
Voilà des moucherons de pris.
Une servante vient balayer tout l'ouvrage.
25 Autre toile tissue[13], autre coup de balai.

Sources. Peut-être l'édition latine d'**ÉSOPE** de Nicolas Gerbel (1535) et **PÉTRARQUE**, **Épîtres latines**, III, 13; le poète italien présente cette histoire comme un conte de bonne femme.

1. Noter l'emphase de ce discours (les deux alexandrins; la périphrase *humaine lignée*). — 2. « Une méchante petite maison » (*Dict.* de Richelet, 1680). Cf. du Bellay : « Cassines de pasteurs », et aussi Rabelais. — 3. Étroites; graphie archaïque pour rimer avec *retraites*. — 4. Noter la coupe tri-partie qui souligne la splendeur des palais. — 5. Mettez-vous d'accord. — 6. Ancienne forme pour : araignée. — 7. Dans les. — 8. S'établit : elle plante *le piquet* de sa tente; locution familière. — 9. Je chôme. — 10. Célèbre médecin grec (né en 460 av. J.-C.), devenu le symbole de la médecine. Les médecins, avant d'être reçus docteurs, prêtent encore le serment d'Hippocrate. — 11. Revêtement de menuiserie avec moulures : signe de demeure somptueuse; La Fontaine déclare, dans *le Songe d'un habitant du Mogol* (XI, 4) : *Je ne dormirai point sous de riches lambris.* — 12. Peine pour en faire sa résidence. — 13. Participe régulier de l'ancien infinitif *tistre*, inusité;

Le pauvre bestion[14] tous les jours déménage.
Enfin, après un vain essai,
Il va trouver la Goutte. Elle était en campagne[15],
Plus malheureuse mille fois
30 Que la plus malheureuse aragne.
Son hôte la menait tantôt fendre du bois,
Tantôt fouir, houer[16]. Goutte bien tracassée
Est, dit-on, à demi pansée.
« Oh ! je ne saurais plus, dit-elle, y résister.
35 Changeons, ma sœur l'Aragne. » Et l'autre d'écouter.
Elle la prend au mot, se glisse en la cabane :
Point de coup de balai qui l'oblige à changer.
La Goutte, d'autre part, va tout droit se loger
Chez un prélat[17], qu'elle condamne
40 A jamais du lit ne bouger.
Cataplasmes, Dieu sait ! Les gens n'ont point de honte
De faire aller le mal toujours de pis en pis[18].
L'une et l'autre trouva de la sorte son conte[19],
Et fit très sagement de changer de logis.

---

cf. X, 6, v. 10. — 14. Vieux mot figurant chez le conteur du XVIe s., Noël du Fail, pour désigner puces et poux; cf. X, 6, *l'Araignée et l'Hirondelle* (v. 16). — 15. Terme militaire : *être en campagne* s'oppose à *être au quartier* (au repos). — 16. *Fouir :* creuser (cf. III, 6, n. 6) ; *houer :* travailler la terre à la *houe*, instrument dont les vignerons se servent encore en Champagne pour remuer le sol en surface. — 17. Ce trait satirique n'est aucunement une marque d'irréligion. Cf. Boileau, *le Lutrin* (chant I, v. 57-68 : description du chanoine dans son lit). La bonne chère et l'inaction favorisent la goutte. — 18. Satire des médecins. A rapprocher de Molière, *le Médecin malgré lui, le Malade imaginaire...* La Fontaine dans sa vieillesse sera lui-même atteint d'un rhumatisme, qu'il décrira ainsi à Saint-Evremond (lettre du 19 décembre 1687) :

Triste fils de Saturne, hôte obstiné d'un lieu,
Rhumatisme, va-t-en; suis-je ton héritage?
Suis-je un prélat? Crois-moi, consens à mon adieu.

— 19. Orthographe fréquente de *compte* au XVIIe s.

---

① Étudiez le mélange de fiction et de réalité dans cette fable.
② Ne pouvons-nous y trouver une preuve que La Fontaine aimait *conter pour conter*, contrairement à son dire (voir p. 227, v. 6)?

---

9 *Le Loup et la Cicogne*[1]

1 Les Loups mangent gloutonnement[2].
Un Loup donc étant de frairie[3]
Se pressa, dit-on, tellement
Qu'il en pensa[4] perdre la vie :
5 Un os lui demeura bien avant au gosier.
De bonheur[5] pour ce Loup, qui ne pouvait crier[6],
Près de là passe une Cicogne.
Il lui fait signe ; elle accourt.
Voilà l'opératrice[7] aussitôt en besogne.
10 Elle retira l'os ; puis, pour un si bon tour,
Elle demanda son salaire.
« Votre salaire ? dit le Loup :

Sources. ÉSOPE, le Loup et le Héron (Nevelet, p. 206); PHÈDRE, le Loup et la Grue I, 8 (Nevelet, p. 394); FAERNE, HAUDENT. MARIE DE FRANCE, fab. 7, Don Leu et de la Grue ki li osta l'os de la goule.

1. Voir I, 18, n. 2. — 2. Dans *le Roman de Renart*, Ysengrin le Loup est toujours affamé et *glouton*. — 3. Anciennement, confrérie; puis banquet entre confrères : «Terme populaire qui signifie débauche [banquet], réjouissance » (*Dict.* de Furetière, 1690). — 4. Qu'il fut sur le point de. — 5. Par *bonheur*. — 6. Dans Ésope et Phèdre, le loup appelle au secours les passants. — 7. Féminin de *opérateur ;* vendeur d'orviétan ou chirurgien ambulant.

Toile de Jouy, XVIIIe siècle

CL. ROGER-VIOLLET

Vous riez, ma bonne commère[8] !
Quoi ! ce n'est pas encor beaucoup
15 D'avoir de mon gosier retiré votre cou ?
Allez, vous êtes une ingrate[9] :
Ne tombez jamais sous ma patte[10]. »

8. Familiarité ironique; voir I, 18, n. 1. — 9. Ce reproche énorme, et par suite d'un comique amer, est déjà chez Phèdre. — 10. La menace ne figure ni chez Ésope, ni chez Phèdre : après le cynisme ironique, le loup révèle toute sa méchanceté.

①* Pourquoi cette fable n'a-t-elle pas de *moralité*?

②* Relevez les traits qui rendent le récit amusant.

③ Comparez cette fable à la fable du Lion et du Rat (II, 11),

10 *Le Lion abattu par l'Homme*

1 On exposait une peinture
Où l'artisan[1] avait tracé
Un lion d'immense stature
Par un seul homme terrassé.
Les regardants[2] en tiraient gloire.
5 Un Lion en passant rabattit leur caquet.
« Je vois bien, dit-il, qu'en effet
On vous donne ici la victoire ;
Mais l'ouvrier vous a déçus,
10 Il avait liberté de feindre.
Avec plus de raison nous aurions le dessus,
Si mes confrères[3] savaient peindre. »

Source. ÉSOPE, l'Homme et le Lion voyageant de compagnie (Nevelet, p. 266).

1. Archaïque pour : artiste ; de même *ouvrier*, au v. 9. — 2. Participe présent employé comme nom. — 3. Les lions. Ce terme humain appliqué à des animaux produit un effet amusant.

11 *Le Renard et les Raisins*

1 CERTAIN Renard gascon, d'autres disent normand[1],
Mourant presque de faim, vit au haut d'une treille
Des Raisins mûrs apparemment[2],
Et couverts d'une peau vermeille.
5 Le galand[3] en eût fait volontiers un repas ;
Mais comme il n'y pouvait atteindre :
« Ils sont trop verts, dit-il, et bons pour des goujats[4]. »
Fit-il pas mieux[5] que de se plaindre ?

Sources. **ÉSOPE, le Renard et les Raisins** (Nevelet, p. 219); **PHÈDRE,** IV, 3. Comme dans la précédente fable, La Fontaine a rivalisé de concision avec ses modèles.

1. Cette feinte hésitation du fabuliste parodie les scrupules des historiens, soucieux de donner leurs « sources ». Les Gascons sont réputés pour leur vantardise, les Normands pour leur prudence. — 2. Manifestement. — 3. La Fontaine emploie volontiers ce mot (le coquin, le rusé) pour qualifier le renard : voir I, 11, n. 4 — 4. Valet de soldat, ou valet de maçon, d'où par extension : être stupide, grossier. — 5. Omission fréquente de la négation dans l'interrogation (Ne *fit-il pas*...), ce qui donne plus de vivacité à la question. La Fontaine n'aime pas les geignards.

- **Fable 11**

① * Dessinez le Renard contemplant la treille.

② Expliquez, discutez et commentez les remarques de Perrault (*Parallèles des anciens et des modernes*, IVe dialogue), à propos du premier vers : « Quel plaisir ce vers ne fait-il point à l'imagination ! Comme la feinte indifférence que le Renard témoigne pour les fruits où il ne peut atteindre peut venir aussi bien de prudence que de fierté, cette circonstance pouvait-elle s'expliquer plus agréablement et plus poétiquement ? »

③ « Son idéal, dit Ernest Hello de La Fontaine, c'est le Renard. » Et Jules Renard de répliquer (*Journal*, 3 juillet 1894) : « Mon idéal à moi, c'est La Fontaine. » Expliquez ce jugement et cette confidence.

- **Fable 12**

④ Comparez cette moralité prudente à celle de la fable 5 du livre II et commentez, à l'aide de ces exemples, la remarque suivante de Chamfort : « La Fontaine n'est point le poète de l'héroïsme ; il est celui de la vie commune, de la raison vulgaire. »

12 *Le Cygne et le Cuisinier*

1 DANS une ménagerie[1]
De volatiles remplie
Vivaient le Cygne et l'oison :
Celui-là destiné pour les regards du maître;
5 Celui-ci, pour son goût[2] : l'un qui se piquait d'être
Commensal[3] du jardin; l'autre, de la maison.
Des fossés du château faisant leurs galeries[4],
Tantôt on les eût vus côte à côte nager,
Tantôt courir sur l'onde, et tantôt se plonger[5],
10 Sans pouvoir satisfaire à leurs vaines envies[6].
Un jour le Cuisinier, ayant trop bu d'un coup[7],
Prit pour oison le Cygne; et le tenant au cou,
Il allait l'égorger, puis le mettre en potage.
L'oiseau, prêt[8] à mourir, se plaint en son ramage[9].
15 Le Cuisinier fut fort surpris,
Et vit bien qu'il s'était mépris.
« Quoi! je mettrais, dit-il, un tel chanteur[10] en soupe[11]!
Non, non, ne plaise aux Dieux[12] que jamais ma main coupe
La gorge à qui s'en sert si bien! »

20 Ainsi dans les dangers qui nous suivent en croupe[13]
Le doux parler ne nuit de rien[14].

Sources. ÉSOPE, le Cygne (Nevelet, p. 151). Thème traité également par APHTHONIUS, FAERNE et VERDIZOTTI.

1. « Lieu bâti auprès d'une maison de campagne pour y engraisser des bestiaux, des volailles, etc. » (*Dict. de l'Acad.*, 1694). — 2. Pour le *goût* du maître, qui apprécie l'oie en gourmet. — 3. A l'origine, officier de la maison du roi, et par extension : familier de la table; l'oie mange dans le *jardin*, le cygne est admis dans la *maison*. — 4. Lieu couvert servant à la promenade, d'où : promenade. — 5. Forme pronominale fréquente au XVIIe s. — 6. Ces ébats des oiseaux, décrits en termes nobles *(ondes, vaines envies)*, sont inspirés de Virgile (*Géorgiques*, I, v. 383 et suiv.). — 7. *Un coup* de trop. — 8. On ne distingue pas, au XVIIe s., entre *prêt à* et *près de*. — 9. Voir I, 2, v. 7. — 10. La légende du chant des cygnes sur le point de mourir est rapportée par Platon dans le *Phédon* (chap. 35). De là l'expression : « chant du cygne » : l'œuvre ultime. — 11. Les repas du XVIIe s. distinguent soigneusement les *potages* (viandes bouillies, dont le bouillon sert à tremper la *soupe*), des rôts. — 12. Ellipse : qu'il *ne plaise*... — 13. Image tirée d'Horace (*Odes*, III, 1). — 14. En *rien*.

13 *Les Loups et les Brebis*

1 Après mille ans et plus[1] de guerre déclarée,
Les Loups firent la paix avecque[2] les Brebis.
C'était apparemment[3] le bien des deux partis:
Car si les Loups mangeaient mainte bête égarée,
5 Les bergers de[4] leur peau se faisaient maints habits.
Jamais de liberté[5], ni pour les pâturages,
Ni d'autre part pour les carnages :
Ils ne pouvaient jouir qu'en tremblant de leurs biens.
La paix se conclut donc ; on donne des otages.
10 Les Loups, leurs louveteaux ; et les Brebis, leurs chiens.
L'échange en étant fait aux formes ordinaires
Et réglé par des commissaires[6],
Au bout de quelque temps que messieurs les louvats[7]
Se virent Loups parfaits[8] et friands[9] de tuerie,
15 Ils vous prennent le temps que[10] dans la bergerie
Messieurs les bergers n'étaient pas,
Étranglent la moitié des agneaux les plus gras,
Les emportent aux[11] dents, dans les bois se retirent.
Ils avaient averti leurs gens secrètement.
20 Les chiens, qui, sur leur foi[12], reposaient sûrement,
Furent étranglés en dormant :
Cela fut sitôt fait qu'à peine ils le sentirent[13].
Tout fut mis en morceaux ; un seul n'en échappa.

Nous pouvons conclure de là
25 Qu'il faut faire aux méchants guerre continuelle.

Sources. ÉSOPE, **les Loups et les Moutons** (Nevelet, p. 282); ANONYME, dans Nevelet, p. 524; APHTHONIUS (voir **la Vie d'Ésope**, au t. II) : Crésus propose la paix aux Samiens, en échange d'Ésope. Les Samiens acceptent d'abord : « Le Phrygien leur fit changer de sentiment en leur contant que les loups et les brebis ayant fait un traité de paix, celles-ci donnèrent leurs chiens pour otages. Quand elles n'eurent plus de défenseurs, les loups les étranglèrent. »

1. Amplification épique. — 2. Forme fréquente au XVIe s. et encore usitée en poésie au XVIIe . — 3. De toute évidence (ce sont les loups qui parlent). — 4. Avec. — 5. Tour plein de vivacité; cf. : *Jamais un plaisir pur* (II, 14, v. 8). — 6. Des animaux on passe aux hommes. C'est un traité de paix selon les formes, avec des commissions de contrôle. — 7. Louveteaux. Le ton burlesque est souligné par l'ironique *Messieurs* (voir aussi v. 16) qui parodie le style cérémonieux de la diplomatie, et contraste avec l'humble condition des personnages (loups, bergers). — 8. Achevés. — 9. Au sens actif : aimant beaucoup (cf. *friand* de louanges). — 10. Ils choisissent *le temps* où ; *vous* est explétif. — 11. Avec les; *aux* est au XVIIe s., d'un emploi très étendu : voir le v. 11. — 12. Sur leur parole. — 13. Noter

La paix est fort bonne de soi[14],
J'en conviens ; mais de quoi[15] sert-elle
Avec des ennemis sans foi ?

l'ironie : les loups sont des assassins parfaits. — 14. En *soi*. — 15. A quoi.

CL. BULLOZ

Source. **ÉSOPE, les Loups et les Moutons** (Nevelet, p. 282). Les loups tendaient des pièges à un troupeau de moutons. Ne pouvant les vaincre à cause des chiens qui les gardaient, ils décidèrent d'obtenir ce résultat par ruse; ils envoyèrent des messagers aux moutons, leur demandant les chiens, sous prétexte qu'ils provoquaient la hargne : « Qu'on les leur livre, pour qu'il y ait une paix mutuelle. » Les moutons, ne prévoyant en rien l'avenir, livrèrent les chiens; par suite de leur imprévoyance, les loups dévorèrent facilement le troupeau laissé sans gardes. C'est ainsi que les cités qui livrent leurs chefs sont facilement vaincues à l'improviste par leurs ennemis.

① Comparez les deux textes et montrez comment La Fontaine a rendu l'apologue plus vivant en rapprochant les animaux des hommes et en utilisant un mélange burlesque des tons.

- **La moralité** — Une fois de plus, La Fontaine n'hésite pas à donner son avis (v. 27). Il aime la paix (*Un animal dans la lune*, VII, 18, v. 63, 69), mais ne croit guère aux illusions de la paix perpétuelle (XII, 8), argument de propagande pour les perfides (voir *le Coq et le Renard*, II, 15).
- **Les allusions politiques** — Les contemporains de La Fontaine pouvaient trouver, dans cette fable, une justification de la vigilance de Louis XIV et de ses expéditions dans les Flandres et en Franche-Comté.

② La fable ne dément-elle pas cette appréciation de Georges Couton *(La Politique de La Fontaine)*? « Le premier recueil restait timide, peu disposé à aborder les grands sujets. Ses fables, encore grêles, gardaient quelque chose de la concision ésopique ou de la sécheresse de l'emblème. »

14 *Le Lion devenu vieux*

1 Le Lion, terreur des forêts,
Chargé d'ans et pleurant son antique prouesse[1],
Fut enfin attaqué par ses propres sujets,
Devenus forts par sa faiblesse.
5 Le cheval s'approchant lui donne un coup de pied ;
Le loup, un coup de dent ; le bœuf, un coup de corne.
Le malheureux Lion, languissant, triste et morne,
Peut à peine rugir, par l'âge estropié[2].
Il attend son destin, sans faire aucunes[3] plaintes ;
10 Quand voyant l'âne même à son antre accourir :
« Ah ! c'est trop, lui dit-il ; je voulais bien mourir ;
Mais c'est mourir deux fois[4] que souffrir tes atteintes. »

Source. PHÈDRE, I, 21 (Nevelet, p. 401), le Vieux Lion, le Sanglier, le Taureau et l'Ane.

1. Bravoure ; « les délicats du temps ne veulent pas qu'on use de ce mot et disent qu'il est vieux » (*Dict.* de Furetière, 1690). — 2. Devenu infirme. — 3. Pluriel archaïque. — 4. Le mot est déjà chez Phèdre où l'âne frappe le lion d'un coup de sabot ; d'où l'expression proverbiale : le coup de pied de l'âne.

- **L'art** de la présentation épique (v. 1-2). Le Lion est comparé à un héros *devenu vieux* (cf. Don Diègue devant Don Gormas); en soulignant l'ampleur croissante des attributs du Lion, l'alexandrin élargit l'octosyllabe initial.

① Faites ressortir la mélancolie du vers 7 (choix des adjectifs, coupes) et l'ironie du vers 4.

- **Les idées** — Le fabuliste nous conduit à l'admiration pour la dignité du Lion (v. 9) et au mépris pour la lâcheté de l'Ane (cf. *le Lion et l'Ane chassant*, II, 19, v. 25). On pense à ce que seront le sort et l'attitude de Louis XIV à la fin de son règne ; mais, en 1668, le souverain était jeune et fort.

②* Imaginez une anecdote illustrant le « coup de pied de l'âne ».
③ Pourquoi La Fontaine ne nous a-t-il pas montré l'Ane frappant le Lion?

④ « Qui fut plus humble que lui en apparence, et plus libre en réalité? » (Jules Renard, *Journal*, 14 août 1896.)

15 *Philomèle et Progné*

1 AUTREFOIS Progné l'hirondelle
De sa demeure s'écarta,
Et loin des villes s'emporta[1]
Dans un bois où chantait la pauvre Philomèle[2].
5 « Ma sœur, lui dit Progné, comment vous portez-vous ?
Voici tantôt mille ans[3] que l'on ne vous a vue :
Je ne me souviens point que vous soyez venue,
Depuis le temps de Thrace[4], habiter parmi nous.
Dites-moi, que pensez-vous faire ?
10 Ne quitterez-vous point ce séjour solitaire ?
— Ah ! reprit Philomèle, en est-il de plus doux ? »
Progné lui repartit : « Eh quoi ! cette musique[5]
Pour ne chanter qu'aux animaux,
Tout au plus à quelque rustique[6] ?
15 Le désert est-il fait pour des talents si beaux[7] ?
Venez faire aux[8] cités éclater leurs merveilles.
Aussi bien, en voyant les bois,
Sans cesse il vous souvient que Térée autrefois,
Parmi des demeures pareilles,
20 Exerça sa fureur sur vos divins appas[9].
— Et c'est le souvenir d'un si cruel outrage
Qui fait, reprit sa sœur, que je ne vous suis pas :
En voyant les hommes, hélas !
Il m'en souvient bien davantage. »

Sources. BABRIUS, le Rossignol et l'Hirondelle (Nevelet, p. 379); ÉSOPE (Nevelet, p. 213).

1. S'élança. — 2. *Térée* (v. 18) outragea sa belle-sœur *Philomèle* et lui coupa la langue. Sa femme, Procné ou *Progné*, se vengea en tuant son fils et en le servant en repas à Térée. Les deux sœurs furent métamorphosées en oiseaux, Progné en hirondelle et Philomèle en rossignol. — 3. Voir III, 13, v. 1. *Tantôt :* bientôt. — 4. Térée était roi de *Thrace.* Rappel discret de leur tragédie commune. — 5. *Cette* est emphatique ici : à quoi bon cette belle musique... — 6. Employé comme nom au XVIe s.; vieilli au XVIIe et avec une nuance péjorative : paysan. — 7. Reprise de *cette musique* (v. 12). — 8. Dans les. — 9. Rappel pudique des violences de Térée.

16 *La Femme noyée*

1 Je ne suis pas de ceux qui disent : « Ce n'est rien,
C'est une femme qui se noie. »
Je dis que c'est beaucoup ; et ce sexe vaut bien
Que nous le regrettions, puisqu'il fait notre joie[1].
5 Ce que j'avance ici n'est point hors de propos,
Puisqu'il s'agit en cette fable
D'une femme qui dans les flots
Avait fini ses jours par un sort déplorable.
Son époux en cherchait le corps
10 Pour lui rendre, en cette aventure,
Les honneurs de la sépulture[2].
Il arriva que sur les bords
Du fleuve auteur de sa disgrâce[3],
Des gens se promenaient ignorants[4] l'accident.
15 Ce mari donc leur demandant
S'ils n'avaient de sa femme aperçu nulle trace :
« Nulle, reprit l'un d'eux ; mais cherchez-la plus bas ;
Suivez le fil de la rivière. »
Un autre repartit : « Non, ne le suivez pas ;
20 Rebroussez plutôt en arrière.
Quelle que soit la pente et l'inclination[5]
Dont l'eau par sa course l'emporte,
L'esprit de contradiction
L'aura fait flotter d'autre sorte. »

25 Cet homme se raillait[6] assez hors de saison.
Quant à l'humeur contredisante,
Je ne sais s'il avait raison :
Mais que cette humeur soit ou non
Le défaut du sexe et sa pente[7],

Sources. Ce conte figure dans de nombreux recueils : les **Fables** de **MARIE DE FRANCE** (fable 96), les **Facéties** de **POGGE**, les fables de **FAERNE** et de **VERDIZOTTI**.

1. Noter ce préambule galant : La Fontaine ne prend pas à son compte la misogynie de l'histoire. « Trois femmes furent ses bienfaitrices » (Chamfort). — 2. Ces intentions pieuses sont une invention de La Fontaine. Noter la gravité (v. 5-11) sincère ou feinte : on dirait une oraison funèbre; contraste piquant avec la désinvolture des v. 1 et 2. — 3. Son malheur. La personnification *auteur de...* est encore du style noble; au contraire, du v. 14 au v. 24, le ton est ironique et familier. — 4. Accord du participe : voir II, 20, n. 16. — 5. L'inclinaison. — 6. Tour pronominal fréquent au XVIIe s. — 7. Sa ten-

30 Quiconque avec elle naîtra
Sans faute avec elle mourra,
Et jusqu'au bout contredira,
Et, s'il peut, encor par delà.

dance; cf. Racine, *Britannicus* (IV, 4, v. 21) : « Je n'ai que trop *de pente* à punir son audace. » Rapprochement amusant avec la rivière.

● **Originalité de la fable**

— C'est un conte (cf. III, 7, *l'Ivrogne et sa Femme*) destiné à faire rire, en dépit des protestations de respect initiales.

— Le conte sert d'exemple à une constatation générale (cf. III, 7 ; XI, 3 ; II, 18 ; VIII, 16) : *Rien ne change un tempérament* (VIII, 16).

— L'allégresse du récit contraste avec la noblesse de la fable 14 et la mélancolie de la fable 15.

① Comparez ce conte avec cette remarque de Montaigne : « Il est toujours proclive [c'est leur pente] aux femmes de disconvenir à leurs maris » (*Essais*, II, 8) ; et le conte de la femme qui, « pour aucune correction de menaces et bâtonnades, ne cessait d'appeler son mari pouilleux, et qui, précipitée dans l'eau, haussait encore, en s'étouffant, les mains, et faisait, au-dessus de sa tête, signe de tuer des poux » (*Essais*, II, 92). Cette fable n'est-elle pas un exemple de l' « esprit gaulois » de La Fontaine?

② A propos de *la Femme noyée*, commentez cette remarque de Chamfort : « C'est ce goût pour les femmes, dont il parle sans cesse, comme l'Arioste, en bien et en mal, qui lui dicta ses *Contes*, et qui se reproduit sans danger avec tant de grâce dans ses *Fables* mêmes, et conduisit sa plume dans son roman de *Psyché*. »

17 *La Belette entrée dans un grenier*

1 DAMOISELLE[1] Belette, au corps long et flouet[2],
Entra dans un grenier par un trou fort étroit[3] :
Elle sortait de maladie.
Là, vivant à discrétion[4],

Sources. ÉSOPE, le Renard affamé (Nevelet, p. 221); HORACE, Épîtres, livre I, 7.

1. Dans le livre VII, 16 : *Dame Belette. Damoiselle* est un « titre qu'on donne aux filles nobles dans tous les actes publics; hors de cet usage, on dit toujours demoiselle » (*Dict. de l'Acad.*, 1694). Il y a donc ici un archaïsme voulu (effet burlesque), comme dans la locution *chère lie* (v. 5). — 2. Fluet; les deux formes étaient en usage. — 3. La diphtongue *oi* se prononçait : *oué*. — 4. A sa guise.

5 La galande[5] fit chère lie[6],
Mangea, rongea : Dieu sait la vie[7],
Et le lard qui périt en cette occasion !
La voilà, pour conclusion,
Grasse, maflue[8] et rebondie.
10 Au bout de la semaine, ayant dîné son soû[9],
Elle entend quelque bruit, veut sortir par le trou,
Ne peut plus repasser, et croit s'être méprise.
Après avoir fait quelques tours :
« C'est, dit-elle, l'endroit, me voilà bien surprise ;
15 J'ai passé par ici depuis cinq ou six jours[10]. »
Un rat, qui la voyait en peine,
Lui dit : « Vous aviez lors la panse un peu moins pleine.
Vous êtes maigre entrée, il faut maigre sortir[11].
Ce que je vous dis là, l'on le dit à bien d'autres[12] ;
20 Mais ne confondons point, par trop approfondir[13],
Leurs affaires avec les vôtres. »

5. Féminin de *galand* (voir I, 11, 4) : la rusée. —6. « Grande chère » (*Dict.* de Furetière, 1690). — 7. La mangeaille; voir I, 9 n. 4. — 8. La forme courante était *mafflé :* le visage plein. — 9. Saoul : son content. — 10. Il y a *cinq*... — 11. Noter l'effet produit par le parallélisme *maigre entrée, maigre sortir.* — 12. Allusion aux financiers qui se sont « engraissés ». Colbert avait institué une Cour de justice (1661-1665), chargée de faire rendre gorge aux financiers (aux partisans), qui avaient grugé l'État. Fouquet n'est pas en cause dans cette fable, mais d'autres financiers, tels La Cour des Bois, la veuve Bonneau, etc. Se reporter aux *Caractères* de La Bruyère (chap. des *Biens de fortune*). — 13. En approfondissant trop. Amusante dérobade : le fabuliste n'avait pas besoin de préciser, les lecteurs connaissaient tous des exemples dans la vie de leur temps.

● **L'art** (fable 17)

— Dans l'évocation de la Belette (v. 1) : voir les fables II, 6 ; VII, 16 ; VII, 22 ; La Fontaine a retenu la caractéristique principale : le corps mince et allongé.
— Dans le réalisme pittoresque : termes familiers et concrets.
— Dans la versification : combinaisons d'alexandrins et d'octosyllabes.

● **Le bestiaire de La Fontaine**

① La belette figure dans les fables suivantes : II, 5 ; III, 17 ; VII, 16 ; VIII, 22. Relevez les traits physiques communs, puis les traits moraux, en vous reportant au mot de Chamfort, cité p. 155 (question ②).
②* Laquelle de ces esquisses préférez-vous? Pourquoi?

③ *Le chat grippe-fromage* (VIII, 22, v. 1) ;
Grippeminaud le bon apôtre (VII, 16, v. 43) ;

Maître Mitis, le chat (III, 18, v. 35) ;
Triste Oiseau, le hibou (V, 18, v. 6) ;
Ronge-maille, le rat (VIII, 22 v. 2)...
Constituez un catalogue de ces appellations pittoresques.

③ Vous rapprocherez de la fable cette remarque de La Bruyère : (*Les Caractères*, VI, 14) : « Les P.T.S. [*Partisans* ou fermiers généraux] nous font sentir toutes les passions l'une après l'autre : l'on commence par le mépris, à cause de leur obscurité ; on les envie ensuite, on les hait, on les craint, on les estime quelquefois, et on les respecte ; l'on vit assez pour finir à leur égard par la compassion. »

④ Appliquez à cette fable l'éloge suivant de Chamfort : La Fontaine « s'aperçut qu'une naïveté fine et piquante était le vrai caractère de son esprit, caractère qu'il cultiva par la lecture de Rabelais, de Marot, et de quelques-uns de leurs contemporains. Il parut faire rétrograder la langue [...] mais elle ne s'enrichissait pas moins dans les mains de La Fontaine, qui lui rendait les biens qu'elle avait laissé perdre. »
Vous pouvez compléter l'analyse de ce texte par d'autres exemples.

18 *Le Chat et un vieux Rat*

1 J'AI lu[1] chez un conteur de fables,
Qu'un second Rodilard[2], l'Alexandre des chats[3],
L'Attila[4], le fléau des rats,
Rendait ces derniers misérables[5].

Sources. La Fontaine a associé les ruses du chat (**ÉSOPE, le Chat et les Rats,** dans Nevelet, p. 112) et celles de la belette (**PHÈDRE, la Belette et les Rats,** ibid., p. 429). L'histoire figure aussi dans **FAERNE** et **HAUDENT.**

1. Mouvement identique à celui de la fable I du livre III : J'ai lu *dans quelque endroit.* — 2. Cf. Rabelais, *Quart Livre,* chap. 47, le « grand chat *Rodilardus* », nom latinisé déjà utilisé par La Fontaine dans la fable (II, 2), *Conseil tenu par les rats.* — 3. Comparaison burlesque avec Alexandre, le plus fameux conquérant de l'antiquité. — 4. Le roi des Huns (dont sainte Geneviève arrêta l'invasion devant Paris au milieu du ve s.), surnommé « *le fléau* de Dieu ». D'où l'adaptation burlesque : *fléau des rats.* — 5. Dignes de pitié. Cf. II, 2, v. 7 : *la gent misérable.*

5 J'ai lu, dis-je, en certain auteur[6],
Que ce Chat exterminateur[7],
Vrai Cerbère, était craint une lieue à la ronde ;
Il voulait de souris dépeupler tout le monde[8].
Les planches qu'on suspend sur un léger appui,
10 La mort-aux-rats, les souricières,
N'étaient que jeux au prix de[9] lui.
Comme il voit que dans leurs tanières[10]
Les Souris étaient prisonnières,
Qu'elles n'osaient sortir, qu'il avait beau chercher,
15 Le galand[11] fait le mort, et du haut d'un plancher[12]
Se pend la tête en bas; la bête scélérate
A de certains cordons se tenait par la patte.
Le peuple des souris croit que c'est châtiment,
Qu'il a fait un larcin de rôt[13] ou de fromage,
20 Égratigné quelqu'un, causé quelque dommage ;
Enfin qu'on a pendu le mauvais garnement.
Toutes, dis-je, unanimement
Se promettent de rire à son enterrement[14],
Mettent le nez à l'air, montrent un peu la tête,
25 Puis rentrent dans leurs nids à rats,
Puis, ressortant, font quatre pas,
Puis enfin se mettent en quête[15].
Mais voici bien une autre fête :
Le pendu ressuscite ; et sur ses pieds tombant,
30 Attrape les plus paresseuses.
« Nous en savons plus d'un[16], dit-il en les gobant[17] :
C'est tour de vieille guerre ; et vos cavernes creuses[18]
Ne vous sauveront pas, je vous en avertis :
Vous viendrez toutes au logis. »
35 Il prophétisait vrai : notre maître Mitis[19]
Pour la seconde fois les trompe et les affine[20],

6. Reprise familière : La Fontaine s'entretient avec son lecteur. — 7. Autre qualificatif burlesque, formé sur « ange exterminateur ». Noter la progression : *Alexandre ; Attila ; exterminateur ; vrai Cerbère.* Dans la mythologie, Cerbère est le chien à trois têtes qui gardait les Enfers. Le terme est d'autant plus amusant qu'il s'applique à... un chat. — 8. Retombée comique : des illustres conquérants, on redescend aux *souris.* — 9. En comparaison de. — 10. Cf. *le Lièvre et les Grenouilles* (II, 14) : le mot ne conviendrait aujourd'hui ni aux souris, ni aux grenouilles, mais à un fauve. — 11. Voir I, 11, n. 4. — 12. Le mot s'emploie aussi bien pour le plafond. — 13. Rôti. — 14. Le passage (v. 18-24) fait contraste, par la familiarité, avec le début emphatique. — 15. *Se mettent* à la recherche de nourriture. — 16. Ellipse : *plus d'un* tour. — 17. Avalant d'un seul coup; cf. *gober un œuf.* — 18. De nouveau le style noble. — 19. Notre *maître* (voir I, 2, n. 1) doux (lat. *mitis*). C'est un hypocrite comme Raminagrobis (VII, 16). — 20. Trompe par une

Blanchit sa robe et s'enfarine ;
Et de la sorte déguisé,
Se niche et se blottit dans une huche ouverte.
40 Ce fut à lui bien avisé :
La gent trotte-menu[21] s'en vient chercher sa perte.
Un Rat, sans plus, s'abstient d'aller flairer autour :
C'était un vieux routier[22], il savait plus d'un tour ;
Même il avait perdu sa queue à la bataille.
45 « Ce bloc enfariné ne me dit rien qui vaille[23],
S'écria-t-il de loin au général des chats[24] :
Je soupçonne dessous encor quelque machine[25].
Rien ne te sert d'être farine ;
Car, quand tu serais sac[26], je n'approcherais pas. »

50 C'était bien dit à lui[27] ; j'approuve sa prudence.
Il était expérimenté,
Et savait que la méfiance
Est mère de la sûreté.

ruse, une *finesse*. — 21. Invention de La Fontaine caractérisant bien l'allure des souris ; cf. d'autres *gens : la gent misérable*, II, 2, v. 7 ; *la gent marécageuse*, III, 4, v. 7 ; *la gent maudite*, VII, 8, v. 36 ; *cette gent*, X, 5, v. 26. — 22. Cf. Rabelais, I, chap. 33. Alors que le comte Spadassin et le capitaine Merdaille engagent Picrochole à la conquête du monde, « un vieux gentilhomme, éprouvé en divers hasards et vrai *routier de guerre* », essaie de l'en dissuader par la *farce du pot au lait*. Par extension, le mot *routier* désigne tout homme expérimenté ; le mot *bataille* (v. 44) souligne l'allusion militaire. — 23. Vers passé en proverbe. — 24. Rappel du ton épique du début ; cf. *Capitaine Renard* (III, 5, v. 1). — 25. Ruse. — 26. Jeu de mots rappelant *farine :* le *sac* qui contient la farine. — 27. Par lui.

● **L'art** — Une comédie en plusieurs actes, avec deux protagonistes d'une égale force : *Rodilard* (v. 2) et le *vieux routier* (v. 43).
— Style « baroque » : mélange des tons.
— Mélange des rythmes (alexandrins et octosyllabes).

①* Dessinez en couleurs les deux scènes principales de la comédie : le Chat suspendu ; le Chat « enfariné ».

● **La moralité** : une leçon de l'expérience (à la manière des *Essais*), semblable à celle de la fable 15 du livre II.

② Commentez le mot suivant de Chamfort : le « caractère distinctif » de La Fontaine est « de donner à chacun de ses personnages un caractère particulier dont l'unité se conserve dans la variété de ses fables ».

LIVRE QUATRIÈME

fable 1 *Le Lion amoureux*

A MADEMOISELLE DE SÉVIGNÉ[1]

1 SÉVIGNÉ, de qui les attraits
Servent aux Grâces de modèle,
Et qui naquîtes toute belle,
A votre indifférence près[2],
5 Pourriez-vous être favorable
Aux jeux innocents d'une fable,
Et voir, sans vous épouvanter,
Un lion qu'Amour sut dompter[3] ?
Amour est un étrange maître[4].
10 Heureux qui peut ne le connaître
Que par récit, lui ni[5] ses coups !
Quand on en parle devant vous,
Si la vérité vous offense,

Source principale. ÉSOPE, le Lion amoureux et le Laboureur (Nevelet, p. 268). Apologue souvent cité chez les Anciens, et même par saint Jean Chrysostome. La Fontaine associe au récit d'Ésope la légende d'Hercule et d'Omphale.

1. La fille de la marquise de Sévigné : celle-ci trouvait les fables « divines ». La future Mme de Grignan, âgée de 23 ans au moment de cette fable, était réputée pour sa beauté, mais aussi pour sa froideur. Elle épousera le comte de Grignan en 1669. — 2. Il s'agit de cette insensibilité amoureuse, attestée par les contemporains. Sa mère lui écrira (22 septembre 1680) : « D'abord, on vous craint, vous avez un air assez dédaigneux... » — 3. S'agit-il de M. de Grignan? de Louis XIV? Certains courtisans pensaient que Mlle de Sévigné succéderait à La Vallière. Allusion probable au *Ballet royal de la naissance de Vénus*, dansé par le roi en 1665, où Mlle de Sévigné jouait le rôle d'Omphale, aux pieds de laquelle file Hercule. Bensserade consacra un couplet à cette fête et à l'insensibilité de la Belle :

Blondins accoutumés à faire des conquêtes,
Devant ce jeune objet si charmant et si doux,
Tout grands héros que vous êtes,
Il ne faut pas laisser pourtant de filer doux.
L'ingrate foule aux pieds Hercule et sa massue;
Quelle que soit l'offrande, elle n'est point reçue...

— 4. Un maître extraordinaire; voir XII, 14, *l'Amour et la Folie :* « Tout est mystère dans l'Amour » (v. 1). — 5. Et.

La fable au moins se peut souffrir[6] :
15 Celle-ci prend bien l'assurance
De venir à vos pieds s'offrir,
Par zèle et par reconnaissance[7].

Du temps que les bêtes parlaient[8],
Les lions entre autres voulaient
20 Être admis dans notre alliance.
Pourquoi non ? puisque leur engeance[9]
Valait la nôtre en ce temps-là,
Ayant courage, intelligence,
Et belle hure[10] outre cela.
25 Voici comment il en alla.
Un lion de haut parentage[11],
En passant par un certain pré,
Rencontra bergère à son gré[12] :
Il la demande en mariage.
30 Le père aurait fort souhaité
Quelque gendre un peu moins terrible.
La donner lui semblait bien dur ;
La refuser n'était pas sûr ;
Même un refus eût fait, possible[13],
35 Qu'on eût vu quelque beau matin
Un mariage clandestin ;
Car outre qu'en toute manière
La belle était pour les gens fiers,
Fille se coiffe[14] volontiers
40 D'amoureux à longue crinière.
Le père donc ouvertement
N'osant renvoyer notre amant[15],
Lui dit : « Ma fille est délicate ;
Vos griffes la pourront blesser
45 Quand vous voudrez la caresser.
Permettez donc qu'à chaque patte

6. Supporter. — 7. On ignore les raisons de cette *reconnaissance.* — 8. Souvenir de Rabelais, *Pantagruel,* chap. 15 : « Au *temps que les bêtes parlaient* (il n'y a pas trois jours), un pauvre lion... » — 9. Notre race (*engeance* n'était pas pris nécessairement en mauvaise part au XVIIe s.). — 10. Depuis 1694, le mot s'applique seulement au sanglier (*Dict. de l'Acad.*) ; auparavant, il désignait toute tête de bête sauvage. — 11. Lignage. Ce lion a des aïeux illustres. — 12. Noter l'atmosphère de conte pastoral. — 13. Peut-être. — 14. Double jeu de mots dans les vers 39-40 : *se coiffe* (s'éprend) annonce *crinière,* allusion à la fois aux lions et aux élégants à longues perruques. Rime : au XVIIe s., on faisait sonner l'*r* de *volontiers.* — 15. Prétendant.

On vous les rogne ; et pour les dents,
Qu'on vous les lime en même temps :
Vos baisers en seront moins rudes
50 Et pour vous plus délicieux ;
Car ma fille y répondra mieux,
Étant sans ces inquiétudes. »
Le lion consent à cela,
Tant son âme était aveuglée.
55 Sans dents ni griffes le voilà,
Comme place démantelée[16].
On lâcha sur lui quelques chiens,
Il fit fort peu de résistance.

Amour, Amour, quand tu nous tiens
60 On peut bien dire : « Adieu prudence[17]. »

---

16. Dont les fortifications ont été rasées. — 17. La folie sert de guide à l'amour : cf. XII, 14, v. 30-31. Dans les deux éditions de 1668, la fable se terminait par un badinage sur les *bêtes et les gens*, badinage supprimé dans l'édition de 1678 :

Par tes conseils ensorcelants,
Ce lion crut son adversaire :
Hélas! comment pourrais-tu faire
Que les bêtes devinssent gens,
Si tu nuis aux plus sages têtes,
Et fais les gens devenir bêtes?

● **Fable 1**

① Relevez les traits qui font, de cette pièce charmante, un conte comme on en disait dans les salons du XVIIe siècle. Retenez les six derniers vers, supprimés dans l'édition de 1678.

② Comparez la morale (v. 59-60) avec la maxime suivante de La Rochefoucauld : « La prudence et l'amour ne sont pas faits l'un pour l'autre ; à mesure que l'amour croît, la prudence diminue. »

Fable 2; Source. ÉSOPE, le Berger et la Mer (Nevelet, p. 131). Un berger paissant son troupeau au bord de la mer et voyant celle-ci tranquille, désira naviguer pour faire du commerce. Il vendit ses brebis, acheta des dattes et leva l'ancre. Mais une violente tempête s'étant élevée et le navire étant en danger de couler, toute la cargaison fut jetée à la mer. Le navire étant vide, le berger échappa à grand peine à la mort. Bien des jours après, quelqu'un passant et admirant le repos de la mer (elle était alors tranquille), et en entretenant le berger : « Elle réclame encore des dattes, dit celui-ci, et c'est pourquoi elle semble calme. » Cette fable signifie que les malheurs servent d'enseignement aux hommes.

③ Comparez l'apologue d'Ésope et la fable de La Fontaine.

---

2 *Le Berger et la Mer*

1 Du rapport d'un troupeau, dont il vivait sans soins[1],
Se contenta longtemps un voisin d'Amphitrite[2] :
Si sa fortune était petite,
Elle était sûre tout au moins.
5 A la fin, les trésors déchargés sur la plage
Le tentèrent si bien qu'il vendit son troupeau,
Trafiqua[3] de l'argent, le mit entier[4] sur l'eau ;
Cet argent périt par naufrage.
Son maître fut réduit à garder les brebis,
10 Non plus berger en chef comme il était jadis,
Quand ses propres moutons paissaient sur le rivage :
Celui qui s'était vu Coridon ou Tircis[5]
Fut Pierrot, et rien davantage.
Au bout de quelque temps il fit quelques profits,
15 Racheta des bêtes à laine ;
Et comme un jour les vents, retenant leur haleine,
Laissaient paisiblement aborder les vaisseaux :
« Vous voulez de l'argent, ô Mesdames les Eaux,
Dit-il ; adressez-vous, je vous prie, à quelque autre :
20 Ma foi ! vous n'aurez pas le nôtre. »
Ceci n'est pas un conte à plaisir inventé.
Je me sers de la vérité
Pour montrer, par expérience,
Qu'un sou, quand il est assuré,
25 Vaut mieux que cinq en espérance[6] ;
Qu'il se faut contenter de sa condition ;
Qu'aux conseils de la mer et de l'ambition
Nous devons fermer les oreilles.
Pour un qui s'en louera, dix mille s'en plaindront.
30 La mer promet monts et merveilles :
Fiez-vous-y, les vents et les voleurs[7] viendront.

---

1. *Sans* souci. — 2. *Voisin* de la mer (désignée par la déesse selon une métonymie classique). — 3. Utilisa le prix du troupeau pour faire du commerce maritime. — 4. Le plaça en totalité. — 5. Bergers de pastorale, propriétaires de leur troupeau. A ces noms illustrés par la littérature, le fabuliste oppose celui de *Pierrot* (v. 13), qui représente un paysan mal dégrossi, au service d'un maître (cf. le Pierrot du *Dom Juan* de Molière). — 6. Voir *le Petit Poisson et le Pêcheur :* « Un tiens vaut, ce dit-on, mieux que deux tu l'auras » (V, 3, v. 24). Cf. aussi livre X, fable 5. Il y a là une allusion à la propagande faite en faveur de la Compagnie des Indes orientales, fondée en 1664, et dont la liquidation eut lieu en 1672. — 7. Les pirates.

3 *La Mouche et la Fourmi*

1 La Mouche et la Fourmi contestaient de leur prix[1].
« O Jupiter ! dit la première,
Faut-il que l'amour-propre aveugle les esprits
D'une si terrible manière,
5 Qu'un vil et rampant animal
A la fille de l'air ose se dire égal ?
Je hante[2] les palais, je m'assieds à ta table :
Si l'on t'immole un bœuf[3], j'en goûte devant toi ;
Pendant que celle-ci, chétive[4] et misérable[5],
10 Vit trois jours d'un fétu[6] qu'elle a traîné chez soi.
Mais, ma mignonne, dites-moi,
Vous campez-vous jamais sur la tête d'un roi,
D'un empereur, ou d'une belle ?
Je le fais ; et je baise un beau sein quand je veux ;
15 Je me joue entre des cheveux ;
Je rehausse d'un teint la blancheur naturelle ;
Et la dernière main que met à sa beauté
Une femme allant en conquête,
C'est un ajustement des mouches emprunté[7].
20 Puis allez-moi[8] rompre la tête
De vos greniers ! — Avez-vous dit[9] ?
Lui répliqua la ménagère.
Vous hantez les palais ; mais on vous y maudit.
Et quant à goûter la première
25 De ce qu'on sert devant les dieux,
Croyez-vous qu'il en vaille mieux ?
Si vous entrez partout, aussi[10] font les profanes.
Sur la tête des rois et sur celle des ânes

Source. PHÈDRE, IV, 25. Avant La Fontaine, ROMULUS, MARIE DE FRANCE, HAUDENT, CORROZET avaient traité la contestation de la mouche et de la fourmi (celle-ci est remplacée chez MARIE DE FRANCE par l'**abeille**, autre insecte laborieux).

1. Valeur. Ce vers est la traduction exacte de Phèdre. — 2. Je fréquente ou j'habite; cf. VIII, 22, *le Chat et le Rat*, v. 4-5 : « Toutes gens d'esprit scélérat - *Hantaient* le tronc pourri d'un pin vieux et sauvage. » — 3. Offrande rituelle chez les Anciens; *devant toi :* avant toi. — 4. Vile, méprisable; cf. I, 3, v. 9 : « La *chétive* pécore » (la grenouille). — 5. Digne de pitié. — 6. Brin de paille. — 7. « *Mouche* [...] petit morceau de taffetas ou de velours noir que les dames mettent sur leur visage par ornement ou pour faire paraître leur teint plus blanc [...]. Les mouches taillées en long s'appellent des assassins » (*Dict.* de Furetière, 1690). Noter l'inversion : *des mouches emprunté.* — 8. Pour : *allez me ;* tour familier. — 9. *Avez-vous* tout *dit ?* — 10. *Les profanes* (les non-initiés, d'où les importuns) le font *aussi.*

CL. RAPHO-BAUFLE

● **L'art**

— Composition : la fable se réduit à deux discours symétriques, celui de la Fourmi étant plus ample.
— Psychologie des acteurs : vanité et impertinence de la Mouche, réalisme dur de la Fourmi.

① Que pensez-vous des comparaisons suivantes de Taine? La Mouche est un gentilhomme qui « vit dans les antichambres, les salons, les ruelles » ; chez Molière, ce sera l'Acaste du *Misanthrope*. Quant à la Fourmi, c'est « l'animal bourgeois par excellence [...] d'un esprit net, ferme et pratique, qui raisonne avec autant de précision qu'il calcule, railleur comme un homme d'affaires, incisif comme un avocat ».

② Montrez comment les combinaisons rythmiques, les coupes et le vocabulaire expriment la différence de caractère des deux personnages : par exemple, l'emphase de la Mouche, (v. 1 à 10) ; son animation et sa désinvolture libertine (v. 11-19) ; la sécheresse inexorable de la Fourmi (v. 38-46).

● **La moralité**

③ Dans quelle mesure La Fontaine a-t-il lui-même appliqué le conseil de la Fourmi : *Laissez-moi travailler* (v. 50)?

④ Comparez le caractère de la Fourmi à celui qu'elle avait dans la fable 1 du livre I.

⑤ De la Cigale (I, 1) et de la Mouche (IV, 3), laquelle est la plus sympathique et pourquoi?

⑥ « On admirera que la Fable fasse penser et parler les bêtes, par une métaphore hardie, qui s'arrange pour n'être point crue, et qui ainsi ne peut offenser » (Alain, *les Dieux*, Pléiade, p. 1314).

Vous allez vous planter[11], je n'en disconviens pas ;
30 Et je sais que d'un prompt trépas
Cette importunité bien souvent est punie.
Certain ajustement, dites-vous, rend jolie ;
J'en conviens : il est noir ainsi que vous et moi.
Je veux qu'il ait nom mouche : est-ce un sujet pourquoi[12]
35 Vous fassiez sonner vos mérites ?
Nomme-t-on pas aussi mouches les parasites[13] ?
Cessez donc de tenir un langage si vain ;
N'ayez plus ces hautes pensées.
Les mouches de cour[14] sont chassées ;
40 Les mouchards[15] sont pendus ; et vous mourrez de faim,
De froid, de langueur[16], de misère,
Quand Phébus[17] régnera sur un autre hémisphère.
Alors je jouirai du fruit de mes travaux,
Je n'irai, par monts ni par vaux,
45 M'exposer au vent, à la pluie ;
Je vivrai sans mélancolie :
Le soin que j'aurai pris, de soin m'exemptera.
Je vous enseignerai par là
Ce que c'est qu'une fausse ou véritable gloire.
50 Adieu : je perds le temps ; laissez-moi travailler ;
Ni mon grenier, ni mon armoire
Ne se remplit à babiller. »

11. Renchérit sur le « camper » du v. 12. — 12. Pour lequel. — 13. Souvenir de Plaute, *Pœnulus*, acte III, sc. 3, v. 77. Chez les Romains, l'assimilation des mouches et des importuns ou des parasites était proverbiale : « *Puer, abige muscas :* garçon, chasse les mouches ! » — 14. Les espions (selon Furetière). — 15. Les espions de guerre, mais aussi les informateurs de la police. Il y a dégradation des *mouches-parasites* jusqu'aux *mouchards* (le suffixe *ard* est généralement péjoratif). — 16. Dépérissement. — 17. Personnification du soleil. Le vers est une périphrase désignant l'hiver.

CL. FOTOGRAM

4 *Le Jardinier et son Seigneur*

1 UN amateur du jardinage,
Demi-bourgeois, demi-manant[1],
Possédait en certain village
Un jardin assez propre[2], et le clos attenant.
5 Il avait de plant vif[3] fermé cette étendue.
Là croissait[4] à plaisir l'oseille et la laitue,
De quoi faire à Margot[5] pour sa fête un bouquet,
Peu de jasmin d'Espagne[6], et force serpolet[7].
Cette félicité par un lièvre troublée
10 Fit qu'au Seigneur du bourg notre homme se plaignit.
« Ce maudit animal vient prendre sa goulée[8]
Soir et matin, dit-il, et des pièges[9] se rit ;
Les pierres, les bâtons y perdent leur crédit[10] :
Il est sorcier, je crois. — Sorcier ? je l'en défie,
15 Repartit le Seigneur : fût-il diable, Miraut[11],
En dépit de ses tours, l'attrapera bientôt.
Je vous en déferai, bon homme[12], sur ma vie.
— Et quand ? — Et dès demain, sans tarder plus longtemps. »
La partie[13] ainsi faite, il vient avec ses gens.
20 « Çà, déjeunons, dit-il : vos poulets sont-ils tendres ?
La fille du logis, qu'on vous voie, approchez :
Quand la marierons-nous ? quand aurons-nous des gendres ?
Bon homme, c'est ce coup qu'il faut, vous m'entendez,
Qu'il faut fouiller à l'escarcelle[14]. »
25 Disant ces mots, il fait connaissance avec elle,
Auprès de lui la fait asseoir,

Source. Le thème peut venir de **CAMERARIUS, Fabulae æsopicae,** 1564, mais aussi être une aventure réelle.

---

1. Le personnage habite soit la ville *(bourgeois)*, soit la campagne *(manant)*. Ce dernier mot n'a pas de sens péjoratif. — 2. Joli, soigné. — 3. D'une haie vive. — 4. Le verbe est accordé avec un seul sujet. — 5. Diminutif familier désignant une jeune paysanne. — 6. Le *jasmin d'Espagne*, originaire de l'Inde, était une plante rare et délicate, introduite depuis peu en France. C'est le luxe de ce jardin. — 7. D'après le *Dict.* de Furetière (1690), le « *serpolet* de jardin ne rampe point, mais croît à la hauteur d'un bon palme ». Il ne s'agirait donc pas ici de thym sauvage. — 8. Le mot vient de *gueule*, comme *bouchée* de : bouche. — 9. Le *Jardinier* n'étant pas noble n'a pas le droit de chasse : il risque une amende de 100 livres, et, en cas de récidive, d'être attaché au carcan et banni de la région (ordonnance des Eaux et Forêts de 1669), mais il peut poser *des pièges* contre les animaux nuisibles. — 10. Pouvoir. — 11. Nom de chien de chasse, qui personnalise le chien du seigneur. On retrouve ce nom dans *le Lièvre et la Perdrix* (V, 17, v. 15), en compagnie de *Brifaut* (v. 12) et de *Rustaut* (v.17). — 12. *Bon* vieillard. — 13. La convention. — 14. Grande bourse; entamer sa fortune.

Prend une main, un bras, lève un coin du mouchoir[15] ;
Toutes sottises dont la belle
Se défend avec grand respect ;
30 Tant qu'au[16] père à la fin cela devient suspect.
Cependant on fricasse, on se rue en cuisine[17].
« De quand sont vos jambons ? ils ont fort bonne mine.
— Monsieur, ils sont à vous. — Vraiment ! dit le Seigneur,
Je les reçois, et de bon cœur. »
35 Il déjeune très bien ; aussi fait sa famille[18],
Chiens, chevaux et valets, tous gens bien endentés ;
Il commande chez l'hôte, y prend des libertés,
Boit son vin, caresse sa fille.
L'embarras des chasseurs[19] succède au déjeuné.
40 Chacun s'anime et se prépare :
Les trompes et les cors font un tel tintamarre
Que le bon homme est étonné[20].
Le pis fut que l'on mit en piteux équipage[21]
Le pauvre potager : adieu planches, carreaux[22] ;
45 Adieu chicorée et porreaux[23] ;
Adieu de quoi mettre au potage[24].
Le lièvre était gîté dessous un maître chou[25].
On le quête ; on le lance[26], il s'enfuit par un trou,
Non pas trou, mais trouée, horrible et large plaie
50 Que l'on fit à la pauvre haie
Par ordre du Seigneur ; car il eût été mal
Qu'on n'eût pu du jardin sortir tout à cheval.
Le bon homme disait : « Ce sont là jeux de prince[27]. »
Mais on le laissait dire ; et les chiens et les gens

15. « Linge d'ordinaire garni de dentelles exquises dont les dames se servent pour cacher et parer leur gorge » (Furetière). — 16. Si bien que au... — 17. Souvenir de Rabelais, *Gargantua*, chap. 11 : le géant « ruait très bien en cuisine »; de même, au *Quart Livre*, chap. 10, le « noble Panigon » *rue en cuisine*. — 18. Toute sa maison *(famille)* en fait autant... La *famille* comprend les serviteurs. — 19. *L'embarras* causé par les *chasseurs*, et non pas celui qu'ils éprouvent. — 20. Épouvanté. — 21. *En piteux* état. — 22. Aujourd'hui : carrés. « Les jardiniers divisent leurs parterres ou jardins en carreaux » (Furetière). — 23. Emploi indifférent de *poireaux* ou *porreaux* au XVIIe s. On prononce encore *poreaux* dans plusieurs provinces aujourd'hui. — 24. Non seulement la soupe, mais les légumes accompagnant la viande bouillie. — 25. Après Rabelais et Marot, La Fontaine emploie souvent *maître* ironiquement pour un animal. Ici, *maître* indique qu'il s'agit d'un chou parmi les plus gros. — 26. Termes de la chasse à courre; *quêter* « se dit lorsqu'on cherche un cerf, un sanglier » (*Dict. de l'Acad.*, 1694); *lancer :* débusquer. Noter l'effet burlesque puisqu'il s'agit d'un lièvre, et non d'un gros gibier. — 27. Locution proverbiale déjà employée par Henri Estienne, *Apologie pour Hérodote* (1566) : « Il y a autre sorte de cruauté, à savoir celle qui s'exerce plus de gaieté de cœur [...] que par vengeance : à quoi les princes et grands seigneurs s'adonnent plutôt que les hommes de basse ou médiocre condition; d'où est venu le proverbe : *ce sont jeux de prince.* »

● **L'art**

Originalité — La fable n'a pas de source connue. Il n'est pas impossible qu'elle ait été complètement inventée.

Structure dramatique — C'est une des meilleures « comédies » de La Fontaine, avec un décor dessiné avec précision, deux acteurs principaux, des personnages divers, des péripéties variées :

Décor champêtre (v. 1-8).
Nœud de l'action (v. 9-10).
Scène I : le Jardinier demande l'aide du Seigneur (v. 11-18).
Scène II : le Seigneur chez le Jardinier (v. 19-38).
Scène III : la chasse (v. 39-52).
Dénouement : le jardin dévasté (v. 53-57).

Caractère des personnages (complexité et naturel).
— LE JARDINIER : propriétaire diligent, aimant le pratique et l'agrément, respectueux des lois, confiant dans le Seigneur, hospitalier et crédule.
— LE SEIGNEUR : condescendant, fier de sa meute, bon vivant, sans gêne, égoïste.
— LA FILLE du jardinier : timide et réservée, sachant mal écarter les cajoleries du Seigneur.

Les mœurs — Tableau réaliste, mais sans surcharge burlesque, de la campagne au XVIIe siècle, avec ses jardins bien tenus, ses cuisines garnies de jambons, ses seigneurs faméliques ne rêvant que de chasse.

① Commentez l'appréciation suivante de Chamfort : « Voici une fable presque parfaite. La scène du déjeuner, les questions du Seigneur, l'embarras de la jeune fille, l'étonnement respectueux du paysan affligé, tout cela est peint de main de maître. Molière n'aurait pas mieux fait. »

② Que pensez-vous du commentaire suivant de Taine? « Le Seigneur a cette impertinence aisée et cette bienveillance offensante qui mettent le bourgeois à cent pieds au-dessous de lui [...] Le vilain plie le dos et se tait. » Taine ne dramatise-t-il pas la différence sociale séparant les deux personnages?

③ Comparez le récit de la chasse avec celui de Dorante dans *les Fâcheux* de Molière (acte II, sc. 6).

● **La moralité** déborde le cadre du village et concerne la politique internationale, que le Fabuliste suit d'un regard perspicace. Sur les rapports des grands et des petits, voir *Tribut envoyé par les Animaux à Alexandre* (IV, 12), *le Pot de terre et le Pot de fer* (V, 2)

④* Dessinez les chasseurs poursuivant le lièvre au milieu du jardin.

55 Firent plus de dégât en une heure de temps
Que n'en auraient fait en cent ans
Tous les lièvres de la province[28].
Petits princes, videz vos débats entre vous :
De recourir aux rois vous seriez de grands fous.
60 Il ne les faut jamais engager[29] dans vos guerres,
Ni les faire entrer sur vos terres.

28. Contrée (cf. du Bellay : « mon petit Liré qui m'est *une province* » *(Heureux qui comme Ulysse...)*. — 29. Faire entrer dans.

5 *L'Ane et le petit Chien*

1 NE forçons point notre talent[1],
Nous ne ferions rien avec grâce :
Jamais un lourdaud, quoi qu'il fasse,
Ne saurait passer pour galant[2].
5 Peu de gens que le Ciel chérit et gratifie[3]
Ont le don d'agréer infus[4] avec la vie.
C'est un point qu'il leur faut laisser,
Et ne pas ressembler à l'Ane de la fable,
Qui, pour se rendre plus aimable
10 Et plus cher à son maître, alla le caresser.
« Comment ? disait-il en son âme,
Ce Chien, parce qu'il est mignon,
Vivra de pair à compagnon[5]
Avec Monsieur, avec Madame[6] ;
15 Et j'aurai des coups de bâton ?
Que fait-il ? Il donne la patte,
Puis aussitôt il est baisé.
S'il en faut faire autant afin que l'on me flatte,
Cela n'est pas bien malaisé. »
20 Dans cette admirable pensée,
Voyant son maître en joie, il s'en vient lourdement,

Source. ÉSOPE, **le Chien et son Maître,** (Nevelet, p. 261). **MARIE DE FRANCE** a repris cet apologue dans sa fable, **D'un riche homme qui nourrissait un chiennet.**

1. Nos dispositions naturelles. — 2. Employé ici en bonne part : distingué. — 3. Favorise. — 4. *Le don* de plaire inné. *Infus :* « qu'il a plu à Dieu de verser dans l'âme » (*Dict. de l'Acad.*, 1694). On dit encore : science infuse. — 5. Locution toute faite : vivra en égal. — 6. L'Ane emploie le langage des valets parlant de leur maître.

Lève une corne toute usée[7],
La lui porte au menton fort amoureusement,
Non sans accompagner, pour plus grand ornement,
25 De son chant gracieux cette action hardie.
« Oh ! oh ! quelle caresse ! et quelle mélodie !
Dit le maître aussitôt. Holà ! Martin-bâton[8] ! »
Martin-bâton accourt : l'Ane change de ton.
Ainsi finit la comédie.

7. Un sabot tout usé. On ne distinguait pas, au XVIIe s., *tout* adverbial et *tout* adjectif. — 8. Souvenir de Rabelais, *Tiers Livre*, chap. 12. Panurge déclare qu'il battra « en tigre » sa femme si « elle le fâche »; « *Martin bâton* en fera l'office ». C'était déjà une locution proverbiale au XVIe s. (cf. livre V, fable 21, v. 7 et 9).

6 *Le combat des Rats et des Belettes*

1 LA nation des Belettes,
Non plus que celle des chats,
Ne veut aucun bien aux Rats ;
Et sans les portes étrètes[1]
5 De leurs habitations,
L'animal à longue échine[2]
En ferait, je m'imagine,
De grandes destructions.
Or une certaine année
10 Qu'il en était à foison,
Leur roi, nommé Ratapon,
Mit en campagne une armée.
Les Belettes, de leur part[3],
Déployèrent l'étendard.
15 Si l'on croit la renommée,
La victoire balança[4] :
Plus d'un guéret[5] s'engraissa

Sources. **ÉSOPE, les Rats et les Belettes** (Nevelet, p. 217); et surtout **PHÈDRE**, IV, 6 (Nevelet, p. 431). Souvenirs également (dans les noms propres) de deux parodies épiques faussement attribuées à **HOMÈRE** : la **Batrachomyomachie** (combat des rats et des grenouilles) et la **Galéomyomachie** (combat des belettes contre les rats).

1. Ancienne graphie (cf. III, 8, v. 6) : « ces cases *étrètes* » ; *étrètes* rime avec *Belettes* (v. 1). — 2. La Fontaine ne manque pas de dessiner la silhouette allongée de la belette ; cf. *le Bestiaire de La Fontaine*, p. 156. — 3. De leur côté. — 4. Hésita. — 5. Terre labourée mais non ensemencée.

Du sang de plus d'une bande.
Mais la perte la plus grande
20 Tomba presque en tous endroits
Sur le peuple souriquois[6].
Sa déroute fut entière,
Quoi que pût faire Artarpax[7],
Psicarpax, Méridarpax,
25 Qui, tout couverts de poussière,
Soutinrent assez longtemps
Les efforts des combattants.
Leur résistance fut vaine ;
Il fallut céder au sort :
30 Chacun s'enfuit au plus fort[8],
Tant soldat que capitaine.
Les princes périrent tous.
La racaille[9], dans des trous
Trouvant sa retraite prête,
35 Se sauva sans grand travail[10] ;
Mais les seigneurs sur leur tête
Ayant chacun un plumail[11],
Des cornes ou des aigrettes,
Soit comme marques d'honneur,
40 Soit afin que les Belettes
En conçussent plus de peur,
Cela causa leur malheur.
Trou, ni fente, ni crevasse
Ne fut large assez pour eux ;
45 Au lieu que la populace
Entrait dans les moindres creux.
La principale jonchée[12]
Fut donc des principaux Rats.

---

6. La Fontaine, comme Marot, aime forger des mots burlesques (cf. v. 11, *Ratapon*). On retrouve *le peuple souriquois* au livre XII, fable 8, v. 33 « ... *le peuple souriquois — En pâtit.* » — 7. « Le voleur de pain » : mot formé par La Fontaine à partir du grec, sur le modèle de *Psicarpax* (voleur de miettes) et de *Méridarpax* (voleur de morceaux), mots composés qu'il avait trouvés dans la *Batrachomyomachie* (voir *Source*). — 8. *Au plus vite.* — 9. « La lie et le rebut du peuple » (*Dict. de l'Acad.*, 1694); voir le v. 45 : *la populace.* — 10. Sans peine. — 11. Touffe de plumes. Dans Rabelais, *Quart Livre*, chap. 13, le seigneur de Basché, en signe de contentement, distribue à ses pages ses « beaux plumails blancs ». Les guerriers de l'antiquité portaient des casques empanachés. — 12. « Herbes, fleurs ou joncs qu'on épanche sur le chemin quand on veut faire honneur au passage de quelque personne. » Ici : litière de cadavres.

Une tête empanachée
50 N'est pas petit embarras.
Le trop superbe équipage[13]
Peut souvent en un passage
Causer du retardement.
Les petits, en toute affaire[14],
55 Esquivent[15] fort aisément :
Les grands ne le peuvent faire.

13. « Tout ce qui est nécessaire pour voyager... valets, chevaux, carrosses, habits, armes... » (*Dict.* de Furetière, 1690). — 14. Circonstance difficile. — 15. Aujourd'hui : s'esquivent.

- **L'art** — Cette fable appartient au genre **parodique,** pratiqué depuis l'antiquité.

  ① Montrez comment l'invention de noms propres et l'évocation des combattants (v. 36-39) produisent des effets comiques.

  La versification est uniforme : vers de sept syllabes, légers et amusants (cf. l'effet des trois noms se succédant, v. 23-24).

- **La moralité**

  C'est la revanche des « petits » (constatée par les Anciens et par Montaigne), aussi bien dans les guerres civiles que dans les guerres étrangères.

7 *Le Singe et le Dauphin*

1 C'ETAIT chez les Grecs un usage
Que sur la mer tous voyageurs
Menaient avec eux en voyage
Singes et chiens de bateleurs[1].
5 Un navire en cet équipage[2]
Non loin d'Athènes fit naufrage ;
Sans les dauphins tout eût péri.

Source. ÉSOPE, **le Singe et le Dauphin** (Nevelet, p. 160). Le sujet de cette fable était le thème d'une décoration du **Labyrinthe** de Versailles.

1. *Chiens* savants utilisés par les *bateleurs*. — 2. Voir les vers 11-14. Il ne s'agit pas de l'*équipage* du vaisseau.

Cet animal est fort ami
De notre espèce : en son Histoire
10 Pline[3] le dit, il le faut croire[4].
Il[5] sauva donc tout ce qu'il put.
Même un Singe, en cette occurrence,
Profitant de la ressemblance,
Lui pensa devoir[6] son salut :
15 Un Dauphin le prit pour un homme,
Et sur son dos le fit asseoir
Si gravement qu'on eût cru voir
Ce chanteur que tant on renomme[7].
Le Dauphin l'allait mettre à bord[8],
20 Quand, par hasard, il lui demande :
« Êtes-vous d'Athènes la grande ?
— Oui, dit l'autre, on m'y connaît fort ;
S'il vous y survient quelque affaire[9],
Employez-moi ; car mes parents
25 Y tiennent tous les premiers rangs :
Un mien cousin est juge maire[10]. »
Le Dauphin dit : « Bien grand merci ;
Et le Pirée[11] a part aussi
A l'honneur de votre présence[12] ?
30 Vous le voyez souvent, je pense ?
— Tous les jours : il est mon ami,
C'est une vieille connaissance. »
Notre magot[13] prit, pour ce coup[14],
Le nom d'un port pour un nom d'homme[15].
35 De telles gens il est beaucoup

3. *Pline* l'Ancien (*Histoire naturelle*, IX, 8) donne plusieurs exemples de l'affection des dauphins pour les hommes, citant notamment l'histoire du poète Arion : il se jeta à la mer pour échapper aux matelots qui voulaient le tuer, et fut sauvé par un dauphin (cf. le vers 18). Pline le Jeune (*Lettres*, livre IX, 33) rapporte l'anecdote du dauphin apprivoisé d'Hippone. Les naturalistes d'aujourd'hui, constatant que le cerveau du dauphin est très voisin de celui de l'homme, et étudiant le comportement de l'animal (notamment son langage), ne rejettent pas absolument ces histoires merveilleuses. — 4. Place normale du pronom devant l'auxiliaire, au XVIIe s. Ironie discrète de La Fontaine ? Peut-être. — 5. Le Dauphin. — 6. Faillit lui *devoir*. — 7. Arion; voir la note 3. — 8. Sur le rivage. — 9. Procès. — 10. Ce titre n'est nullement athénien, mais français : le *juge maire* (ou *mage*) était le juge le plus élevé dans certaines provinces de l'ancienne France; parfois, le titre était donné au lieutenant du sénéchal. — 11. Le port d'Athènes. — 12. Noter l'ironie de cette politesse cérémonieuse. — 13. Ici au sens propre : gros singe; le mot est souvent employé au figuré comme injure (cf. Marivaux, *le Jeu de l'Amour et du Hasard*, III, 6, **Bordas**, l. 1395). — 14. Pour cette fois. — 15. La locution *prendre le Pirée pour un homme* est devenue proverbiale.

Qui prendraient Vaugirard[16] pour Rome,
Et qui, caquetants[17] au plus dru[18],
Parlent de tout et n'ont rien vu[19].
Le Dauphin rit, tourne la tête,
40 Et le magot considéré,
Il s'aperçoit qu'il n'a tiré
Du fond des eaux rien qu'une bête.
Il l'y replonge, et va trouver
Quelque homme afin de le sauver.

16. Jusqu'au XIXe s., *Vaugirard* était un village séparé de Paris par une lieue. Le rapprochement entre ce village et la ville prestigieuse de Rome est donc burlesque. — 17. Au XVIIe s., le participe présent s'accordait. — 18. *Au plus* vite. La locution adverbiale renforce le verbe *caqueter*, qui évoque, au sens propre, le piaillement de la poule. — 19. Ce sera le travers d'*Arrias* (*Caractères* de La Bruyère, V, 9).

8 *L'Homme et l'Idole de bois*

1 CERTAIN Païen chez lui gardait un dieu de bois,
De ces dieux qui sont sourds, bien qu'ayants[1] des oreilles.
Le Païen cependant s'en promettait merveilles.
Il lui coûtait autant que trois :
5 Ce n'étaient que vœux et qu'offrandes,
Sacrifices de bœufs couronnés de guirlandes[2].
Jamais idole[3], quel qu'il fût,
N'avait eu cuisine si grasse,
Sans que pour tout ce culte à son hôte il échût
10 Succession, trésor, gain au jeu, nulle grâce.
Bien plus, si pour un sou d'orage[4] en quelque endroit[5]
S'amassait d'une ou d'autre sorte,
L'homme en avait sa part, et sa bourse en souffroit.
La pitance[6] du Dieu n'en était pas moins forte.
15 A la fin, se fâchant de n'en obtenir rien[7],
Il vous prend un levier, met en pièces l'Idole,

Source. ÉSOPE, l'Homme qui a brisé une statue (Nevelet, p. 192).

1. Sur l'accord d'*ayants*, voir p. 51, n. 11. C'est le mot du Psalmiste (psaume CXIII, verset 6) : « Elles ont des oreilles et n'entendront pas. » — 2. Voir *la Mouche et la Fourmi* (IV, 3), v. 8, n. 3. — 3. Au XVIIe s., le genre du mot *idole* était mal fixé, avec toutefois une préférence pour le féminin (*Dict.* de Richelet, 1680). — 4. Expression anachronique et burlesque, pour : le moindre orage. — 5. Rime avec *souffroit* (orthographe du XVIIe s.) : on prononçait *oué*. — 6. « Ce qu'on donne à chaque religieux pour son repas... L'usage du mot est dans le style simple et comique » (Richelet). — 7. De ne *rien en obtenir*.

Le trouve rempli d'or. « Quand je t'ai fait du bien,
M'as-tu valu, dit-il, seulement une obole[8] ?
Va, sors de mon logis, cherche d'autres autels.
20 Tu ressembles aux naturels[9]
Malheureux, grossiers et stupides :
On n'en peut rien tirer qu'avecque le bâton.
Plus je te remplissais[10], plus mes mains étaient vides :
J'ai bien fait de changer de ton. »

8. Petite pièce de monnaie antique. — 9. Les enfants de la Nature, les indigènes des pays exotiques. — 10. Je te rassasiais (en plus vulgaire); le mot prépare l'antithèse avec : *mes mains étaient vides.*

9 *Le Geai paré des plumes du Paon*

1 Un Paon muait : un Geai prit son plumage ;
Puis après se l'accommoda[1] ;
Puis parmi d'autres Paons tout fier se panada[2],
Croyant être un beau personnage.
5 Quelqu'un le reconnut : il se vit bafoué,
Berné[3], sifflé[4], moqué, joué,
Et par Messieurs les Paons plumé d'étrange[5] sorte ;
Même vers ses pareils s'étant réfugié,
Il fut par eux mis à la porte.
10 Il est assez de geais à deux pieds comme lui,
Qui se parent souvent des dépouilles d'autrui,
Et que l'on nomme plagiaires[6].
Je m'en tais, et ne veux leur causer nul ennui :
Ce ne sont pas là mes affaires[7].

Sources. PHÈDRE, I, 3, et accessoirement **ÉSOPE, le Choucas et les Oiseaux. Le Geai paré des plumes du Paon** figurait dans la décoration du **Labyrinthe** de Versailles.

1. Se l'appropria. — 2. *Se panader :* « Se carrer, montrer à sa démarche qu'on est superbe, orgueilleux... Ce mot vient apparemment de *paon...*, comme si on disait *paonader* » (*Dict.* de Furetière, 1690); cf. *le Paon se plaignant à Junon* (II, 17, v. 14). — 3. *Berner*, au sens propre : « faire sauter quelqu'un dans une couverture » (Furetière). Le poète Voiture, très petit, fut *berné* à l'hôtel de Rambouillet. — 4. Comme un mauvais acteur. Tous ces termes s'appliquent aux gens de lettres et de théâtre, comme la moralité de la fable. — 5. D'une façon extraordinaire. — 6. Horace (*Épîtres*, livre I, III) utilise déjà l'apologue contre les plagiaires. Le plagiat était fort répandu au XVIIe s., où la propriété littéraire n'était pas codifiée. — 7. Cette conclusion, prudente et désinvolte, rappelle celle de la fable 17 du livre III, *la Belette entrée dans un grenier* (cf. p. 156) : « Mais ne confondons point, par trop approfondir, — Leurs affaires avec les vôtres. »

10 *Le Chameau et les Bâtons flottants*

1 LE premier qui vit un Chameau
S'enfuit à cet objet[1] nouveau ;
Le second approcha ; le troisième osa faire
Un licou pour le dromadaire[2].
5 L'accoutumance ainsi nous rend tout familier[3].
Ce qui nous paraissait terrible et singulier[4]
S'apprivoise avec notre vue
Quand ce[5] vient à la continue.
Et puisque nous voici tombés sur ce sujet,
10 On avait mis des gens au guet,
Qui, voyant sur les eaux de loin certain objet,
Ne purent s'empêcher de dire
Que c'était un puissant navire.
Quelques moments après, l'objet devint brûlot[6],
15 Et puis nacelle[7], et puis ballot,
Enfin bâtons flottants sur l'onde.

J'en sais beaucoup de par le monde
A qui ceci conviendrait bien :
De loin, c'est quelque chose, et de près, ce n'est rien.

Sources. Deux fables d'**ÉSOPE, le Chameau vu pour la première fois** (Nevelet, p. 183) et **les Voyageurs et les Broussailles** (Nevelet, p. 178).

---

1. « Ce qui est opposé à notre vue » (*Dict.* de Furetière, 1690). — 2. Le XVIIe s. distingue mal le *chameau* (à deux bosses) du *dromadaire* (à une bosse). Le *licou* est le lien de cuir qui attache le cheval à sa mangeoire. — 3. Comparer avec la fable 4 du livre III, *les Grenouilles qui demandent un roi* (v. 18-22). Sur la force de la coutume, La Fontaine suit la pensée de Montaigne (*Essais,* I, 22, *De la coutume...*). — 4. Extraordinaire. — 5. Cela. Venir *à la continue :* à la longue. — 6. Vieux bateau chargé de matières combustibles qu'on lançait dans la flotte ennemie pour l'incendier. — 7. Barque. Noter l'amusante dégradation depuis le *puissant navire.*

● **Fable 10** — L'apologue est rapidement mené : La Fontaine rivalise avec Ésope. Notez l'ironie (cf. fable 14, *le Renard et le Buste*) et l'accent personnel de la moralité.
① Comparez cette moralité avec la remarque suivante de La Bruyère (*Caractères*, II, 2) : « De bien des gens il n'y a que le nom qui vale quelque chose. Quand vous les voyez de fort près, c'est moins que rien ; de loin ils imposent. »
② « Ésope est une partie de nous, une très grande partie de nous » (*Propos* d'Alain, 15 juin 1930).

---

11 *La Grenouille et le Rat*

1 TEL, comme dit Merlin[1], cuide engeigner autrui,
Qui souvent s'engeigne soi-même[2].
J'ai regret que ce mot[3] soit trop vieux aujourd'hui :
Il m'a toujours semblé d'une énergie extrême.
5 Mais afin d'en venir au dessein que j'ai pris,
Un Rat plein d'embonpoint, gras et des mieux nourris,
Et qui ne connaissait l'Avent ni le Carême[4],
Sur le bord d'un marais égayait ses esprits[5].
Une Grenouille approche, et lui dit en sa langue[6] :
10 « Venez me voir chez moi, je vous ferai festin. »
Messire Rat[7] promit soudain[8] :
Il n'était pas besoin de plus longue harangue.
Elle allégua pourtant les délices du bain,
La curiosité, le plaisir du voyage,
15 Cent raretés à voir le long du marécage :
Un jour il conterait à ses petits-enfants
Les beautés de ces lieux, les mœurs des habitants,
Et le gouvernement de la chose publique
Aquatique[9].
20 Un point[10], sans plus, tenait le galand[11] empêché[12] :
Il nageait quelque peu, mais il fallait de l'aide.
La Grenouille à cela trouve un très bon remède :

Source. ÉSOPE, **le Rat et la Grenouille** (Nevelet, p. 97). Dans **la Vie d'Ésope** (voir notre tome II), le fabuliste conte cet apologue aux Delphiens pour les détourner de le mettre à mort.

---

1. L'enchanteur *Merlin* qui joue un rôle important dans les romans de la Table Ronde. Ces romans, sous forme de vulgarisations en prose, étaient encore lus au XVIIe s. — 2. Ce proverbe, « Tel qui croit prendre autrui se prend à son propre piège », figure dans *le Premier volume de Merlin* (1535). — 3. *Engeigner* (d'*engin :* ruse) ; d'où : tromper par ruse. Par ce regret, La Fontaine montre son indépendance à l'égard de la réforme de Malherbe et de Vaugelas ; il devance La Bruyère qui pastichera le style de Montaigne et déplorera l'abandon de vieux mots (*Caractères*, chap. « De quelques usages »). Rapprocher de l'Avertissement des *Contes* (1665) : « Le vieux langage... a des grâces que celui de notre siècle n'a pas. » — 4. L'*Avent :* les quatre semaines précédant Noël ; le *Carême :* les quarante jours avant Pâques. Pendant ces deux périodes, le jeûne était obligatoire. — 5. Se distrayait. Cf. les *esprits animaux* de Descartes. — 6. Naïveté voulue. — 7. Emphase burlesque; cf. VIII, 3, v. 29 : « *Messire* Loup vous servira... » — 8. Aussitôt. — 9. On croirait entendre une agence de voyage ! Montaigne, pour justifier son voyage de 18 mois en Italie, emploie les mêmes arguments (cf. *Essais*, III, 9, *De la vanité*) : « Cette humeur avide des choses nouvelles et inconnues... » Noter l'effet comique produit par le rejet d'*aquatique*, et l'emphase burlesque; cf. III, 4, v. 7 : « la gent marécageuse. » — 10. Une difficulté unique *(sans plus)*; cf. III, 18, v. 42. — 11. Le coquin. Terme employé avec ironie. — 12. Embarrassé.

● **L'art** — Une fable beaucoup plus étoffée que les apologues antiques. Taine expose ainsi l'art de La Fontaine :
« Ésope rencontre parfois le trait original : *Un rat de terre, par un mauvais destin, devint l'ami d'une grenouille. La grenouille, qui avait de mauvais desseins, lia la patte du rat à la sienne. Ils allèrent d'abord dans le pays pour dîner ; puis, s'étant approchés au bord du marais, la grenouille entraîne le rat au fond, faisant clapoter l'eau et coassant : brekekex, coax, coax...* Ce détail amusant et vrai est une escapade pour le triste compilateur des vieilles fables grecques. Il retourne vite à ses abréviations et à sa monotonie : *Le malheureux, étouffé par l'eau, était mort et surnageait attaché à la patte de la grenouille. Un milan l'ayant vu l'emporta dans ses serres, la grenouille enchaînée le suivit et fit aussi le dîner du milan.* Ne prenons dans La Fontaine que les discours et les sentiments de la grenouille : elle insiste, car il faut allécher la dupe, et le traître est naturellement menteur et orateur. La grenouille se fait charlatan. Maintenant, sous quel prétexte persuade-t-elle au rat de se laisser lier les pieds? Ce trait manque dans Ésope, et ce défaut rend son histoire invraisemblable. La Fontaine montre d'où vient le lien, et cette petite circonstance ramène notre pensée au bord du marécage... On assiste aux émotions successives du *pauvret* et du meurtrier... C'est un drame et une intrigue... La trahison, subite et isolée dans Ésope, est préparée et développée dans La Fontaine... L'un donne l'abrégé du conte, l'autre fait l'histoire de l'âme. »

① En prenant pour exemple cette fable — ou d'autres de votre choix — justifiez l'éloge final de Taine : « L'autre fait l'histoire de l'âme. »

② Que pensez-vous de la remarque de Chamfort à propos des vers 12-19? « La Fontaine n'évite rien autant que d'être sec. Voilà pourquoi il ajoute ces six vers qui sont charmants. »

— **L'animalier** : inutile de chercher l'exactitude dans ces croquis d'animaux aussi vivants et lestes que ceux des dessins animés. En revanche, le marais avec son eau dormante, ses joncs, ses grenouilles est évoqué de façon suggestive.

— **Le rythme** est d'une rare aisance, notamment dans le dialogue. Voir la gloutonnerie du Rat exprimée par un octosyllabe d'un seul jet (v. 11), l'effet de burlesque produit par le petit vers 19, *aquatique* prolongeant le son de la rime *chose publique*, et réduisant l'emphase de la Grenouille à ses justes limites ; la lutte entre la Grenouille et le Rat traduite par les césures (v. 31-32) ; le dénouement rapide soulignant la joie du milan (v. 36-45 en vers de sept syllabes).

Le Rat fut à son pied par la patte attaché ;
Un brinc de jonc[13] en fit l'affaire.
25 Dans le marais entrés[14], notre bonne[15] commère
S'efforce de tirer son hôte au fond de l'eau,
Contre le droit des gens[16], contre la foi jurée ;
Prétend qu'elle en fera gorge-chaude et curée[17] ;
(C'était, à son avis, un excellent morceau).
30 Déjà dans son esprit la galande[18] le croque.
Il atteste les Dieux[19] ; la perfide s'en moque.
Il résiste ; elle tire. En ce combat nouveau[20],
Un milan, qui dans l'air planait, faisait la ronde[21],
Voit d'en haut le pauvret se débattant sur l'onde.
35 Il fond dessus, l'enlève, et, par même moyen,
La Grenouille et le lien.
Tout en fut : tant et si bien
Que de cette double proie
L'oiseau se donne au cœur joie[22],
40 Ayant de cette façon
A souper chair et poisson[23].
La ruse la mieux ourdie[24]
Peut nuire à son inventeur,
Et souvent la perfidie
45 Retourne sur son auteur[25].

---

13. Détail pris à la réalité, et qui ramène à leur juste proportion les propos de *Messire Rat* et de la *bonne commère*. *En* représente le *remède*. — 14. Tour elliptique imité de l'ablatif absolu latin, et qui donne de la vicacité au récit. Aucune obscurité dans ce tour, incorrect aujourd'hui. — 15. Noter l'ironie (à l'origine, *commère :* marraine; d'où l'idée d'amitié, de bon voisinage). — 16. Le droit des nations, reconnu par tous les peuples civilisés. La ruse de la grenouille est d'autant plus odieuse qu'elle vise un *hôte*. — 17. Terme de chasse. Faire *gorge chaude* « se dit de la viande chaude qu'on donne aux oiseaux du gibier qu'ils ont pris » (*Dict.* de Furetière, 1690). Rabelais emploie cette expression pour désigner un repas pris sur le vif : Pantagruel « vous prit Monsieur de l'Ours et le mit en pièce comme un poulet, et vous en fit une bonne gorge chaude » (*Pantagruel*, chap. 6). Aujourd'hui, au sens figuré : se moquer de. La *curée* est la part de gibier donnée aux chiens, dès que la bête est abattue. La comparaison de la grenouille avec un faucon ou un chien de chasse révèle le caractère sanguinaire de celle-ci; elle veut dépecer le rat. — 18. La coquine. — 19. Même attitude chez *Janot Lapin* (livre VII, fable 16) : « O Dieux hospitaliers... » — 20. Insolite. — 21. Le *milan*, comme tout oiseau de proie, décrit des cercles en l'air, ce qui évoque la *ronde* des sentinelles. — 22. Aujourd'hui : à *cœur joie*. — 23. Locution proverbiale : un repas complet, avec viande *(chair)* et poisson pour l'entrée. — 24. Tramée ; cf. III, 6, v. 39 : « Que ne sait point ourdir une langue traîtresse ? » — 25. Cf. la moralité de la fable *le Renard et la Cicogne* (I, 18).

12 *Tribut envoyé par les Animaux à Alexandre*

1 UNE fable[1] avait cours parmi l'antiquité,
Et la raison ne m'en est pas connue.
Que le lecteur en tire une moralité[2] ;
Voici la fable toute nue.

5 La Renommée ayant dit en cent lieux
Qu'un fils de Jupiter, un certain Alexandre,
Ne voulant rien laisser de libre sous les cieux,
Commandait que, sans plus attendre,
Tout peuple à ses pieds s'allât rendre[3],
10 Quadrupèdes, humains, éléphants, vermisseaux,
Les républiques des oiseaux ;
La déesse aux cent bouches[4], dis-je,
Ayant mis partout la terreur
En publiant l'édit du nouvel empereur[5],
15 Les Animaux, et toute espèce lige[6]
De son seul appétit, crurent que cette fois
Il fallait subir d'autres lois.
On s'assemble au désert. Tous quittent leur tanière[7].
Après divers avis, on résout, on conclut
20 D'envoyer hommage[8] et tribut[9].
Pour l'hommage et pour la manière,
Le singe en fut chargé : l'on lui mit par écrit
Ce que l'on voulait qui fût dit.
Le seul tribut les tint en peine :

Source. GILBERTI COGNATI, Narrationum sylva, p. 98 : de Jovis Ammonis oraculo, 1567.

---

1. Une légende. — 2. Le lecteur n'a qu'à relire *la Génisse, la Chèvre et la Brebis, en société avec le Lion* (I, 6), qui ne comporte pas non plus de *moralité.* — 3. Allusion à l'oracle rendu par Jupiter Hammon, proclamant Alexandre fils de Jupiter, et prédisant qu'il serait maître de toute la terre (histoire rapportée par Quinte-Curce, livre IV, chap. 7). — 4. La Renommée; cette périphrase est tirée de Virgile, *Énéide*, IV, v. 181-183. — 5. Au sens large, Quinte-Curce emploie le mot *imperator* pour désigner le pouvoir absolu d'Alexandre. — 6. Formé sur *homme lige :* vassal lié par serment à son suzerain. Au Moyen Age, l'homme lige « était obligé de servir son seigneur envers tous et contre tous » (*Dict.* de Furetière, 1690). Les animaux, eux, ne servent que leur *seul appétit.* — 7. Voir *la Fantaisie de La Fontaine*, p. 117. — 8. Engagement à son suzerain. — 9. Somme d'argent payée en marque de dépendance (cf. être tributaire).

25 Car que donner ? Il fallait de l'argent.
On en prit d'un prince obligeant,
Qui possédant dans son domaine
Des mines d'or, fournit ce qu'on voulut.
Comme il fut question de porter ce tribut,
30 Le mulet et l'âne s'offrirent,
Assistés du cheval ainsi que du chameau.
Tous quatre en chemin ils se mirent,
Avec le singe[10], ambassadeur nouveau[11].
La caravane enfin rencontre en un passage
35 Monseigneur le lion : cela ne leur plut point.
« Nous nous rencontrons tout à point,
Dit-il, et nous voici compagnons de voyage.
J'allais offrir mon fait[12] à part ;
Mais bien qu'il soit léger, tout fardeau m'embarrasse.
40 Obligez-moi de me faire la grâce[13]
Que d'en porter chacun un quart :
Ce ne vous sera pas une charge trop grande,
Et j'en serai plus libre et bien plus en état,
En cas que[14] les voleurs attaquent notre bande,
45 Et que l'on en vienne au combat. »
Éconduire un lion rarement se pratique.
Le voilà donc admis, soulagé, bien reçu,
Et malgré le héros de Jupiter issu,
Faisant chère[15] et vivant sur la bourse publique.
50 Ils arrivèrent dans un pré
Tout bordé de ruisseaux, de fleurs tout diapré,
Où maint mouton cherchait sa vie ;
Séjour du frais[16], véritable patrie
Des zéphirs[17]. Le lion n'y fut pas, qu'à ces gens
55 Il se plaignit d'être malade.
« Continuez votre ambassade,
Dit-il ; je sens un feu qui me brûle au dedans,
Et veux chercher ici quelque herbe salutaire.
Pour vous, ne perdez point de temps.
60 Rendez-moi mon argent, j'en puis avoir affaire[18]. »

---

10. Il n'est pas question du singe chez Cognatus. — 11. Insolite, extraordinaire. — 12. Mon argent, mes biens; cf. X, 9, v. 62 : « *Son fait*, dit-on, consiste en des pierres de prix. » — 13. Quelle politesse royale ! — 14. Au cas où. — 15. *Faisant* bonne chère. — 16. Adjectif substantivé. — 17. « Vent doux et tiède » (*Dict. de l'Acad.*, 1694). C'est un véritable paradis terrestre. — 18. Besoin.

On déballe ; et d'abord le lion s'écria,
D'un ton qui témoignait sa joie :
« Que de filles, ô Dieux, mes pièces de monnoie[19]
Ont produites ! Voyez : la plupart sont déjà
65 Aussi grandes que leurs mères.
Le croît[20] m'en appartient. » Il prit tout là-dessus,
Ou bien s'il ne prit tout, il n'en demeura guères.
Le singe et les sommiers[21] confus,
Sans oser répliquer, en chemin se remirent.
70 Au fils de Jupiter on dit qu'ils se plaignirent,
Et n'en eurent point de raison[22].
Qu'eût-il fait ? C'eût été lion contre lion ;
Et le proverbe dit : « Corsaires à corsaires,
L'un l'autre s'attaquant, ne font pas leurs affaires[23]. »

---

19. Noter la rime *joie-monnoie*, normale pour la prononciation du XVIIe s. *(ouée)*. — 20. « Augmentation d'un troupeau par le moyen des petits qui y naissent » (Furetière). — 21. Bêtes de *somme* (voir les vers 30-31). — 22. « Satisfaction pour une offense » *(Dict. de l'Acad.)*. — 23. Ce proverbe figure dans les *Proverbes espagnols traduits en français, par César Oudin*, 1609. Régnier le cite à la fin de sa *Satire* XII :

Pour moi, j'en suis d'avis, et connais à cela
Qu'ils ont un bon esprit : Corsaires à corsaires,
L'un l'autre s'attaquant, ne font pas leurs affaires.

● **L'art** — Cette fable, l'une des plus amples du premier recueil, comprend plusieurs épisodes :

Préambule faussement naïf, v.1-4.
Conseil des animaux, v. 5-20.
L'organisation de l'ambassade, v. 21-33.
Rencontre du lion et ses premières exigences, v. 34-49.
Le lion reste dans le pré et s'empare du trésor, v. 50-67.
Dénouement : vaine plainte des députés, v. 68-71.
Moralité, v. 72-74.

● **La moralité** : bien que le préambule n'en annonce pas (v. 3-4), il y en a une, sous forme de proverbe : une fois encore, les petits s'inclinent devant la force, pour éviter de plus grands maux.

① Êtes-vous d'accord avec Voltaire *(Dictionnaire philosophique)* pour blâmer cet apologue, au nom de la vraisemblance ? « Le tribut des animaux envoyé au roi Alexandre est une fable, qui, pour être ancienne, n'en est pas meilleure. Les animaux n'envoient pas d'argent à un roi, et un lion ne s'avise pas de voler de l'argent. »

---

13 *Le Cheval s'étant voulu venger[1] du Cerf*

1 De tout temps les chevaux ne sont nés pour les hommes[2].
Lorsque le genre humain de gland se contentait[3],
Ane, cheval, et mule, aux forêts habitait[4] ;
Et l'on ne voyait point, comme au siècle où nous sommes,
5 Tant de selles et tant de bâts,
Tant de harnais[5] pour les combats,
Tant de chaises[6], tant de carrosses ;
Comme aussi ne voyait-on pas
Tant de festins et tant de noces.
10 Or un Cheval eut alors différend
Avec un Cerf plein de vitesse ;
Et ne pouvant l'attraper en courant,
Il eut recours à l'homme, implora son adresse.
L'Homme lui mit un frein[7], lui sauta sur le dos,
15 Ne lui donna point de repos
Que le Cerf ne fût pris, et n'y laissât la vie.
Et cela fait, le Cheval remercie
L'homme son bienfaiteur, disant : « Je suis à vous[8],
Adieu. Je m'en retourne en mon séjour sauvage.
20 — Non pas cela, dit l'homme ; il fait meilleur chez nous :
Je vois trop quel est votre usage[9].
Demeurez donc ; vous serez bien traité,
Et jusqu'au ventre en la litière. »
Hélas ! que sert la bonne chère
25 Quand on n'a pas la liberté[10] ?
Le Cheval s'aperçut qu'il avait fait folie[11] ;

Sources. ARISTOTE, Rhétorique, II, 20; HORACE, Épîtres, livre I, 10; PHÈDRE, IV, 4; HAUDENT, VERDIZOTTI, ÉSOPE, etc. Dans Phèdre, il s'agit du conflit d'un sanglier et d'un cheval.

1. Aujourd'hui : le Cheval ayant voulu se venger... — 2. Les chevaux n'ont pas été toujours destinés à servir les hommes. — 3. Les poètes latins (Horace, Virgile) citent le *gland* comme nourriture des hommes primitifs. Voltaire, pour symboliser le progrès, oppose le pain au gland (*Dict. philosophique*, article *Blé) :* « Ne nous remets pas au gland quand nous avons du blé. » — 4. Le verbe n'est accordé qu'avec un seul sujet (cf. IV, 4, v. 6). — 5. Primitivement : armure; ici, le harnachement propre au cheval de guerre. — 6. « Petit carrosse à deux personnes » (*Dict. de l'Acad.*, 1694). Le *Manuscrit de Sainte-Geneviève* donne *chariots* au lieu de *chaises*. Dans tout le passage, La Fontaine insiste sur l'idée de luxe; *chaise* convient donc mieux que *chariot*, véhicule utilitaire. — 7. Un mors. — 8. Formule de politesse (cf. *Je suis votre serviteur*) prise au sens littéral par l'homme. — 9. Utilité. — 10. Voir *le Loup et le Chien* (I, 5). Le Chien avait tenté le Loup par la description de sa bonne chère : *os de poulets, os de pigeons...* — 11. Dans la *Satire Ménippée*, Monsieur d'Aubray rappelle l'apologue pour détacher les Parisiens du roi d'Espagne.

Mais il n'était plus temps ; déjà son écurie
Était prête et toute bâtie.
Il y mourut en traînant son lien[12] :
30 Sage, s'il eût remis une légère offense.

Quel que soit le plaisir que cause la vengeance,
C'est l'acheter trop cher que l'acheter d'un bien
Sans qui[13] les autres ne sont rien.

12. Expression proverbiale : « N'est pas sauvé qui traîne son lien. » La Fontaine la prend au sens propre, de même que *Et jusqu'au ventre en la litière* (v. 23). — 13. Lequel.

14 *Le Renard et le Buste*

1 Les grands, pour la plupart, sont masques de théâtre[1] ;
Leur apparence impose[2] au vulgaire idolâtre[3].
L'âne n'en sait juger que par ce qu'il en voit.
Le Renard, au contraire, à fond les examine,
5 Les tourne de tout sens ; et quand il s'aperçoit
Que leur fait[4] n'est que bonne mine,
Il leur applique un mot qu'un buste de héros
Lui fit dire fort à propos.
C'était un Buste creux, et plus grand que nature.
10 Le Renard, en louant l'effort de la sculpture :
« Belle tête, dit-il, mais de cervelle point[5]. »

Combien de grands seigneurs sont bustes en ce point !

Sources. ÉSOPE, le Renard et le Masque (Nevelet, p. 95) ; PHÈDRE, I, 7.

1. Expression traduite des fabulistes grec et latin. La Fontaine remplace ensuite le *masque* par un *buste*, comme l'avait fait Haudent. — 2. En *impose*. La Fontaine n'a que mépris pour la foule qui juge sur les apparences (voir *Démocrite et les Abdéritains* (VIII, 26) : « Que j'ai toujours haï les pensers du *vulgaire* ! » — 3. Au sens actif : qui adore les *idoles* du jour. — 4. Leurs qualités. — 5. En grec, l'épigramme est plus vive par le rapprochement de κεφαλὴν (tête) et de ἐγκέφαλον (cervelle). Lessing (livre II, fable 14) a surchargé le récit en imaginant le buste la bouche ouverte : « Sans cervelle, et la bouche béante ! Ne serait-ce pas la tête d'un bavard ? »

15 *Le Loup, la Chèvre, et le Chevreau*

16 *Le Loup, la Mère, et l'Enfant*[1]

1 LA Bique[2], allant remplir sa traînante mamelle
Et paître l'herbe nouvelle,
Ferma sa porte au loquet,
Non sans dire à son Biquet :
5 « Gardez-vous, sur votre vie[3],
D'ouvrir que l'on ne vous die[4],
Pour enseigne[5] et mot du guet[6] :
« Foin[7] du Loup et de sa race ! »
Comme elle disait ces mots,
10 Le Loup, de fortune[8] passe.
Il les recueille à propos,
Et les garde en sa mémoire.
La Bique, comme on peut croire,
N'avait pas vu le glouton.
15 Dès qu'il la voit partie, il contrefait son ton[9],
Et d'une voix papelarde[10]
Il demande qu'on ouvre, en disant : « Foin du Loup ! »
Et croyant entrer tout d'un coup[11].
Le Biquet soupçonneux par la fente regarde.
20 « Montrez-moi patte blanche[12], ou je n'ouvrirai point »,
S'écria-t-il d'abord[13]. Patte blanche est un point[14]
Chez les loups, comme on sait, rarement en usage.
Celui-ci, fort surpris d'entendre ce langage,
Comme il était venu s'en retourna chez soi.
25 Où serait le Biquet, s'il eût ajouté foi
Au mot du guet que de fortune
Notre Loup avait entendu ?

---

1. Les éditions originales réunissent ces deux fables, de même que les fables 15 et 16 du livre I et les fables 11 et 12 du livre II. La gravure de Chauveau est divisée en deux parties correspondant chacune à l'une des deux fables. — 2. Ce mot familier, toujours en usage à la campagne, donne le ton général de la fable. — 3. Au nom de *votre vie*. — 4. Forme ancienne et régulière du subjonctif; *dise* est une forme récente. — 5. *Signe* de reconnaissance. — 6. *Mot* de passe. — 7. Interjection marquant la colère et la répulsion. « Sorte d'interjection burlesque qui marque une manière d'imprécation : *foin du fat* » (*Dict.* de Richelet, 1680). — 8. Par hasard. — 9. Le fabuliste Haudent écrit : « simulant voix caprine, » ce qui traduit le *caprizas* (de *capra*, chèvre) de l'*Anonyme*. — 10. Hypocrite. Mot fréquent chez Rabelais, p. ex. *Pantagruel*, chap. 29 : « Les abus d'un tas de *papelards* et faux prophètes. » — 11. Aussitôt. — 12. Expression passée en proverbe. — 13. Immédiatement. — 14. Une qualité, un caractère particulier.

Fable 15; Sources. Appendix fabularum Æsopiarum, Haedus et Lupus; CORROZET, du Loup et du Chevreau; Mythologia aesopica Neveleti; l' « Anonyme », p. 507, distiques latins, **De Capra et Haedulo.** Une chèvre cherchant sa nourriture, confie son chevreau à l'étable; l'étable le protège contre les robustes bêtes sauvages. La mère prudente, par un enseignement amical, prévient son fils qu'il se cache et qu'il n'erre pas à l'aventure pour son malheur. Le chevreau reste caché; voici que le loup secoue la porte; il imite la chèvre de sa voix et demande qu'on ouvre la porte fermée. « Éloigne-toi, dit le chevreau, je veux que tu t'éloignes. Que tu sois ma mère, c'est ce que dément le portrait de celui qui parle. La fente par laquelle je regarde m'enseigne que tu es un loup. » L'enseignement des parents, implanté dans le cœur des enfants, produit ses fruits; méprisé, il nuit d'ordinaire. (Nevelet, p. 507).

- **L'art** — La comédie animale : revanche du faible (à l'opposé, *le Loup et l'Agneau*, livre I, fable 10).

① Relevez les traits (vocabulaire, rythme, place des mots), qui font de cet apologue un véritable conte rustique pour enfants.

② Comparez la prudence du *Biquet* et la naïveté confiante du Petit Chaperon rouge dans le conte de Perrault : la petite fille ouvre sa porte, parce que le loup « en adoucissant un peu sa voix » lui a crié le mot de passe : « Tire la chevillette, la bobinette cherra. »

Fable 16; Source. ÉSOPE, **le Loup et la Vieille femme** (Nevelet, p. 200). Un loup affamé rôdait, cherchant sa nourriture. Arrivé à un certain endroit, il entendit un petit enfant se plaindre, et une vieille femme lui dire : « Cesse de te plaindre, sinon, sur-le-champ, je te donne au loup. » Donc le loup, pensant, que la vieille parlait sérieusement, attendit longtemps. Mais, le soir étant venu, il entend de nouveau la vieille femme caresser l'enfant et lui dire : « Si le loup vient, nous le tuerons, mon fils. » A ces mots, le loup, en s'en allant, se dit : « Dans cette chaumière, on dit une chose et on en fait une autre. » Cette fable s'adresse aux hommes dont les actes ne répondent pas aux paroles.

- **L'art** du conte rustique.

③ Commentez l'opinion suivante d'Arnould *(La Terre de France chez La Fontaine)* : « Outre le poème du loup, de sa convoitise carnassière et de sa sottise, cette fable-ci sera le poème du village français tout entier [...] la plus forte miniature qui soit du village d'ancienne France. »

④ Selon Taine, le « portrait demi-sérieux, demi-moqueur » du Loup est « plus vrai que la sombre et terrible peinture de Buffon. » Qu'en pensez-vous?

- **L'invention** — Toute la fin de la fable (mise à mort du Loup) a été ajoutée par La Fontaine qui rattache le récit à la campagne française (cf. le dicton picard).

⑤* Dessinez le Loup guettant l'enfant.

⑥ « On ne saurait rêver d'art plus direct, d'apparence moins volontaire » (André Gide, *Journal*, 19 septembre 1939).

Deux sûretés[15] valent mieux qu'une,
Et le trop en cela ne fut jamais perdu.
30 Ce Loup me remet en mémoire
Un de ses compagnons qui fut encor mieux pris :
Il y périt. Voici l'histoire :
Un villageois avait à l'écart son logis.
Messer Loup attendait chape-chute[16] à la porte ;
35 Il avait vu sortir gibier de toute sorte,
Veaux de lait, agneaux et brebis,
Régiments de dindons, enfin bonne provende[17].
Le larron commençait pourtant à s'ennuyer[18].
Il entend un enfant crier :
40 La Mère[19] aussitôt le gourmande,
Le menace, s'il ne se tait,
De le donner au Loup. L'animal se tient prêt,
Remerciant les dieux d'une telle aventure[20],
Quand la Mère, apaisant sa chère géniture[21],
45 Lui dit : « Ne criez point ; s'il vient, nous le tuerons.
— Qu'est ceci ? s'écria le mangeur de moutons[22] :
Dire d'un, puis d'un autre[23]. Est-ce ainsi que l'on traite
Les gens faits comme moi[24] ? Me prend-on pour un sot ?
Que quelque jour ce beau marmot
50 Vienne au bois cueillir la noisette ! »
Comme il disait ces mots, on sort de la maison.
Un chien de cour[25] l'arrête ; épieux et fourches-fières[26]
L'ajustent de toutes manières[27].
« Que veniez-vous chercher en ce lieu ? » lui dit-on.
55 Aussitôt il conta l'affaire.
« Merci de moi[28] ! lui dit la Mère ;
Tu mangeras mon Fils ? L'ai-je fait à dessein

15. Précautions. La plupart des autres fabulistes insistent sur l'utilité, pour les enfants, d'obéir à leurs parents; p. ex. Corrozet : « Qui donc obéit aux parents — Tout bien et tout honneur lui vient. » — 16. Formé de *chape* (cape, manteau) et du participe de *choir :* manteau tombé est bonne prise. « On dit qu'un homme cherche *chape-chute* pour dire qu'il cherche quelque occasion » (*Dict.* de Furetière, 1690). *Messer :* italianisme pour *Messire* (cf. II, 19 et III, 2). — 17. A l'origine, « *provision* de vivres dans une communauté » (Furetière), d'où : provision de bouche. Aujourd'hui, nourriture à base de son pour les animaux. — 18. *Le Héron* (VII, 4) se montre encore plus difficile. — 19. La plupart des fabulistes antiques disent *nourrice* ou *vieille femme.* — 20. Bonne fortune. — 21. *Progéniture :* « Terme burlesque qui se dit des enfants » (Furetière). — 22. Périphrase burlesque, parodiant le style épique. — 23. Dire une chose, puis une autre. Au XVIIe s., on emploie *de* partitif devant un pronom pris au sens neutre. — 24. Noter l'orgueil du loup. — 25. *Chien de* garde. — 26. *Fourches* de fer. Terme picard (?). — 27. Le maltraitent de toute façon. — 28. Formule de protestation, « Manière de jurer dont se servent les femmes de la lie du peuple » (Furetière). Cf. Molière, *Tartuffe*, I, 1, v. 7, Mme PERNELLE : « Hé !

Qu'il assouvisse un jour ta faim ? »
On assomma la pauvre bête.
60 Un manant[29] lui coupa le pied droit[30] et la tête ;
Le seigneur du village à sa porte les mit,
Et ce dicton picard à l'entour fut écrit :

Biaux chires Leups, n'écoutez mie
Mère tenchent chen fieux qui crie[31]. »

---

merci de ma vie ! il en irait bien mieux... » — 29. Paysan. Le loup n'a même pas l'honneur de périr sous les coups d'un seigneur. — 30. Usage de vénerie : on fait les *honneurs du pied* au seigneur. — 31. En français : « Beaux sires Loups, n'écoutez pas — Mère tançant son fils qui crie. »

17 *Parole de Socrate*

1 Socrate un jour faisant bâtir,
Chacun censurait son ouvrage.
L'un trouvait les dedans[1], pour ne lui point mentir[2],
Indignes d'un tel personnage ;
5 L'autre blâmait la face[3], et tous étaient d'avis
Que les appartements[4] en étaient trop petits.
Quelle maison pour lui ! l'on y tournait à peine[5].
« Plût au Ciel que de vrais amis,
Telle qu'elle est, dit-il, elle pût être pleine ! »

10 Le bon Socrate avait raison
De trouver pour ceux-là trop grande sa maison.
Chacun se dit ami ; mais fol[6] qui s'y repose :
Rien n'est plus commun que ce nom,
Rien n'est plus rare que la chose[7].

Source. PHÈDRE, *Socrate à ses amis*, III, 9 (N elet, p. 421).

---

1. Les intérieurs. — 2. Formule de protestation employée par les « censeurs » pour attester la sincérité de leurs critiques. — 3. Façade. — 4. Pièces. — 5. On pouvait *à peine* s'y retourner. — 6. Archaïsme; cf. le dicton : « Souvent femme varie : bien *fol* est qui s'y fie. » — 7. Sur l'amitié, voir *les Deux Amis* (VII, 11); voir aussi la complainte de Rutebeuf : « Ce sont amis que vent emporte. — Et il ventait devant ma porte. »

18 *Le Vieillard et ses Enfants*

1 TOUTE puissance est faible, à moins que d'être unie[1].
Écoutez là-dessus l'esclave de Phrygie[2].
Si j'ajoute du mien à son invention,
C'est pour peindre nos mœurs[3], et non point par envie ;
5 Je suis trop au-dessous de cette ambition.
Phèdre enchérit[4] souvent par un motif de gloire ;
Pour moi, de tels pensers me seraient malséants[5].
Mais venons à la fable, ou plutôt à l'histoire[6]
De celui qui tâcha d'unir tous ses enfants.

10 Un Vieillard prêt[7] d'aller où la mort l'appelait :
« Mes chers Enfants, dit-il (à ses fils il parlait),
Voyez si vous romprez ces dards[8] liés ensemble ;
Je vous expliquerai[9] le nœud qui les assemble. »
L'aîné les ayant pris, et fait tous ses efforts,
15 Les rendit en disant : « Je le[10] donne aux plus forts. »
Un second lui succède, et se met en posture,
Mais en vain. Un cadet tente aussi l'aventure.
Tous perdirent leur temps, le faisceau résista ;
De ces dards joints ensemble un seul ne s'éclata[11].
20 « Faibles gens ! dit le Père, il faut que je vous montre
Ce que ma force peut en semblable rencontre. »
On crut qu'il se moquait, on sourit, mais à tort :
Il sépare les dards, et les rompt sans effort.
« Vous voyez, reprit-il, l'effet de la concorde[12].
25 Soyez joints, mes Enfants, que l'amour vous accorde[13]. »
Tant que dura son mal, il n'eut autre discours.
Enfin se sentant prêt de terminer ses jours :

Sources. ÉSOPE, les Enfants du Laboureur (Nevelet, p. 231); BABRIUS, HAUDENT; CORROZET, Hécatongraphie, XXXIIIe Emblème; PLUTARQUE, Du trop parler (XXIX).

1. Voir une remarque analogue dans la fable 12 du livre I. — 2. Ésope. — 3. Ce souci des *mœurs* contemporaines est très marqué dans les fables 15 et 16. Il est déjà indiqué dans la Préface des *Fables* (voir p. 39, l. 136 et suiv.). — 4. Renchérit. — 5. La Fontaine affirme toujours son respect pour les Anciens. — 6. La *fable* est une fiction, l'*histoire* une anecdote vraie; selon Plutarque, l'aventure est arrivée à Scilure, roi des Scythes. — 7. Aujourd'hui : près. — 8. Flèches, ou plutôt baguettes. — 9. Le symbole constitué par *le nœud*. — 10. *Le* est neutre et remplace toute une proposition : *je donne aux plus forts* de rompre... — 11. Pas *un seul* ne se fendit. — 12. Reprise du vers 1. — 13. Une variante du *Manuscrit de Sainte-Geneviève* précise le sens : « Qu'entre vous on s'accorde; »

« Mes chers Enfants, dit-il, je vais où sont nos pères.
Adieu. Promettez-moi de vivre comme frères ;
30 Que j'obtienne de vous cette grâce en mourant. »
Chacun de ses trois fils l'en assure en pleurant.
Il prend à tous les mains ; il meurt ; et les trois frères
Trouvent un bien fort grand, mais fort mêlé d'affaires[14].
Un créancier saisit, un voisin fait procès.
35 D'abord notre trio s'en tire avec succès[15].
Leur amitié fut courte autant qu'elle était rare.
Le sang les avait joints, l'intérêt les sépare.
L'ambition, l'envie, avec les consultants[16],
Dans la succession entrent en même temps.
40 On en vient au partage, on conteste, on chicane.
Le juge sur cent points tour à tour[17] les condamne.
Créanciers et voisins reviennent aussitôt,
Ceux-là sur une erreur, ceux-ci sur un défaut[18].
Les frères désunis sont tous d'avis contraire :
45 L'un veut s'accommoder[19], l'autre n'en veut rien faire.
Tous perdirent leur bien, et voulurent trop tard
Profiter de ces dards unis et pris à part.

---

ue l'amour fraternel vous mette d'accord. — 14. De difficultés (dettes ? procès ?); voir
: vers 34. — 15. Variante du *Manuscrit de Sainte-Geneviève :* « Et le triumvirat *s'en tire*
vec succès. » *Trio* est plus naturel que *triumvirat.* — 16. Jurisconsultes ou avocats, et
lus généralement : hommes d'affaires. — 17. *A tour* de rôle. — 18. L'*erreur* porte sur
: fond; le *défaut* est une non comparution devant le tribunal. La Fontaine est très au
ourant des termes de justice : voir *les Frelons et les Mouches à miel* (I, 21), *le Loup plaidant*
ontre le Renard (II, 3); *l'Aigle et l'Escarbot* (II, 8). — 19. S'arranger.

CL. GUILEY-LAGACHE

Nevelet
1610

19 *L'Oracle et l'Impie*

1 Vouloir tromper le Ciel, c'est folie à la terre.
Le dédale des cœurs en ses détours n'enserre[1]
Rien qui ne soit d'abord éclairé par les dieux :
Tout ce que l'homme fait, il le fait à leurs yeux,
5 Même les actions que dans l'ombre il croit faire[2].

Un Païen, qui sentait quelque peu le fagot[3],
Et qui croyait en Dieu, pour user de ce mot,
Par bénéfice d'inventaire[4],
Alla consulter Apollon[5].
10 Dès qu'il fut en son sanctuaire :
« Ce que je tiens, dit-il, est-il en vie ou non ? »
Il tenait un moineau, dit-on,
Prêt[6] d'étouffer la pauvre bête,
Ou de la lâcher aussitôt,
15 Pour mettre Apollon en défaut.
Apollon reconnut ce qu'il avait en tête :
« Mort ou vif, lui dit-il, montre-nous ton moineau,
Et ne me tends plus de panneau[7] :
Tu te trouverais mal d'un pareil stratagème.
20 Je vois de loin, j'atteins de même[8]. »

Source. ÉSOPE, le Fourbe (Nevelet, p. 100).

1. N'enferme. *Dédale* fut l'architecte du Labyrinthe. — 2. Belle affirmation de l'omniscience divine, qu'on trouve chez Platon, et, bien entendu, dans l'*Écriture sainte*. — 3. Expression proverbiale, appliquée aux hérétiques qu'on brûlait sur le bûcher; La Fontaine l'applique de façon amusante à un païen incrédule. — 4. Comme on vérifie l'actif d'un héritage avant de l'accepter. Ce païen rappelle celui de la fable 8, lorsqu'il est déçu par l'Idole. — 5. Le dieu des oracles. — 6. Près de ou *prêt* à. — 7. Filet pour prendre le gibier; d'où : ne me tends plus de piège. — 8. Rappel d'épithètes homériques. Apollon frappe *de loin* avec ses flèches.

20 *L'Avare qui a perdu son Trésor*

1 L'USAGE seulement fait la possession[1].
Je demande à ces gens de qui la passion
Est d'entasser toujours, mettre somme sur somme,
Quel avantage ils ont que n'ait pas un autre homme[2].
5 Diogène[3] là-bas est aussi riche qu'eux,
Et l'avare ici-haut comme lui vit en gueux.
L'homme au trésor caché qu'Ésope nous propose,
Servira d'exemple à la chose.

Ce malheureux[4] attendait,
10 Pour jouir de son bien, une seconde vie;
Ne possédait pas l'or, mais l'or le possédait[5].
Il avait dans la terre une somme enfouie[6],
Son cœur avec, n'ayant autre déduit[7]
Que d'y ruminer jour et nuit,
15 Et rendre sa chevance à lui-même sacrée[8].
Qu'il allât ou qu'il vînt, qu'il bût ou qu'il mangeât,
On l'eût pris de bien court[9], à moins qu'il ne songeât
A l'endroit où gisait cette somme enterrée.
Il y fit tant de tours qu'un fossoyeur[10] le vit,
20 Se douta du dépôt, l'enleva sans rien dire.
Notre avare, un beau jour, ne trouva que le nid.
Voilà mon homme aux[11] pleurs; il gémit, il soupire,
Il se tourmente[12], il se déchire.

Sources. ÉSOPE, **l'Avare** (Nevelet, p. 138). Peut-être aussi **HAUDENT, FAERNE** et **MONTAIGNE, Essais**, livre I, chap. 42, **De l'inégalité qui est entre nous. HORACE** rappelle la moralité d'Ésope (**Épître** I, v. 12).

---

1. C'est la moralité même d'Ésope; cf. Montaigne : « Les biens de la fortune, tous tels qu'ils sont, encore faut-il avoir le sentiment propre à les savourer. C'est le jouir, non le posséder qui nous rend heureux. » — 2. L'idée est exprimée par Phèdre, dans *le Renard et le Dragon.* — 3. Philosophe cynique (mort en 328 av. J.-C.), célèbre par son mépris des richesses : il se servait d'un tonneau comme abri. La Fontaine ne recommande pas du tout une telle austérité; il ne prétend pas vivre *en gueux. Là-bas :* chez les morts; *ici-haut :* sur terre. — 4. Il est à plaindre, puisqu'il ne sait pas profiter des richesses présentes. — 5. Formule proverbiale dès l'antiquité (mot attribué au philosophe Bion, par Diogène Laërce). — 6. Le participe est séparé de l'auxiliaire et s'accorde : survivance de l'ancienne langue. — 7. Plaisir. Mot ancien, comme *chevance* (v. 15) (= capital), que Furetière estime « vieux et hors d'usage ». — 8. Intouchable. — 9. Pris à l'improviste : on ne pouvait surprendre l'avare, sans qu'il songeât à son trésor. — 10. Non pas celui qui creuse une *fosse* au cimetière, mais tout homme qui creuse la terre; le texte grec dit : « un ouvrier, un laboureur. » — 11. En *pleurs.* — 12. Sens fort : il se torture.

Un passant lui demande à quel sujet ses cris.
25 « C'est mon trésor que l'on m'a pris.
— Votre trésor ? où pris ? — Tout joignant[13] cette pierre.
— Eh ! sommes-nous en temps de guerre
Pour l'apporter si loin ? N'eussiez-vous pas mieux fait
De le laisser chez vous en votre cabinet[14],
30 Que de le changer de demeure ?
Vous auriez pu sans peine y puiser à toute heure.
— A toute heure, bons dieux ! ne tient-il qu'à cela[15] ?
L'argent vient-il comme il s'en va ?
Je n'y touchais jamais. — Dites-moi donc, de grâce,
35 Reprit l'autre, pourquoi vous vous affligez tant[16],
Puisque vous ne touchiez jamais à cet argent :

Mettez une pierre à la place,
Elle vous vaudra tout autant. »

---

13. Le participe est employé comme préposition; tour déjà vieilli au XVIIe s. : près de. — 14. Deux sens principaux au XVIIe s. (d'après Furetière) : petite pièce où l'on étudie, ou bien buffet à tiroirs pour enfermer les objets précieux. — 15. Ne s'agit-il que de *cela* ? Noter l'emploi du pronom neutre *il*. — 16. Dans l'édition de 1678, La Fontaine a corrigé la ponctuation initiale, qui rattache le vers 36 à la moralité. La *moralité* se trouve ainsi mise en valeur.

● **L'art** — C'est une des meilleures fables du recueil par sa vie et son naturel. Les personnages sont des hommes : ni décor champêtre, ni êtres de fantaisie ne détournent de l'étude des caractères.

① Relevez les traits qui soulignent l'inconséquence de l'Avare.

② Comparez le désespoir de cet Avare et celui d'Harpagon (*L'Avare*, 1668, acte IV, sc. 7).

③ Étudiez la diversité des rythmes, la variété des coupes, les effets de répétition (p. ex. les trimètres, v. 21 et 22, d'ailleurs différents l'un de l'autre ; la succession des verbes commençant par le même pronom *il* ; les deux octosyllabes ironiques de la fin).

● **La moralité** a de l'ampleur : La Fontaine ne sait pas amasser et s'en soucie peu ; de là son ironie à l'égard des avares.

④ Comparez cette moralité à celle qui ouvre la fable 27 du livre VIII, *le Loup et le Chasseur :*

Fureur d'accumuler, monstre de qui les yeux
Regardent comme un point tous les bienfaits des dieux...

---

21 *L'Œil du Maître*

1 Un cerf s'étant sauvé[1] dans une étable à bœufs,
Fut d'abord[2] averti par eux
Qu'il cherchât un meilleur asile.
« Mes frères, leur dit-il, ne me décelez pas :
5 Je vous enseignerai les pâtis[3] les plus gras ;
Ce service vous peut quelque jour être utile,
Et vous n'en aurez point regret. »
Les bœufs, à toutes fins[4], promirent le secret.
Il se cache en un coin, respire, et prend courage.
10 Sur le soir on apporte herbe fraîche et fourrage,
Comme l'on faisait tous les jours.

1. Réfugié. *Sauver* s'emploie encore dans ce sens en Champagne. — 2. Aussitôt. — 3. Pâturages. Chamfort loue ce trait : « Voyez avec quel esprit La Fontaine saisit le seul rapport d'utilité dont le cerf puisse être aux bœufs. » — 4. *A toutes fins* utiles; quoi qu'il arrive.

Sources. PHÈDRE, II, 8, **le Cerf et les Bœufs** (Nevelet, p. 414); **HAUDENT, d'un Cerf et d'un Veneur. — Le Cerf et les Bœufs** : Débusqué hors de sa retraite des forêts, un Cerf, fuyant la mort menaçante venant des chasseurs et poussé par une peur aveugle, gagna la ferme la plus proche et se cacha dans une étable qui se trouvait là fort à propos. Au Cerf qui se cachait, un Bœuf dit : « Infortuné, quelle idée as-tu eue de courir de toi-même à la mort et de confier ta vie à la demeure des hommes ? » — Mais le Cerf suppliant : « Vous, du moins, épargnez-moi. A la première occasion, je m'échapperais. » La nuit succède au jour. Le bouvier apporte du feuillage, et ne voit rien. Tous les commis de ferme vont et viennent sans remarquer l'animal. Même le régisseur passe et ne s'aperçoit de rien. Alors la bête sauvage remercie les Bœufs paisibles de lui avoir accordé l'hospitalité dans l'adversité. L'un d'eux répond : « Assurément, nous désirons ton salut, mais que vienne l'homme aux cent yeux et ta vie sera en grand danger. » Là-dessus, le maître revient de table. Et parce qu'il avait vu récemment ses bœufs en mauvais état, il approche du ratelier : « Pourquoi si peu de feuillage ? Il n'y a pas de litière! Enlevez ces toiles d'araignée, est-ce un si grand travail ? » En examinant les choses une à une, il aperçoit aussi les hauts bois du cerf. Ayant appelé la maisonnée, il ordonne de le tuer et d'emporter ce gibier. Cette fable signifie que c'est le maître qui voit le mieux dans ses affaires.
Dans l'édition de 1668, **l'Œil du Maître** et **l'Alouette et ses Petits** se trouvaient à la fin du livre III. Dans l'édition de 1678, La Fontaine les a placées à la fin du livre IV.

① Justifiez par une analyse du texte l'éloge de Chamfort : « Cette fable est un petit chef-d'œuvre. L'intention morale en est excellente, et les plus petites circonstances s'y rapportent avec une adresse ou un bonheur infini. »

L'on va, l'on vient, les valets font cent tours,
L'intendant même ; et pas un, d'aventure[5],
N'aperçut ni corps[6] ni ramure,
15 Ni cerf enfin. L'habitant des forêts[7]
Rend déjà grâce aux bœufs, attend dans cette étable
Que chacun retournant au travail de Cérès[8],
Il trouve pour sortir un moment favorable.
L'un des bœufs ruminant lui dit : « Cela va bien ;
20 Mais quoi ! l'homme aux cent yeux[9] n'a pas fait sa revue.
Je crains fort pour toi sa venue ;
Jusque-là, pauvre cerf, ne te vante de rien. »
Là-dessus le Maître entre et vient faire sa ronde.
« Qu'est-ce-ci[10] ? dit-il à son monde.
25 Je trouve bien peu d'herbe en tous ces râteliers ;
Cette litière est vieille : allez vite aux greniers ;
Je veux voir désormais vos bêtes mieux soignées.
Que coûte-t-il d'ôter toutes ces araignées ?
Ne saurait-on ranger ces jougs et ces colliers ? »
30 En regardant à tout, il voit une autre tête
Que celles qu'il voyait d'ordinaire en ce lieu.
Le cerf est reconnu : chacun prend un épieu[11] ;
Chacun donne un coup à la bête.
Ses larmes[12] ne sauraient la sauver du trépas.
35 On l'emporte, on la sale, on en fait maint repas,
Dont maint voisin s'éjouit[13] d'être.
Phèdre sur ce sujet dit fort élégamment[14] :
Il n'est, pour voir, que l'œil du maître[15].
Quant à moi, j'y mettrais encor l'œil de l'amant[16].

---

5. Par hasard. — 6. Les deux éditions de 1668 donnent *cors*, c'est-à-dire les cornes sortant des bois du cerf. Mais le texte de 1678, suivi ici, a remplacé par *corps*, *cors* faisant double emploi avec *ramure* (les *bois* du cerf). — 7. La périphrase traduit le *fera* latin (la bête sauvage) et exprime l'opposition entre les animaux domestiques (les bœufs) et l'animal libre (le cerf). — 8. Autre périphrase noble : les travaux des champs. — 9. Le propriétaire de la ferme, comparé au légendaire Argus, qui avait *cent yeux*. — 10. Graphie des éditions 1668-1678 ; *ci* est un démonstratif indépendant de *ce*. — 11. Arme de chasse employée contre le sanglier et le loup (cf. fable 16, v. 52). — 12. Le cerf aux abois pleure. — 13. Se réjouit; archaïsme. — 14. La Fontaine loue l'élégance de Phèdre (cf. Préface des *Fables*, p. 36, l. 62) : « On ne trouvera pas ici l'élégance ni l'extrême brèveté qui rendent Phèdre recommandable. » — 15. Expression déjà proverbiale chez les Grecs. — 16. Ce trait, qui après la boucherie de la mise à mort du cerf, termine la fable sur une note galante, *égaie* l'apologue selon le goût du siècle. Il plut fort à Voltaire et à Chamfort : « Ce dernier vers produit une surprise charmante. Voilà de ces beautés que Phèdre ni Ésope n'ont point connues. » Quoi qu'on en pense aujourd'hui, il rappelle que le fabuliste est aussi l'auteur des *Contes*.

22 *L'Alouette et ses Petits avec le Maître d'un champ*

1 NE t'attends[1] qu'à toi seul : c'est un commun proverbe.
Voici comme Ésope le mit
En crédit[2] :

Les alouettes font leur nid
5 Dans les blés, quand ils sont en herbe,
C'est-à-dire environ le temps
Que tout aime et que tout pullule dans le monde[3] :
Monstres marins au fond de l'onde,
Tigres dans les forêts, alouettes aux champs.
10 Une pourtant de ces dernières
Avait laissé passer la moitié d'un printemps
Sans goûter le plaisir des amours printanières.
A toute force enfin elle se résolut
D'imiter la nature, et d'être mère encore.
15 Elle bâtit un nid, pond, couve et fait éclore
A la hâte ; le tout alla du mieux qu'il put.
Les blés d'alentour mûrs avant que la nitée[4]
Se trouvât assez forte encor
Pour voler et prendre l'essor[5],
20 De mille soins[6] divers l'Alouette agitée
S'en va chercher pâture[7], avertit ses enfants
D'être toujours au guet et faire sentinelle.
« Si le possesseur de ces champs
Vient avecque son fils, comme[8] il viendra, dit-elle,
25 Écoutez bien : selon ce qu'il dira,

Sources. Bien que La Fontaine invoque Ésope (v. 2), on ne connaît pas d'apologue d'Ésope traitant ce sujet. Peut-être s'agit-il de la fable 21 d'**AVIANUS**, fabuliste ésopique (Nevelet, p. 470). Les sources vraisemblables sont **AULU-GELLE, Nuits attiques,** livre II, chap. 29, mis en vers par **FAERNE**; **CASSITA** (fable 96); et **HAUDENT, D'une alouette et de ses petits.**

1. Ne te fie. — 2. Aulu-Gelle fait remonter lui-même cette fable à Ésope. L'expression de La Fontaine *mit en crédit* traduit sensiblement le *memoratu non inutilis :* digne d'être rappelée. — 3. Transposition de l'invocation à Vénus dans le *De Natura rerum* de Lucrèce (chant I, v. 18-21). — 4. *Nitée* (pour : nichée) ne se trouve pas dans les dictionnaires du XVIIe s.; ce qui ne prouve pas que le mot n'était pas employé par les paysans champenois ou picards (cf. *Glossaire du patois picard,* par l'abbé Corblet). — 5. S'envoler du nid. — 6. Soucis. — 7. Nourriture. — 8. Lorsque.

Chacun de nous décampera[9]. »
Sitôt que l'Alouette eut quitté sa famille,
Le possesseur du champ vient avecque son fils.
« Ces blés sont mûrs, dit-il : allez chez nos amis
30 Les prier que chacun, apportant sa faucille,
Nous vienne aider demain dès la pointe du jour. »
Notre Alouette de retour
Trouve en alarme sa couvée.
L'un commence : « Il a dit que, l'aurore levée,
35 L'on fît venir demain ses amis pour l'aider.
— S'il n'a dit que cela, repartit l'Alouette,
Rien ne nous presse encor de changer de retraite ;
Mais c'est demain qu'il faut tout de bon écouter.
Cependant soyez gais ; voilà de quoi manger. »
40 Eux repus, tout s'endort, les petits et la mère.
L'aube du jour arrive, et d'amis point du tout.
L'Alouette à l'essor[10], le Maître s'en vient faire
Sa ronde ainsi qu'à l'ordinaire.
« Ces blés ne devraient pas, dit-il, être debout.
45 Nos amis ont grand tort, et tort[11] qui se repose
Sur de tels paresseux, à servir ainsi lents.
Mon fils, allez chez nos parents
Les prier de la même chose. »
L'épouvante est au nid plus forte que jamais.
50 « Il a dit ses parents, mère, c'est à cette heure...
— Non, mes enfants, dormez en paix ;
Ne bougeons de notre demeure. »
L'Alouette eut raison, car personne ne vint.
Pour la troisième fois, le Maître se souvint
55 De visiter ses blés. « Notre erreur est extrême,
Dit-il, de nous attendre[12] à d'autres gens que nous.
Il n'est meilleur ami ni parent que soi-même.
Retenez bien cela, mon fils. Et savez-vous
Ce qu'il faut faire ? Il faut qu'avec notre famille[13]
60 Nous prenions dès demain chacun une faucille :
C'est là notre plus court[14] ; et nous achèverons
Notre moisson quand nous pourrons. »

---

9. Lèvera le *camp*, s'enfuira au plus vite. Cf. l'expression militaire devenue aussi familière : « déloger *sans trompette* » (v. 67), reprise dans *le Chat, la Belette et le Petit Lapin* (VII, 16, v. 14). — 10. Voir la note 5. — 11. Tour elliptique fort clair. — 12. Voir la note 1. — 13. La maisonnée (maître et serviteurs). — 14. Le *plus court* chemin.

Dès lors que ce dessein fut su de l'Alouette :
« C'est ce coup[15] qu'il est bon de partir, mes enfants. »
65 Et les petits, en même temps,
Voletants, se culebutants[16],
Délogèrent tous sans trompette.

15. C'est maintenant ; voir *le Jardinier et son Seigneur* (IV, 4, v. 23). — 16. La Fontaine, dans l'*Errata* de 1678, a repris *culebutans* que l'éditeur avait corrigé en *culbutans*, orthographe régulière. Le fabuliste tenait donc à l'octosyllabe (comme au vers précédent et au suivant).

● **La scène champêtre** : après l'étable, la vaste plaine à blé.

① A propos de cette fable, commentez l'appréciation suivante de Sainte-Beuve : « La Fontaine a encore sur ses devanciers [...] l'avantage d'avoir donné à ses tableaux des couleurs fidèles qui sentent [...] le pays et le terroir. Ces plaines immenses de blés où se promène de grand matin le Maître, et où l'Alouette cache son nid [...] c'est la Beauce, la Sologne, la Champagne, la Picardie. [...] La Fontaine avait bien observé ces pays, sinon en maître des eaux et forêts, du moins en poète » (cf. fables 4, 16, 21).

● **Les personnages**

② Comparez le Maître du champ au Maître de l'étable (fable 21). Quelles qualités ont-ils en commun?

③ Comparez la sagesse de l'Alouette à celle de l'Hirondelle (livre I, fable 8).

● **Les péripéties** — Après une large évocation de la nature au printemps (v. 1-9) et des soins maternels de l'Alouette (v. 10-22), trois épisodes constitués par trois visites du Maître et leur interprétation par l'Alouette. Notez l'invention de La Fontaine : le début (v. 1-16).

● **L'action dramatique** — La progression en est marquée par le commentaire de l'Alouette : *Soyez gais* (v. 39), *dormez en paix* (v. 51), *C'est ce coup qu'il est bon de partir* (v. 64).

● **La poésie** se manifeste dans l'ampleur lucrétienne (v. 6-9) avec la retombée en contraste : *Monstres marins* (v. 8), *tigres* (v. 9), *alouettes* (v. 9).

④ Que pensez-vous de la remarque suivante de F. Gohin, à propos du vers 40? « Vers d'une douceur pénétrante, comme les dernières modulations d'une flûte de Pan, au loin dans le crépuscule du soir. Quel calme ! Silence du nid où la mère et les petits se sont blottis ! »

LIVRE CINQUIÈME

fable 1 *Le Bûcheron et Mercure*

A. M. L. C. D. B.[1]

1 VOTRE goût a servi de règle à mon ouvrage :
J'ai tenté les moyens d'acquérir son suffrage.
Vous voulez qu'on évite un soin trop curieux[2],
Et des vains ornements l'effort ambitieux[3].
5 Je le veux comme vous : cet effort ne peut plaire.
Un auteur gâte tout quand il veut trop bien faire[4].
Non qu'il faille bannir certains traits délicats[5] :
Vous les aimez, ces traits, et je ne les hais pas.
Quant au principal but qu'Ésope se propose[6],
10 J'y tombe au moins mal que je puis.
Enfin, si dans ces vers je ne plais et n'instruis,
Il[7] ne tient pas à moi : c'est toujours quelque chose.
Comme la force[8] est un point[9]
Dont je ne me pique point,
15 Je tâche d'y tourner le vice en ridicule,
Ne pouvant l'attaquer avec des bras d'Hercule.
C'est là tout mon talent ; je ne sais s'il suffit.

Sources. ÉSOPE, le Bûcheron et Hermès (Nevelet, p. 125); FAERNE, fable 62; RABELAIS, Nouveau prologue du « Quart Livre ».

---

1. La dédicace concerne vraisemblablement le comte de Brienne, qui publiera avec La Fontaine en 1670 un recueil de *Poésies chrétiennes et diverses*. — 2. Minutieux. — 3. Souvenir d'Horace *(Art poétique)*, qui recommande la sobriété. — 4. La Fontaine aime la simplicité, mais aussi les *traits* qui rendent un récit spirituel. Sur ses goûts littéraires, se reporter au livre II, fable 1, *Contre ceux qui ont le goût difficile*, à l'*Épître à Huet*, et à la Préface des *Fables*. Chamfort remarque à ce propos que les *Fables* ont été élaborées avec soin : « On voit par ce petit prologue que La Fontaine méditait plus qu'on ne le croit communément sur son art et sur les moyens de plaire à ses lecteurs. Mme de La Sablière l'appelait un fablier, comme on dit un pommier, et d'après ce mot, on a cru que La Fontaine trouvait ses fables au bout de sa plume... » — 5. Voir la Préface : La Fontaine a senti la nécessité d'*égayer* la fable pour plaire aux contemporains, *par quelques traits qui en relevassent le goût;* voir aussi la fable 1 du livre VI (v. 1 à 16). — 6. Instruire et plaire. — 7. Pronom neutre : cela ne dépend pas de moi. — 8. Le style héroïque. — 9. Une qualité.

● **Les idées**

Ce prologue est un véritable art poétique :

a) Rejet des *vains ornements* (v. 4).

① Comparez avec l'éloge du « style naturel » par Pascal : « Quand on voit le style naturel, on est tout étonné et ravi, car on s'attendait de voir un auteur, et on trouve un homme » ; et avec sa critique des sonnets précieux, « les reines de village ».

b) Mais défense de *certains traits délicats* (v. 7).

② En quoi consistent ces *traits* qui « égaient » l'apologue? Rassemblez-les pour en dégager une conception de la fable.

c) « Plaire et instruire » (v. 11).

③ Comparez avec l'opinion suivante de Boileau (*Préface* de l'édition de 1701) : « Un ouvrage a beau être approuvé d'un petit nombre de connaisseurs, s'il n'est plein d'un certain agrément et d'un certain sel propre à piquer le goût général des hommes, il ne passera jamais pour un bon ouvrage. »

④ Rapprochez avec La Bruyère (Préface des *Caractères*) : « On ne doit parler, on ne doit écrire que pour l'instruction : et s'il arrive que l'on plaise, il ne faut pas néanmoins s'en repentir. »

d) Satire des vices, en particulier, la *vanité* et *l'envie* (v. 15, 19).

⑤ Montrez que Molière a visé le même but dans ses comédies.

e) L'ample comédie *à cent actes divers* (v. 27).

⑥ Dans quelle mesure les six premiers livres des *Fables* justifient-ils cette définition et constituent-ils une peinture de l'humanité?

⑦ Que pensez-vous de la remarque suivante de Chamfort? « On voit par ce petit prologue que La Fontaine méditait plus qu'on ne le croit communément sur son art et sur les moyens de plaire. »

● **L'art** — La Fontaine a condensé le récit de Rabelais en conservant les éléments les plus vivants, notamment le dialogue direct. Le rythme est *égayé* par le vocabulaire concret et l'aisance du développement.

● **La moralité** comporte deux leçons :

Ne point mentir (cf. Montaigne, *Essais*, livre I, chap. 9 : « Le mentir est un maudit vice »).

Être content du sien (ne pas être ambitieux).

C'est donc encore le moyen de trouver un bonheur relatif sur terre.

Tantôt je peins en un récit
La sotte vanité jointe avecque l'envie,
20 Deux pivots sur qui roule aujourd'hui notre vie.
Tel est ce chétif animal
Qui voulut en grosseur au bœuf se rendre égal[10].
J'oppose quelquefois, par une double image,
Le vice à la vertu, la sottise au bon sens,
25 Les agneaux aux loups ravissants[11],
La mouche à la fourmi[12], faisant de cet ouvrage
Une ample comédie à cent actes divers,
Et dont la scène est l'univers[13].
Hommes, dieux, animaux, tout y fait quelque rôle,
30 Jupiter comme un autre[14]. Introduisons celui
Qui porte de sa part aux belles la parole[15] :
Ce n'est pas de cela qu'il s'agit aujourd'hui.
Un Bûcheron[16] perdit son gagne-pain,
C'est sa cognée ; et la cherchant en vain,
35 Ce fut pitié là-dessus de l'entendre.
Il n'avait pas des outils à revendre :
Sur celui-ci roulait[17] tout son avoir.
Ne sachant[18] donc où mettre son espoir,
Sa face était de pleurs toute baignée[19].
40 « O ma cognée ! ô ma pauvre cognée !
S'écriait-il, Jupiter, rends-la-moi[20] ;
Je tiendrai l'être encore un coup[21] de toi. »
Sa plainte fut de l'Olympe entendue.
Mercure vient. « Elle n'est pas perdue,
45 Lui dit ce dieu ; la connaîtras-tu[22] bien ?
Je crois l'avoir près d'ici rencontrée. »
Lors une d'or à l'homme étant montrée,

---

10. Voir *la Grenouille qui se veut faire aussi grosse que le Bœuf* (I, 3). — 11. Noter l'accord du participe présent; allusion à la fable 10 du livre I, *le Loup et l'Agneau.* — 12. Fable 3 du livre IV. — 13. Vers célèbre qui définit la variété et l'originalité des *Fables.* Saint-Marc Girardin (XIe leçon) remarque que « nous ne pouvons rien dire à l'avantage de ses fables qu'il [La Fontaine] n'ait dit avant nous et mieux que nous ». — 14. Voir *la Besace* (I, 7); *l'Aigle et l'Escarbot* (II, 8); *les Grenouilles qui demandent un Roi* (III, 4).— 15. Mercure ou Hermès, messager des dieux, en particulier de Jupiter qui l'envoyait porter des billets à ses maîtresses. Plaute et Molière, puis Giraudoux s'en sont souvenus dans leur *Amphitryon.* Cette note de galanterie rappelle le trait final de la fable 21 du livre IV. — 16. Les autres fabulistes disent *un laboureur,* un *villageois.* — 17. Voir le vers 20 : *sur qui roule.* — 18. Construction libre, mais claire : parce que le Bûcheron ne savait... — 19. Style noble, contrastant avec la condition du personnage. — 20. On lit dans Rabelais *(op. cit.) :* « Ma cognée, Jupiter ! ma cognée, ma cognée ! Rien plus, ô Jupiter, que ma cognée, ou deniers pour en acheter une autre. Hélas, ma pauvre cognée ! » — 21. La vie *encore* une fois. — 22. Reconnaîtras.

Il répondit : « Je n'y demande rien. »
Une d'argent succède à la première[23] ;
50 Il la refuse. Enfin une de bois.
« Voilà, dit-il, la mienne cette fois ;
Je suis content[24] si j'ai cette dernière.
— Tu les auras, dit le dieu, toutes trois.
Ta bonne foi sera récompensée.
55 — En ce cas-là je les prendrai », dit-il.
L'histoire en est aussitôt dispersée[25] ;
Et boquillons[26] de perdre leur outil,
Et de crier pour se le faire rendre.
Le roi des dieux ne sait auquel entendre.
60 Son fils Mercure aux criards vient encor ;
A chacun d'eux il en montre une d'or.
Chacun eût cru passer pour une bête
De ne pas dire aussitôt : « La voilà ! »
Mercure, au lieu de donner celle-là,
65 Leur en décharge un grand coup sur la tête.

Ne point mentir, être content du sien[27],
C'est le plus sûr : cependant on s'occupe
A dire faux pour attraper du bien.
Que[28] sert cela ? Jupiter n'est pas dupe[29].

23. Dans Rabelais, Mercure jette les trois haches en même temps. — 24. Satisfait. — 25. Répandue. — 26. Mot de dialecte picard avec une nuance de moquerie : bûcherons. — 27. De son bien. — 28. A quoi... — 29. Voir *l'Oracle et l'Impie* (IV, 19, v. 1-5).

2 *Le Pot de terre et le Pot de fer*

1 LE Pot de fer proposa
Au Pot de terre un voyage[1].
Celui-ci s'en excusa[2],
Disant qu'il ferait que sage[3]

Sources. **ÉSOPE**, les Pots (Nevelet, p. 318 et 461); **FAERNE**, fable 1. Peut-être **l'EMBLÈME** CLXV d'**ALCIAT**.

1. Chez les fabulistes antérieurs, les deux pots sont emportés par un fleuve ou par les flots marins. — 2. Refusa la proposition. — 3. Tour ancien : ferait sagement.

5 De garder le coin du feu ;
Car il lui fallait si peu,
Si peu, que la moindre chose
De son débris[4] serait cause :
Il n'en reviendrait morceau.
10 « Pour vous, dit-il, dont la peau[5]
Est plus dure que la mienne,
Je ne vois rien qui vous tienne[6].
— Nous vous mettrons à couvert,
Repartit le Pot de fer.
15 Si quelque matière dure
Vous menace d'aventure[7],
Entre deux je passerai,
Et du coup vous sauverai[8]. »
Cette offre le persuade.
20 Pot de fer son camarade
Se met droit[9] à ses côtés.
Mes gens s'en vont à trois pieds[10],
Clopin clopant comme ils peuvent,
L'un contre l'autre jetés
25 Au moindre hoquet[11] qu'ils treuvent.
Le Pot de terre en souffre : il n'eut pas fait cent pas
Que par son compagnon il fut mis en éclats,
Sans qu'il eût lieu de se plaindre.
Ne nous associons qu'avecque nos égaux.
30 Ou bien il nous faudra craindre
Le destin d'un de ces Pots.

4. De sa mise en pièces. — 5. Souvenir de Faërne, qui emploie cette métaphore. — 6. Retienne. — 7. Par hasard. — 8. L'offre de protection du pot de fer est, selon Taine, celle « d'un capitan qui propose son escorte ». — 9. Directement. — 10. Ces pots ou marmites ont trois pieds. Tout comme les infirmes pourvus d'une béquille, ils « marchent sur trois pattes ». — 11. Accroc, heurt, en dialecte picard; *treuvent*, forme ancienne pour : trouvent.

Dessin de Grandville

CL. B. N.

3 *Le Petit Poisson et le Pêcheur*

1 PETIT poisson deviendra grand,
Pourvu que Dieu lui prête vie.
Mais le lâcher en attendant,
Je tiens[1] pour moi que c'est folie ;
5 Car de le rattraper il[2] n'est pas trop certain.
Un Carpeau[3], qui n'était encore que fretin[4],
Fut pris par un Pêcheur au bord d'une rivière.
« Tout fait nombre, dit l'homme en voyant son butin ;
Voilà commencement de chère[5] et de festin :
10 Mettons-le[6] en notre gibecière. »
Le pauvre Carpillon lui dit en sa manière[7] :
« Que ferez-vous de moi ? je ne saurais fournir
Au plus qu'une demi-bouchée.
Laissez-moi carpe devenir :
15 Je serai par vous repêchée.
Quelque gros partisan[8] m'achètera bien cher,
Au lieu qu'il vous en faut chercher
Peut-être encor cent de ma taille
Pour faire un plat : quel plat ! croyez-moi, rien qui vaille.
20 — Rien qui vaille ? Eh bien ! soit, repartit le Pêcheur :
Poisson, mon bel ami, qui faites le prêcheur[9],
Vous irez dans la poêle ; et vous avez beau dire,
Dès ce soir on vous fera frire. »

Un tiens vaut, ce[10] dit-on, mieux que deux tu l'auras :
25 L'un est sûr, l'autre ne l'est pas.

Sources. ÉSOPE, le Pêcheur et le Picarel (Nevelet, p. 187); AVIANUS, le Pêcheur et le Poisson, fable 20; HAUDENT, d'un Pêcheur et d'un Petit Poisson.

---

1. Je suis d'avis. — 2. Pronom neutre : cela. — 3. Diminutif de *carpe;* voir le v. 11 : *carpillon.* — 4. Étymologiquement : débris; d'où : « poisson de rebut » (*Dict. de* Richelet, 1680). Le *carpeau* n'a pas encore la taille d'être pêché (l'Ordonnance de 1669 le rappellera). — 5. Bonne *chère.* — 6. Élision de l'*e :* le vers est un octosyllabe. — 7. Cf. livre IV, fable 11 : « Une grenouille approche, *et lui dit en sa langue.* » Les poissons, chez Rabelais *(Pantagruel)* « crient horriblement », lorsque la sécheresse les met à sec...; cf. aussi la *Dédicace au Dauphin* (p. 44, v. 4) : « Tout parle en mon ouvrage, et même les poissons. » — 8. Financier. — 9. Forme calembour avec la rime *Pêcheur.* — 10. Tour ancien : *ce,* pronom neutre, est explétif dans ces locutions toutes faites. Le pêcheur a été plus sage que le *héron* (VII, 4).

4 *Les Oreilles du Lièvre*

1 Un animal cornu blessa de quelques coups[1]
Le lion, qui plein de courroux,
Pour ne plus tomber en la peine[2],
Bannit des lieux de son domaine[3]
5 Toute bête portant des cornes à son front.
Chèvres, béliers, taureaux aussitôt délogèrent[4] ;
Daims et cerfs de climat changèrent[5] :
Chacun à s'en aller fut prompt.
Un lièvre, apercevant l'ombre de ses oreilles,
10 Craignit que quelque inquisiteur[6]
N'allât interpréter à[7] cornes leur longueur,
Ne les soutînt en tout à des cornes pareilles.
« Adieu, voisin grillon[8], dit-il, je pars d'ici :
Mes oreilles enfin seraient cornes aussi ;
15 Et quand je les aurais plus courtes qu'une autruche,
Je craindrais même encor. » Le grillon repartit :
« Cornes cela ? Vous me prenez pour cruche ;
Ce sont oreilles que Dieu fit[9].
— On les fera passer pour cornes,
20 Dit l'animal craintif, et cornes de licornes[10].
J'aurai beau protester ; mon dire et mes raisons
Iront aux Petites-Maisons[11]. »

---

1. La Fontaine motive l'édit de bannissement pris par le Lion. — 2. *Pour ne plus* souffrir. — 3. Royaume. — 4. Même expression dans *l'Alouette et ses petits* (IV, 22, v. 67), et dans *le Chat, la Belette et le Petit Lapin* (VII, 16, v. 14). — 5. Attention à l'inversion : *changèrent* de pays (métonymie : climat). — 6. Juge ecclésiastique réprimant l'hérésie. La Fontaine, comme Rabelais, et plus tard Voltaire, craint les procès de tendance, et l'ingéniosité des inquisiteurs à trouver partout de l'hérésie. Au XVIIe s., les *Libertins* étaient poursuivis (cf. Théophile de Viau); Saint-Evremond, ami de La Fontaine, préféra rester en exil à Londres plutôt que de rentrer à Paris. — 7. Cf. « Imputer à crime ». — 8. Société animale plaisante : un lièvre, un grillon, une autruche (dont le nom rime de façon burlesque avec *cruche*). — 9. Et l'œuvre de Dieu ne peut être hérétique. — 10. Animal fabuleux armé d'une corne unique, mais fort longue, au milieu du front, souvent figuré dans les blasons. La consonance *cornes de licornes* est très expressive « parce qu'elle arrête l'esprit sur l'idée de l'exagération qu'emploient les accusateurs » (Chamfort). — 11. Hôpital composé de petits pavillons isolés; d'abord destiné aux vieillards, puis réservé aux malades mentaux. Expression proverbiale : seront taxés de folie.

Fable 4; Source. FAERNE, **le Renard et le Singe,** fable 97 : Le Lion ayant établi son autorité sur les animaux avait ordonné de quitter le royaume à ceux qui n'avaient pas de queue. Le renard, épouvanté, se préparait à partir en exil et pliait bagage. Le singe, ne tenant compte que de l'ordre du roi, disait que l'édit ne concernait pas le renard, puisqu'il avait une queue, et même plus qu'il n'en faut. « C'est vrai, dit le renard, ton conseil est bon, mais si le lion me range parmi les animaux sans queue ? » Celui qui doit passer sa vie sous un tyran, même s'il est innocent, est souvent frappé comme coupable.

● **La moralité** n'est pas exprimée, chez La Fontaine, mais elle ressort clairement de l'anecdote : cf. Molière, *les Femmes savantes*, v. 419 : « Qui veut noyer son chien l'accuse de la rage. » Un problème analogue sera traité sur le ton sérieux dans *les Animaux malades de la peste* (livre VII, 1).

① Pourquoi le philosophe Alain a-t-il pu écrire (*Histoire de mes pensées*, Pléiade, p. 40) : « le peuple, ce fils d'Ésope »?

5 *Le Renard ayant la queue coupée*

1 UN vieux Renard, mais des plus fins,
Grand croqueur de poulets, grand preneur de lapins,
Sentant son renard d'une lieue[1],
Fut enfin au piège attrapé.
5 Par grand hasard en étant échappé,
Non pas franc[2], car pour gage il y laissa sa queue;
S'étant, dis-je, sauvé sans queue, et tout honteux[3],
Pour avoir des pareils (comme il était habile[4]),
Un jour que les renards tenaient conseil entre eux :
10 « Que faisons-nous, dit-il, de ce poids inutile,
Et qui va balayant tous les sentiers fangeux?
Que[5] nous sert cette queue? Il faut qu'on se la coupe.
Si l'on me croit, chacun s'y résoudra.
— Votre avis est fort bon, dit quelqu'un de la troupe;
15 Mais tournez-vous, de grâce, et l'on vous répondra[6]. »
A ces mots, il se fit une telle huée
Que le pauvre écourté[7] ne put être entendu.
Prétendre ôter la queue eût été temps perdu;
La mode en fut continuée.

Sources. ÉSOPE, le Renard écourté (Nevelet, p. 92); **FAERNE,** fable 61, **le Renard; HAUDENT, d'un Renard sans queue.**

1. Tour fréquent au XVIe s.; cf. Marot, *Épître au Roi*... « Sentant la hart de cent pas à la ronde. » — 2. Littéralement : exempt d'impôts (cf. *franchise*), d'où : sans dommage. — 3. « La douzième syllabe fait écho à la huitième; ce retour d'une diphtongue traînante et sourde peint joliment la fuite piteuse du renard » (Pierre Clarac). — 4. Rusé. — 5. A quoi. — 6. Mme de Sévigné cite ce trait dans une lettre à Mme de Grignan (1er avril 1689). Quant à Chamfort, il l'estime digne de Molière : « Molière n'aurait pas dit la chose d'une manière plus comique. » — 7. « Se dit d'un chien à qui on coupe la queue » (*Dict.* de Furetière, 1690).

6 *La Vieille et les deux Servantes*

1 Il était une Vieille[1] ayant deux chambrières :
Elles filaient si bien que les sœurs filandières[2]
Ne faisaient que brouiller au prix de[3] celles-ci.
La Vieille n'avait point de plus pressant souci
5 Que de distribuer aux Servantes leur tâche.
Dès que Téthys[4] chassait Phébus[5] aux crins[6] dorés,
Tourets[7] entraient en jeu, fuseaux étaient tirés,
Deçà, delà[8], vous en aurez[9] ;
Point de cesse[10], point de relâche.
10 Dès que l'Aurore, dis-je, en son char remontait[11],
Un misérable coq à point nommé chantait.
Aussitôt notre Vieille, encor plus misérable,
S'affublait d'un jupon crasseux et détestable[12],
Allumait une lampe, et courait droit au lit
15 Où, de tout leur pouvoir, de tout leur appétit[13],
Dormaient les deux pauvres Servantes.
L'une entr'ouvrait un œil, l'autre étendait un bras ;
Et toutes deux, très malcontentes[14],
Disaient entre leurs dents : « Maudit coq, tu mourras ! »
20 Comme elles l'avaient dit, la bête fut grippée[15] :
Le réveille-matin eut la gorge coupée.
Ce meurtre n'amenda nullement leur marché[16].
Notre couple, au contraire, à peine était couché,
Que la Vieille, craignant de laisser passer l'heure,
25 Courait comme un lutin par toute sa demeure.
C'est ainsi que le plus souvent,
Quand on pense sortir d'une mauvaise affaire,
On s'enfonce encor plus avant :

1. Péjoratif. La description de la *Vieille* est aux vers 12-13. — 2. Les Parques qui, dans la Mythologie, filaient la destinée des hommes; « terme poétique », selon Furetière. — 3. Mettre du désordre, en comparaison de... — 4. Déesse de la mer. — 5. Le soleil. — 6. *Crin,* au sens de *cheveu,* commence à vieillir au XVIIe s. — 7. La gravure de Chauveau illustrant cette fable représente, à côté de pelotons de laine, une quenouille (cf. les *fuseaux*) et un dévidoir. *Tourets* a donc bien des chances d'avoir ici le sens de *dévidoir* — malgré Littré (4) et Régnier qui entendent : « rouets à filer » (note de René Groos, Pléiade, p. 708). — 8. De tous côtés. — 9. Vous *aurez* de quoi faire. — 10. *Point* d'interruption. — 11. Reprise du vers 6, avec une autre figure mythologique; *dis-je* donne l'air naturel d'un récit fait par l'auteur lui-même. — 12. Digne d'être maudit. — 13. Désir. — 14. Très mécontentes. — 15. *Gripper :* « Prendre avec rapacité comme avec une griffe... » (*Dict.* de Furetière, 1690). Verbe expressif (cf. *agripper*) employé par Marot dans son *Épître au Roi* (v. 42). — 16. N'arrangea pas leurs affaires (terme juridique).

Témoin ce couple et son salaire[17].
30 La Vieille, au lieu du coq, les fit tomber par là
De Charybde en Scylla[18].

17. Sa récompense, sens courant au XVIIe s. — 18. *Charybde* et *Scylla* étaient un gouffre et un rocher entre l'Italie et la Sicile : les marins qui évitaient l'un, heurtaient l'autre. La locution était proverbiale dès l'Antiquité, depuis l'*Odyssée*, (chant XII, v. 235), avec le sens de : aller de mal en pis.

Fable 6; Sources. **ÉSOPE, la Femme et les Servantes** (Nevelet, p. 154) : une veuve laborieuse, ayant des servantes, avait l'habitude d'éveiller celles-ci pendant la nuit, au chant du coq, pour les travaux. Celles-ci, épuisées par un travail continuel, décidèrent de tuer le coq de la maison, sous prétexte qu'il réveillait leur maîtresse pendant la nuit. Mais cela fait, il leur arriva de tomber dans des maux encore plus graves. Car la maîtresse, ignorant l'heure des coqs, réveillait ses servantes encore plus tôt dans la nuit. Cette fable signifie que, pour la plupart des gens, leurs calculs sont cause de leurs maux. **CORROZET** (fable 66) place devant l'apologue un quatrain où figure la locution proverbiale : tomber de **Charybde en Scylla.**

① Comparez la fable du poète, véritable conte réaliste, à la sécheresse de l'apologue antique.

7 *Le Satyre et le Passant*

1 Au fond d'un antre sauvage,
Un Satyre et ses enfants
Allaient manger leur potage,
Et prendre l'écuelle aux dents[1].

5 On les eût vus[2] sur la mousse,
Lui, sa femme, et maint petit ;
Ils n'avaient tapis ni housse[3],
Mais tous fort bon appétit.

Sources. **ÉSOPE, l'Homme et le Satyre** (Nevelet, p.189); **AVIANUS**, fable 29. Cet apologue figure aussi dans les **Proverbes d'ÉRASME.**

1. Expression familière montrant l'appétit et la rusticité du Satyre et de sa famille : ils n'usent pas de cuiller pour le potage. — 2. On aurait pu les voir. — 3. De *housse* couvrant les meubles; cf. le Rat de ville qui met le couvert *sur un tapis de Turquie* (I, 9, v. 5).

Pour se sauver de la pluie,
10 Entre un Passant morfondu.
Au brouet[4] on le convie :
Il n'était pas attendu.

Son hôte n'eut pas la peine
De le semondre[5] deux fois.
15 D'abord avec son haleine
Il se réchauffe les doigts.

Puis sur le mets qu'on lui donne,
Délicat[6], il souffle aussi.
Le Satyre s'en étonne :
20 « Notre hôte, à quoi bon ceci ?

— L'un[7] refroidit mon potage,
L'autre réchauffe ma main.
— Vous pouvez, dit le sauvage,
Reprendre votre chemin.

25 Ne plaise aux dieux que je couche
Avec vous sous même toit !
Arrière ceux dont la bouche
Souffle le chaud et le froid[8] ! »

---

4. « Se dit d'un mauvais potage » (*Dict.* de Furetière, 1690); mais le *potage*, au XVIIe s., comporte souvent la viande et les légumes bouillis (voir livre I, fable 18, v .5). — 5. « Vieux mot qui signifie avertir, inviter » (Furetière). — 6. Raffiné, difficile. La Fontaine n'aime les *délicats* ni en littérature, ni en cuisine (voir livre II, fable 1). — 7. Employé comme pronom neutre. — 8. Ceux qui sont capables de dire blanc et noir, qui sont « doubles » selon le mot de Charron, disciple de Montaigne (*De la Sagesse*, livre I, chap. 5). L'attitude du satyre est contraire à la moralité de la fable 5 du livre II, *la Chauve-souris et les deux Belettes*.

Nevelet
1610

CL. GUILEY-LAGACHE

8 *Le Cheval et le Loup*

1 Un certain Loup, dans la saison
Que les tièdes zéphyrs[1] ont l'herbe rajeunie[2],
Et que les animaux quittent tous la maison
Pour s'en aller chercher leur vie[3] ;
5 Un Loup, dis-je, au sortir des rigueurs de l'hiver,
Aperçut un Cheval qu'on avait mis au vert[4].
Je laisse à penser quelle joie.
« Bonne chasse, dit-il, qui[5] l'aurait à son croc[6] !
Eh ! que n'es-tu mouton ? car tu me serais hoc[7] ;
10 Au lieu qu'il faut ruser pour avoir cette proie.
Rusons donc. » Ainsi dit, il vient à pas comptés[8] ;
Se dit écolier d'Hippocrate[9] ;
Qu'il connaît[10] les vertus et les propriétés
De tous les simples[11] de ces prés ;
15 Qu'il sait guérir, sans qu'il se flatte,
Toutes sortes de maux. Si dom[12] Coursier voulait
Ne point celer[13] sa maladie,
Lui Loup gratis le guérirait ;
Car le voir en cette prairie
20 Paître ainsi, sans être lié,
Témoignait quelque mal, selon la médecine[14].
« J'ai, dit la bête chevaline,
Une apostume[15] sous le pied.
— Mon fils, dit le docteur, il n'est point de partie

Sources. ÉSOPE, **l'Ane et le Loup** (Nevelet, p. 298); chez la plupart des fabulistes (à l'exception de Romulus et de Corrozet), il s'agit d'un âne et non d'un cheval.

---

1. Les vents du sud qui soufflent au printemps. Sur cette évocation du printemps voir IV, 22, v. 4-9. — 2. Au XVIIe s., le participe avec *avoir* peut s'accorder, quelle que soit sa place (cf. IV, 20, v. 12). — 3. Leur nourriture; l'expression est encore employée couramment dans la langue orale. — 4. Expression courante à la campagne, au sens littéral comme ici : mettre au pré, pour pâturer l'herbe verte. — 5. Tour ancien et elliptique : pour *qui l'aurait...* » — 6. Crochet auquel on suspendait la viande dans la cuisine (penser aux crochets des boucheries). — 7. Tu serais pour moi une proie assurée. L'expression vient d'un jeu de cartes, où certaines cartes assurent la levée (cf. Molière, *les Femmes savantes*, V, 3, MARTINE : « Mon congé cent fois me fût-il *hoc.* » — 8. Lentement, à pas mesurés, comme dans un cortège officiel. — 9. Médecin grec, symbole de la médecine. — 10. Rattaché librement à *dire*, exprimé sous la forme pronominale, au vers 12. — 11. Nom masculin : les plantes médicinales. — 12. « Titre d'honneur emprunté de l'espagnol » (*Dict.* de Furetière, 1690) et signifiant : Seigneur. Le mot *coursier*, pour cheval, appartient aussi au style noble. Le ton cérémonieux recommencera au v. 26. — 13. Cacher. — 14. La Fontaine prête au loup le langage des médecins de Molière. — 15. Tumeur, abcès.

25 Susceptible de tant de maux.
J'ai l'honneur de servir Nosseigneurs les Chevaux,
Et fais aussi la chirurgie. »
Mon galand[16] ne songeait qu'à bien prendre son temps[17],
Afin de happer son malade.
30 L'autre, qui s'en doutait, lui lâche une ruade,
Qui vous[18] lui met en marmelade
Les mandibules[19] et les dents.
« C'est bien fait, dit le Loup en soi-même fort triste :
Chacun à son métier doit toujours s'attacher[20].
35 Tu veux faire ici l'arboriste[21],
Et ne fus jamais que boucher[22]. »

16. Mon rusé. — 17. Choisir le moment favorable. — 18. Mot explétif. — 19. « Terme populaire qui signifie mâchoire » (Furetière). — 20. A rapprocher de la fable *le Corbeau voulant imiter l'aigle* (II, 16); du *Loup devenu berger* (III, 3) et de *l'Ane et le Petit Chien* (IV, 5). — 21. Herboriste (voir les v. 13-14). — 22. On dit encore d'un chirurgien brutal qu'il n'est qu'un *boucher*.

● **Fable 8** — La comédie animale : contraste entre les deux acteurs, le Cheval méfiant et peu loquace, le Loup vorace, regrettant d'user de la ruse au lieu de la force, bonimenteur comme un charlatan et sot.
— Le style : contraste entre le style indirect (v. 11-21) et le style direct (v. 8-10 ; 22-27).
— L'adaptation du rythme aux sentiments (cf. les couples d'alexandrins et d'octosyllabes, v. 26-27 ; 28-29).

① Rapprocher ce portrait du Loup de celui que vous avez déjà vu dans d'autres fables.

② Comparez la moralité avec celle des fables suivantes : *le Corbeau voulant imiter l'Aigle* (II, 16), *le Loup devenu berger* (III, 3) et *l'Ane et le Petit Chien* (IV, 5).

● **Fable 9** — Les acteurs sont des hommes, ce qui augmente le caractère de vraisemblance de l'anecdote.

③ Pourquoi le Laboureur parle-t-il *sans témoins* (v. 4)?

④ L'adaptation du rythme aux idées : quel effet est produit par les octosyllabes 6 et 7?
— **La moralité** est exprimée à deux reprises : au début et à la fin. Cette insistance à recommander le travail a contribué au succès pédagogique de l'apologue. Mais La Fontaine lui-même était-il si acharné à la peine?

⑤ Comparez cette fable au quatrain de Bensserade (quatrain CLXIX) :

Un vigneron mourant dit qu'un trésor insigne
Était pour ses enfants dans le fond de sa vigne.
A force d'y fouiller, sans y trouver de l'or,
Il en vint des raisins, et ce fut le trésor.

⑥ Comparez la moralité de la fable 9 et cette formule par laquelle Voltaire conclut *Candide* : « Le travail éloigne de nous trois grands maux, l'ennui, le vice et le besoin. »

9 *Le Laboureur et ses Enfants*

1 TRAVAILLEZ, prenez de la peine :
C'est le fonds[1] qui manque le moins.

Un riche Laboureur[2], sentant sa mort prochaine,
Fit venir ses Enfants, leur parla sans témoins.
5 « Gardez-vous, leur dit-il, de vendre l'héritage
Que nous ont laissé nos parents :
Un trésor est caché dedans.
Je ne sais pas l'endroit ; mais un peu de courage
Vous le fera trouver, vous en viendrez à bout.
10 Remuez votre champ dès qu'on aura fait l'oût[3].
Creusez, fouillez, bêchez ; ne laissez nulle place
Où la main ne passe et repasse[4]. »
Le père mort, les fils vous[5] retournent le champ,
Deçà, delà, partout ; si bien qu'au bout de l'an
15 Il en[6] rapporta davantage.
D'argent, point de caché. Mais le père fut sage
De leur montrer, avant sa mort,
Que le travail est un trésor.

Sources. ÉSOPE, le Laboureur et ses Enfants (Nevelet, p. 106); HAUDENT, d'un Vigneron et de ses Enfants, II, 11.

1. C'est le travail qui est le capital le plus productif, alors que tous les autres biens *(fonds)* sont précaires; voir *le Berger et la Mer* (IV, 2); *le Marchand, le Gentilhomme, le Pâtre et le Fils de roi* (X, 15). — 2. Le *laboureur* n'est pas l'ouvrier de culture, mais le propriétaire terrien exploitant son domaine. Ce sens sera encore attesté au XVIIIe s., dans les actes notariés. — 3. Métonymie : *oût* (orthographe conforme à la prononciation) désigne la moisson; cf. *Avant l'oût, foi d'animal* (I, 1, v. 13). — 4. Et ne *repasse*. — 5. Mot explétif. — 6. De ce fait, il *rapporta...*

10 *La Montagne qui accouche*

1 UNE Montagne en mal d'enfant
Jetait une clameur si haute,
Que chacun, au bruit accourant,
Crut qu'elle accoucherait, sans faute,
5 D'une cité plus grosse que Paris :
Elle accoucha d'une Souris.
Quand je songe à cette fable,
Dont le récit est menteur
Et le sens est véritable[1],
10 Je me figure un auteur
Qui dit : « Je chanterai la guerre
Que firent les Titans au maître du tonnerre[2]. »
C'est promettre beaucoup : mais qu'en sort-il souvent ?
Du vent[3].

Source. PHÈDRE, **la Montagne qui accouche,** IV, 22 (Nevelet, p. 441) Cet apologue, proverbial dès l'Antiquité, est cité par Rabelais (**Tiers Livre,** chap. 24). Horace (**Art poétique,** v. 136-139), puis Boileau (**Art poétique,** chant IV, v. 270-274) l'appliquent aux poètes épiques, dont les débuts sont emphatiques, et le corps du poème lamentable.

1. Ce double caractère est le propre de la fable. — 2. Dans la mythologie, *la guerre* des géants contre les dieux, en particulier contre Zeus, *maître du tonnerre.* — 3. On sait l'échec de l'épopée en France depuis *la Franciade* de Ronsard, *la Pucelle d'Orléans* de Chapelain, l'*Alaric* de Scudéry (sans doute visé ici), etc. Il faudra attendre le Romantisme pour que les Français se retrouvent une « tête épique ».

11 *La Fortune et le jeune Enfant*

1 SUR le bord d'un puits très profond
Dormait, étendu de son long,
Un Enfant alors dans ses classes.

Sources. ÉSOPE, **le Voyageur et la Fortune** (Nevelet, p. 293); RÉGNIER, **Satire XIV,** vers 85-92 :

...Le Malheur,
Trouvant au bord d'un puits un enfant endormi
En risque d'y tomber, à son aide s'avance
Et, lui parlant ainsi, le recueille et le tance :
« Sus, badin, levez-vous; si vous tombiez dedans,
De douleur, vos parents, comme vous imprudents,
Croyant en leur esprit que de tout je dispose,
Diraient en me blâmant que j'en serais la cause... »

Tout est aux écoliers couchette et matelas[1].
5 Un honnête homme[2] en pareil cas,
Aurait fait un saut de vingt brasses[3].
Près de là tout heureusement
La Fortune passa, l'éveilla doucement,
Lui disant : « Mon mignon[4], je vous sauve la vie.
10 Soyez une autre fois plus sage, je vous prie.
Si vous fussiez tombé, l'on s'en fût pris à moi ;
Cependant c'était votre faute.
Je vous demande, en bonne foi,
Si cette imprudence si haute[5]
15 Provient de mon caprice. » Elle part à ces mots.

Pour moi, j'approuve son propos.
Il n'arrive rien dans le monde
Qu'il[6] ne faille qu'elle en réponde.
Nous la faisons de tous écots[7] ;
20 Elle est prise à garant de toutes aventures[8].
Est-on sot, étourdi, prend-on mal ses mesures[9] :
On pense en être quitte en accusant son sort.
Bref, la Fortune a toujours tort.

1. Remarque amusante et peut-être confidence personnelle : La Fontaine ne manque jamais l'occasion de célébrer le plaisir de dormir (voir *la Vieille et les Deux Servantes*, V, 6). — 2. Un homme du monde, un homme accompli, par opposition à l'enfant imprudent; cf. livre I, fable 19, l'enfant qui tombe dans la Seine, et le début de la fable 5 du livre IX : « Certain enfant qui sentait son collège, — Doublement sot et doublement fripon, — Par le jeune âge... » — 3. La *brasse* équivaut à 1,62 m. Mesure de marine. — 4. Terme affectueux et ironique à la fois; cf. IV, 3, v. 11 : « Mais, ma *mignonne*... » — 5. Au sens moral : si excessive. — 6. Sans *qu'il faille*. — 7. Texte douteux : les éditions autres que la première (1668) donnent *Échos*, ce qui voudrait dire : nous en faisons retentir tous les échos; sens complété par le vers 20. *Tous écots*, signifie que la Fortune doit payer sa part à chaque repas, c'est-à-dire à chaque *aventure*. — 8. Mésaventures. — 9. Ses dispositions.

- **Fable 10** — La Fontaine rivalise de sobriété avec Phèdre, mais introduit des détails (v. 5) pour amuser les lecteurs français.

  ① Analysez l'effet amusant du vers final (2 syllabes).
  La moralité est aussi développée que l'anecdote. La Fontaine la présente comme une opinion personnelle : v. 7 et 10.

- **Fable 11** — C'est un véritable conte à deux personnages, la Fortune étant personnifiée.

  ② Ce conte n'a-t-il-pas un intérêt psychologique ?

12 *Les Médecins*

1 LE médecin Tant-pis allait voir un malade
Que visitait aussi son confrère Tant-mieux.
Ce dernier espérait, quoique son camarade[1]
Soutînt que le gisant[2] irait voir ses aïeux.
5 Tous deux s'étant trouvés différents pour la cure[3],
Leur malade paya le tribut à Nature[4],
Après qu'en ses conseils Tant-pis eut été cru.
Ils triomphaient encor sur cette maladie.
L'un disait : « Il est mort ; je l'avais bien prévu.
10 — S'il m'eût cru, disait l'autre, il serait plein de vie. »

Source inconnue. La satire des médecins est traditionnelle dans la littérature française : cf. la farce du **Vilain Mire,** qui deviendra **le Médecin malgré lui,** de Molière ; les nombreux traits de Montaigne dans les **Essais** (en particulier, livre II, chap. 37, **De la ressemblance des enfants aux pères**) ; plusieurs comédies de Molière ; la Xe **Satire** (v. 412-418) de Boileau.

1. Terme familier pour : confrère. — 2. *Gisant :* « Qui est détenu au lit par la maladie » (*Dict.* de Furetière, 1690). Aujourd'hui, ne s'emploie plus que pour désigner les statues couchées des tombeaux. — 3. Le désaccord des médecins sur le traitement est un sujet perpétuel de raillerie pour Montaigne et Molière. — 4. La nature personnifiée.

13 *La Poule aux œufs d'or*

1 L'AVARICE[1] perd tout en voulant tout gagner.
Je ne veux, pour le témoigner,
Que celui dont la Poule, à ce que dit la fable,
Pondait tous les jours un œuf d'or.
5 Il crut que dans son corps elle avait un trésor[2].
Il la tua, l'ouvrit, et la trouva semblable
A celles dont les œufs ne lui rapportaient rien,
S'étant lui-même ôté le plus beau de son bien.

Source. ÉSOPE, **la Poule aux œufs d'or** (Nevelet, p. 198).

1. Au sens latin : la cupidité. — 2. Cf. Bensserade *(Quatrain CXX) :*

Un homme avait une oie, et c'était son trésor,
Car elle lui pondait tous les jours un œuf d'or.
La croyant pleine d'œufs, le fou s'impatiente,
La tue, et d'un seul coup perd le fonds et la rente.

Belle leçon pour les gens chiches[3] !
10 Pendant ces derniers temps, combien en a-t-on vus
Qui du soir au matin sont pauvres devenus,
Pour vouloir trop tôt être riches[4] !

---

3. Non pas : parcimonieux, mais : cupides. — 4. Allusion aux revers de fortune, soit de ceux qui avaient placé leurs fonds dans les affaires coloniales, soit des financiers obligés de restituer leurs gains à l'État, par la Chambre de justice (1661-1665) que Colbert avait instituée. La Fontaine, pas plus que La Bruyère, n'aime les *partisans* (voir V, 3, v. 16).

14 *L'Ane portant des reliques*

1 Un Baudet chargé de reliques[1]
S'imagina qu'on l'adorait.
Dans ce penser il se carrait[2],
Recevant comme siens l'encens et les cantiques.
5 Quelqu'un vit l'erreur, et lui dit :
« Maître Baudet, ôtez-vous de l'esprit
Une vanité si folle.
Ce n'est pas vous, c'est l'idole[3]
A qui cet honneur se rend,
10 Et que[4] la gloire en est due. »

D'un magistrat ignorant
C'est la robe qu'on salue[5].

Sources. ÉSOPE, l'Ane portant une statue de dieu (Nevelet, p. 297); VIIe Emblème, d'ALCIAT.

---

1. Adaptation chrétienne de l'apologue antique. Au Moyen Age, des moines parcouraient le pays, proposant des reliques de saints à la vénération des fidèles ; certaines de ces reliques passaient pour guérir des maladies (cf. *le Jeu de la feuillée,* d'Adam le Bossu). — 2. Se pavanait : voir *le Geai paré des plumes du Paon* (IV, 9). — 3. Au sens étymologique : image du dieu (penser à une *icône*), mais il peut se faire que La Fontaine, comme Rabelais, Calvin et Montaigne, se méfie des trop nombreux « miracles ». — 4. Construction incohérente, mais claire : c'est l'idole à laquelle cet honneur se rend et à laquelle la gloire est due. — 5. Cf. Montaigne, *Essais,* livre III, chap. 8, *De l'art de conférer :* « Comme en la conférence, la gravité, la *robe* et la fortune de celui qui parle, donnent souvent crédit à des propos vains et ineptes... »; de même Pascal (Br. 307) : « Le chancelier est grave et revêtu d'ornements, car son poste est faux; et non le roi : il a la force, il n'a que faire de l'imagination. Les juges, médecins, etc., n'ont que l'imagination. »

15 *Le Cerf et la Vigne*

1 UN Cerf, à la faveur d'une vigne fort haute,
Et telle qu'on en voit en de certains climats[1],
S'étant mis à couvert et sauvé du trépas,
Les veneurs[2], pour ce coup, croyaient leurs chiens en faute ;
5 Ils les rappellent donc. Le Cerf, hors de danger,
Broute sa bienfaitrice[3] : ingratitude extrême !
On l'entend, on retourne, on le fait déloger[4] ;
Il vient mourir en ce lieu même.
« J'ai mérité, dit-il, ce juste châtiment :
10 Profitez-en, ingrats[5]. » Il tombe en ce moment.
La meute en fait curée. Il lui fut inutile
De pleurer aux[6] veneurs à sa mort arrivés.
Vraie image de ceux qui profanent l'asile
Qui les a conservés.

Sources. **ÉSOPE, la Biche et la Vigne** (Nevelet, p. 143); **FAERNE, la Biche et la Vigne**, fable 70.

1. En *certains* pays, la vigne est soutenue par des ormeaux et va, en guirlande, d'un arbre à l'autre; ainsi, encore aujourd'hui, en Italie, en Grèce. Il y en avait aussi en France au XVIIe s. « ès Cevennes du Vivarez ... au païs d'Anjou », selon Olivier de Serres. — 2. Au sens large : chasseurs. — 3. Noter l'alliance très expressive du concret et de l'abstrait. — 4. Débusquer. — 5. La Fontaine, lui, est fidèle et reconnaissant à l'égard de ses protecteurs (comme Fouquet). Il condamne sévèrement l'ingratitude (voir X, 1). — 6. Devant les; cf. IV, 21, v. 34.

16 *Le Serpent et la Lime*

1 ON conte qu'un Serpent, voisin d'un horloger
(C'était pour l'horloger un mauvais voisinage[1]),
Entra dans sa boutique, et cherchant à manger,
N'y rencontra pour tout potage[2]
5 Qu'une lime d'acier, qu'il se mit à ronger[3].
Cette lime lui dit, sans se mettre en colère :
« Pauvre ignorant ! et que prétends-tu faire ?

Sources. **ÉSOPE, la Belette et la Lime; la Vipère et la Lime,** dans Nevelet (p. 240) **PHÈDRE,** livre IV, 8 (Nevelet, p. 433).

1. Remarque amusante de La Fontaine, qui montre qu'il n'est pas dupe de ce *conte*. — 2. Locution proverbiale : pour toute nourriture. — 3. Une impropriété zoologique de plus, mais en pleine féerie cela n'a aucune importance.

Tu te prends à plus dur que toi.
Petit Serpent à tête folle,
10 Plutôt que d'emporter de moi
Seulement le quart d'une obole[4],
Tu te romprais toutes les dents.
Je ne crains que celles du temps[5]. »
Ceci s'adresse à vous, esprits du dernier ordre
15 Qui, n'étant bons à rien, cherchez surtout à mordre.
Vous vous tourmentez[6] vainement.
Croyez-vous que vos dents impriment leurs outrages
Sur tant de beaux ouvrages[7] ?
Ils sont pour vous d'airain, d'acier, de diamant[8].

4. Une *obole* étant déjà une piécette sans grande valeur chez les Anciens, à plus forte raison, *le quart* n'en vaut-il rien. — 5. Métaphore antique (cf. Ovide, *Métamorphoses*, XV, v. 234, 872). — 6. Torturez. — 7. La Fontaine, comme tous les Classiques, méprise les critiques envieux du génie. — 8. Noter la progression entre les trois noms, représentant des corps de plus en plus durs.

● **La moralité** de la fable 16, Chamfort la juge ainsi : « Cette idée philosophique jetée dans le discours fait beaucoup d'effet, parce qu'elle est entièrement inattendue. »

① Comparez cette condamnation de la critique avec les deux remarques suivantes de La Bruyère : « Le plaisir de la critique nous ôte celui d'être vivement touchés de très belles choses. » (*Les Caractères*, I, 20).
« Il n'y a point d'ouvrage si accompli qui ne se fondît tout entier au milieu de la critique, si son auteur voulait en croire tous les censeurs, qui ôtent chacun l'endroit qui leur plaît le moins (I, 26).

② « Estimer nos forces, et ne pas mordre dans du fer, c'est une sagesse que l'expérience nous donne, et sans réplique, si nous ne savons pas aller au-devant par la prudence. Mesurer les forces, et se résigner à ne pas faire tout ce qu'on voudrait, c'est la raison même. Et croyez-vous que le tyran lui-même fasse autrement? Comme vivement et sans transition il cède devant une force supérieure ! Le mal de dents et la colique le tiennent, sans aucun respect ; l'âge le mord ; les gardes n'y peuvent rien. » (*Propos* d'Alain, 15 juin 1930).

③* Racontez l'histoire de l'écolier qui prétendait « mordre » à la « haute » littérature avant d'apprendre l'orthographe.

17 *Le Lièvre et la Perdrix*

1 Il ne se faut jamais moquer des misérables[1] :
Car qui peut s'assurer[2] d'être toujours heureux ?
Le sage Ésope dans ses fables
Nous en donne un exemple ou deux.
5 Celui qu'en ces vers je propose,
Et les siens, ce sont même chose.

Le Lièvre et la Perdrix, concitoyens d'un champ,
Vivaient dans un état[3], ce semble, assez tranquille,
Quand une meute s'approchant
10 Oblige le premier à chercher un asile.
Il s'enfuit dans son fort[4], met les chiens en défaut[5],
Sans même en excepter Brifaut[6].
Enfin il se trahit[7] lui-même
Par les esprits[8] sortants de son corps échauffé.
15 Miraut, sur leur odeur ayant philosophé,
Conclut que c'est son[9] Lièvre, et d'une[10] ardeur extrême
Il le pousse[11] ; et Rustaut, qui n'a jamais menti,
Dit que le Lièvre est reparti.
Le pauvre malheureux vient mourir à son gîte.
20 La Perdrix le raille, et lui dit :
« Tu te vantais d'être si vite[12] !
Qu'as-tu fait de tes pieds ? » Au moment qu'[13]elle rit,
Son tour vient ; on la trouve. Elle croit que ses ailes
La sauront garantir à toute extrémité[14] ;

Sources. **PHÈDRE, I, 9, le Moineau et le Lièvre** (Nevelet, p. 394). Peut-être aussi **ABSTEMIUS, le Loup tombé dans une fosse.** Les quatre premiers vers sont repris de la fable restée longtemps inédite, **le Renard et l'Écureuil** (voir tome II, p. 250), composée au moment de l'affaire Fouquet. On remarquera aussi le voisinage avec la critique de l'ingratitude (fable 13) et de l'envie (fable 16).

1. Malheureux. — 2. Être sûr. — 3. Une situation. — 4. Terme de chasse pour : sa retraite; voir *le Loup devenu berger* (III, 3, v. 19). — 5. Cf. fable 15, vers 4 : *leurs chiens en faute.* — 6. La Fontaine aime personnaliser les chiens : voir *le Jardinier et son Seigneur* (*Miraut,* comme ici, au v. 15). *Brifaut :* de *brifer,* manger; *Rustaud,* de *rustre; Miraut,* de *mirer,* regarder. — 7. Il révèle sa présence. — 8. Émanations, effluves. *Sortants :* le participe présent s'accorde. Le mot savant *esprits* (cf. les *esprits-animaux* de Descartes) prépare le mot comique du vers 15 : *ayant philosophé.* — 9. Noter l'effet comique du possessif : c'est le sien et non un autre. — 10. Avec une... — 11. Terme de chasse : poursuit. — 12. Adjectif : si rapide. — 13. *Au moment* où... — 14. Dans le danger le plus grand.

25 Mais la pauvrette avait compté
Sans l'autour[15] aux serres cruelles.

15. Cet oiseau de volerie servait à chasser les perdrix et les faisans, comme aujourd'hui encore au Maroc ; l'autour s'attaque de préférence aux perdrix, ce qui l'a fait nommer *autour de perdrix* par les chasseurs allemands. Il existe aussi un *autour des palombes.*

18 *L'Aigle et le Hibou*

1 L'Aigle et le Chat-huant leurs querelles cessèrent,
Et firent tant qu'ils s'embrassèrent[1].
L'un jura foi de roi, l'autre foi de hibou[2],
Qu'ils ne se goberaient leurs petits peu ni prou[3].
5 « Connaissez-vous les miens ? dit l'oiseau de Minerve[4].
— Non, dit l'Aigle. — Tant pis, reprit le triste[5] oiseau :
Je crains en ce cas pour leur peau[6] ;
C'est hasard si je les conserve.
Comme vous êtes roi, vous ne considérez
10 Qui ni quoi[7] : rois et dieux mettent, quoi qu'on leur die[8],
Tout en même catégorie.
Adieu mes nourrissons, si vous les rencontrez.
— Peignez-les-moi, dit l'Aigle, ou bien me les montrez ;
Je n'y toucherai de ma vie. »
15 Le Hibou repartit : « Mes petits sont mignons,
Beaux, bien faits, et jolis sur[9] tous leurs compagnons :

Sources. VERDIZOTTI, fable 17; et de très loin ABSTEMIUS (l'éloge de ses enfants par le hibou).

1. Comme des hommes. — 2. Rapprochement burlesque de deux conditions sociales différentes : à comparer avec les deux adverbes créés par Marot, *lionneusement, rateusement (Épître à Lyon Jamet).* — 3. Locution ancienne et familière : en aucune façon. — 4. Périphrase noble (cf. *l'Oiseau de Jupiter* dans *l'Aigle et l'Escarbot*, II, 8). La chouette était l'oiseau consacré à Athéna (Minerve, chez les latins), déesse protectrice d'Athènes. Les monnaies grecques d'aujourd'hui l'ont encore pour emblème. — 5. Au sens étymologique : de mauvais augure. D'après la croyance populaire, les chouettes, hiboux, etc. portent malheur. — 6. Noter la familiarité réaliste du ton. — 7. Ni rien, ni personne. Chamfort remarque : « N'est-il pas plaisant de supposer que ce soit un effet nécessaire et une suite naturelle de la royauté de n'avoir d'égard ni pour les choses ni pour les personnes ? Ce tour est très satirique. » A rapprocher des fables *le Jardinier et son Seigneur* (IV, 4), *Tribut envoyé par les animaux...* (IV, 12), *les Oreilles du Lièvre* (V, 4). La Fontaine relève la méfiance, bien fondée, des petits à l'égard des grands et de leur justice. — 8. Forme archaïque, mais régulière du subjonctif : dise. — 9. Façon d'exprimer le superlatif : plus que tous. Sur l'amour aveugle des parents, cf. Montaigne, *Essais, I*, chap. 26, *De l'institution des enfants :* « Je ne vis jamais père, pour bossu ou teigneux que fût son fils, qui laissât de l'avouer. »

Vous les reconnaîtrez sans peine à cette marque.
N'allez pas l'oublier ; retenez-la si bien
Que chez moi la maudite Parque[11]
20 N'entre point par votre moyen. »
Il avint[11] qu'au Hibou Dieu donna géniture[12],
De façon qu'un beau soir qu'il[13] était en pâture,
Notre Aigle aperçut d'aventure[14],
Dans les coins d'une roche dure,
25 Ou dans les trous d'une masure,
(Je ne sais pas lequel[15] des deux),
De petits monstres fort hideux,
Rechignés[16], un air triste, une voix de Mégère[17].
« Ces enfants ne sont pas, dit l'Aigle, à notre ami.
30 Croquons-les. » Le galand[18] n'en fit pas à demi :
Ses repas ne sont point repas à la légère[19].
Le Hibou, de retour, ne trouve que les pieds[20]
De ses chers nourrissons, hélas ! pour toute chose.
Il se plaint ; et les dieux sont par lui suppliés
35 De punir le brigand qui de son deuil est cause[21].
Quelqu'un lui dit alors : « N'en accuse que toi,
Ou plutôt la commune loi
Qui veut qu'on trouve son semblable
Beau, bien fait, et sur tous[22] aimable.
40 Tu fis de tes enfants à l'Aigle ce portrait :
En avaient-ils le moindre trait ? »

---

10. La Mort; cf. livre V, fable 6, v. 2, n. 2. — 11. Forme archaïque pour *advint*, également vieilli. — 12. « Terme burlesque qui se dit des enfants » (*Dict.* de Furetière, 1690); cf. IV, 16, v. 44. — 13. Le hibou ou l'aigle ? Il est difficile de le déterminer. *En pâture :* en train de chercher sa nourriture. — 14. Par hasard. L'indication est importante : l'aigle ne cherche pas à nuire au hibou. — 15. Pronom neutre. Noter l'effet de naïveté produit par cette feinte ignorance du conteur. — 16. Maussades, grognons. — 17. *Mégère* est une des trois Furies (Alecto, Tisiphone, Mégère) dans la mythologie. Les trois membres du vers marquent une progression dans la laideur. — 18. *Aigle* est souvent masculin au XVIIe s. *Galand* est pris ici au sens péjoratif : le coquin. — 19. Louis XIV était réputé pour son gros appétit; mais il y a ici une remarque générale sur l'appétit des aigles et des souverains, non une allusion déplacée au roi de France. — 20. Pattes. — 21. Voir un mouvement analogue dans *l'Aigle et l'Escarbot* (II, 8). — 22. Voir la note 9.

● La psychologie

— L'aveuglement paternel (v. 15-16), d'autant plus manifeste que les enfants sont plus laids (v. 27-28), et que par ailleurs le chat-huant est perspicace (v. 6-12).
— La défiance à l'égard des Puissances.

① Que pensez-vous de cette remarque de Taine sur l'attitude du Chat-huant? « Il n'est pas assez respectueux avec les puissances. Il parle à l'aigle comme ferait un homme de l'opposition, d'un air aigre, avec les sentences maussades et le ton trivial d'un plébéien opprimé. Il est orgueilleux comme tout être qui vit seul et concentré en lui-même. »

19 *Le Lion s'en allant en guerre*

1 LE Lion dans sa tête avait une entreprise[1].
Il tint conseil de guerre, envoya ses prévôts[2],
Fit avertir les animaux.
Tous furent du dessein[3], chacun selon sa guise[4].
5 L'éléphant devait sur son dos
Porter l'attirail nécessaire,
Et combattre à son ordinaire ;
L'ours, s'apprêter pour les assauts ;
Le renard, ménager de secrètes pratiques[5] ;
10 Et le singe, amuser l'ennemi par ses tours.
« Renvoyez, dit quelqu'un, les ânes, qui sont lourds,
Et les lièvres, sujets à des terreurs paniques.
— Point du tout, dit le roi, je les veux employer :
Notre troupe sans eux ne serait pas complète.
15 L'âne effraiera les gens, nous servant de trompette[6] ;
Et le lièvre pourra nous servir de courrier. »
Le monarque prudent et sage
De ses moindres sujets sait tirer quelque usage,
Et connaît les divers talents[7].
20 Il n'est rien d'inutile aux personnes de sens[8].

Source. ABSTEMIUS, fable 95, **l'Ane joueur de trompette et le Lièvre messager** (Nevelet, p. 574).

1. Voulait entreprendre une guerre. Roi belliqueux, il fait penser au Picrochole de Rabelais. — 2. Chargés de mission. — 3. Du projet; terme employé en politique (cf. le *Grand Dessein* de Richelieu). — 4. *Selon* ses talents. — 5. Ruses. — 6. A rapprocher du livre II, fable 19, *le Lion et l'Ane chassant* (v. 10-22). Ici, il s'agit non d'une chasse, mais d'une guerre, avec une armée organisée. — 7. Dispositions naturelles. — 8. Allusion élogieuse pour Louis XIV ou considération générale?

20 *L'Ours et les deux Compagnons*

1 DEUX Compagnons, pressés d'argent[1],
A leur voisin fourreur vendirent
La peau d'un Ours encor vivant,
Mais qu'ils tueraient bientôt, du moins à ce qu'ils dirent.
5 C'était le roi des ours au compte de ces gens.
Le marchand à[2] sa peau devait faire fortune;
Elle garantirait des froids les plus cuisants;
On en pourrait fourrer plutôt deux robes qu'une.
Dindenaut[3] prisait[4] moins ses moutons qu'eux leur Ours :
10 Leur, à leur compte, et non à celui de la bête.
S'offrant de la livrer au plus tard dans deux jours,
Ils conviennent de prix, et se mettent en quête[5],
Trouvent l'Ours qui s'avance et vient vers eux au trot.
Voilà mes gens frappés comme d'un coup de foudre[6].
15 Le marché ne tint pas; il fallut le résoudre[7] :
D'intérêts[8] contre l'Ours, on n'en dit pas un mot.
L'un des deux Compagnons grimpe au faîte[9] d'un arbre;
L'autre, plus froid que n'est un marbre,
Se couche sur le nez, fait le mort, tient son vent[10],
20 Ayant quelque part ouï dire
Que l'ours s'acharne peu souvent
Sur un corps qui ne vit, ne meut[11], ni ne respire.
Seigneur Ours, comme un sot, donna dans ce panneau[12].
Il voit ce corps gisant[13], le croit privé de vie;
25 Et de peur de supercherie[14],
Le tourne, le retourne, approche son museau,
Flaire aux passages de l'haleine.

1. Comme les *compagnons* de Commynes. — 2. Avec. — 3. Tout ce début est inspiré des hâbleries de Dindenault dans Rabelais (*Quart Livre*, chap. 6) : « Ce sont moutons à la grande laine. Jason y prit la toison d'or. L'ordre de la maison de Bourgogne en fut extrait. Moutons de Levant, moutons de haute futaie, moutons de haute graisse. » — 4. Estimait. — 5. A la recherche de (terme de chasse). — 6. Opposition amusante entre le train tranquille de l'ours et la panique des chasseurs. — 7. Dénoncer, annuler (terme de droit). — 8. L'image fait allusion à un contrat, avec dommages et *intérêts* pour le fourreur, en cas d'annulation. Non seulement les chasseurs perdent le capital (l'ours avec sa peau), mais ils ne songent pas à prélever sur l'ours le moindre intérêt. — 9. Les devanciers de La Fontaine disent seulement : « sur un arbre. » — 10. Retient son haleine. — 11. Aujourd'hui : ne se meut (ne bouge). — 12. Ici au sens figuré; au sens propre : filet tendu entre deux arbres, pour arrêter le gibier. — 13. Cf. livre V, fable 12, v. 4. — 14. Remarque comique, soulignant la naïveté de l'ours et préparant le trait du v. 28.

Sources. ÉSOPE, les Voyageurs et l'Ourse (Nevelet, p. 291) : Deux amis faisaient route. Un ours les rencontrant, l'un d'eux sur-le-champ grimpe à un arbre et s'y cache; l'autre, sur le point d'être accablé, se couche sur le sol et fait le mort; l'ours approche sa gueule et le flaire de tous côtés, il retient son souffle (on dit, en effet, que cet animal ne touche pas aux cadavres). L'ours s'éloigne, le premier descend de l'arbre et demande à l'autre ce que l'ours lui a susurré à l'oreille. « Il m'a dit, répondil, de ne plus faire route, à l'avenir, avec des amis qui ne sont pas constants dans les dangers. » Cette fable signifie que le malheur montre les amis véritables.
ABSTEMIUS, fable 49 : **le Tanneur qui achetait à un chasseur la peau d'un ours qu'il n'avait pas encore pris.**
COMMYNES, Mémoires (livre III, chap. 4) rapporte les négociations entre Louis XI et l'Empereur, au sujet d'un éventuel partage des terres de Charles le Téméraire. L'Empereur le refusa en contant cet apologue :
« Auprès d'une ville d'Allemagne, il y avait un grand ours qui faisait beaucoup de mal. Trois compagnons de ladite ville, qui hantaient les tavernes, vinrent à un tavernier à qui ils devaient, lui priant qu'il leur accrût encore un écot, et que, avant deux jours, le paieraient du tout, car ils prendraient cet ours... »
Devant la bête, c'est la déroute, et voici la conclusion, un peu différente de celle d'Ésope : « Il m'a dit que jamais je ne marchandasse de la peau de l'ours jusqu'à ce que la bête fût morte. »

① Comparez le récit de La Fontaine (son naturel, sa vie, sa sobriété) au récit de Commynes.

② Rapprochez les boniments des chasseurs (v. 5-8) de ceux de Dindenault vantant ses moutons (Rabelais, IV, 5-8).

③ Comparez les projets des chasseurs (v. 6-10) aux rêves de Perrette (livre VII, fable 10).

④ Pourquoi La Fontaine a-t-il modifié la conclusion de l'anecdote ésopique?

⑤* Dessinez l'ours flairant le faux cadavre, pendant que l'autre chasseur est installé dans l'arbre.

⑥ André Gide, relisant au Congo toutes les fables de La Fontaine, s'émerveillait ainsi : « Je ne vois pas trop de quelle qualité l'on pourrait dire qu'il ne fasse preuve. Celui qui sait bien voir peut y trouver trace de tout ; mais il faut un œil averti, tant la touche, souvent, est légère. C'est un miracle de culture. Sage comme Montaigne ; sensible comme Mozart » (*Voyage au Congo*, 21 juillet 1925).
Le 14 décembre, ayant achevé sa lecture, il s'exclamait : « Aucune littérature a-t-elle offert jamais rien de plus exquis, de plus sage, de plus parfait ! »

⑦* Rapportez, en style direct, la conversation entre les *deux Compagnons pressés d'argent* et *leur voisin fourreur.*

« C'est, dit-il, un cadavre ; ôtons-nous, car il sent[15]. »
A ces mots, l'Ours s'en va dans la forêt prochaine.
30 L'un de nos deux marchands de son arbre descend,
Court à son compagnon, lui dit que c'est merveille[16]
Qu'il n'ait eu seulement que la peur pour tout mal.
« Eh bien ! ajouta-t-il, la peau de l'animal ?
Mais que t'a-t-il dit à l'oreille ?
35 Car il s'approchait[17] de bien près,
Te retournant avec sa serre[18].
— Il m'a dit qu'il ne faut jamais
Vendre la peau de l'ours qu'on ne l'ait mis par terre[19]. »

15. Mot comique soulignant l'effet de la prévention. Peut-être aussi souvenir scatologique de Rabelais : Pantagruel lâche l'Écolier Limousin, « tant il pue », la peur lui ayant donné venelle. — 16. Miracle. — 17. Variante (1668) : « Il t'approchait. » — 18. Désigne la patte des oiseaux de proie. L'extension aux griffes de l'ours est sans doute amenée par l'expression, *de bien près* : l'ours *serrait* de près le *gisant*. — 19. Morale différente chez Ésope : voir *les Sources*.

21 *L'Ane vêtu de la peau du Lion*

1 De la peau du Lion l'Ane s'étant vêtu[1],
Était craint partout à la ronde ;
Et bien qu'animal sans vertu[2],
Il faisait trembler tout le monde.
5 Un petit bout d'oreille échappé par malheur
Découvrit la fourbe[3] et l'erreur :
Martin[4] fit alors son office[5].
Ceux qui ne savaient pas la ruse et la malice
S'étonnaient de voir que Martin
10 Chassât les lions[6] au moulin.

Force gens font du bruit[7] en France,
Par qui cet apologue est rendu familier.
Un équipage[8] cavalier
Fait les trois quarts de leur vaillance.

Source. ÉSOPE, l'Ane et le Renard (Nevelet, p. 180).

1. Expression déjà proverbiale chez les Grecs. Montaigne, lui, déclare volontiers se couvrir de la « peau d'un veau » pour échapper au danger. — 2. Sans courage (langage noble). — 3. Nom féminin : la fourberie ; voir *l'Aigle, la Laie et la Chatte* (III, 6, v. 5). — 4. Personnification du bâton (cf. livre IV, fable 5 : *Martin-bâton accourt*). — 5. Métier. — 6. Les *lions* n'ont pas l'habitude d'aller au moulin pour y porter du grain. — 7. Font parler d'eux ; cf. livre VIII, fable 15 : « Se croire un personnage est fort commun en France. » — 8. « Tout ce qui est nécessaire pour s'entretenir honorablement ou voyager : valets, chevaux, carrosses... » (*Dict.* de Furetière, 1690) ; *cavalier* (adj.) : noble.

LIVRE SIXIÈME

fables 1 *Le Pâtre et le Lion*

2 *Le Lion et le Chasseur*

1 Les fables ne sont pas ce qu'elles semblent être[1] ;
Le plus simple animal nous y tient lieu de maître[2].
Une morale nue apporte de l'ennui ;
Le conte fait passer le précepte avec lui[3].
5 En ces sortes de feinte il faut instruire et plaire[4],
Et conter pour conter me semble peu d'affaire[5].
C'est par cette raison qu'égayant[6] leur esprit,
Nombre de gens fameux en ce genre ont écrit.
Tous ont fui l'ornement et le trop d'étendue[7] :
10 On ne voit point chez eux de parole perdue.
Phèdre était si succinct qu'aucuns[8] l'en ont blâmé.
Ésope en moins de mots s'est encore exprimé.
Mais sur tous certain Grec[9] renchérit et se pique
D'une élégance laconique[10] ;

Sources. La Fontaine les indique lui-même : **ÉSOPE**, pour la première fable; **BABRIAS** ou **BABRIUS** (appelé **GABRIAS** au XVIIe s.), pour la seconde. La Fontaine ne connaissait que les quatrains en vers grecs dans lesquels le moine Ignatius ou Ignou le Diacre (IXe s. ap. J.-C.) avait condensé les fables de Babrias (IIIe s. av. J.-C.). Celles-ci n'ont été retrouvées qu'au XIXe s. et publiées en 1844.

1. Vers traduit de Phèdre (IV, 1). — 2. A rapprocher de l'*Épître au Dauphin* (voir p. 42, v. 6) : « Je me sers d'animaux pour instruire les hommes. » — 3. Voir la Préface des *Fables* (p. 36 et suiv.). — 4. C'est l'ambition des Classiques (cf. les préfaces de Molière et de Racine). Ce préambule reprend, sous une forme plus nette, la première fable du livre V, *le Bûcheron et Mercure* (v. 5 à 12). — 5. De peu d'intérêt. A rapprocher de la Préface des *Fables* (p. 37, l. 82 et suiv.) : « Ce n'est pas tant par la forme que j'ai donnée à cet ouvrage qu'on en doit mesurer le prix, que par son utilité et par sa matière. » — 6. Donnant de l'agrément à leurs idées (cf. *Préface*, p. 37, l. 79). — 7. Cf. V, 1, v. 3-4 : « Vous voulez qu'on évite un soin trop curieux, — Et des vains ornements l'effort ambitieux... » — 8. Archaïsme pour : quelques-*uns*. Phèdre (Nevelet, fable 49) se défend d'avoir été trop bref : « puisque j'ai été choqué par une brièveté excessive... »; voir aussi la Préface des *Fables* (p. 36, l. 62). — 9. *Gabrias* (note de La Fontaine); voir *les Sources*. — 10. Les habitants de Sparte, en *Laconie*, à l'opposé des Athéniens, parlaient brièvement.

15 Il renferme toujours son conte en quatre vers :
Bien ou mal, je le laisse à juger aux experts[11].
Voyons-le[12] avec Ésope en un sujet semblable :
L'un amène un chasseur, l'autre un pâtre, en sa fable.
J'ai suivi leur projet[13] quant à l'événement,
20 Y cousant en chemin quelque trait seulement.
Voici comme[14] à peu près Ésope le raconte.

UN Pâtre, à ses brebis trouvant quelque méconte[15],
Voulut à toute force attraper le larron.
Il s'en va près d'un antre, et tend à l'environ
25 Des lacs[16] à prendre loups, soupçonnant cette engeance[17].
Avant que[18] partir de ces lieux :
« Si tu fais, disait-il, ô monarque des dieux,
Que le drôle[19] à ces lacs se prenne en ma présence,
Et que je goûte ce plaisir,
30 Parmi vingt veaux je veux choisir
Le plus gras, et t'en faire offrande. »
A ces mots, sort de l'antre un Lion grand et fort.
Le Pâtre se tapit, et dit, à demi mort :
« Que l'homme ne sait guère, hélas ! ce qu'il demande !
35 Pour trouver le larron qui détruit mon troupeau,
Et le voir en ces lacs pris avant que je parte,
O monarque des dieux, je t'ai promis un veau :
Je te promets un bœuf si tu fais qu'il s'écarte. »

C'est ainsi que l'a dit le principal auteur ;
40 Passons à son imitateur[20].

UN fanfaron, amateur de la chasse,
Venant de perdre un chien de bonne race,
Qu'il soupçonnait dans le corps d'un Lion,
Vit un berger : « Enseigne-moi, de grâce,

11. Quels sont ces *experts?* Patru? — 12. Élision de *le* (pronom neutre) ; prononcer : *voyons l'avec...* — 13. Leur idée. — 14. Comment. — 15. Mauvais *compte :* il manque des brebis au troupeau. — 16. Filet utilisé pour la chasse chez les Anciens, qui attaquaient le gibier arrêté par le filet (Pline chassait ainsi le sanglier), ou bien *nœud coulant* (cf. p. 53, note 4). — 17. Race. — 18. Avant de (*avant que* était courant au XVIIe s., comme *avant que de*). — 19. Le pâtre pense qu'il s'agit d'un loup qu'il va châtier. — 20. Babrias.

45 De mon voleur, lui dit-il, la maison[21],
Que de ce pas je me fasse raison[22]. »
Le Berger dit : « C'est vers cette montagne.
En lui payant de tribut [23] un mouton
Par chaque mois, j'erre dans la campagne
50 Comme il me plaît, et je suis en repos. »
Dans le moment qu'ils tenaient ces propos,
Le Lion sort, et vient d'un pas agile.
Le fanfaron aussitôt d'esquiver[24] :
« O Jupiter, montre-moi quelque asile,
55 S'écria-t-il, qui me puisse sauver ! »

La vraie épreuve de courage
N'est que dans le danger que l'on touche du doigt.
Tel le cherchait, dit-il, qui, changeant de langage,
S'enfuit aussitôt qu'il le voit.

21. Le fabuliste passe des animaux aux hommes. — 22. Que j'obtienne réparation par les armes, en duel. — 23. Comme redevance. — 24. De s'esquiver. Au XVIIe s., le verbe se construisait absolument (cf. livre IV, fable 6, v. 55).

CL. FOTOGRAM-CORSON

● **Les idées**

① Dans quelle mesure ce prologue complète-t-il la Préface des *Fables* et nous renseigne-t-il sur les conceptions littéraires de La Fontaine?

② Que pensez-vous de l'opinion suivante de Chamfort? « Voici encore un prologue, mais moins piquant et moins agréable que celui du livre précédent ; cependant on y reconnaît toujours La Fontaine. »

3 *Phébus et Borée*[1]

1 Borée et le Soleil virent un voyageur
Qui s'était muni[2] par bonheur
Contre le mauvais temps. On entrait dans l'automne,
Quand la précaution aux voyageurs est bonne :
5 Il pleut, le soleil luit, et l'écharpe d'Iris[3]
Rend ceux qui sortent avertis[4]
Qu'en ces mois le manteau leur est fort nécessaire.
Les Latins les nommaient douteux[5] pour cette affaire[6].
Notre homme s'était donc à la pluie attendu :
10 Bon manteau bien doublé, bonne étoffe bien forte[7].
« Celui-ci, dit le Vent, prétend avoir pourvu
A tous les accidents ; mais il n'a pas prévu
Que je saurai souffler de sorte
Qu'il n'est bouton qui tienne ; il faudra, si je veux,
15 Que le manteau s'en aille au diable.
L'ébattement[8] pourrait nous en être agréable :
Vous plaît-il de l'avoir ? — Eh bien, gageons[9] nous deux,
Dit Phébus, sans tant de paroles,
A qui plus tôt[10] aura dégarni les épaules
20 Du cavalier que nous voyons.
Commencez. Je vous laisse obscurcir mes rayons. »
Il n'en fallut pas plus. Notre souffleur à gage[11]
Se gorge de vapeurs, s'enfle comme un ballon,
Fait un vacarme de démon,
25 Siffle, souffle, tempête, et brise en son passage
Maint toit qui n'en peut mais[12], fait périr maint bateau ;
Le tout au sujet d'un manteau.
Le cavalier eut soin d'empêcher que l'orage
Ne se pût engouffrer dedans.
30 Cela le préserva ; le Vent perdit son temps :

Sources. AVIANUS (Nevelet, p. 456); VERDIZOTTI, fable 18.

1. *Borée* : le vent du nord divinisé; *Phébus* : le Soleil. — 2. Protégé. Sens littéral : fortifié (terme de guerre : *munir* une place). — 3. L'arc-en-ciel; *Iris* était la messagère de Junon. — 4. *Rend avertis :* avertit. — 5. Souvenir de Virgile, *Géorgiques*, I, v. 115. — 6. Pour cette raison. — 7. Noter l'ellipse du verbe, la coupe en quatre membres, la répétition de *bon* et de *bien* Quel est l'effet visé ? — 8. Le jeu. — 9. Parions. — 10. Le plus tôt. — 11. La Fontaine joue sur *gageons* (v. 17) et sur l'expression *être à gages*, être au service de... On dirait aujourd'hui : comme s'il était à la tâche. — 12. Qui n'y peut rien.

Plus il se tourmentait[13], plus l'autre tenait ferme ;
Il eut beau faire agir le collet et les plis.
Sitôt qu'il fut au bout du terme
Qu'à la gageure on avait mis,
35 Le Soleil dissipe la nue,
Récrée[14], et puis pénètre enfin le cavalier,
Sous son balandras[15] fait qu'il sue,
Le contraint de s'en dépouiller.
Encor n'usa-t-il pas de toute sa puissance.

40 Plus fait douceur que violence.

13. Littéralement : plus il se torturait, plus il se donnait de la peine. — 14. Délasse, ranime. — 15. « Manteau de campagne qui est doublé depuis les épaules jusque sur le devant » (*Dict.* de Furetière, 1690).

● **Fable 3**

① **Comment La Fontaine associe-t-il le réalisme de la description (v. 22-27) à l'ironie?**

② **Partagez-vous cette opinion de Chamfort? « Voici une des meilleures fables. L'auteur y est poète et grand poète, c'est-à-dire grand peintre. »**

③ **Comparez le récit de la tempête avec celui de la fable *le Chêne et le Roseau* (I, 22).**

④* **Dessinez le voyageur aux prises avec la tempête.**

4 *Jupiter et le Métayer*[1]

1 JUPITER eut jadis une ferme à donner[2].
Mercure en fit l'annonce[3], et gens se présentèrent,
Firent des offres, écoutèrent :

Sources. FAERNE, le Paysan et Jupiter (fable 98); VERDIZOTTI, fable 99.

1. *Le métayer* partage, selon un rapport établi (autrefois par moitié; aujourd'hui, donnant 1/3 et conservant les 2/3), les produits de la terre avec le propriétaire, qui fournit bâtiments, outils et cheptel. — 2. Louer. — 3. « Le crieur des dieux, c'est Mercure; c'est un de ses cent métiers » (La Fontaine, *Psyché*, livre I). Procédé burlesque : les dieux sont rabaissés à la société des hommes.

Ce ne fut pas sans bien tourner[4].
5 L'un alléguait que l'héritage[5]
Était frayant[6] et rude[7], et l'autre un autre si[8].
Pendant qu'ils marchandaient ainsi,
Un d'eux, le plus hardi mais non pas le plus sage,
Promit d'en rendre tant[9], pourvu que Jupiter
10 Le laissât disposer de l'air,
Lui donnât saison à sa guise,
Qu'il eût du chaud, du froid, du beau temps, de la bise,
Enfin du sec et du mouillé,
Aussitôt qu'il aurait bâillé[10].
15 Jupiter y consent. Contrat passé ; notre homme
Tranche[11] du roi des airs, pleut, vente[12], et fait en somme
Un climat pour lui seul : ses plus proches voisins
Ne s'en sentaient non plus que les Américains.
Ce fut leur avantage ; ils eurent bonne année,
20 Pleine moisson, pleine vinée[13].
Monsieur le Receveur[14] fut très mal partagé.
L'an suivant, voilà tout changé,
Il ajuste d'une autre sorte
La température[15] des cieux.
25 Son champ ne s'en trouve pas mieux ;
Celui de ses voisins fructifie et rapporte.
Que fait-il ? Il recourt au monarque des dieux,
Il confesse son imprudence.
Jupiter en usa[16] comme un maître fort doux.
30 Concluons que la Providence
Sait ce qu'il nous faut mieux que nous[17].

---

4. Hésiter. — 5. Le domaine. — 6. Causait beaucoup de *frais ;* le terme s'emploie encore à la campagne, du moins en Brie et en Champagne. — 7. Peut-être au sens étymologique : inculte. — 8. Une autre objection, présentée sous une forme abrégée. — 9. De payer une telle redevance, ou bien, s'il s'agit d'un métayer véritable, de *rendre* au propriétaire telle part des produits. — 10. *Aussitôt qu'il aurait* ouvert la bouche. — 11. Décide comme s'il était le *roi des airs.* — 12. Emploi personnel des verbes *pleuvoir* et *venter :* le *métayer* s'assimile aux intempéries. — 13. « Ce qu'on a recueilli de vin... » (*Dict.* de Furetière, 1690). — 14. Fermier de terres seigneuriales. Il s'agit du *métayer*, qui fait l'important (cf. v. 16). — 15. « La disposition de l'air selon qu'il est froid ou chaud, sec ou humide » (*Dict. de l'Acad.*, 1694). — 16. Se comporta. — 17. Moralité voisine de celle de la fable *le Gland et la Citrouille* (IX, 4). Mais il serait imprudent d'assimiler La Fontaine et *Garo.*

● Fable 4

① Montrez la complexité du caractère du Métayer et l'évolution de son attitude au cours de la fable.

② Étudiez la peinture de la prudence paysanne (v. 2-6).

③ Relevez les effets de burlesque dans le rôle des personnages (les dieux rabaissés au niveau des hommes) et dans le vocabulaire.

④ Comparez la morale optimiste de cette fable avec celle du livre IX, fable 4, *le Gland et la Citrouille.*

● **Fable 5**

⑤ Montrez comment La Fontaine a su évoquer l'allure des animaux, tout en leur prêtant des sentiments humains.

⑥ Que pensez-vous de la remarque suivante de Taine : « Le chat est l'hypocrite de religion, comme le renard est l'hypocrite de cour »?

⑦. Comparez le portrait du Chat, dans cette fable, avec celui qu'on trouve dans les fables suivantes : III, 18 ; VII, 16 ; IX, 14.

⑧ Comparez-le également avec celui qu'a dessiné du Bellay, dans l'*Épitaphe d'un chat.*

⑨* Dessinez le souriceau, le coq et le chat.

⑩ Quelle place la satire de la vanité et de l'inexpérience occupe-t-elle dans le livre VI?

5 *Le Cochet, le Chat, et le Souriceau*

1 UN Souriceau tout jeune, et qui n'avait rien vu[1],
Fut presque pris au dépourvu.
Voici comme il conta l'aventure à sa mère :
« J'avais franchi les monts qui bornent cet État[2],
5 Et trottais comme un jeune rat[3]
Qui cherche à se donner carrière[4],
Lorsque deux animaux m'ont arrêté les yeux :
L'un doux, bénin, et gracieux,

Sources. La principale est **VERDIZOTTI**, fable 56. La fable d'**ABSTEMIUS** ne donne que le portrait doucereux du chat, sans invoquer le coquelet. La Fontaine fera allusion à cette fable dans **le Paysan du Danube** (XI, 7).

1. Cf. « Une jeune souris de peu d'expérience... » (livre XII, fable 5). — 2. L'emphase de cette déclaration contraste avec le vers suivant, qui ramène l'aventure à ses justes proportions. Cf. livre VIII, fable 9 : « La moindre taupinée était mont à ses yeux. » — 3. Voir la description des souris, livre III, fable 18, v. 25-28. — 4. *Se donner* de l'espace.

Et l'autre turbulent[5] et plein d'inquiétude[6].
10 Il a la voix perçante et rude,
Sur la tête un morceau de chair,
Une sorte de bras dont[7] il s'élève en l'air
Comme pour prendre sa volée,
La queue en panache étalée. »
15 Or c'était un Cochet[8] dont notre Souriceau
Fit à sa mère le tableau,
Comme d'un animal venu de l'Amérique.
« Il se battait, dit-il, les flancs avec ses bras,
Faisant tel bruit et tel fracas,
20 Que moi, qui grâce aux dieux de courage me pique[9],
En[10] ai pris la fuite de peur,
Le maudissant de très bon cœur.
Sans lui j'aurais fait connaissance
Avec cet animal qui m'a semblé si doux.
25 Il est velouté comme nous,
Marqueté[11], longue queue, une humble contenance[12] ;
Un modeste regard, et pourtant l'œil luisant.
Je le crois fort sympathisant
Avec Messieurs les rats[13] ; car il a des oreilles
30 En figure[14] aux nôtres pareilles.
Je l'allais aborder, quand d'un son plein d'éclat
L'autre m'a fait prendre la fuite.
— Mon fils, dit la Souris, ce doucet[15] est un Chat,
Qui, sous son minois hypocrite,
35 Contre toute ta parenté
D'un malin vouloir[16] est porté.
L'autre animal, tout au contraire,
Bien éloigné de nous mal faire,
Servira quelque jour peut-être à nos repas.
40 Quant au Chat, c'est sur nous qu'il fonde sa cuisine.
Garde-toi, tant que tu vivras,
De juger des gens sur la mine[17]. »

5. Voir *les Deux Coqs* (VII, 13) : « Il aiguisait son bec, battait l'air et ses flancs. » — 6. Au sens physique : d'agitation. — 7. Au moyen duquel. — 8. « Petit coq qui n'est pas encore châtré » (*Dict.* de Furetière, 1690). Aujourd'hui : coquelet. — 9. Me vante. Le souriceau est aussi vaniteux qu'Acaste dans *le Misanthrope* (acte III, sc. 1). — 10. J'en ai pris. — 11. Tacheté. — 12. Voir le portrait de Raminagrobis : livre VII, fable 16, v. 32-34. — 13. Titre de cérémonie emphatique. — 14. On employait couramment *figure* dans le sens de : forme. — 15. Diminutif de : doux; « se dit proprement d'une mine doucette, où il entre un peu de niais et de l'hypocrite » (Furetière); cf. Molière, *Tartuffe* (I, 1, v. 22) : « Et vous n'y touchez pas, tant vous semblez doucette. » — 16. Par la haine. — 17. A rapprocher de la fable, *le Torrent et la Rivière* (VIII, 23) : « Les gens sans bruit sont dangereux : — Il n'en est pas ainsi des autres. »

6 *Le Renard, le Singe, et les Animaux*

1 LES Animaux, au décès d'un lion,
En son vivant prince de la contrée,
Pour faire un roi s'assemblèrent, dit-on.
De son étui la couronne est tirée :
5 Dans une chartre[1] un dragon la gardait.
Il se trouva que, sur tous essayée,
A pas un d'eux elle ne convenait.
Plusieurs avaient la tête trop menue,
Aucuns trop grosse, aucuns même cornue.
10 Le Singe aussi fit l'épreuve en riant ;
Et par plaisir la tiare[2] essayant,
Il fit autour force grimaceries[3],
Tours de souplesse, et mille singeries,
Passa dedans ainsi qu'en un cerceau.
15 Aux Animaux cela sembla si beau
Qu'il fut élu : chacun lui fit hommage.
Le Renard seul regretta[4] son suffrage,
Sans toutefois montrer son sentiment.
Quand il eut fait son petit compliment,
20 Il dit au roi : « Je sais, Sire, une cache[5],
Et ne crois pas qu'autre que moi la sache.
Or tout trésor, par droit de royauté,
Appartient, Sire, à Votre Majesté[6]. »
Le nouveau roi bâille après la finance[7],
25 Lui-même y court pour n'être pas trompé.
C'était un piège : il y fut attrapé.
Le Renard dit, au nom de l'assistance :
« Prétendrais-tu nous gouverner encor,
Ne sachant pas te conduire toi-même[8] ? »
30 Il fut démis[9] ; et l'on tomba d'accord
Qu'à peu de gens convient le diadème.

Source. ÉSOPE, le Renard et le Singe (Nevelet, p. 113).

1. « Vieux mot qui signifiait autrefois une prison » (*Dict.* de Furetière, 1690). — 2. Coiffure des anciens rois de Perse. Il importe peu, dans ce conte, qu'il s'agisse d'une couronne, comme chez les rois d'Occident, ou d'une véritable *tiare* à l'orientale. — 3. Mot créé par La Fontaine pour rimer avec *singeries*. — 4. Donna *à regret*. — 5. Cachette. — 6. Feinte politesse de courtisan. — 7. Aspire avidement à l'argent. — 8. Noter le changement de ton avec les vers 20-23. — 9. Destitué.

7 *Le Mulet se vantant de sa généalogie*

1 LE Mulet d'un prélat se piquait de[1] noblesse,
Et ne parlait incessamment
Que de sa mère la jument,
Dont il contait mainte prouesse :
5 Elle avait fait ceci, puis avait été là.
Son fils prétendait pour cela
Qu'on le[2] dût mettre dans l'histoire.
Il eût cru s'abaisser servant[3] un médecin.
Étant devenu vieux, on le mit au moulin[4] :
10 Son père l'âne alors lui revint en mémoire.
Quand le malheur ne serait bon
Qu'à mettre un sot à la raison,
Toujours serait-ce à juste cause[5]
Qu'on le dit bon à quelque chose.

Source. ÉSOPE, le Mulet (Nevelet, p. 202).

1. Se vantait de sa... — 2. Place habituelle du pronom devant l'auxiliaire au XVIIe s.; on aurait dû le mentionner *dans l'histoire.* — 3. En *servant :* on faisait souvent l'ellipse de *en* devant le participe gérondif. — 4. Service le plus rude, pour porter les sacs de farine ou de grain (cf. livre V, fable, 21, v. 10). — 5. *A juste* titre.

● **Fable 7** — Notez l'extrême brièveté ésopique, mais aussi les notations concrètes *(prélat, médecin, moulin)* qui donnent de la vie au récit.

① Comment l'opposition entre *sa mère la jument* (v. 3) et *son père l'âne* (v. 10) rend-elle compte de la vanité du Mulet ?

② Dans quelle mesure *mettre un sot à la raison* est-il un objectif des *Fables*? Citez d'autres exemples.

● **Fable 8** — La **moralité** (v.15) a surpris Chamfort : « On ne cesse de s'étonner de trouver un pareil vers dans La Fontaine [...] et on ne voit pas pourtant qu'on le lui ait reproché sous Louis XIV. »

③ Stendhal, qui n'aimait pas son père, écrivait ainsi à sa jeune sœur Pauline, le 22 août 1805 : « J'ai été séduit par ce doux nom de père, sans songer à ce vers de La Fontaine qui le rendit odieux à Louis XIV. » Le fabuliste a-t-il visé la monarchie ou toute forme de pouvoir?

8 *Le Vieillard et l'Ane*

1 Un Vieillard sur son Ane aperçut en passant
Un pré plein d'herbe et fleurissant.
Il y lâche sa bête, et le grison[1] se rue
Au travers[2] de l'herbe menue,
5 Se vautrant, grattant et frottant,
Gambadant, chantant[3] et broutant,
Et faisant mainte place nette.
L'ennemi vient sur l'entrefaite[4].
« Fuyons, dit alors le Vieillard.
10 — Pourquoi ? répondit le paillard[5].
Me fera-t-on porter double bât, double charge ?
— Non pas, dit le Vieillard, qui prit d'abord[6] le large.
— Et que m'importe donc, dit l'Ane, à qui je sois ?
Sauvez-vous, et me[7] laissez paître.
15 Notre ennemi, c'est notre maître :
Je vous le dis en bon françois. »

Source. PHÈDRE, l'Ane et le Vieux Berger, I, 15.

1. Expression populaire pour désigner l'âne, généralement *gris*. — 2. Forme alors correcte pour : à travers. — 3. Dans *l'Ane et le Petit Chien* (IV, 5, v. 25), La Fontaine avait prêté à l'âne un « chant gracieux ». — 4. Employé plus souvent au pluriel de nos jours. — 5. Étymologiquement : « qui couche sur la *paille;* » d'où : « qui se vautre » (cf. Rabelais, *Gargantua*, chap. 21) et, par la suite : débauché. — 6. Aussitôt. — 7. Voir p. 236, n. 2.

9 *Le Cerf se voyant dans l'eau*

1 Dans le cristal d'une fontaine
Un Cerf se mirant autrefois
Louait la beauté de son bois[1],
Et ne pouvait qu'avecque peine
5 Souffrir ses jambes de fuseaux[2],
Dont il voyait l'objet[3] se perdre dans les eaux.
« Quelle proportion de mes pieds à ma tête !
Disait-il en voyant leur ombre avec douleur :

Source. PHÈDRE, le Cerf à la fontaine (Nevelet, p. 396).

1. Les « cornes » du cerf. — 2. Minces, en forme *de fuseaux*. — 3. L'image.

Des taillis les plus hauts mon front atteint le faîte ;
10 Mes pieds ne me font point d'honneur. »
Tout en parlant de la sorte,
Un limier[4] le fait partir.
Il tâche à[5] se garantir ;
Dans les forêts il s'emporte[6].
15 Son bois, dommageable ornement,
L'arrêtant à chaque moment,
Nuit à l'office[7] que lui rendent
Ses pieds, de qui ses jours dépendent.
Il se dédit alors, et maudit les présents
20 Que le Ciel lui fait tous les ans[8].

Nous faisons cas du beau, nous méprisons l'utile ;
Et le beau souvent nous détruit.
Ce Cerf blâme ses pieds, qui le rendent agile ;
Il estime un bois qui lui nuit.

4. Chien de chasse. — 5. *Tâche* de. — 6. Il s'enfuit. — 7. Aux services. — 8. *Tous les ans*, les bois du cerf tombent et repoussent avec un andouiller (une « corne ») de plus.

● **Fable 10** — « La fable est tout entière en effets de contraste. » (F. Gohin.)

① Relevez ces contrastes, commentez le rejet du vers 18, le rythme coupé des vers 21-22 qui expriment si heureusement l'allure cahin-caha de la tortue.

② Expliquez et commentez ce jugement de Pierre Clarac : « Par la variété du rythme et la vérité du dialogue, cette fable est une des meilleures du premier recueil. »

③* Dessinez le film de cette fable.

« Le Lièvre et la Tortue »
Gravure
de François Chauveau
pour l'édition originale
1668

CL. BULLOZ

10 *Le Lièvre et la Tortue*

1 RIEN ne sert de courir ; il faut partir à point[1] :
Le Lièvre et la Tortue en sont un témoignage.
« Gageons[2], dit celle-ci, que vous n'atteindrez point
Sitôt que moi ce but. — Sitôt ? Êtes-vous sage[3] ?
5 Repartit l'animal léger[4].
Ma commère[5], il vous faut purger
Avec quatre grains[6] d'ellébore.
— Sage ou non, je parie encore. »
Ainsi fut fait ; et de tous deux
10 On mit près du but les enjeux.
Savoir quoi, ce n'est pas l'affaire,
Ni de quel juge l'on convint[7].
Notre Lièvre n'avait que quatre pas à faire ;
J'entends de ceux qu'il fait lorsque, prêt[8] d'être atteint,
15 Il s'éloigne des chiens, les renvoie aux calendes[9],
Et leur fait arpenter[10] les landes.

Sources. ÉSOPE, la Tortue et le Lièvre (Nevelet, p. 316). Cet apologue relate seulement la victoire de la tortue, consciente de sa lenteur, sur le lièvre, trop confiant dans ses dons naturels. R. Radouant pense à une autre fable ésopique, absente du **Nevelet**, et plus circonstanciée. Les deux rivaux prennent comme arbitre le renard, « le plus sensé des animaux ». Les vers 11 et 12 de La Fontaine semblent une critique à l'égard des détails inutiles du texte ésopique. — Peut-être aussi **HAUDENT, d'un Lièvre et d'un Limaçon.**

1. Ce proverbe se trouve déjà dans Rabelais (*Gargantua*, chap. 21). Gargantua, semoncé par Ponocratès, allègue une maxime de son précepteur précédent, Tubal : « Ce n'est tout l'avantage de courir bien tôt, mais bien de partir de bonne heure. » — 2. Cf. livre VI, fable 3, v. 17, et aussi *Phébus et Borée* (VI, 3, v. 17, n. 9). — 3. Sensée. — 4. Rapide à la course et *léger* de cervelle. — 5. Terme familier, souvent employé dans les *Fables;* cf. III, 9; IV, 11; VII, 4; VIII, 6, etc. — 6. Non pas *graines* de l'*ellébore*, mais unité de poids pour peser les choses précieuses (selon Furetière). Les Anciens utilisaient l'ellébore dans le traitement de la folie, et l'expression *purger avec l'ellébore* était devenue proverbiale; cf. Rabelais (*Gargantua*, chap. 23) : Maître Théodore, pour « remettre Gargantua en meilleure voie », « le purgea canoniquement avec ellébore d'Anticyre, et par ce médicament lui nettoya toute l'altération et perverse habitude du cerveau ». Cf. aussi Molière, *Amphitryon* (II, 2) : « Elle a besoin de six grains d'ellébore, — Monsieur, son esprit est tourné. » *Amphitryon* est contemporain des *Fables* (1668). — 7. Voir *les Sources*. « La Fontaine nous a donné lui-même son secret dans la fable du *Lièvre et de la Tortue*. Il nous y fait voir comment il rapporte tout à l'ensemble, et pourquoi il rejette certains traits de son original » (Taine). — 8. Confusion habituelle entre *près de* et *prêt à* (cf. IV, 18, v. 10 et 27). — 9. Locution proverbiale : à jamais; à la saint-glin-glin. Les *calendes* étaient le premier jour du calendrier romain et ne figuraient pas dans le calendrier grec; l'expression complète est : « aux calendes grecques »; cf. Rabelais (*Tiers Livre*, chap. 3), *Comment Panurge loue les debteurs et les empereurs* (début) : « Mais... quand serez-vous hors de dette ? — Ès calendes grecques, répondit Panurge, lorsque tout le monde sera content... » Le vers 16 précise le sens de la locution dans ce passage : les dupe. — 10. Parcourir (en vain) la plaine en tous sens, comme un arpenteur.

Ayant, dis-je, du temps de reste pour brouter,
Pour dormir[11], et pour écouter
D'où vient le vent, il laisse la Tortue
20 Aller son train de sénateur[12].
Elle part, elle s'évertue[13] ;
Elle se hâte avec lenteur[14].
Lui cependant méprise une telle victoire,
Tient la gageure[15] à peu de gloire,
25 Croit qu'il y va de son honneur[16]
De partir tard. Il broute, il se repose,
Il s'amuse[17] à toute autre chose
Qu'à la gageure. A la fin, quand il vit
Que l'autre touchait presque au bout de la carrière[18],
30 Il partit comme un trait ; mais les élans qu'il fit
Furent vains : la Tortue arriva la première.
« Eh bien ! lui cria-t-elle, avais-je pas[19] raison ?
De quoi vous sert votre vitesse ?
Moi l'emporter ! Et que serait-ce
35 Si vous portiez une maison[20] ? »

---

11. Ce trait est chez Ésope, mais non le suivant, pris sur le vif : le lièvre pointe les oreilles pour entendre d'où peut venir l'ennemi. — 12. La majesté des sénateurs romains est proverbiale. — 13. Fait des efforts. — 14. Proverbe latin (venu du grec) et repris aussi par Boileau (*Art poétique*, chant I, v. 171) : « Hâtez-vous lentement... » — 15. Le pari. — 16. Trait ajouté par La Fontaine. — 17. S'occupe, en perdant son temps. — 18. Expression venue du stade antique : *au bout de la* course. — 19. N'*avais-je pas...* — 20. Trait ajouté par La Fontaine. Commentaire de Chamfort : « Trait admirable : la Tortue, non contente d'être victorieuse, brave encore le vaincu. »

● **Fable** 11

— Portrait de l'Ane : ses récriminations contre les trois sortes de travaux ; sa vanité (v. 5) ; sa gourmandise (v. 15).

① Quels rapports ces traits ont-ils avec ceux des fables précédentes ?

— Peinture réaliste des métiers : le jardinier, le corroyeur, le charbonnier.

— Moralité largement exposée, à la manière d'Horace. Elle exprime la sagesse non de résignation, mais de contentement qu'on trouve chez le poète latin, chez Montaigne et chez Pibrac.

② Rapprochez cette leçon de celle qui figure dans *les Grenouilles qui demandent un roi* (III, 4).

11 *L'Ane et ses Maîtres*

1 L'ANE d'un jardinier se plaignait au Destin
De ce qu'on le faisait lever devant[1] l'aurore.
« Les coqs, lui disait-il, ont beau chanter matin,
Je suis plus matineux encore.
5 Et pourquoi ? pour porter des herbes[2] au marché.
Belle nécessité d'interrompre mon somme ! »
Le Sort, de sa plainte touché,
Lui donne un autre maître, et l'animal de somme
Passe du jardinier aux mains d'un corroyeur.
10 La pesanteur des peaux et leur mauvaise odeur[3]
Eurent bientôt choqué l'impertinente[4] bête.
« J'ai regret, disait-il, à[5] mon premier seigneur.
Encor, quand il tournait la tête,
J'attrapais, s'il m'en souvient bien,
15 Quelque morceau de chou qui ne me coûtait rien[6].
Mais ici point d'aubaine[7] ; ou, si j'en ai quelqu'une,
C'est de coups. » Il obtint changement de fortune[8],
Et sur l'état[9] d'un charbonnier
Il fut couché tout le dernier.
20 Autre plainte. « Quoi donc ! dit le Sort en colère,
Ce baudet-ci m'occupe autant
Que cent monarques pourraient faire.
Croit-il être le seul qui ne soit pas content ?
N'ai-je en l'esprit que son affaire ? »

25 Le Sort avait raison. Tous gens sont ainsi faits :
Notre condition jamais ne nous contente[10] ;
La pire est toujours la présente.
Nous fatiguons le Ciel à force de placets[11].

Sources. ÉSOPE, l'Ane et le Jardinier (Nevelet, p. 127); FAERNE, l'Ane changeant de maître.

---

1. Avant; les animaux dans les *Fables*, comme La Fontaine lui-même, aiment dormir tard : voir *la Vieille et les Deux Servantes* (V, 6). — 2. Des légumes; le *morceau de chou* (v. 15) fait partie des *herbes* portées par le baudet. — 3. Trait réaliste figurant aussi chez Faërne. — 4. Sotte. — 5. *J'ai regret* de; je regrette mon... — 6. Trait humain : le plaisir de chaparder. — 7. « Hasard qui apporte quelque profit » (*Dict.* de Richelet, 1680). — 8. Sort. — 9. Liste des officiers d'une Cour ou d'une grande famille : la comparaison entre le *Charbonnier* et la maison d'un prince produit un effet burlesque. — 10. Se rappeler les plaintes du *Bûcheron* (livre I, 16) et des *Grenouilles* (livre III, 4). — 11. Requêtes; la réponse à une requête commençait par le verbe latin *placet* (= il plaît à); cf. les *placets* que Molière adressa à Louis XIV pour obtenir l'autorisation de jouer *Tartuffe*.

Qu'à chacun Jupiter accorde sa requête,
30 Nous lui romprons encor la tête[12].

12. Souvenir d'Horace (*Satires*, I, 1). Cf. livre III, fable 4 : « Jupin en a bientôt la cervelle rompue. »

12 *Le Soleil et les Grenouilles*

1 Aux noces d'un tyran[1] tout le peuple en liesse[2]
Noyait son souci dans les pots[3].
Ésope seul trouvait que les gens étaient sots
De témoigner tant d'allégresse.
5 « Le Soleil, disait-il, eut dessein autrefois
De songer à l'hyménée.
Aussitôt on ouït[4], d'une commune voix,
Se plaindre de leur destinée
Les citoyennes des étangs[5].
10 « Que ferons-nous, s'il lui vient des enfants ?
» Dirent-elles au Sort : un seul Soleil à peine
» Se peut souffrir[6] ; une demi-douzaine
» Mettra la mer à sec, et tous ses habitants.
» Adieu joncs et marais : notre race est détruite.
15 » Bientôt on la verra réduite
» A l'eau du Styx[7]. » Pour un pauvre animal,
Grenouilles, à mon sens, ne raisonnaient pas mal[8].

Sources. ÉSOPE, le Soleil et les Grenouilles; PHÈDRE, I, 6; BABRIUS (Nevelet, p. 365); PHÈDRE (Nevelet, p. 393).

1. Au sens grec : souverain absolu d'une cité. — 2. « Vieux mot qui signifie joie, et qui entre encore dans le burlesque et le style le plus simple » (*Dict.* de Richelet, 1680) — 3. Dans les *pots* (cruches) de vin. Expression familière qu'on retrouve aujourd'hui dans : « prendre un pot », pour « prendre un verre. » — 4. On entendit. Le verbe ancien *ouïr* ne s'emploie plus que dans l'expression *ouï-dire.* — 5. Périphrase noble; cf. *la gent marécageuse* (III, 4, v. 7). — 6. Supporter. — 7. Dans la mythologie, c'est le fleuve marécageux des Enfers : les grenouilles en seront réduites à se réfugier aux Enfers. — 8. Elles sont, en effet, plus sensées que « les grenouilles qui demandent un roi » (III, 4).

① Que pensez-vous de la remarque de Chamfort sur le dernier vers ?
« Voici une de ces vérités épineuses qui ne veulent être dites qu'avec finesse et avec mesure... ce dernier vers, malgré son apparente simplicité, laisse entrevoir tout ce qu'il ne dit pas... »

13 *Le Villageois et le Serpent*

1 ÉSOPE conte qu'un Manant[1],
Charitable autant que peu sage,
Un jour d'hiver se promenant
A l'entour de son héritage[2],
5 Aperçut un Serpent sur la neige étendu,
Transi, gelé, perclus, immobile rendu[3],
N'ayant pas à vivre un quart d'heure.
Le Villageois le prend, l'emporte en sa demeure ;
Et, sans considérer quel sera le loyer[4]
10 D'une action de ce mérite,
Il l'étend le long du foyer,
Le réchauffe, le ressuscite.
L'animal engourdi sent à peine le chaud,
Que l'âme[5] lui revient avecque la colère.
15 Il lève un peu la tête, et puis siffle aussitôt,
Puis fait un long repli, puis tâche à[6] faire un saut
Contre son bienfaiteur, son sauveur, et son père[7].
« Ingrat, dit le Manant, voilà donc mon salaire ?
Tu mourras. » A ces mots, plein d'un juste courroux,
20 Il vous prend sa cognée, il vous[8] tranche la bête,
Il fait trois serpents de deux coups :
Un tronçon, la queue, et la tête.
L'insecte[9] sautillant cherche à se réunir,
Mais il ne put y parvenir.
25 Il est bon d'être charitable,
Mais envers qui ? c'est là le point[10].
Quant aux ingrats, il n'en est point
Qui ne meure enfin misérable[11].

Sources. PHÈDRE, IV, 20 (Nevelet, p. 173); ÉSOPE (p. 379); BABRIUS (p. 438).

1. Paysan. — 2. « Fonds de terre, maisons » (*Dict.* de Furetière, 1690). — 3. Accumulation d'épithètes soulignant le piteux état du serpent, *rendu immobile.* — 4. Le salaire, la récompense. — 5. La vie (lat. *anima :* souffle vital). — 6. S'efforce de. — 7. Noter la gradation. Le *Manant* est le *père* du serpent, puisqu'il lui a donné la vie. — 8. Répétition voulue du pronom explétif pour souligner la violence de l'action. — 9. « On a aussi appelé insectes les animaux qui vivent après qu'ils sont coupés en plusieurs parties, comme la grenouille qui vit sans cœur et sans tête, les lézards, serpents, vipères » (Furetière). Cette définition a été reprise dans le *Dict. de Trévoux.* — 10. La difficulté. — 11. *Qui ne meure* finalement dans le malheur. La Fontaine condamne l'ingratitude : voir *le Cerf et la Vigne* (V, 15, v. 6) et *l'Homme et la Couleuvre* (X, 1).

Tapisserie
« La Dame à la Licorne »
(détail)

CL. BULLOZ

14 *Le Lion malade et le Renard*

1 De par le roi[1] des animaux,
Qui dans son antre était malade,
Fut fait savoir à ses vassaux
Que chaque espèce en ambassade[2]
5 Envoyât gens le visiter,
Sous promesse de bien traiter
Les députés, eux et leur suite,
Foi de Lion[3], très bien écrite :
Bon passeport contre la dent,
10 Contre la griffe tout autant[4].
L'édit du Prince s'exécute :
De chaque espèce on lui députe[5].
Les Renards gardant la maison,
Un d'eux en dit cette raison :
15 « Les pas empreints sur la poussière
Par ceux qui s'en vont faire au malade leur cour,
Tous, sans exception, regardent sa tanière ;
Pas un ne marque de retour[6] :
Cela nous met en méfiance.
20 Que Sa Majesté nous dispense.
Grand merci de son passeport.

Source. ÉSOPE, le Lion et le Renard (Nevelet, p. 199).

---

1. « La fable imite à l'occasion le style de la chancellerie et le vieux langage officiel » (Taine). — 2. Cf. livre IV, fable 12, v. 33 : « le Singe, *ambassadeur* nouveau. » — 3. Parole de lion ; voir *l'Aigle et le Hibou* (V, 18, v. 3) : « L'un jura *foi de roi*, l'autre *foi de hibou*. » — 4. Ce n'est pas une simple promesse verbale ! — 5. Envoie des *députés*. — 6. L'expression était proverbiale chez les Anciens (cf. Horace, *Épîtres*, I, 1, v. 70-75).

Je le crois bon ; mais dans cet antre
Je vois fort bien comme l'on entre,
Et ne vois pas comme on en sort. »

● Fable 14

① Comparez la moralité à celle de la fable 12 (livre VI).

② « Qu'est-ce qui fait que nous, les ânes rouges, les ingouvernables, nous secouons les oreilles? C'est parce que nous restons attachés aux vieilles idées d'Ésope et de Socrate, idées qui sont plus vieilles que les rues » (*Propos* d'Alain, 10 janvier 1936).

15 *L'Oiseleur, l'Autour[1], et l'Alouette*

1 LES injustices des pervers
Servent souvent d'excuse aux nôtres.
Telle est la loi de l'univers :
Si tu veux qu'on t'épargne, épargne aussi les autres.
5 Un manant[2] au miroir prenait des oisillons[3].
Le fantôme[4] brillant attire une Alouette.
Aussitôt un Autour, planant sur les sillons,
Descend des airs, fond, et se jette
Sur celle qui chantait, quoique près du tombeau[5].
10 Elle avait évité la perfide machine,
Lorsque, se rencontrant sous la main[6] de l'oiseau,
Elle sent son ongle maline[7].
Pendant qu'à la plumer l'Autour est occupé,
Lui-même sous les rets demeure enveloppé.
15 « Oiseleur, laisse-moi, dit-il en son langage[8] ;
Je ne t'ai jamais fait de mal. »
L'oiseleur repartit : « Ce petit animal
T'en avait-il fait davantage? »

Source. ABSTEMIUS, l'Autour poursuivant la Colombe (Nevelet, p. 537).

1. Oiseau de proie, dressé à la chasse; cf. livre V, fable 17, v. 26. — 2. Paysan. — 3. On chasse encore les alouettes *au miroir*. — 4. Le reflet du miroir est aussi illusoire qu'un *fantôme*. — 5. Expression noble, s'appliquant aux hommes. — 6. « *Main*... se dit proprement du faucon... Pour les autours, on dit le *pied* et non pas la *main* » (*Dict.* de Furetière, 1690). — 7. Féminin archaïque. L'orthographe *maligne* (éd. 1678) donne une rime moins satisfaisante pour les yeux, mais acceptable pour l'oreille, le *g* ne se prononçant pas. — 8. Cf. livre IV, fable 11, v. 9.

16 *Le Cheval et l'Ane*

1 EN ce monde il se faut l'un l'autre secourir[1].
Si ton voisin vient à mourir,
C'est sur toi que le fardeau tombe.

Un Ane accompagnait un Cheval peu courtois,
5 Celui-ci ne portant que son simple harnois,
Et le pauvre Baudet si chargé, qu'il succombe.
Il pria le Cheval de l'aider quelque peu :
Autrement il mourrait devant qu'[2]être à la ville.
« La prière, dit-il, n'en[3] est pas incivile[4] :
10 Moitié de ce fardeau ne vous sera que jeu. »
Le Cheval refusa, fit une pétarade[5] :
Tant qu'[6]il vit sous le faix[7] mourir son camarade,
Et reconnut qu'il avait tort.
Du Baudet, en cette aventure,
15 On lui fit porter la voiture[8],
Et la peau par-dessus encor.

Source. ÉSOPE, le Cheval et l'Ane (Nevelet, p. 188).

1. Cette morale renforce celle de la fable précédente (v. 4); voir aussi *l'Ane et le Chien* (VIII, 17). — 2. Avant que. — 3. *En :* de l'aider. — 4. Impolie. — 5. Le cheval fait une ruade accompagnée de pets. — 6. Si bien que... — 7. Sous le fardeau. — 8. « La charge des charrettes » (*Dict.* de Furetière, 1690). Il s'agit de tout ce que portait le baudet.

17 *Le Chien qui lâche sa proie pour l'ombre*

1 CHACUN se trompe ici-bas.
On voit courir après l'ombre
Tant de fous, qu'on n'en sait pas
La plupart du temps le nombre.

5 Au Chien dont parle Ésope il faut les renvoyer.
Ce Chien, voyant sa proie en l'eau représentée,
La quitta pour l'image, et pensa[1] se noyer.
La rivière devint tout d'un coup agitée ;
A toute peine[2] il regagna les bords,
10 Et n'eut ni l'ombre ni le corps.

Sources. ÉSOPE, le Chien portant de la viande (Nevelet, p. 259); PHÈDRE (Nevelet, p. 391).

1. Faillit. — 2. A grand peine.

18 *Le Chartier embourbé*

1 Le Phaéton[1] d'une voiture à foin
Vit son char embourbé. Le pauvre homme était loin
De tout humain secours[2]. C'était à la campagne,
Près d'un certain canton[3] de la basse Bretagne,
5 Appelé Quimper-Corentin[4].
On sait assez que le Destin
Adresse là les gens quand il veut qu'on enrage.
Dieu nous préserve du voyage[5] !
Pour venir au Chartier[6] embourbé dans ces lieux,
10 Le voilà qui déteste[7] et jure de son mieux,
Pestant, en sa fureur extrême,
Tantôt contre les trous, puis contre ses chevaux,
Contre son char, contre lui-même.
Il invoque à la fin le dieu dont les travaux
15 Sont si célèbres dans le monde.
« Hercule, lui dit-il, aide-moi : si ton dos
A porté la machine ronde[8],
Ton bras peut me tirer d'ici. »
Sa prière étant faite, il entend dans la nue
20 Une voix qui lui parle ainsi :
« Hercule veut qu'on se remue,
Puis il aide les gens. Regarde d'où provient
L'achoppement[9] qui te retient ;
Ote d'autour de chaque roue
25 Ce malheureux mortier, cette maudite boue

Sources. ÉSOPE, le Bouvier et Hercule (Nevelet, Avianus, p. 478); **RABELAIS, Quart Livre**, chap. 21 : « C'est sottise telle que du charretier, lequel sa charrette versée... à genoux implorait l'aide d'Hercule, et ne aiguillonnait ses bœufs. »

1. Dans la mythologie, *Phaéton* est le fils du Soleil : ayant mal dirigé le char du Soleil, il fut foudroyé (cf. Ovide, *Métamorphoses*, II). Pris comme nom commun : cocher (avec un effet burlesque de contraste : ce nouveau Phaéton conduit seulement une voiture à foin). — 2. L'inversion rend l'expression noble. — 3. Coin retiré. — 4. Saint *Corentin* avait été évêque de Quimper. — 5. Quimper, à cause de son éloignement de Paris, servait de lieu d'exil : le P. Caussin, confesseur de Louis XIII, y fut envoyé par Richelieu; le P. Desmares, oratorien ami de La Fontaine, avait aussi failli y être exilé (1648). Le poète breton Brizeux (XIXe s.) a répliqué : « Il sied vraiment de se moquer d'autrui — Aux malheureux nés dans Château-Thierry » (*la Fleur d'Or*, livre IX, cité par René Groos).- 6. Orthographe admise par Richelet (1680) et Furetière (1690) pour : charretier. — 7. *Détester :* « Faire des imprécations, pester » (*Dict.* de Furetière, 1690). — 8. Le globe céleste, qu'Hercule avait porté sur ses épaules pour soulager Atlas. Noter le caractère emphatique de la périphrase. — 9. Obstacle (du verbe *chopper :* heurter du pied contre quelque chose). On dit encore : « pierre d'*achoppement* ».

Qui jusqu'à l'essieu les enduit.
Prends ton pic, et me[10] romps ce caillou qui te nuit.
Comble-moi cette ornière. As-tu fait[11] ? — Oui, dit l'homme.
— Or bien je vas[12] t'aider, dit la voix. Prends ton fouet.
30 — Je l'ai pris. Qu'est ceci ? mon char marche à souhait.
Hercule en soit loué ! » Lors la voix : « Tu vois comme
Tes chevaux aisément se sont tirés de là.
Aide-toi, le Ciel t'aidera[13]. »

10. Romps-moi. Le XVIIe s. plaçait fréquemment le pronom avant l'impératif. — 11. *As-tu* terminé ? — 12. Au XVIIe s., on employait indifféremment *je vais* ou *je vas*. — 13. Cf. Rabelais (*Quart Livre*, chap. 23, *Discours d'Épistemon) :* « Si en nécessité et danger, est l'homme négligent... sans propos il implore les dieux. »

● **Fable 18** — Le mélange de mythologie et de réalisme ne nuit pas à l'harmonie du récit. La fable est construite comme une comédie à plusieurs scènes : le char embourbé ; la prière du Chartier ; les exhortations d'Hercule ; le démarrage. Les devanciers de La Fontaine avaient arrêté la fable après les conseils d'Hercule.

① « Remarquons, écrit Chamfort, la vivacité du dialogue entre le charretier et la voix d'Hercule. » Montrez comment la coupe des vers contribue à cette vivacité.

② De quelle manière La Fontaine a-t-il donné un air d'actualité au thème antique ?

19 *Le Charlatan*

1 Le monde n'a jamais manqué de charlatans[1].
Cette science, de tout temps,
Fut en professeurs très fertile.
Tantôt l'un en théâtre[2] affronte l'Achéron[3],

Source. ABSTEMIUS (Nevelet, p. 592, **De Grammatico docente asinum**). La fable de La Fontaine a été reproduite dans le **Recueil de poésies chrétiennes et diverses.**

1. *Charlatan :* « Faux médecin qui monte sur le théâtre en place publique pour vendre de la thériaque [remède-miracle qui passait pour avoir été inventé par Mithridate] et autres drogues et qui amasse le peuple par des tours de passe-passe et des bouffonneries » (*Dict.* de Furetière, 1690). Ces « opérateurs » (chirurgiens, dentistes), « vendeurs d'orviétan » et bateleurs s'installaient sur des tréteaux (voir le vers 4) et montaient une parade. Dans *l'Illusion comique* (I, 3) de Corneille (1636), Clindor se fait charlatan : « Et, pour gagner Paris, il vendit par la plaine — Des brevets à chasser la fièvre et la migraine. » Cf. aussi La Fontaine, livre II, fable 13. Ces charlatans étaient une attraction du Pont-Neuf et de la fontaine de la Samaritaine. — 2. Sur les tréteaux. — 3. *Affronte* la mort. L'*Achéron*

CL. GIRAUDON

Le Charlatan
par Tiepolo
(1696 - 1770)

5 Et l'autre affiche[4] par la ville
Qu'il est un passe-Cicéron[5].
Un des derniers se vantait d'être
En éloquence si grand maître,
Qu'il rendrait disert un badaud,
10 Un manant, un rustre, un lourdaud[6] :
« Oui, Messieurs, un lourdaud, un animal, un âne.
Que l'on m'amène un âne, un âne renforcé[7] :
Je le rendrai maître passé[8],
Et veux qu'il porte la soutane[9]. »
15 Le prince sut la chose ; il manda le Rhéteur[10].
« J'ai, dit-il, en mon écurie
Un fort beau roussin[11] d'Arcadie ;

était un fleuve des Enfers. Les charlatans frappaient l'imagination en avalant des poisons, en se faisant mordre par des vipères, etc. — 4. Les charlatans en médecine ou en rhétorique utilisaient déjà ce moyen de publicité. — 5. Mot inventé par La Fontaine : qui surpasse Cicéron (symbole de l'éloquence latine). Allusion possible à un charlatan italien, Delminio qui, sous François Ier, se vantait de rendre capable, en trois mois, de surpasser Cicéron. — 6. Georges Couton cite trois de ces orateurs-charlatans : Lesclache (*La philosophie divisée en cinq parties; l'art de discourir des passions; les avantages que les femmes peuvent recevoir de la philosophie*, 1665); René Bary (*La Fine Philosophie accommodée à l'intelligence des dames*, 1660; *l'Esprit de Cour*, 1662); Richesource (*l'Art de bien dire*, 1662; *Conférences académiques et oratoires*, 1665; *le Masque des orateurs*, 1665, etc.). — 7. La Fontaine imagine, en style direct, les hâbleries du charlatan avec ses répétitons voulues du mot. — 8. Ayant *passé* les examens conférant la *maîtrise*, dans les corporations ou à l'Université. Contraste comique avec l'*âne renforcé*. — 9. Robe des ecclésiastiques, des professeurs et des médecins. — 10. Professeur d'éloquence, souvent avec une nuance péjorative. — 11. Cheval robuste. Effet comique de contraste : car l'*Arcadie* (contrée de la Grèce) ne nourrit que des ânes. L'expression *âne d'Arcadie* est usuelle (cf. Régnier, *Satire X*, vers 391-392).

J'en voudrais faire un orateur.
— Sire, vous pouvez tout[12] », reprit d'abord[13] notre homme.
20 On lui donna certaine somme.
Il devait au bout de dix ans
Mettre son âne sur les bancs[14] ;
Sinon, il consentait d'être, en place publique,
Guindé la hart au col[15], étranglé court et net,
25 Ayant au dos sa rhétorique
Et les oreilles d'un baudet[16].
Quelqu'un des courtisans lui dit qu'à la potence
Il voulait l'aller voir, et que, pour un pendu,
Il aurait bonne grâce et beaucoup de prestance ;
30 Surtout qu'il se souvînt de faire à l'assistance
Un discours où son art fût au long étendu,
Un discours pathétique[17], et dont le formulaire[18]
Servît à certains Cicérons[19]
Vulgairement nommés larrons.
35 L'autre reprit : « Avant l'affaire,
Le roi, l'âne, ou moi, nous mourrons[20]. »

Il avait raison. C'est folie
De compter sur dix ans de vie.
Soyons bien buvants, bien mangeants[21] :
40 Nous devons à la mort de trois l'un en dix ans[22].

---

12. Noter la flatterie. — 13. Sur-le-champ. — 14. Les *bancs* de l'Université et, par métonymie, les soutenances d'examens en Sorbonne. — 15. Hissé, la corde au cou. Reproduction de la formule juridique des exécutions. La *hart* est la corde du gibet; cf. Marot, *Épître au Roi*, vers 9 : « Sentant la *hart* de cent pas à la ronde. » — 16. Le condamné portait des écriteaux indiquant son crime; ici les *oreilles d'un baudet* et le cours de rhétorique inefficace du charlatan. — 17. L'amende honorable, ou aveu du crime, était d'ordinaire courte. — 18. Les préceptes seront repris par les futurs condamnés. — 19. Voir le vers 6. — 20. Le charlatan est cynique; cf. Malherbe, *Paraphrase du psaume* 145, strophes 2 et 3 sur l'égalité devant la mort. — 21. On accordait le participe présent, au XVIIe s. C'est à peu près le conseil de Rabelais à la fin du *Pantagruel :* « Vivre en *paix*, joie, santé, faisant toujours grande chère. » — 22. *En dix ans, nous devons* donner *à la mort*, un homme sur trois.

● **Fable 19** — Complexité du caractère du charlatan : sa vantardise (v. 11-14) ; son art de flatter (v. 19) ; son bon sens cynique (v. 35-36).

① Analysez l'éloquence bouffonne du bonimenteur.

② Montrez que cette fable est une comédie à trois personnages (le charlatan, le roi, le courtisan), dont chacun a un style approprié à sa condition.

③ Quel effet produit le mélange de style (direct et indirect) ?

④* Présentez un camelot vantant sa marchandise.
La **moralité** est double :
Au début de la fable, invitation à se méfier des charlatans qui pullulent.
A la fin, conseil de temporisation : même si nous sommes *bien buvants*, d'ici dix ans, un homme sur trois sera mort.

⑤ Faut-il voir là une invitation à boire sans se soucier du reste ou un appel à la méditation sur la brièveté de la vie? (Voir, sur ce point, Pierre Clarac, *La Fontaine par lui-même*, p. 152).

20 *La Discorde*

1 LA déesse Discorde ayant brouillé les dieux,
Et fait un grand procès là-haut pour une pomme[1],
On la fit déloger des cieux.
Chez l'animal qu'on appelle homme
5 On la reçut à bras ouverts,
Elle et Que-si-Que-non[2], son frère,
Avecque Tien-et-Mien[3], son père.
Elle nous fit l'honneur en ce bas univers
De préférer notre hémisphère
10 A celui des mortels qui nous sont opposés[4],
Gens grossiers, peu civilisés,
Et qui, se mariant sans prêtre et sans notaire,
De la Discorde n'ont que faire[5].

Source. Emblème de CORROZET, Hécatongraphie : Discorde haïe de Dieu :
Lorsque Discorde eut été expulsée
Des cieux luisants par le dieu Jupiter,
Et qu'il la fit en bas précipiter,
La guerre fut en terre commencée...

1. Allusion au jugement de Pâris. Le berger Pâris donna le prix de beauté, *une pomme*, à Vénus, ce qui suscita la haine de Junon et de Minerve, haine qui eut pour suite la guerre de Troie. Noter le burlesque familier des premiers vers, comparable à celui de Scarron dans *l'Énéide travestie* (1648-1653). — 2. L'esprit de contradiction. — 3. Le sens de la propriété qui conduit à la chicane; cf. Régnier, *Satire* VI, v. 115 : « Lors du *mien* et du *tien* naquirent les procès. » — 4. Aux antipodes. — 5. La Fontaine, comme Montaigne *(Essais*, livre I, chap. 30, *Des Cannibales)*, fait un éloge paradoxal des sauvages. Cette curiosité du Nouveau Monde reparaîtra dans l'*Épître à Huet* (1687).

Pour la faire trouver aux lieux où le besoin
15 Demandait qu'elle fût présente,
La Renommée avait le soin
De l'avertir ; et l'autre, diligente,
Courait vite aux débats et prévenait[6] la paix,
Faisait d'une étincelle un feu long à s'éteindre.
20 La Renommée enfin commença de[7] se plaindre
Que l'on ne lui[8] trouvait jamais
De demeure fixe et certaine.
Bien souvent l'on perdait, à la chercher, sa peine.
Il fallait donc qu'elle eût un séjour affecté[9],
25 Un séjour d'où l'on pût en toutes les familles
L'envoyer à jour arrêté[10].
Comme il n'était alors aucun couvent de filles[11],
On y trouva difficulté.
L'auberge enfin de l'Hyménée
30 Lui fut pour maison assinée[12].

---

6. Devançait. — 7. Commença à. — 8. La discorde. — 9. Qui lui fût *affecté*. — 10. A date fixe. — 11. Les chicanes entre les *couvents* étaient très fréquentes, dès le Moyen Age. Allusion possible au procès des religieuses de l'Hôtel-Dieu de Pontoise contre leur supérieure. — 12. Assignée. L'orthographe *assinée* a été maintenue dans les éditions de 1678 et 1688 ; la rime avec *Hyménée* était cependant correcte, le *g* ne se prononçant pas alors.

21 *La jeune Veuve*

1 LA perte d'un époux ne va point sans soupirs[1] ;
On fait beaucoup de bruit ; et puis on se console[2].
Sur les ailes du Temps la tristesse s'envole,
Le Temps ramène les plaisirs[3].
5 Entre la veuve d'une année
Et la veuve d'une journée
La différence est grande ; on ne croirait jamais
Que ce fût la même personne.
L'une fait fuir les gens, et l'autre a mille attraits.

---

1. Vers noble et mélancolique, dont le mouvement rappelle celui de Corneille (*Horace*, V, 1, v. 1407) : « Nos plaisirs les plus doux ne vont point sans tristesse. » — 2. Familiarité ironique qui contraste avec la poésie et l'émotion du vers précédent et du suivant. — 3. Même constatation ironique dans *les Deux Consolés* de Voltaire : « Trois mois après, ils se revirent, et furent étonnés de se retrouver d'une humeur très gaie. Ils firent ériger une belle statue au Temps, avec cette inscription : *A celui qui console.* »

Sources. ABSTEMIUS, **la Femme qui pleurait son mari mourant, et son père qui la consolait** (Nevelet, p. 540) : Une femme encore jeune, dont le mari rendait l'âme, était consolée par son père. Il lui disait : « Ne t'afflige pas tant, ma fille. En effet, je t'ai trouvé un autre mari, beaucoup plus beau que celui-ci, et qui adoucira facilement le regret du premier. » La femme, de son côté, incapable de supporter sa douleur, et comme si, dans son ardent amour, elle allait accompagner[1] son mari, non seulement n'acceptait pas les propos de son père, mais blâmait cette allusion à un autre mari. Cependant, dès qu'elle vit son mari mort, parmi les larmes et le deuil elle demanda à son père si le jeune homme était là, qu'il avait dit vouloir lui donner comme mari. La fable montre avec quelle rapidité l'amour d'un mari défunt s'éloigne d'ordinaire de l'esprit d'une femme.
HAUDENT, **D'un nouveau marié et de sa femme** (II, 75).
LA FONTAINE, dans la deuxième lettre du **Voyage en Limousin** (30 août 1663), s'était moqué d'une veuve inconsolable... et consolée, la Barigny. Il développera le même thème dans le conte **la Matrone d'Éphèse** (1682).

La fable 21 est une comédie, d'autant plus naturelle que ses acteurs sont des hommes.

① Relevez les traits comiques.

② Étudiez le caractère du père et celui de la jeune veuve (l'évolution de ses sentiments au cours des mois qui suivent le deuil).

③ Comparez le texte de La Fontaine à celui d'Abstemius. En quoi la fable est-elle plus vivante, plus vraisemblable que l'apologue?

④ Comparez cette fable à la fable 16 du livre III, *la Femme noyée*, et à la fable 5 du livre VII, *la Fille*.

⑤ Commentez cet éloge, dû à Chamfort : « C'est une pièce de vers charmante. Le prologue est plein de finesse, de naturel et de grâce [...]. Le discours du père à sa fille est à la fois plein de sentiment, de douceur et de raison [...]. La description des divers changements que le temps amène dans la toilette de la veuve, ce vers :

Le deuil enfin sert de parure [v. 38]

et enfin le dernier trait :

Ou donc est le jeune mari? [v. 47]

on ne sait ce qu'on doit admirer davantage. »
« Le génie de La Fontaine se reflète dans cette perle » (André Bellessort).

⑥ Comparez *la Jeune Veuve* avec la *maxime* 233 de la Rochefoucauld sur l'hypocrisie des larmes : « Il y a une autre hypocrisie, qui n'est pas si innocente, parce qu'elle impose à tout le monde : c'est l'affliction de certaines personnes qui aspirent à la gloire d'une belle et immortelle douleur. »

1. Le texte latin doit être pris au sens propre; La Fontaine l'a bien compris ainsi : voir le v. 18.

10 Aux soupirs vrais ou faux[4] celle-là s'abandonne ;
C'est toujours même note et pareil entretien :
On dit qu'on est inconsolable ;
On le dit, mais il n'en est rien,
Comme on verra par cette fable,
15 Ou plutôt par la vérité.

L'époux d'une jeune beauté
Partait pour l'autre monde. A ses côtés, sa femme
Lui criait : « Attends-moi, je te suis[5], et mon âme,
Aussi bien que la tienne, est prête à s'envoler. »
20 Le mari fait seul le voyage[6].
La belle avait un père, homme prudent et sage ;
Il laissa le torrent[7] couler.
A la fin, pour la consoler :
« Ma fille, lui dit-il, c'est trop verser de larmes :
25 Qu'a besoin le défunt que vous noyiez vos charmes ?
Puisqu'il est des vivants, ne songez plus aux morts[8].
Je ne dis pas que tout à l'heure[9]
Une condition meilleure
Change en des noces ces transports[10] ;
30 Mais, après certain temps[11], souffrez[12] qu'on vous propose
Un époux beau, bien fait, jeune, et tout autre chose[13]
Que le défunt. — Ah ! dit-elle aussitôt,
Un cloître est l'époux qu'il me faut[14]. »
Le père lui laissa digérer sa disgrâce[15].
35 Un mois de la sorte se passe ;
L'autre mois, on l'emploie à changer tous les jours
Quelque chose à l'habit, au linge, à la coiffure.
Le deuil enfin sert de parure[16],
En attendant d'autres atours.
40 Toute la bande des Amours

4. L'éditeur Régnier cite une note manuscrite de La Fontaine (mais sans garantir son authenticité) sur les sentiments de la Veuve : « Ma veuve est également sincère dans les deux états. » — 5. Commentaire plaisant du *prosequebatur*, pris au sens propre : elle l'accompagnait dans l'autre monde (voir *les Sources*, n. 1). — 6. Vers d'une familiarité désinvolte, qui contraste avec les lamentations emphatiques de la Veuve. — 7. Ce *torrent* est précisé aux vers 24 *(larmes)* et 25 *(noyiez...)* — 8. Maxime épicurienne qui rappelle celle de la fable 19 (vers 39). — 9. A l'instant même. — 10. Mouvements violents de l'âme (ici, de douleur). — 11. Cf. les conseils du Roi à Chimène (*Le Cid*, v. 1821) : « Prends un an, si tu veux, pour essuyer tes larmes... » — 12. Permettez. — 13. Traduction exacte d'Abstemius : *longe formosiorem*. — 14. Première reculade : il ne s'agit plus de mourir, mais d'aller au couvent. — 15. Son malheur. *Digérer* n'a pas le sens familier d'aujourd'hui. — 16. Mme de Sévigné cite ce vers dans sa Correspondance (lettre du 8 janvier 1674).

Revient au colombier[17] ; les jeux, les ris, la danse[18],
Ont aussi leur tour à la fin.
On[19] se plonge soir et matin
Dans la fontaine de Jouvence[20].
45 Le père ne craint plus ce défunt tant chéri ;
Mais comme il ne parlait de rien à notre belle :
« Où donc est le jeune mari
Que vous m'avez promis ? » dit-elle.

17. Image gracieuse : les *Amours* sont assimilés à des colombes, oiseaux de Vénus. — 18. Voir *la Fille* (VII, 5) : pour s'être montrée trop fière, celle-ci voit *déloger* les « ris, les jeux, puis l'Amour ». — 19. Noter (cf. v. 36) l'emploi amusant du pronom indéfini : ce n'est plus seulement une jeune Veuve, mais toutes les veuves qui se plongent dans la fontaine de Jouvence. — 20. Source légendaire qui passait pour rajeunir ceux qui buvaient de son eau : « S'il était vieil et décrépit, il venait à l'âge de trente ans, et une femme était aussi fraîche qu'une pucelle » (*Dict.* de Furetière, 1690).

Épilogue

Bornons ici cette carrière[1] :
Les longs ouvrages me font peur[2].
Loin d'épuiser une matière,
On n'en doit prendre que la fleur.[3]
5 Il s'en va temps[4] que je reprenne
Un peu de forces et d'haleine
Pour fournir à[5] d'autres projets[6].
Amour, ce tyran de ma vie[7],
Veut que je change de sujets :
10 Il faut contenter son envie.
Retournons à Psyché. Damon[8], vous m'exhortez
A peindre ses malheurs et ses félicités :
J'y consens ; peut-être ma veine
En sa faveur s'échauffera.
Heureux si ce travail est la dernière peine
15 Que son époux[9] me causera !

1. Image tirée du stade antique. Il s'agit des six premiers livres de *Fables*. On trouvera les livres VII à XII dans notre tome II. — 2. La Fontaine aime en effet les œuvres courtes (à noter toutefois le long poème mythologique d'*Adonis*). — 3. C'est ce qu'il a fait pour Ésope et ses successeurs. — 4. Tour archaïque : il est bien *temps*. — 5. Achever. — 6. Terminer le roman *Psyché* (1669), interrompu par la composition des *Fables*. — 7. Confidence personnelle ? Mais aussi allusion à *Psyché*, récit de la passion de l'Amour et de Psyché. — 8. Peut être Maucroix; peut-être Tallemant des Réaux : tous deux étaient amis de La Fontaine. — 9. L'Amour. Cet adieu aux *Fables* comme tant d'autres adieux à la poésie, n'est qu'un « au revoir ».

Table des matières

Imprimerie Berger-Levrault, Nancy — 775803-06-1988.
Dépôt légal : juin 1988 — Dépôt légal 1re édition : 1964

Imprimé en France